Cero negativo

Cero negativo

JUDITH GALÁN

Papel certificado por el Forest Stewardship Council®

MIXTO
Papel procedente de fuentes responsables
FSC® C117695

Penguin Random House Grupo Editorial

Primera edición: marzo de 2021

Printed in Spain – Impreso en España

ISBN: 978-84-666-6897-2
Depósito legal: B-652-2021

Compuesto en Llibresimes

Impreso en Rodesa
Villatuerta (Navarra)

BS 6 8 9 7 2

Los nombres, personajes, sucesos y algunos lugares que aparecen en esta historia son ficticios; cualquier parecido con la realidad es pura coincidencia.

Quiero dedicar este libro a todas las personas
que donan sangre y a todas aquellas que necesitan
que se la donen para continuar viviendo.
Y, en especial, a Antonio e Irene

1

Cat

Verano, 1993

Hacía frío. Sus piernas estaban apenas cubiertas por unos finos leotardos y las bailarinas de charol no impedían que el aire fresco de la estación le entumeciera los dedos de los pies. Su madre la había obligado a ponerse aquel vestido azul aterciopelado que tanto odiaba. El mismo que usaba para ir a misa algunos domingos o, como aquella tarde, para visitar al doctor en la capital. Normalmente, su padre llevaba a la niña y a la madre en coche hasta Barcelona, y, durante la visita, esperaba en un bar situado a dos números del edificio donde el doctor tenía la consulta. Pero aquel día de invierno el coche de su padre estaba averiado y las dos se habían desplazado en tren hasta la ciudad.

Se sentaron en uno de los bancos de piedra incrustados en las húmedas paredes de la estación para esperar la llegada del tren que las llevaría de vuelta a casa. La niña contemplaba asombrada el ir y venir de la gente; las prisas, los gritos, el rechinar de las ruedas de acero sobre los rieles, el color de piel de las personas que esperaban de pie con sus bolsas de tela, los carteles publicitarios de papel que adornaban las paredes... Un paisaje lúgubre y desconocido para una niña de diez años que nunca salía de su tranquilo pueblo.

De pronto, un sonido metálico la asustó. Miró hacia arriba y adivinó la procedencia de aquella voz masculina.

«Tren con destino Igualada. Tiene parada en todas las estaciones y apeaderos.»

—Ese es nuestro tren. Vamos —anunció la madre, tras levantarse y sujetarle la mano.

En pocos segundos el andén se llenó de gente. La niña miró de lado a lado sin comprender de dónde habían surgido todas aquellas personas que corrían hacia la vía.

—No te separes de mí... —le advirtió su madre.

Apretó con fuerza los dedos de la única persona adulta que conocía en aquel oscuro lugar y alzó la vista contemplando, horrorizada, cómo hombres y mujeres se sorteaban entre sí para hacerse un hueco cerca de la vía. Segundos de angustia para avanzar dos escasos metros hacia la meta.

Justo cuando empezaba a percibir el calor del tren entre las piernas, unos gigantescos zapatos de piel le aplastaron las bailarinas de charol, partiendo en dos la mariposa de seda azul que adornaba el empeine. Horrorizada por el dolor y por ver como aquella mariposa se desprendía de su calzado, soltó la mano de su madre y se agachó, para tratar de alcanzar aquel preciado tesoro.

—Carolina, no te sueltes... —Oyó el grito de su madre perderse entre las personas que se aproximaban al tren.

Cogió con los dedos las dos alas de la mariposa e irguió la cabeza, buscando, entre todas aquellas piernas, la falda color crema de su madre.

—¿Mamá? —susurró.

El choque de las gomas cerrando las puertas y el rechinar de las ruedas de acero...

—¡¡Mamá!!

—Cat... —Óscar agitó con brusquedad los brazos de su hermana—. ¡Cat, despierta!

—¿Sí? —Ella abrió los ojos, aturdida.

—La próxima parada es la nuestra. Venga, levántate.

Descendieron del vagón y Cat caminó sobre aquel andén con cierta inestabilidad. Le temblaban las piernas y no supo si los nervios que provocaban aquel estado de ansiedad se debían al recuerdo de un pasado lejano o a la incertidumbre de un futuro próximo.

Miró a su hermano con escepticismo. Óscar había vuelto a desconectar de su compañía, dejándose atrapar por su *walkman* y envolviéndose en aquella música pop que ella tanto odiaba. El chico era tan solo un adolescente; él no le temía al recuerdo, no sabía lo que era perderlo todo, parecía tranquilo y dispuesto a aceptar su nuevo futuro.

Desde la misma estación, tomaron el primer autobús que los dejaría en su destino. Una vez allí, continuaron en silencio. Fueron apenas quince minutos de trayecto, pero a Cat ese tiempo le pareció una eternidad. Contemplando aquellas calles, miles de escenas resurgieron de su memoria, todas ellas imprecisas, hoscas, tristes.

—¿Crees que papá estará en casa? —Óscar continuaba con los auriculares en las orejas y la mirada perdida en el exterior del vehículo.

—Espero que no...

No había vuelto a ver a su padre desde la mañana de aquel día. El día en el que una nueva vida, más oscura y dolorosa que la anterior, se abrió paso para ellos; dos días antes de que su tía Carmen se llevara a los dos hermanos de vuelta a Masquefa, a la seguridad, al calor del hogar, al lugar que nunca debieron abandonar. El mismo lugar que esa mañana habían dejado atrás.

Entonces Óscar tenía apenas cuatro años y durante los últimos nueve el padre de ambos solo había mantenido el contacto con su hijo; hablaban por teléfono cada semana y se encontraban en el pueblo, al menos una vez al mes, y aunque Cat quería evitar el reencuentro, sabía que en Sabadell iba a ser inevitable.

Regresaba a aquella ciudad que tan malos recuerdos le suscitaba. A la urbe, al ruido, a la contaminación y a la indiferencia. Pero volver era la única oportunidad de conseguir un buen empleo, un trabajo más inspirador que servir menús en el bar de carretera de su pueblo. Después de seis años estudiando, de conseguir la licenciatura en física y la mejor nota en un posgrado en astronomía, después de idas y venidas en tren hasta la Universidad de Barcelona, por fin había llegado el momento de recoger los frutos de su esfuerzo y de disfrutar haciéndolo. Envió currículos a todos los centros de observación e investigación de Cataluña y, precisamente, fue la Agrupación Astronómica de Sabadell la que le concedió la oportunidad de trabajar durante aquel verano en el observatorio, que se inauguraba ese mismo año, impartiendo clases de astronomía a niños y con la posibilidad de renovar su contrato en un futuro. A pesar de que volver a aquel lugar le sacudía el corazón, como si alguien lo introdujese en una coctelera y lo agitara sin piedad, debía reconocer que aquella ocasión era única y que no había nada más gratificante para ella que transmitir a los niños su pasión por los astros.

—Ya hemos llegado —anunció Cat, golpeando a su hermano en el hombro.

Bajaron del autobús y los dos arrastraron las maletas hasta llegar frente al portal donde habían vivido nueve años atrás.

—¿Es aquí? No lo recordaba así... —murmuró Óscar, apagando el aparato reproductor y retirándose los auriculares casi simultáneamente.

Una vez en el rellano de la segunda planta, Cat buscó las llaves en el bolso, dudando de si sería capaz de abrir aquella puerta. Pero debía hacerlo. Giró dos veces la cerradura y un fuerte olor a silicona los sorprendió.

—¿A qué huele? —preguntó Óscar, tapándose la nariz con rapidez.

—Tía Carmen le pidió a papá que reformara el cuarto de baño.

A pesar de las obras, todo parecía limpio y nada había cambiado, a excepción del baño. Los muebles, los cuadros, el televisor en blanco y negro, la nevera, la lavadora, el viejo sofá de cuero..., todo estaba tal y como Cat lo recordaba.

Óscar empezó a caminar alrededor de las distintas estancias, buscando el que había sido su dormitorio durante apenas tres años. No creía tener recuerdos de aquel piso, pero sabía que sus cosas continuarían allí y tal vez, al verlas, momentos divertidos de su infancia resurgirían de las cenizas. Y así fue; la pequeña cama situada en una esquina, bajo unas estanterías repletas de peluches, dos cajas de cartón con juguetes y algunos libros infantiles lo reconfortaron. Fue como regresar a casa, al pasado y al recuerdo de su madre. Sacó de la maleta la única foto que conservaba de ella, la situó sobre la mesita de noche, apoyada contra la pared empapelada con motivos infantiles, y se sentó sobre el colchón.

—Mamá, hemos vuelto —susurró.

Dos días después ya habían conseguido instalarse y cambiar la decoración de alguna de las habitaciones, sobre todo la de Óscar. Metió los peluches en cajas de cartón, los llevó al centro cívico más cercano y rellenó las estanterías con sus nuevos juguetes: cubos de Rubik y puzles. Cubrió los trenecitos que adornaban las paredes con los pósteres de sus cantantes de pop favoritos.

Cat, sin embargo, apenas había querido entrar en su dormitorio. Colocó su ropa en el armario y evitó abrir los cajones de la cómoda. Aún no estaba preparada para ver sus cosas más íntimas, para tener de nuevo su diario en las manos, para leerlo, para recordar. Debía estar segura de que aquello no le afectaría de nuevo, de que había vuelto a ser la niña fuerte que afrontaba los problemas con seguridad. Tenía veintisiete años, no era una adolescente, pero el recuerdo la hacía retroceder en el tiempo hasta el punto de volver a sentirse indefensa, como aquella niña perdida en medio de la estación.

Eran las cinco de la tarde de su primer domingo en la ciudad y había quedado con Rafa para reencontrarse en el bar de la bolera. Entró temiendo que ciertos recuerdos le volvieran a la mente, pero, por suerte, no fue así. La decoración había cambiado y los jóvenes que reían y bebían a su alrededor permanecían ajenos a sus temores. No vio a Rafa y se sentó en una mesa para dos, cerca de las pistas de bolos. Pidió un refresco y el camarero la obsequió con un plato repleto de frutos secos.

—¡Hola, guapa! ¿Estás sola?

Aquella voz masculina la sorprendió y al girarse, aturdida, lo vio. El tiempo pareció haberse congelado, como si entre la última y la primera vez que se vieron no hubiesen transcurrido tantos años. Rafa continuaba igual: risueño, sereno, perspicaz y enigmático. Las facciones de su rostro eran más rudas y su barba de pocos días y el color oliva de su iris le proporcionaban un aire atractivo que Cat no recordaba.

—¿Rafa? ¿Eres tú?

—¿Ya me has olvidado? —preguntó él, sonriendo de medio lado.

—¿A ti? Imposible...

Cat se levantó de la silla y ambos amigos se mezclaron en un abrazo cargado de nostalgia.

—¿Cómo está mi pequeña Cat?

—Ya no soy tan pequeña, grandullón. —Sonrió ella, golpeándolo en el hombro—. Estoy bien. ¿Y tú? ¿Nervioso con los preparativos de la boda?

—Nervioso pero contento. Vicky me ha pedido que te salude de su parte, tiene ganas de verte.

—Rafa, preferiría esperar, si no te importa —se disculpó ella, ladeando levemente la cabeza.

—No me importa, tranquila, esperaremos lo que sea necesario. Y, cuéntame, ¿de qué va ese trabajo en el observatorio?

Durante las dos horas siguientes, hablaron sin dejar espacio al silencio. Cat le explicó en qué consistía su nuevo trabajo y Rafa le contó cómo se estaban desarrollando los preparativos de la boda y el viaje que estaban planeando a las Islas Canarias. Durante aquellos nueve años de separación se habían mantenido en contacto por medio de cartas o llamadas telefónicas en ocasiones especiales, como Navidad o cumpleaños.

—Espero que podamos vernos de vez en cuando —dijo Rafa, esperanzado.

—Sí, solo necesito algo de tiempo, Rafa; regresar no ha sido fácil.

—¿Has visto ya a tu padre?

—Todavía no y espero que no aparezca por casa en unos días. No estoy preparada aún para verlo.

—Tarde o temprano vas a tener que hablar con él.

—Lo sé, pero espero que sea más tarde que temprano... —Cat levantó la mirada en un gesto de inocencia.

—No has cambiado nada, sigues siendo la misma niña indecisa que evitaba responder a las preguntas. —Sonrió él.

En aquel preciso instante, unas risas de fondo alertaron a Cat. Un grupo de chicos se sentó tras ellos y Rafa percibió la inquietud de ella. La miró como solo él sabía hacer, buscando la forma de tranquilizarla. Cat volvió la cabeza levemente, consciente de que aquellas voces le resultaban familiares, y reconoció a tres de los cinco chicos que se cambiaban el calzado para ocupar una de las pistas de bolos.

—¿Estás bien? ¿Quieres que nos vayamos de aquí?

—No, quedémonos —respondió ella, decidida y buscándole de nuevo los ojos—. ¿Estabas diciendo algo de que soy igual que la chica decidida y valiente que conociste hace doce años?

Rafa arrancó a reír y Cat lo siguió divertida.

Reencontrarse con él había sido liberador y reconfortante. No sabía cómo iba a reaccionar al ver a Rafa después de tantos años, pero pocos minutos de conversación después ya no existían dudas ni recuerdos desagradables; nada, solo una sana amistad.

De camino a casa, sentada en uno de los asientos individuales del autobús, se animó a sí misma. Había pasado una prueba de fuego sin quemarse y aquella tarde empezó a sentirse más optimista, más segura de sí misma y de que la decisión de regresar había sido la correcta.

Entró en el piso esperando encontrarse con el mismo silencio que siempre envolvía a Óscar, pero las risas que oyó de fondo la dejaron paralizada. Aquella voz masculina, ronca y tosca, le hizo cerrar los ojos e inspirar con fuerza. Había llegado el momento; al final iba a ser más temprano que tarde. Debía reencontrarse con su padre, después de tanto tiempo.

Julián se levantó súbitamente del sofá.

—Cat... —dijo él.

Hacía nueve años que no veía a su niña y se sorprendió al reconocer en ella la viva imagen de su esposa. Óscar estaba a su lado, pero permaneció sentado, mirando a su hermana y a su padre alternativamente, esperando alguna reacción, algún gesto que desvelara el motivo que los había llevado a separarse, unas razones que él aún desconocía.

—Estás hecha una mujer... —acertó a decir él.

—Gracias —respondió ella en un leve susurro.

—¿Te quedarás a cenar, papá? —Óscar decidió intervenir para mitigar la incomodidad que presidía el salón.

—No, hijo, hoy no. Tal vez otro día —añadió Julián, buscando en los ojos de Cat una oportunidad.

Ella solo asintió con un ligero movimiento de cabeza, pero para su padre aquel gesto fue mucho más valioso que cualquier beso o abrazo.

Cuando el padre de ambos abandonó el piso, Óscar y Cat se miraron fijamente a los ojos. Ella no entendía la razón por la que su hermano fruncía el ceño.

—Que tú no quieras verlo no va a impedir que yo sí lo haga. Es mi padre y tengo derecho a estar con él, al igual que él tiene derecho a estar con su hijo.

—Está bien, Óscar, no empecemos otra vez con lo mismo. Si quieres ir con él, hazlo, pero a mí no me metas en vuestra relación.

—Puedes estar tranquila y continuar viviendo en tu burbuja de cristal, que yo seguiré sin molestarte —zanjó él, colocándose los auriculares y caminando decidido hacia su habitación.

Cat permaneció durante unos minutos de pie en medio del salón. Estaba agotada. Había sido un día extraño, repleto de sentimientos que no lograba descifrar: ¿tristeza, alegría, nostalgia, temor...? El único adjetivo que podía definir aquel día, el único que conseguía tener luz propia entre aquellos oscuros pensamientos, era *revelador*. Sí, aquel día había sido revelador.

Miró el teléfono gris de ruleta situado sobre la repisa del mueble y se acercó con decisión. Marcó el número de su tía y, con el auricular en la oreja, esperó a oír la voz que tantas veces había calmado sus pesadillas.

—¿Dígame?

—Tía Carmen, soy Cat.

—Cat, cariño, ¿estáis bien?

—Lo he visto.

—¿A él?

—Sí.

Durante unos segundos, ambas escucharon la respiración de la otra.

—¿Y qué has sentido?

—Nada.

2

Álex

Siete meses después. Invierno, 1994

A Álex le faltaba una hora para finalizar la jornada y debía acudir al banco de sangre para sustituir a uno de los especialistas en hematología. Deseaba ser médico de familia, pero en su segundo año de residencia continuaba haciendo rotaciones por las diferentes especialidades. Igual acudía a un parto en neonatos que atendía a pacientes terminales. Y aquella tarde iba a acabarla cumplimentando interminables historiales médicos de nuevos donantes de sangre.

Estaba agotado, había pasado las últimas nueve horas de pie y no creía ser capaz de volver a doblar las rodillas en lo que le quedaba de día, pero sonrió mientras caminaba hacia aquella sala repleta de camillas. Estaba exhausto, aunque también feliz. Después de años de discusiones familiares, sentado con sus padres a la mesa en cenas, celebraciones y menús a mediodía en restaurantes de lujo, después de desagradables indirectas y directas letales, después de años de lucha, por fin había conseguido su propósito: no continuar con la tradición familiar y ser médico. Odiaba todo lo que tuviese que ver con la abogacía. Había intentado convencer a su padre durante aquellas conversaciones y discusiones. Él no podía ser un letrado frío, ambicioso y ruin, alguien capaz de lucrarse con las desgracias ajenas.

—Los médicos también viven de las enfermedades de sus pacientes —le había reprochado su padre en numerosas ocasiones.

—Los médicos viven para evitar las enfermedades o mejorar la vida de los enfermos, no para sacarles la pasta y meter el dedo en la herida —había respondido Álex en cada una de aquellas eternas discusiones.

Pero todo aquello ya no importaba. Él estaba consiguiendo su propósito y su padre había acabado aceptando lo inevitable.

En la última hora de aquella larga jornada, debía asegurarse de que los donantes estuviesen bien atendidos; completar sus historiales médicos, medir la presión arterial y estar preparado para cualquier efecto adverso que pudiera surgir, como mareos, hipotensión, hematomas...

Cuando entró en la sala, caminó decidido hacia la enfermera que en ese momento hojeaba relajada una revista del corazón. Todo parecía tranquilo, pues pudo ver de reojo que solo una de las ocho camillas estaba ocupada.

—Álex, ¿hoy te toca a ti sustituir al doctor González?

—Sí, Belén, esta tarde soy todo tuyo durante una hora.

Belén era una de las enfermeras del hospital con las que Álex había congeniado mejor. Tenía cuarenta y siete años, una enorme paciencia y una sonrisa que no dudaba en regalar a todos los pacientes que tenían el placer de conocerla.

Después de saludarla, se acercó a la mesa donde estaban dispuestos los utensilios necesarios para la punción y la recogida de sangre, todo perfectamente colocado por su compañera.

Estaba concentrado, leyendo algunos informes, cuando una voz femenina, entonando la letra de una canción de AC/DC, lo sorprendió.

—*Cause I'm T. N. T. I'm dynamite... T. N. T. and I'll win the fight...*

Durante unos segundos, quiso ignorar aquella voz y seguir concentrado en sus quehaceres, pero la curiosidad venció a la profesionalidad que tanto lo caracterizaba.

—*I'm dirty, mean and mighty unclean. I'm a wanted man. Public enemy number one...*

No supo si fue la letra de aquella canción, el hecho de que se tratara de uno de sus grupos favoritos o si, por el contrario, fue la dulzura de aquella voz pretendiendo imitar a gritos al cantante, que se declaraba un hombre sucio, enemigo público número uno, pura dinamita. Tal vez no fuera ninguna de aquellas razones lo que lo empujó a buscar a la dueña de aquella voz o quizá fuese la combinación de todas ellas, pero el caso es que Álex se dejó arrastrar por la curiosidad y se giró, dibujando una sonrisa en los labios. Mientras se daba media vuelta, esbozó en su mente la imagen de aquella voz y esperó encontrarse con una de esas jóvenes alocadas, vestidas de negro, cadenas alrededor de la cintura, pelo rapado a los lados y una enorme cresta solidificada con kilos de gomina. Sin embargo, la chica que descubrió tumbada en aquella camilla no tenía nada que ver con cualquier fan de AC/DC. Era menuda, cabello negro, largo y liso. Se cubría los ojos con un antifaz, aunque su rostro le resultó atractivo y juvenil. Se acercó curioso para contemplarla mejor.

—¿Qué estás mirando, donjuán? —Belén le sonrió con malicia.

—¿Quién es? —preguntó él, aprovechando que la chica continuaba cantando, aislada del exterior gracias a sus auriculares.

—Se llama Cat. Ya es la tercera vez que viene a donar sangre en siete meses. Siempre actúa de la misma forma: hablamos un rato, se pone música cañera y se tapa los ojos con el antifaz. Es encantadora.

—¿Y por qué el antifaz?

—Dice que no soporta ver la sangre. Por cierto, es cero negativo.

—¿Cero negativo? Una sangre valiosa y una donante que es pura dinamita —dijo Álex, soltando una carcajada.

Durante unos segundos, los dos permanecieron riendo al lado de aquella camilla, hasta que otra enfermera entró en la sala y Belén dejó solo a Álex. Él continuó observando a Cat un rato más y, cuando iba a dar media vuelta para proseguir con su trabajo, ella empezó a hablar.

—Belén, ¿te he contado alguna vez cómo descubrí a la banda AC/DC y por qué me hice fan de su música? —preguntó Cat, levantándose de la oreja derecha uno de los auriculares, completamente ajena a lo que sucedía a su alrededor.

En un inicio, Álex no supo cómo reaccionar; se quedó callado sin saber qué contestar, hasta que decidió arriesgarse.

—¿Mmm...? —musitó, agudizando al máximo el sonido que surgió de su garganta.

—Pues no te lo vas a creer, pero fue gracias a Mozart. —La carcajada de la chica dejó a Álex paralizado. Notó que el rubor le subía a las mejillas, aunque sonrió tranquilo, consciente de que el antifaz lo hacía invisible ante sus ojos—. Hoy tengo poco tiempo, pero la próxima vez que venga a donar te explico cómo sucedió. —Y, sin más, Cat volvió a dejarse abducir por la música estridente de los AC/DC.

—*Cause I'm T. N. T. I'm dynamite... T. N. T. and I'll win the fight...*

Álex sonrió de nuevo al oír su voz y despertó de aquella ensoñación que lo había dejado inmovilizado durante unos segundos. Sin embargo, lejos de actuar como el cobarde que no era o cerca de comportarse como el irresponsable que jamás hubiese imaginado ser, se inclinó levemente y, aprovechando que Cat no se había vuelto a colocar el auricular sobre la oreja, susurró:

—Estoy deseando conocer esa historia.

El timbre de su voz hizo que el cuerpo de Cat reaccionara con brusquedad. En un rápido movimiento, alzó el brazo del cual se estaba extrayendo la sangre y la aguja se desprendió de su piel. Con la otra mano buscó a ciegas la tela del antifaz y tiró de él para comprobar si era cierta la señal que el cerebro había recibido del oído. Abrió mucho los ojos para enfocar bien y, al encontrarse con los de Álex, se le encendieron las mejillas como si aquel chico hubiese activado un interruptor.

—Per... perdona... —tartamudeó él, aturdido, al ser consciente de su estupidez.

Durante unos segundos, Cat lo miró con una mezcla de escepticismo y miedo. Él no supo comprender aquella mirada, su gesto lo confundió y, por primera vez en su vida, se sintió un inepto.

Las mejillas encendidas de Cat se apagaron de golpe cuando bajó la mirada y se percató del brote de sangre que le emanaba del brazo. Sus ojos se perdieron en aquel líquido rojo, que goteaba en el suelo, y sintió cómo su cuerpo la abandonaba. Alzó la vista, bajó los párpados y cayó desmayada sobre la camilla.

—¡Joder! —Álex reaccionó rápidamente y cogió el brazo de Cat para parar la hemorragia.

—¡Álex! ¿Qué ha pasado? —Belén corrió a su lado.

—Se ha asustado, ha movido el brazo y la aguja se ha soltado —explicó él mientras limpiaba la herida y presionaba con una gasa.

—Y ha visto la sangre...

Álex asintió con la cabeza, aún afectado por la reacción de la chica. Había actuado como un crío, infantil e irresponsable, algo nada propio en él, y por su estupidez ahora tenía a una donante perdiendo sangre bajo los efectos de una lipotimia.

—Cat, Cat..., abre los ojos, cariño. —Belén cogió con la palma de las manos el rostro de la joven y la animó para que recobrara el conocimiento.

Pocos segundos después, Cat levantó los párpados con pesadez. Se sentía débil, como si una piedra pesada le aplastara el cuerpo. Reconoció el rostro amable de Belén y sonrió con sutileza.

—Perdona, te he asustado, no debí hacerlo —intentó excusarse Álex.

Cat respondió a sus disculpas con una fría mirada de apenas unas décimas de segundo. Volvió a buscar los ojos de Belén, que entendió su silenciosa pregunta.

—Es el doctor Rotes, está sustituyendo al doctor González. ¿Cómo te encuentras?

—Me siento débil y algo mareada... —respondió Cat, ignorando al doctor que aún le sujetaba el brazo.

—Le haré un reconocimiento —dijo Álex mientras sacaba una linterna de uno de los bolsillos de su bata. La encendió y alumbró los ojos de Cat, buscando una reacción en sus pupilas—. Sigue mi dedo. —Movió la mano de derecha a izquierda.

Cat respiraba con dificultad. Tenerlo allí, a escasos centímetros de su rostro, era la peor tortura que hubiese imaginado resistir. Cuando él le pidió que se levantara la camiseta para auscultarla, cerró los ojos e intentó seguir sus instrucciones. El frío estetoscopio sobre la piel le produjo un estremecimiento.

—Lo siento... —susurró Álex al notar el escalofrío que la hizo temblar.

Ella continuó con los ojos cerrados, deseando que aquel reconocimiento médico finalizara lo antes posible. Mientras Álex iba a buscar el tensiómetro, Cat abrió los ojos y lo contempló de espaldas. Su cabello castaño, sus hombros anchos, las piernas ligeramente abiertas, su forma de caminar...

—¿Estás mejor, Cat? —Belén la hizo regresar de aquel hermoso espejismo.

—Sí, sí..., mejor. Me tendría que ir, Belén —dijo ella, intentando reincorporarse.

—No. —Álex apareció de nuevo, con el entrecejo fruncido—. Tengo que acabar de reconocerte y permanecerás tumbada hasta que esté seguro de que no vas a sufrir otro mareo.

Cat volvió a estirarse en la camilla, arrugó los labios, molesta, y dirigió la mirada hacia Belén, evitando los ojos del médico.

—El doctor tiene razón, Cat.

—Está bien, pero que sea rápido —gruñó ella, cruzándose de brazos.

En los labios de Álex se perfiló una suave sonrisa. Después del susto al verla desmayada en la camilla, la arrogancia y el mohín infantil de la chica le permitieron recuperar el ritmo normal de la respiración. Inspiró con fuerza y dejó que se le destensaran los músculos. Sujetó con determinación uno de los brazos de Cat y enredó en él el tensiómetro. Mientras estaba concentrado, midiendo su tensión, intuyó, divertido, que ella continuaba enfurruñada.

—Tienes la presión arterial baja. —El doctor se dio media vuelta para buscar el expediente de la joven y regresó delante de ella con una expresión de desaprobación—. Tenías el nivel al límite, no deberías estar donando sangre.

—Belén ya me lo advirtió, pero no estaba por debajo del límite, así que decidí donar bajo mi responsabilidad —respondió Cat, sin mirarlo a los ojos.

—Es la tercera vez en siete meses. Era demasiado pronto —insistió él.

—Eso es problema mío....

Mientras ella decía aquellas palabras y continuaba con su afán de evitar su mirada, un gesto de la chica llamó la atención de Álex. Llevó la mano derecha en busca de la muñeca de su brazo izquierdo, cubierta por muchas pulseras de tela y cuero de diferentes colores, la rodeó con los dedos y la acarició como si quisiera calmar un dolor.

—¿Te duele la muñeca? —Álex quiso acercar la mano al brazo izquierdo de ella, pero Cat esquivó su contacto.

—No —dijo, tajante—. Estoy bien. Doctor, tengo que irme.

—Álex..., me llamo Álex.

—Está bien..., Álex. —Cat dejó escapar de la garganta el sonido de su nombre sintiendo que le abrasaba la faringe—. En diez minutos debo subir a un autobús para volver a casa. Tengo un hermano de catorce años y está solo.

Ella parecía encontrarse mejor y no había motivos para retenerla allí por más tiempo. Aun así, Álex sintió la necesidad de volver a disculparse y de saber más sobre ella, aunque seguía torpe y confuso.

—Yo... —miró su reloj de pulsera— en treinta minutos acabo mi jornada. Si me esperas, te acerco a casa en coche.

Cat lo miró sorprendida, aunque en pocos segundos volvió a torcer el rostro y a acariciarse la muñeca izquierda.

—Gracias, pero no.

Sin decir nada más, se reincorporó despacio, recogió su antifaz y bajó de la camilla. Álex la contempló mientras caminaba hacia la salida, sintiéndose un capullo integral. Con su broma, había estado a punto de dañarla; se había comportado como un irresponsable, engreído y presuntuoso. Aquella imagen que durante años él había intentado evitar huyendo de las personas que le contagiaban aquella insolencia, huyendo de la abogacía, huyendo de alguno de sus amigos, huyendo de su padre...

—¡Joder! ¡Mierda!

Ni tan siquiera le había pedido perdón de la forma más correcta. Había vuelto a ser el estúpido niño arrogante que muchos creyeron que era años atrás. Él no era así, él jamás había sido así, él jamás iba a ser así.

Se volvió hacia la camilla, pesaroso, con la intención de concentrarse de nuevo en los informes que debía revisar, cuando pudo vislumbrar un objeto metálico semioculto entre las gasas que había usado para parar la hemorragia de Cat. Era su *walkman*. Lo guardó en el bolsillo de la bata y fue en busca del expediente de la chica.

3

Óscar

Cuando Cat llegó a casa y cruzó el salón a toda velocidad, Óscar salía de su dormitorio. Pensó que tal vez su hermana andaba apresurada hacia el cuarto de baño, pero se extrañó al verla entrar en su habitación. La siguió, intrigado, y oyó golpes de cajones abriéndose y cerrándose. Se asomó por la puerta entreabierta y adivinó la figura de Cat junto a la cómoda, con un objeto rosado en las manos que no supo identificar.

—¿Qué es eso? —preguntó, curioso.

—¡Nada! —respondió ella, guardando lo que sujetaba con avidez—. ¿Qué haces aquí? ¿No tenías que ir a la biblioteca?

Óscar arrugó los ojos, curioso. Ignoraba tantas cosas de su hermana que, a veces, creía vivir con una completa desconocida.

—¿Por qué has entrado corriendo? ¿Te pasa algo?

—Ahora no, Óscar —respondió tajante.

—Como usted mande... —ironizó él, a la vez que daba media vuelta.

Óscar se había prometido en numerosas ocasiones que ya no iba a preguntarle más, que la iba a ignorar, que subiría el volumen de su *walkman* para no oírla llorar por las noches, que ya no le insistiría más a su tía, que acabaría por aceptarlo y dejar que pasara el tiempo hasta que ella se sintiera con fuerzas para contarle qué la atormentaba. Ni tan siquiera su padre había querido hablar con él, no sabía si porque desconocía lo que había sucedido años atrás o porque también, al igual que su tía, esperaba que fuera Cat quien se lo contase con sus propias palabras. A pesar de todo, él quería ayudar a su hermana, aunque ella no se dejara ayudar. Suspiró mientras volvía a su habitación para recoger algunos libros y guardarlos en la mochila.

En aquel instante, el timbre de la puerta los sorprendió. No esperaban a nadie y supusieron que sería su padre. Julián tenía llaves de casa, pero siempre llamaba cuando sabía que ellos estaban dentro para no incomodar a Cat. Durante los siete meses que llevaban viviendo allí, Óscar había almorzado con su padre casi cada semana, los sábados o los domingos. Cat, sin embargo, continuaba evitándolo. Entre ambos se había firmado una especie de pacto no hablado: él no intentaba mejorar la relación padre e hija, dándole el espacio que ella precisaba, y ella no impedía que Óscar conociera mejor a su padre.

—¿Será papá? —gritó Óscar desde la habitación.

—¿Habíais quedado? —preguntó Cat mientras caminaba hacia la puerta exterior.

La joven abrió, esperando encontrarse con su padre, pero la persona que tenía enfrente era la última que hubiese imaginado ver.

—Tú... Tú, ¿qué haces aquí? —Tragó saliva, sintiendo la garganta seca, e inspiró con brusquedad al notar que le faltaba el aire.

—Hola, te dejaste esto en el hospital. —Álex le mostró el *walkman* y ella se lo arrebató de las manos—. Quería disculparme de nuevo por lo que ha sucedido en el banco de sangre. He sido un estúpido y...

—¡Fuera de aquí!

Las mejillas de Cat enrojecieron de golpe y Álex creyó que en cualquier momento aquellos ojos incinerarían su cuerpo con una llamarada de odio.

—¿Cómo has sabido que vivía aquí? ¡Oh, Dios! ¿Has buscado la dirección en mi ficha de donante?

—Sí, bueno... yo...

—Fuera de aquí si no quieres que llame a la policía o, peor aún, que llame al hospital y les diga que acosas a tus pacientes siguiéndolas hasta su casa...

—Está bien, tranquila, si sigues así vas a volver a desmayarte. Tenías la tensión baja y...

—¿Te has desmayado en el hospital? —preguntó su hermano, tras aparecer en el rellano donde Cat gritaba enfurecida—. Te avisé, no deberías donar sangre con tanta frecuencia, te vas a quedar seca.

—¡Óscar, no te metas en mis asuntos!

—Sí, señora... —claudicó el muchacho mientras se colocaba los auriculares de su *walkman*.

Álex miró al adolescente que tenía delante, le sonrió y estiró la mano.

—Soy Álex.

—Óscar —respondió él, aceptando el saludo.

El joven desapareció escaleras abajo con la mochila en la espalda.

—¿Es tu hermano?

—¡Pero bueno! ¿Qué pasa hoy? ¿Os habéis empeñado todos en sacarme de quicio? Vais a volverme loca. ¡Dejadme en paz!

Y ante la mirada estupefacta de Álex, Cat cerró la puerta de su casa con tal fuerza que provocó un temblor que debió de asustar a todo el vecindario.

A pesar de llevar las orejas tapadas por los auriculares y de estar ya saliendo del edificio, Óscar sonrió al notar la vibración del portazo. Su hermana era única haciendo amistades, sobre todo masculinas. Desde que tenía memoria no la había visto con ningún chico, incluso había empezado a dudar sobre los gustos de Cat. ¿Y si le atraían las personas de su mismo sexo? Aunque, si lo pensaba bien, ¿cuántas amigas tenía su hermana? ¿Una, dos...? De hecho, las dos únicas personas con las que Cat se relacionaba desde que habían llegado a la ciudad eran ese amigo suyo que iba a casarse, Rafa, y la dependienta de la panadería, Bárbara, una mujer muy simpática en la que su hermana había encontrado el mismo apoyo y la misma comprensión que compartía con su tía Carmen.

Aunque en cuestión de amistades él no podía juzgar a su hermana. Óscar apenas tenía amigos; de hecho, a ninguno de los compañeros de clase con los que a veces mantenía conversaciones triviales e insulsas podía considerarlo un amigo.

—¡Mirad a quién tenemos aquí! ¡El empollón!

Iba tan absorto en sus pensamientos que se asustó al oír aquella voz. Estaba a escasos metros de la entrada de la biblioteca y ante sus ojos aparecieron Pablo y sus dos amigos. Uno de ellos tiró de los auriculares que lo aislaban del exterior y pudo oír mejor sus risas.

—¿Qué pasa, empollón, te has tragado la lengua?

Óscar intentó continuar su marcha e ignorarlos, como siempre solía hacer, pero Pablo se situó delante de él, impidiéndole el paso.

—¿Adónde vas con esa mochila?

Dudó en responder, sabía que lo que menos le interesaba a Pablo era enterarse de sus intenciones de ir a la biblioteca a estudiar. Lo conocía bien, ese idiota era uno más; otro prepotente, otro desequilibrado inmaduro que aliviaba su estupidez riéndose de los demás. Decidió no responder y se colocó de nuevo los auriculares.

—Te he hecho una pregunta, imbécil. —Pablo golpeó con fuerza la mochila que colgaba de su espalda y esta cayó al suelo. Se abrió y los libros se esparcieron por la acera.

Óscar inspiró con resignación y se agachó para recoger sus cosas, pero cuando estaba a punto de alcanzar uno de los libros una mano le sujetó con decisión el brazo y lo hizo levantarse de nuevo.

—¡Óscar! Te estaba buscando. —Alzó la vista y se sorprendió al ver al amigo de su hermana, al chico que acababa de conocer en la puerta de su casa—. ¡Hola, Pablo! ¡Hola, chicos!

Álex saludó a los tres adolescentes y aquello sorprendió a Óscar. Aunque él no parecía ser el único sorprendido.

—¡Álex! ¡Ho... hola! —tartamudeó Pablo—. ¿Conoces a Óscar?

—Sí, claro. Su hermana y yo somos buenos amigos. Hablando de hermanos, dile al tuyo que me llame, que tenemos unas cervezas pendientes.

—Claro, se lo diré. —Óscar apreció cierto temor en los ojos de Pablo.

—Me ha parecido ver que habéis tirado la mochila de mi colega accidentalmente. Supongo que no ibais a dejar que fuera él quien recogiese los libros.

—No, no... por supuesto. —Óscar abrió los ojos como platos al ver que los tres chicos se agachaban, recogían los libros, los guardaban en su mochila y se la entregaban—. Bueno, Óscar, nos vemos en clase —añadió Pablo, dando un paso hacia atrás.

—Nos vemos —respondió él, aún atónito.

—Adiós, Pablo, y recuerda decirle a tu hermano que me llame —se despidió Álex con una sonrisa traviesa. Pocos segundos después, miró a Óscar con preocupación—. ¿Estás bien?

—Gracias —respondió, asintiendo con la cabeza.

—Son unos capullos. El hermano de Pablo era igual de prepotente. En el instituto se creía superior a todos y aquel afán de ser el líder le hizo repetir tantos cursos que acabó dejando los estudios. Ahora sobrevive haciendo largas jornadas como camarero, con contratos temporales y cobrando una mierda. Es una pena, porque no es mal tío...

—Ya...

—¿Te molestan mucho?

—En el instituto, a veces. Intento esquivarlos o ignorarlos, pero parece que no tienen nada mejor que hacer.

—Si quieres, puedo hablar con el hermano de Pablo.

—No, déjalo. Ya se cansarán.

—¿Adónde vas?

—A la biblioteca.

—¿Exámenes?

—No. —Óscar permaneció unos segundos en silencio, esperando a que aquel chico continuara su camino, pero no parecía dispuesto a dejarlo ir, así que decidió darle una respuesta y zanjar la conversación—. Me gusta estudiar en la biblioteca, me concentro mejor allí.

—¿Cuántos años tienes?

—Catorce.

—¡Ah! Sí... lo dijo tu hermana.

—¿Cat te ha hablado de mí? —Aquella revelación sorprendió a Óscar—. ¿De verdad sois amigos?

—No, no lo somos —rio Álex—. Soy médico y la he conocido en el hospital mientras donaba sangre. ¿Te puedo hacer una pregunta sobre tu hermana?

—Poder, puedes, la cuestión es si seré capaz de responderte. Estoy seguro de que tú sabes de ella más que yo.

—¡Imposible! —exclamó Álex, tras soltar una carcajada—. He intentado hablar con ella y me ha cerrado la puerta en las narices, literalmente.

—Esa es mi hermana. Yo llevo catorce años viviendo con Cat y no la conozco. —Puso los ojos en blanco y Álex sonrió.

—La biblioteca está aquí cerca, te acompaño. —Óscar aceptó con un movimiento de cabeza. Caminaron hasta llegar a la entrada y una vez allí, Álex señaló la puerta que daba paso a una cafetería situada dentro del mismo recinto—. ¿Te apetece un refresco o un chocolate caliente? Aquí los hacen muy buenos.

—No sé...

—Vamos, nos tomamos algo rápido y te vas a estudiar. No te quitaré mucho tiempo. Hace frío y me apetece beber algo caliente. ¿A ti no?

—Está bien.

Óscar aceptó intrigado. Había algo en aquel chico que despertó su curiosidad. Se sentaron en una mesa para dos personas cerca de un gran ventanal y los dos pidieron una enorme taza de chocolate caliente.

—¿Y no sabes por qué dona sangre tan frecuentemente?

—¿Mi hermana? Ni idea. Está obsesionada con regalar su sangre. Estuve buscando en la biblioteca si existía alguna patología con esas características, pero no la encontré. ¿Tú crees que puede tratarse de una enfermedad?

—No lo creo —respondió Álex, mirando a Óscar con asombro—. Oye, ¿de verdad tienes catorce años?

—Ya, ahora vas a decirme que soy un empollón...

Álex dio un sorbo a su taza y le sonrió con tranquilidad.

—Aunque no estoy de acuerdo con el dicho ese de «mal de muchos, consuelo de tontos», te diré que a mí también me llamaban empollón. Coeficiente ciento quince.

—Ciento veintiuno.

—¡Joder! —Álex abrió mucho los ojos. Poco después, alzó la palma abierta y animó a Óscar para que este hiciera lo mismo y se saludaran chocándolas—. Encantado de conocerte, ciento veintiuno.

Ambos sonrieron a la vez y continuaron hablando sobre multitud de temas; libros, deporte, música, revistas de ciencia, *hobbies*... Óscar perdió la noción del tiempo, pero lo que más le sorprendió fue oírse a sí mismo hablar sobre todo lo que le gustaba hacer sin sentirse un bicho raro.

—Estoy intentando superar el récord de resolución del cubo de Rubik —explicó Óscar.

—Me compré uno de esos cubos cuando salieron a la venta, pero aún no he tenido tiempo de resolverlo. Me tienes que explicar cómo hacerlo.

—Es fácil, existe un algoritmo, una secuencia de movimientos idénticos hasta solucionar el cubo. ¿Tú tienes algún *hobby*?

—Cuando era pequeño, mi abuelo me aficionó a las maquetas de tren. A él le encantaban, tenía una colección muy valiosa, pero cuando murió mi abuelo mi padre la vendió. Creo que lo hizo para castigarme.

—¿Castigarte?

—Mi padre es abogado, su padre también lo era, y el padre de su padre... En fin, una tradición familiar que va a acabar en él. Soy hijo único y hace años le comuniqué mi firme decisión de ser médico. Cuando mi abuelo murió, apenas nos hablábamos por culpa de esa absurda tradición y vendió la colección sin preguntarme, sabiendo que yo compartía esa afición con mi abuelo.

—Entiendo, debió de ser difícil para ti.

—Sí, pero al final tengo que agradecerle a mi padre que actuara de aquella forma. ¿No dicen eso de «no hay mal que por bien no venga»? —Álex le guiñó un ojo a Óscar y continuó—: Intenté comprar algunas de las piezas que vendió mi padre y fue así, moviéndome en el mundo de las maquetas de tren, como conocí los coches de *slot*.

—¿Scalextric?

—Esa es la marca más conocida, pero existen otras.

—¿Y tienes una pista de esas en tu casa?

—Sí, aunque es pequeña. Siempre que mi horario me lo permite, me escapo a un local donde un grupo de profesionales organiza competiciones. He conocido a gente muy agradable, y estar con ellos y compartir esta afición me ayuda a escaparme del día a día. También compite un grupo de chicos de tu edad. Si quieres, podrías acompañarme algún sábado por la tarde.

—Me gustaría, aunque no sé si mi hermana estará de acuerdo.

—¿Le tienes que pedir permiso a tu hermana? ¿No vives con tus padres?

—Mi madre murió cuando yo tenía cuatro años y mi padre y mi hermana dejaron de hablarse a partir de entonces. En aquella época vivíamos en Sabadell, pero después del accidente los dos nos mudamos a Masquefa con mi tía Carmen, la única hermana de mi madre. Mi padre continuó viviendo aquí y desde que llegamos, hace siete meses, lo veo a menudo. Aun así, Cat sigue siendo mi tutora.

—¿Y tu hermana y tu padre?

—Siguen sin hablarse...

—Ya... —Álex se quedó pensativo durante unos segundos.

—Quítatela de la cabeza.

—¿A quién? —preguntó Álex, sorprendido.

—A mi hermana. Es impermeable, apenas tiene amigos y siempre está de mal humor. Como ya te dije, ni yo la conozco.

El médico continuó en silencio, contemplando absorto el fondo de su taza.

—Olvídala, es un caso imposible —insistió Óscar.

Álex alzó la vista y sonrió.

—No deberías haber dicho eso... Siempre he pensado que no existen los imposibles, sino obstáculos que debes sortear para hacerlos posible.

—Vale, acabo de despertar más tu interés por ella.

—Me temo que sí.

4

Julián

Nueve años sin verla, sin acariciarle las mejillas, sin peinarle el pelo negro; nueve años sin oler aquel aroma a vainilla y a colonia de bebé. Su niña había dejado de serlo, ahora era una mujer de veintisiete años y, por desgracia, una completa desconocida para él. Julián inspiró con fuerza al sacar del cajón de su mesita de noche una de las pocas fotos que tenía de los cuatro. En ella, Óscar acababa de cumplir un año y estaba en los brazos de su madre, y Cat, su niña, le rodeaba a él la cintura con los brazos. La imagen de una familia unida y feliz, una familia completa, una familia perfecta. Una imagen de la que ya no quedaba ni el recuerdo, solo el poso del dolor en el fondo de una taza. Una taza vacía.

Y vacío era como él se sentía, casi diez años después.

Apagó el cigarro sobre las últimas colillas que hacían equilibrio en el borde del cenicero. No lo limpiaba desde hacía días. Días o meses.

Dio un sorbo al resto del líquido amarillento y caliente que quedaba en la botella de cerveza. Sacó la lengua y con la manga de la camiseta retiró el amargor que le abrasaba las papilas gustativas.

Ya nada conseguía aliviar su angustia; ni el tabaco, ni el alcohol.

Se tumbó sobre la cama sin hacer. Desde que murió su mujer le daba igual que estuviera hecha o no, nunca iba a estar tan perfecta como cuando ella la hacía. Con sus pequeñas manos, acariciaba la colcha para eliminar cualquier arruga, cualquier imperfección, y la doblaba con sumo cuidado sobre la almohada, midiendo cada centímetro de tela.

Después de la muerte de su mujer y de apartar a sus hijos de su lado, se fue de la casa que habían compartido, la que tantos recuerdos le evocaba, y se mudó al apartamento de su hermano, con tan solo una maleta de ropa y una infinidad de recuerdos.

Ya habían transcurrido siete meses desde que sus hijos volvieron a la ciudad y tenerlos cerca había despertado en él algunas emociones que parecían hibernar en su interior: alegría, orgullo y preocupación. Alegría al creer en una oportunidad de reconciliación; orgullo de padre al ver a sus pequeños crecer, y preocupación por Cat, por la niña de sus ojos. La niña a la que culpó de todo, a la que echó de su vida demostrándole un odio que no sentía; la niña a la que nunca supo ayudar. Necesitaba pedirle perdón, pero aún no había encontrado las palabras adecuadas para expresar su frustración y su sufrimiento.

Se quedó dormido recordando la sonrisa que siempre acompañaba a aquella niña de la foto.

Era viernes, las seis y media de la mañana, y ya estaba deshuesando jamones. Su trabajo desde hacía doce años, desde que un amigo de la infancia le habló de él a su encargado y este le dio una oportunidad. Cuando supo que habían aceptado su solicitud, le propuso a su mujer mudarse a la ciudad, dejar atrás una vida apacible y abandonar aquel pueblo que los había visto crecer, pero que no ofrecía un futuro a sus hijos. Un sacrificio del que ellos se iban a beneficiar. Pocos meses después, ella también comenzó a trabajar y pudieron permitirse lujos que antes eran impensables: vacaciones en un hotel en la Costa Brava y un segundo vehículo. Lujos que acabaron destrozándoles la vida.

Después de horas entrando y saliendo de las cámaras frigoríficas donde almacenaban los jamones, y a pesar de los ocho grados del exterior, Julián salió de la nave en mangas de camisa. A las cuatro de la tarde su hermano ya habría regresado al trabajo, así que volvería a almorzar solo, como cada día durante los últimos diez años. Sació el hambre con un plato de macarrones fríos y se dirigió al cuarto de baño para asearse. Observó el reflejo de su rostro en el espejo. Hacía demasiado que no se paraba a contemplar las bolsas bajo los ojos ni las arrugas que le rodeaban la comisura de los labios, ni las entradas que habían agrandado su frente. Debía mejorar su imagen, pero no sabía cómo. Se afeitó con esmero, se duchó y se peinó el cabello grisáceo, que, por suerte, aún le cubría la cabeza.

Abrió el armario de su dormitorio y descubrió que tan solo tenía dos camisetas planchadas. Una de ellas estaba demasiado desgastada por el uso y eligió la otra, de color azul oscuro. Al contemplarse en el espejo de cuerpo entero que colgaba de la puerta del armario se vio algo más delgado.

Salió a la calle y caminó decidido hacia el cruce, donde esperó a que el semáforo para peatones cambiara de color.

Estaba nervioso, como cada día que pasaba por allí.

Cada día desde hacía ocho meses.

Cruzó al otro lado de la calle y recorrió los escasos metros que lo separaban de su destino. Su corazón galopaba como un caballo en libertad, un palpitar salvaje que empujaba su pecho pretendiendo atravesarlo. El único dolor que lo mantenía vivo.

Abrió la puerta de cristal e inspiró con fuerza antes de atravesar la cortina de tiras de plástico. Alzó la cabeza para buscarla tras las cinco personas que esperaban a ser atendidas. Y allí estaba ella. Preciosa. Llevaba el pelo recogido en un moño, cubierto por un gorro de papel, y delante de las orejas le caían dos mechones rizados cuyas puntas acariciaban ese hueco entre el cuello y el hombro, esa porción de piel suave que debía de oler como ella, a canela y a limón. Esperó ansioso mientras dirigía la vista a los dedos de su mano izquierda. La alianza continuaba allí. Volvió a mirarla a los ojos, deseando que ella no se percatara de su presencia y no lo descubriera observándola. Pocos minutos después, ya solo quedaba una persona delante de él y volvió a sentir esa aceleración que agitaba todos y cada uno de los músculos de su cuerpo.

—Buenas tardes, Julián, ¿lo mismo de siempre?

Asintió con la cabeza, incapaz de vocalizar. Ella fue en busca de la barra de pan, la introdujo dentro de la bolsa de papel y se la entregó con una sonrisa en los labios. Los ojos de él bajaron hasta su boca y en ese instante pensó que allí, frente a él, se encontraba una de las dos razones por las que vivir continuaba siendo una opción: sus hijos y ella.

Salió de la panadería como cada día, con una mezcla extraña de frustración y firmeza, pues, aunque ella seguía unida a otro hombre y era imposible que lograra conocerla, él sabía que el dolor que sentía al notar el corazón golpeándole el pecho estaba devolviéndolo a la vida.

5

Cat

Habían pasado siete meses magníficos durante los cuales Cat apenas había sentido la angustia del recuerdo ni la ansiedad que la sumergía en ese agotamiento desgarrador que le impedía subir escaleras, reír a carcajadas o cantar en la ducha. Siete meses durante los cuales apenas había notado el dolor en la muñeca. Bajó la vista hacia aquella maraña de pulseras, cuerdas y cintas de tela, verdes, azules, grises y negras. Cerró los ojos y tragó aire por la nariz, intentando deshacer el nudo en el estómago que no la abandonaba desde que aquel odioso médico se había acercado tanto a ella. ¿Por qué había tenido que hacerlo? ¿Por qué había ido hasta su casa? ¿Por qué había aparecido en su vida?

Cinco días después, Cat seguía levantándose por las mañanas recordando aquella voz ronca y sensual que había acariciado los poros de su piel, despertando en ella sensaciones que debían seguir rodeadas de una indestructible capa de hielo.

Caminó casi sin fuerzas hasta la panadería. Aquel día tenía que llegar al observatorio a las diez de la mañana, así que tenía tiempo de comprar una barra de pan, algún cruasán y conversar tranquilamente con Bárbara, el hombro que ahora soportaba sus bajones.

—¿Y esa cara?

Siete meses yendo a comprar el pan todos los días y Bárbara ya conocía cada una de sus expresiones, de sus gestos, incluso sabía descifrar la razón de sus suspiros.

—Estoy algo cansada desde hace unos días.

—Desde que fuiste a donar sangre. Óscar me contó que te desmayaste en el hospital. Cat, tienes que cuidarte, estás pálida.

—Mi hermano debería estar calladito y no hablar tanto.

—Tu hermano se preocupa por ti.

—¿Tú crees? Porque se pasa el día en la biblioteca o en casa, aislado con sus cascos y esa música odiosa que tanto le gusta.

—Por cierto, hace unos días lo vi pasar con un chico de tu edad. ¿Quién era?

—¿Con un chico de mi edad? ¿Qué quieres decir?

—Pues un chico de unos treinta años, puede que algo menos, pelo castaño, alto, delgado y tengo que decir que se veía bien guapo... —Bárbara alzó las dos cejas y las movió hasta arrancarle una sonrisa.

A pesar de la broma de su amiga, Cat continuó intrigada. Arrugó los ojos y se acarició la mejilla derecha con el dedo índice.

—Ya le preguntaré... —Alzó la vista y buscó los ojos de Bárbara—. Y tú, ¿cómo estás?

—Bien, muy bien. ¿Te he dicho que ya he empezado las clases?

—¿Ya?

—Estoy muy ilusionada. Sé que va a ser difícil alternar las clases con el trabajo, pero quiero sacarme el graduado escolar y demostrarme a mí misma que no soy la inútil que algunos creen que soy.

—Olvídate de ese imbécil. —Cat movió la cabeza de lado a lado y señaló los dedos de su amiga, emblanquecidos por la harina—. Y quítate eso.

Bárbara acarició la alianza que le adornaba el dedo desde hacía veinticinco años. Ya no tenía sentido continuar luciendo la única prueba que aún guardaba de su matrimonio. Un matrimonio dañino que había liquidado su juventud, su feminidad y su autoestima.

—Tienes razón. —Le mostró el dedo a Cat y comenzó a tirar del anillo—. ¿Me ayudas? Me cuesta sacarlo.

—Habría que mojar el dedo con agua —le aconsejó Cat mientras daba la vuelta al mostrador y las dos entraban en un pequeño baño que usaban los panaderos y las dependientas—. Pongámosle jabón, así seguro que sale sin problemas.

Bárbara se mojó las manos y Cat dejó caer un buen chorro de jabón sobre el dedo, pero cuando creían que el anillo iba a deslizarse sin dificultad, se quedó atascado en el nudillo. Cat arrugó la frente y sujetó la alianza con fuerza.

—El cabrón de tu exmarido va a salir de tu dedo como me llamo Cat.

Tiró de él con tal fuerza que cayó hacia atrás y aterrizó en el suelo con el trasero, a la vez que levantaba la mano con la alianza entre los dedos, victoriosa.

—¡Lo conseguimos! —gritó, sentada sobre los restos de harina y pan que cubrían el suelo—. Ufff... Mi culo.

Bárbara, al verla allí tirada, con una mano en las posaderas y con la otra sujetando el anillo, comenzó a reír a carcajadas.

—No te rías, que me duele... —Cat no pudo evitar sonreír al ver a su amiga con la cara húmeda por las lágrimas. No era la primera vez que la veía llorar, pero sí la primera vez que las risas se convertían en el motivo del llanto.

Entró en el observatorio aún dolorida por la caída, pero satisfecha al recordar las carcajadas de Bárbara. Aquella mujer se había convertido en una pieza importante de su apenada vida, un pañuelo sobre el que podía verter sus lágrimas. A pesar de la complicidad que existía entre ambas, Cat aún no había sido capaz de revelarle el motivo de su tristeza, y Bárbara le estaba demostrando que no necesitaba conocer los detalles de su pasado para ofrecerle su apoyo incondicional. Ella simplemente permanecía a su lado y le acariciaba la melena cuando la notaba triste, como si fuera su hija, la hija que su exmarido siempre le negó.

«¡Maldito cabrón!», se dijo Cat en silencio.

Mercedes, la secretaria del centro, sonrió al verla entrar con esa expresión de enfado, que, lejos de parecer irritante, en ella resultaba divertida.

—¿Y esa cara? —preguntó, después de que ambas se saludaran con un «buenos días».

Cat puso los ojos en blanco al recordar que era la segunda vez en una hora que alguien se sorprendía por su rostro.

—Estaba pensando en lo majos que son la mayoría de los hombres.

Y con esa frase y sin esperar réplica, Cat se dirigió hacia el auditorio del centro, punto de partida de las dos escuelas de la ciudad que ese día visitarían el observatorio. Durante las seis horas siguientes, disfrutó como una niña más. Las caritas sonrojadas de los alumnos, sus preguntas cargadas de inocencia y curiosidad, los ojos abiertos al admirar con sorpresa el gran telescopio y, sobre todo, las sonrisas de los niños. Aquellas sonrisas de las que fue cómplice durante su infancia, el período más feliz de su vida, los únicos años durante los cuales ella pudo ser ella.

Y después de dos horas de clases, dos de almuerzo en el parque y dos más observando a través del telescopio, Cat se dispuso, cansada y satisfecha, a salir del centro.

—¿Ha ido todo bien? —preguntó Mercedes, sentada junto a la mesa que hacía de recepción—. Parece que te vas con mejor cara de la que trajiste.

Cat sonrió al reconocer que su compañera tenía razón.

—Es cierto, adoro los días así... —Pero su rostro volvió a encogerse cuando se llevó la mano derecha a las posaderas—. Si no fuera por el dolor de culo que tengo.

—¿Y eso? —preguntó Mercedes, curiosa, mirando a la vez al joven que entraba en el centro y se acercaba a ellas.

—Me caí esta mañana hacia atrás y aterricé de culo. Supongo que mañana tendré un buen moratón.

—¿Y te duele mucho? ¿Puedes andar bien? —preguntó una voz masculina tras ella.

Cat abrió tanto los ojos que sus pupilas parecían dos astros gravitando en el espacio. Acto seguido, los cerró para preguntarse qué había hecho para provocar al destino y por qué aquel médico continuaba apareciendo en su vida.

—¿Tú otra vez? —preguntó mientras torcía el cuello para mirarlo a los ojos—. ¿Se puede saber qué co...?

Iba a acabar aquella fea palabra, pero recordó que Mercedes continuaba a su lado y que podría oírla cualquier alumno o profesor rezagado de los que aún estaban abandonando el centro para dirigirse a los autocares escolares, así que cogió del brazo a Álex, tiró de él hasta que salieron por la puerta principal y lo arrinconó en una las paredes laterales del edificio.

—¿Qué haces tú aquí?

—Quería hablar contigo... ¿Es cierto que te duele el culo? ¿Cómo ha sido la caída? —preguntó Álex, intentando mirar la espalda de Cat—. Déjame ver...

—¿De verdad estás intentando mirarme el culo? —gruñó ella, dando vueltas alrededor de él para evitar que contemplara sus posaderas.

—Puro interés médico, te lo juro —afirmó Álex con una media sonrisa y persiguiéndola, divertido.

—¡Para ya! —ordenó Cat, cansada de ese comportamiento tan infantil—. Ya ha dejado de dolerme, ¿vale? —aseguró, parando en seco y levantando las dos manos.

—De acuerdo, tranquila, solo me preocupaba por ti.

—Ya... —Lo miró desconfiada—. ¿Cómo has sabido...?

—¿Que trabajabas aquí? —Cat asintió con la cabeza—. Me lo ha dicho tu hermano.

—¿Óscar?

—¿Tienes más hermanos?

—No... —negó Cat y puso los ojos en blanco.

De pronto, la conversación que había mantenido aquella mañana con Bárbara sobre el chico misterioso que acompañaba a Óscar empezó a cobrar sentido.

—¿Tú y mi hermano?

—Lo conocí el día que fui a tu casa para entregarte el *walkman*... —Se llevó una mano a la oreja derecha y empezó a tirar del lóbulo—. Todavía te debo una disculpa.

—¿Has venido para disculparte? —preguntó Cat atónita.

—No, bueno, sí... En realidad, no. Quería hablar contigo sobre Óscar y, de paso, volver a pedirte perdón.

—¿Qué le pasa a Óscar? —Cat empezó a preocuparse.

—Tiene problemas en el instituto con un grupo de chicos que lo molestan constantemente.

—Ya, ya sé lo que quieres decir... —interrumpió ella, girándose para darle la espalda—. Está bien, si era eso lo que tenías que contarme...

—Quería pedirte permiso para ayudarlo.

—¿Tú? ¿Ayudarlo tú? —Cat volvió a situarse frente a él.

—Estuvimos un rato charlando, espero que eso no te moleste. —Ella no le respondió—. No sé, creo que entiendo por lo que Óscar está pasando, en cierto modo me recuerda mucho a mí y...

—¿A ti? —La chica abrió los ojos desmesuradamente—. ¡Bah! ¡No me tomes el pelo!

Cat, que apenas era capaz de mirar a los ojos de Álex, empezó a caminar hacia el parque que rodeaba el observatorio, decidida a acabar con aquella conversación.

—¡Espera, Cat! —Álex corrió tras ella.

—¿Por qué me sigues? Déjame en paz.

—Quería pedirte algo más. —La joven continuó andando hacia la parada del autobús, que se encontraba al otro lado del parque, pero Álex, dispuesto a no cejar en el intento de llamar su atención, apresuró el paso—. Quisiera llevarme a Óscar a un local donde voy a menudo para ver competiciones de coches de *slot*. —Hizo una leve pausa y continuó para explicarse mejor—. Son coches eléctricos que puedes hacer correr sobre una pista, como los de carreras. En fin, conozco un grupo de chicos de su edad a los que les gusta participar y creo que podría congeniar muy bien con ellos. —Ella no parecía estar escuchándolo, pero la testarudez del médico no le permitió desistir—. Será dentro de un par de semanas. Está fuera de la ciudad, a unos sesenta kilómetros. —Álex le sujetó el brazo izquierdo pretendiendo no ser brusco, aunque a la vez insistiendo para que ella dejara de huir—. Será un sábado por la tarde y...

Cat dio media vuelta y dirigió la vista hacia los dedos masculinos que rodeaban la maraña de pulseras que le cubría la muñeca. Él observó la expresión de su rostro con curiosidad; percibió que el sudor le humedecía la frente y se preocupó al comprobar cómo le desaparecía el color de las mejillas. Recordó el gesto que ella había hecho en el hospital al acariciarse la muñeca como si quisiera calmar su dolor, y la soltó preocupado.

—Perdona. ¿Te sigue doliendo?

Ella no respondió. Se limitó a llevarse las manos a la espalda para ocultar el recuerdo que la atormentaba. Miró durante unos segundos los ojos castaños de Álex y sintió que los suyos se cubrían de lágrimas. Agachó la cabeza y volvió a caminar en dirección a la parada de autobús, dejando al muchacho con los pies anclados en medio del parque, paralizado e intentando comprender qué acababa de suceder.

Cat abrió la puerta de casa enfurecida y, al cerrarla tras de sí, las voces en el salón cesaron de golpe. Óscar y Julián estaban sentados en el sofá y, cuando ella entró en la estancia, dejaron a un lado el periódico que estaban hojeando.

—No quiero que vuelvas a ver a ese chico —ordenó Cat, mirando a su hermano.

—¿A quién? —Óscar decidió hacerse el despistado.

—Sabes perfectamente a quién me refiero. Bárbara me ha dicho que te ha visto con él y hoy ha ido hasta el observatorio para pedirme que te dejara acompañarlo a no sé dónde...

Julián se tensó al oír el nombre de Bárbara en los labios de su hija. ¿Se trataría de la misma mujer?

—¿No le habrás dicho que no? —gruñó el adolescente.

—Te acabo de decir que no quiero que lo veas más.

—No puedes impedírmelo.

—Sí puedo y lo haré.

—Cat... —Julián se levantó del sofá y susurró el nombre de su hija con precaución—. Deberías pensártelo mejor.

—Yo...

Ella no supo qué responder. Se sintió agobiada y muy cansada. La aparición de Álex, su amistad con Óscar, su padre acercándose sigilosamente a ella... Todas aquellas sensaciones la estaban saturando y no tenía fuerzas para seguir luchando contra todo y contra todos. Abandonó el salón y se encerró en su dormitorio.

—Tranquilo. —Julián intentó animar a su hijo, que aún miraba enfurruñado la puerta cerrada del dormitorio de Cat.

Óscar estaba furioso y sabía que debía pensar fríamente antes de decir una estupidez. Antes de pedirle a su padre que le retirase la tutela a Cat y que lo dejara vivir con él, aunque compartieran una habitación en el apartamento de su tío. Necesitaba liberarse de la vida atormentada de su hermana, si bien, por otro lado, no podía ni quería dejarla sola. Cerró los ojos e inspiró con fuerza antes de recostarse en el respaldo del sofá.

—Tu hermana ha mencionado a una tal Bárbara, ¿quién es?

—Es la dependienta de la panadería de la calle de enfrente. ¿No la conoces? —dijo Óscar, convencido de que su padre sabría de quién se trataba.

—Es verdad, sí, la conozco. ¿Y Bárbara y tu hermana son amigas?

—A ti también te parece extraño, ¿verdad?

—¿El qué? —preguntó Julián, sin comprender a qué se refería su hijo.

—Que Cat pueda tener amigas. Con ese carácter que se gasta no sé cómo la aguantan en el observatorio.

Julián sonrió y con una mano despeinó el pelo ondulado del adolescente.

—Se le pasará.

6

Mario

Cuando Mario abrió los ojos volvió a sentir el amargo sabor del alcohol en el paladar, el tabaco en los pulmones, el olor a sexo en las sábanas y esa inconfundible tensión en los músculos de los brazos. La desazón del recuerdo volvía a endurecer sus entumecidos músculos. Con los años había aprendido a controlar esa rabia contenida gracias al boxeo y al sexo.

El sexo.

Sonrió de medio lado al sentir el calor de unas piernas desnudas rozando las suyas. No recordaba con claridad la noche anterior ni cómo ese cuerpo había llegado hasta su cama, pero su olor a mujer era incomparable, al igual que lo era la sexualidad que siempre la había caracterizado y, sobre todo, las ganas que él tenía de ella, de poseerla cada vez que aparecía ante él. Conocía a Nerea desde la adolescencia y desde que ella se había cruzado en su camino la vida había dejado de ser aburrida. Continuaba siendo dolorosa, pero con ella se había lanzado al refugio que le proporcionaba el mismísimo demonio, a regocijarse en el infierno y a saborear el pecado. Ella era puro veneno, él lo sabía, aunque todavía era incapaz de resistirse a su embrujo.

Se levantó de la cama intentando no hacer ruido, pero al separarse de su cuerpo supo que ya estaba despierta.

—Sabes que no me gusta que pases la noche aquí —dijo Mario con desdén, mientras se vestía con unos pantalones cortos.

—Pues anoche no parecía molestarte mi presencia —contestó Nerea, estirando sus largas piernas sobre el colchón.

—Anoche solo quería follar contigo, no despertar a tu lado.

—Cada vez que pasamos la noche juntos me echas de tu casa con la misma frasecita, pero cuando volvemos a vernos babeas como un caracol desesperado por pillar a su hembra, es decir, a mí.

—Te recuerdo que los caracoles son hermafroditas, nos lo enseñaron en la escuela, ¿lo has olvidado? ¡Ah, claro, no te acuerdas porque estabas tirándote a medio instituto cuando lo explicaban!

—A medio instituto no: a todo el instituto... menos a ti —le recordó ella mientras se levantaba de la cama—. Si no te importa, me ducharé antes de irme.

—Haz lo que te dé la gana.

Mario salió de su dormitorio y se dirigió al que había sido el de sus padres. Desde hacía cuatro años se había convertido en un improvisado gimnasio y en la estancia donde lograba controlar su ira y su frustración. El único lugar donde conseguía ser él mismo. Se enredó las vendas en las manos, cubriendo bien los nudillos, y las introdujo en los guantes de boxeo.

Golpeó el saco con fuerza, descargando sobre él toda aquella tensión, intentando desprenderse de ese escozor que le desgarraba los pulmones cada vez que respiraba. Golpeó con rabia al recordar las palabras que Nerea acababa de pronunciar, al rememorar la cara de su amigo cuando descubrió quién era ella en realidad, cuando él mismo tuvo que abrirle los ojos. Detuvo los golpes por un instante y el ruido del agua al caer le devolvió la rabia descargada sobre el saco. Había sido un cabrón acostándose con ella otra vez, volviendo a caer en las garras de esa bruja endemoniada. Por muy buen sexo que ella le regalase cada vez que se encontraban, la lealtad hacia su mejor amigo debía estar por encima de todo. Pero, durante muchos años, Nerea se había convertido en un medio para olvidar a la única mujer capaz de hacerlo sentir débil, la única a la que había amado de verdad. Aquella preciosa niña de las coletas.

Volvió a golpear con tanta fuerza que sintió dolor en la muñeca.

Mientras se retiraba las vendas que le protegían los nudillos enrojecidos, el timbre de la puerta sonó tres veces. Abrió los ojos con sorpresa y miró el calendario que colgaba de la pared.

—¡Mierda! —gruñó—. No abras la puerta... —ordenó a gritos.

El primer sábado de febrero, y como cada mes, Álex apretaba el pulsador tres veces. Aquellos tres timbrazos, con apenas unos segundos de diferencia entre uno y otro, avisaban a su amigo de su llegada. Álex aguardó un instante con una oreja pegada en la puerta, imaginando a Mario estirado en la cama, desnudo, con una resaca de esas que tardan días en desaparecer; tal vez acompañado o, quizá, golpeando sudoroso el saco de boxeo. Sonrió al oír aproximarse unos pasos ligeros al otro lado de la pared.

—¿Me abres ya, holgazán, o te has olvidado de qué día es hoy?

Cuando la puerta se abrió y la vio, desnuda, apoyada en el marco de madera, una angustia empezó a ascender desde el estómago hasta sentir el repugnante sabor de la bilis.

—¿Qué coño haces tú aquí?

—Hola, Álex, bonito saludo... Yo también me alegro de volver a verte.

—Siento no poder decir lo mismo... —susurró él, mirando de lado a lado y evitando sus ojos—. ¡Mario! Te espero abajo —gritó.

—¡No! ¡Álex! Un momento —contestó Mario mientras caminaba apresuradamente hacia la entrada—. Nerea ya se iba, ¿verdad? —exclamó, a la vez que arrojaba la ropa sobre el abdomen de la joven.

Ella no respondió, se acercó a Mario sin perder la sonrisa y le depositó un beso sobre los labios.

—Nos vemos pronto —murmuró.

—No lo creo —dudó él.

Y mientras Álex entraba en el apartamento de su amigo, resoplando enfurecido, este no pudo resistir la tentación de admirar ensimismado la espalda desnuda de aquella mujer, que se contoneaba descaradamente al bajar las escaleras, sin ningún pudor, sin importarle que algún vecino curioso estuviera deleitándose con aquel espectáculo.

—¡Joder! —Se mordió el labio inferior, se colocó la erección entre las piernas y entró en su piso esperando el merecido sermón de su amigo.

—¿Qué cojones haces con ella otra vez? ¿Estás loco? ¿Tengo que recordarte lo manipuladora que es? ¿Has olvidado todo lo que nos ha hecho? ¡Joder, tío!

Tras cerrar la puerta, Mario esperó apoyado en ella. Sabía que después de dejarlo bramar unos minutos, Álex volvería a ser el de siempre.

—Que se tiró a todo el instituto mientras salía conmigo. Joder, Mario, que nos manipuló a su antojo y te ha estado utilizando desde que te conoce, desde que sabe que ella es tu debilidad...

—¡Eh, eh, para ahí! Yo puedo pasar de ella si quiero.

—Pero no quieres, Mario, ese es tu problema.

—Álex, anoche estaba muy bebido y no recuerdo bien lo que pasó. Si llego a estar sobrio no me acuesto con ella.

—¡Bah! Por favor, sabes que eso no es verdad.

—¿Todavía sientes algo por Nerea?

—¿Yo? —Álex abrió mucho los ojos, sorprendido por la pregunta de su amigo—. Sí, repugnancia, Mario, repugnancia, eso es lo único que siente mi cuerpo al verla, porque mi cabeza hace tiempo que la olvidó. Y tú deberías hacer lo mismo, salir de esta mierda, apartarte de Nerea, de sus amistades, del alcohol... —Álex inspiró y espiró para recuperar la calma—. Mario, sabes que puedo ayudarte...

—Ya lo estás haciendo, por eso estás aquí. Otro habría salido corriendo el primer día que supiste que me la había tirado.

—Nerea no significa nada para mí, pero tú sí, y no pienso permitir que sigas rebozándote en esa mierda. Deberías volver a hablar con Vicente.

—¡Joder, no! Estoy cansado de psicólogos y de que me digan lo que debo hacer.

—Y sin embargo continúas siguiendo sus instrucciones...

—Si lo hago es porque tú me acompañas, si no...

Álex sonrió al reconocer en el rostro de Mario esos signos que lo delataban. Cuando no quería reconocer la verdad desviaba la vista hacia la izquierda y se rascaba la nuca con la mano derecha. ¡No podía ser más transparente!

—Vamos, cámbiate, que aún llegaremos tarde. Solo tienes una hora para estar con ella, debes aprovechar cada minuto.

Mario asintió con la cabeza y dio media vuelta para adentrarse en su dormitorio, dispuesto a darse una ducha rápida y a cumplir con su único deber como hijo.

Una hora después, Álex estacionaba su vehículo en el aparcamiento del centro psiquiátrico donde la madre de Mario permanecía ingresada desde hacía seis años. Su enfermedad había avanzado considerablemente durante los últimos meses y ya casi no reconocía a su propio hijo. Como cada primer sábado de mes, Álex se sentó en la sala de espera y vio la figura de su amigo perderse al final de aquel largo pasillo.

—Hoy está muy tranquila, puede que te reconozca —dijo Luisa, la enfermera que acompañaba a Mario y una de las más veteranas del centro.

Él hizo un gesto afirmativo, nervioso. Caminaron hasta cruzar una puerta doble de cristal. Los rayos de sol atravesaban el salón e inundaban la estancia con su luz. No tardó en reconocerla. Estaba sentada junto a una mesa redonda cubierta por un mantel de ganchillo blanco y parecía concentrada doblando paños de tela.

—Hola, mamá.

Ella alzó la vista y sus ojos azul turquesa se cruzaron con los de su hijo. La película húmeda que veló sus pupilas delató la emoción de la mujer. Lo había reconocido.

—Mario... —susurró.

Álex hojeaba un periódico recostado en un sofá de piel marrón desgastado por los años. Vio un artículo interesante en la sección de Sociedad, miró de lado a lado, lo recortó con los dedos y lo guardó en su cartera. Antes de cerrar el diario y dejarlo de nuevo sobre la mesa central, Mario entró en la sala, cabizbajo y visiblemente emocionado.

—¿Nos vamos? —Las palabras surgieron de su garganta con dificultad, como empujadas por el dolor.

Su amigo lo siguió en silencio. Caminaron apresuradamente hacia el aparcamiento y, antes de que Álex abriera las puertas del vehículo, Mario se dio media vuelta y se quedó quieto, mirando el edificio de cristal que acababan de abandonar.

—Lo jodí todo, Álex, lo jodí todo...

—No vuelvas a culparte, Mario, fue un accidente.

—No fue un puto accidente, yo le solté la mano, yo lo dejé ir, yo lo maté... ¡Joder! Tenía cinco años, cinco putos años...

7

Julián

Aquel sábado, Julián apenas había dormido; la barba de tres días asomaba amenazando con estropear su firme intención de cuidar su aspecto y sentía que sus fuerzas menguaban, que volvía a sumergirse en las arenas movedizas de su monótona y solitaria vida.

Su hermano iba a pasar el día fuera y ese sábado no almorzaba con Óscar, así que estaba recostado en el sofá, aburrido y con la mirada perdida en las imágenes que emitía el televisor. El rugir de su estómago le advirtió de la hora. Eran casi las dos del mediodía, tenía hambre y recordó que en la nevera apenas había una lechuga, tres huevos y un cuarto de queso de oveja. Suspiró agotado y hastiado por todo. Se levantó y pensó que un bocadillo de tortilla sería suficiente para saciar el hambre.

Entró en su habitación y se miró en el espejo de cuerpo entero. No era su mejor día, pero no tenía tiempo que perder. La panadería cerraba en quince minutos y, aunque corría el riesgo de que Bárbara lo viera con esa barba y esa camiseta arrugada, tampoco le importó demasiado. De todas formas, ¿qué podía perder? o, mejor dicho, ¿qué podía no ganar? Ella estaba casada y él era un viudo solitario que había abandonado a sus hijos por cobardía. No merecía una oportunidad, no merecía una vida mejor. Cogió las llaves y bajó las escaleras del edificio apresuradamente.

Mientras atravesaba la cortina de tiras de plástico pudo distinguir la figura de Bárbara tras el mostrador y la de un único cliente frente a ella. No lo vio con claridad, pero intuyó que ambos se conocían.

—¿Y crees que estudiando a tu edad vas a conseguir un trabajo mejor? —preguntó aquel cliente desconocido.

—Pues sí —respondió Bárbara con decisión—. Y aunque no sea así, no me importa. Quiero acabar el graduado y seguir estudiando.

—¡Bah! ¿A quién quieres engañar? ¡Tú no vales para nada más que para estar detrás de este mostrador y en la cocina! ¡Ni en la cama has sabido ser una mujer como Dios manda! —Sonrió él con sarcasmo.

—¡Andrés, por favor! Hay clientes. —Bárbara buscó con timidez los ojos de Julián.

—¿Ya te has quitado la alianza? ¿Qué esperas? ¿Encontrar algún imbécil que quiera salir contigo?

—Me la he quitado porque ya no estamos casados. Y si fuera así, ¿a ti qué más te da? Me echaste de tu casa dejándome bien claro que no querías volver a saber nada más de mí —replicó ella sin dejar de clavar los ojos en los de él, desafiante.

—¿Y quién crees que va a salir con una mujer como tú? ¿Eh? ¿Quién?

—Andrés, déjalo ya —replicó Bárbara molesta.

—¿Qué gilipollas crees que va a interesarse en ti? ¿Eh? ¿Quién?

Julián, cada vez más incómodo por la situación, dio un paso hacia delante, hasta situarse justo al lado de aquel individuo.

—Yo... —Miró fijamente a Bárbara después de sorprenderse a sí mismo susurrando aquella palabra.

—¿Perdón? ¿Y este imbécil quién es?

Julián giró la cabeza para observar al hombre que acababa de insultarlo. Lo miró de arriba abajo con cierto descaro. Debía de tener cincuenta años, delgado y unos centímetros más bajo que él. Julián nunca se había considerado un hombre musculoso, pero las largas jornadas cargando kilos de jamones le habían fortalecido los brazos y ensanchado la espalda, así que sintió cierta superioridad ante aquel estúpido que empezaba a evaluarlo.

—Soy Julián, amigo de Bárbara. —Estiró la mano ofreciéndosela—. ¿Y tú eres...?

—Su marido...

—Exmarido... —puntualizó ella.

—¿Sales con este? —preguntó el ex, ignorando la mano que seguía estirada frente a él.

—No... —susurró Bárbara.

—Aún no —la corrigió Julián.

Abrió más los ojos, sorprendida, pero Julián la miró con una tranquilidad que jamás hubiese imaginado tener frente a ella. Guardó en el bolsillo la mano que el ex no había estrechado y sonrió a Bárbara con timidez.

—Podríamos ir al cine algún día.

—Dile que no. ¡Será gilipollas este tío! —gruñó Andrés.

—Vale. —Bárbara miró a su exmarido y, tras encontrar en su rostro una expresión de asombro, volvió a dirigirse a Julián—. ¿Qué tal si quedamos esta tarde? ¿A las cinco te va bien?

—Me parece perfecto, ¿nos encontramos aquí?

—Sí. —Bárbara sonrió con un brillo especial en los ojos—. ¿Quieres lo de siempre?

Julián asintió con la cabeza y, tras coger la barra de pan, cruzó la cortina de tiras de plástico con la sensación de que había conseguido salir de las arenas movedizas, las mismas que minutos atrás le negaban cualquier posibilidad de volver a ser feliz.

8

Bárbara

Bárbara bajó la persiana de hierro que protegía el establecimiento con una sonrisa en los labios. Después de que Julián saliera de la panadería, Andrés también lo hizo, enfurruñado pero con el rabo entre las piernas. Volvió a rememorar el instante en el que aquel hombre misterioso que todos los días le regalaba una tímida sonrisa decía «yo», para luego invitarla a salir. Rio divertida. Había sido algo apoteósico, para no olvidar, para rebobinar en su mente una y otra vez.

Había soñado a menudo con instantes como el que acababa de vivir, momentos en los que enfrentarse a los insultos de su marido fuera tan fácil como mirarle a los ojos y responder a sus ofensas con indiferencia, alzando la barbilla y haciéndole ver que ya no era la mujer que callaba, que miraba hacia otro lado y perdonaba. No, ya no era esa mujer. Los restos de aquella Bárbara quedaron dispersos en su antiguo hogar. Y tras dar el portazo que acabó con su relación, la mujer decidida que sujetaba una maleta en cada mano, con los nudillos blancos y los músculos en tensión, aniquiló por completo el recuerdo de la mujer débil e insegura que había sido.

De aquello ya hacía un año. Doce meses de libertad, pero también de penurias y de soledad. Todavía quedaba mucho camino por recorrer, aunque ella sentía que había dado un paso de gigante. Sonrío una vez más, recordando la voz ronca de Julián.

Julián, el enigmático y atractivo Julián. Siempre había intuido que él era especial, diferente, un caballero perdido tras su armadura; tal vez algo solitario, pero con una fuerza interior que podía resurgir en cualquier momento. Y lo había hecho, ¡vaya si lo había hecho! Había sabido sujetar su lanza y arremeter contra su rival, derrotándolo con tan solo una acometida.

Bárbara comió una ensalada ligera, incapaz de ocupar su estómago con otra cosa más que aquel nudo de nervios que se le había formado. Estaba emocionada con aquella extraña cita... Porque tenía una cita, ¿no? Dudó unos segundos... ¿Y si Julián solo había intervenido en la conversación para castigar el comportamiento de Andrés? ¿Y si no acudía al encuentro?

Pero...

¿Y si lo hacía? ¿Se trataría de una cita formal, como cuando era joven y los chicos se acercaban a ella con intenciones claras? No. No creía que Julián fuera de esos. ¿O sí? ¿Y si él sí quería una cita con ella? ¿Y si quería conocerla mejor? Aquella pregunta la asustó. ¿Y si él se daba cuenta de que era una pobre analfabeta? ¿Y si hablaba más de la cuenta y lo aburría con su verborrea? ¿Y si no la veía atractiva? Corrió hacia el espejo del cuarto de baño de su pequeño apartamento, aquel que había conseguido alquilar un año atrás. Se miró de arriba abajo y la abordó una inquietud. Había perdido algunos kilos en aquellos angustiosos doce meses y tenía la piel flácida. Las noches de insomnio se le dibujaban bajo los ojos en forma de dos bolsas oscuras y pesadas. Se acercó a su reflejo y arrugó los ojos para percibir mejor las canas que despuntaban rodeando su frente. Tenía que ir al oculista, pero su paga apenas le cubría el alquiler, el agua, la luz y el interior de la nevera. En ese momento no podía permitirse visitar una óptica, ni teñirse las canas, ni comprarse unas zapatillas deportivas con las que salir a caminar como hacían sus vecinas.

Se tumbó en la cama y cerró los ojos.

¡Se sentía tan sola! ¡Y tan triste!

Sin embargo, la imagen de Julián susurrando aquel «yo» volvió a su mente y la esperanza a sus labios en forma de sonrisa. Faltaban dos horas para su cita y decidió abrir el grifo de la bañera. Esparció sobre el agua unas sales y, tras recordar algunas películas de esas románticas que tanto le gustaba ver, abrió la nevera para buscar un pepino. Lo cortó en rodajas, se introdujo desnuda en la bañera y se cubrió el rostro con el fruto.

Llegó a la puerta de la panadería diez minutos antes de las cinco. No sabía si Julián era un hombre puntual o no. Pensó que, en realidad, no conocía nada de él. Hacía ya ocho meses que trabajaba en la panadería y, aunque lo veía casi todos los días, nunca habían intercambiado más de dos o tres palabras. Solo sabía que era viudo por una conversación que había escuchado entre dos vecinas del barrio.

—¡Pobre Julián! Desde que su mujer murió no ha vuelto a ser el mismo —murmuró aquella señora mayor.

No sabía nada más de él. Ni si tenía hijos, ni a qué se dedicaba, ni qué le gustaba hacer... Nada. Apenas había oído su voz hasta que esa mañana pronunció aquel «yo» con timidez, pero en un tono ronco y roto que a ella le encantó.

—¡Eh, Bárbara! ¿Qué haces aquí?

Aquella voz juvenil le hizo sonreír y se dio media vuelta para saludar al adolescente que se acercaba a ella con las mejillas sonrojadas.

—¡Óscar!

El chico se aproximó para darle dos besos y Bárbara sonrió encantada.

—Es sábado, la panadería está cerrada... —Se extrañó él.

—Sí, es que he quedado... con alguien... —tartamudeó, avergonzada, como si temiera que la juzgase.

Óscar respondió a su explicación con una sonrisa que la tranquilizó. Solo entonces se percató de que el adolescente no iba solo. Aquel chico alto y guapo con el que lo había visto en alguna ocasión se acercó a ellos.

—Él es Álex, un amigo.

Ambos se saludaron con dos besos. A Bárbara le gustó el gesto educado del joven, su leve olor a colonia masculina y la suavidad de su tez recién afeitada. Lo miró a los ojos y a su mente acudió un nombre: Cat.

—¡Papá...!

El grito de Óscar sacó a Bárbara de sus pensamientos. No conocía al padre de ambos, solo sabía que Cat y él casi no se hablaban y que habían perdido el contacto tras la muerte de su madre. Así que, queriendo conocer al padre de los dos muchachos, se dio media vuelta curiosa.

Al ver la figura de Julián, las piernas se le gelatinizaron.

—¿Ju... Julián es... es vuestro padre?

Óscar no respondió. Se acercó a su progenitor y ambos se golpearon el hombro en forma de saludo.

—Papá, te presento a Álex, el amigo del que te hablé.

Bárbara seguía mirándolos atónita. ¿Julián era el padre de Cat?

—Y a Bárbara ya la conoces, ¿verdad?

Él se situó frente a ella. Parecía aturdido y preocupado. Continuaba con la misma barba y la misma camiseta arrugada que lucía cuando entró en la panadería.

—Lo de esta mañana ha sido una estupidez. —Julián cerró los ojos y agachó la cabeza—. Lo siento. Yo no... no puedo.

Y, sin añadir nada más, se fue.

9

Álex

La situación era embarazosa y Álex no sabía hacia dónde mirar. Acababa de conocer al padre de Óscar y Cat, a un hombre desaliñado y triste, y segundos después desaparecía calle abajo, dejando a aquella mujer con la decepción proyectada en los ojos.

—Perdonadme. —Ella agachó la cabeza y se marchó calle arriba.

—¿Qué crees que ha pasado aquí? —le preguntó el adolescente.

—Deduzco que tu padre y esa mujer habían quedado para salir, y él se ha echado para atrás.

—¡Joder! Mi padre es tonto...

Álex sonrió al ver la cara enfurruñada del chico.

—¡Verás cuando se entere el dragón!

—¿El dragón?

—Mi hermana...

Álex arrancó a reír.

—No te rías, escupe fuego, de verdad, y si no ya me lo dirás ahora...

Óscar no había vuelto a mencionar a Álex durante los últimos días para no provocar la ira de su hermana, pero no se había dado por vencido. Esa tarde iban a ver juntos una competición de coches de *slot* y Óscar tenía un as guardado bajo la manga. Lo tenía todo planeado, había quedado antes con Álex en la cafetería de enfrente para acabar de pulir su maléfico plan.

Al entrar en el edificio, Álex se sorprendió al sentir cierto cosquilleo en el estómago. No había vuelto a ver a Cat desde aquel extraño momento en el parque, cerca del observatorio. Si el plan de Óscar salía bien, esa tarde iba a tener la oportunidad de pasar algún tiempo con ella y su cabeza no cesaba de hacerse mil y una preguntas. ¿Qué le sucedía a aquella chica? ¿Por qué tenía esa obsesión por donar sangre? ¿Qué le pasaba en la muñeca? ¿Por qué razón no le hablaba a su padre? Y, lo más importante, ¿por qué no había logrado quitársela de la cabeza?

Mientras subían los escalones que separaban la primera planta de la segunda, las vibraciones de una guitarra empezaron a recorrer las barandillas de las escaleras. Álex cerró los ojos y sintió como el *riff* de Angus Young, guitarrista de AC/DC, lo empujaba a sacudir la cabeza, a dejarse llevar por la fuerza que aquel punteo contagiaba a quien tuviera el placer de oírlo.

«*Thunder... Thunder... Thunder...*»

A medida que subían escalones, el repiqueteo de la batería y el rugir de la guitarra asediaron el silencio del bloque con una violencia ensordecedora.

—¡Menudos vecinos tenéis! Eso sí, con buen gusto musical... —exclamó Álex, agitando la cabeza al ritmo de la música.

Óscar no respondió y sonrió pensando en la sorpresa que Álex se iba a llevar en cuanto abriera la puerta de su casa. Y así fue. Cuando se adentraron en el salón y la música de AC/DC los asedió por completo, Óscar observó la cara embobada de su amigo.

Álex fue incapaz de cerrar la boca mientras contemplaba, absorto, aquel espectáculo: Cat, en medio del salón, con una vieja escoba en la mano, agitándola como si se tratara de una guitarra, con su oscura melena suelta tapándole la cara, dejando ver tan solo el labio inferior apresado entre los dientes. Las piernas flexionadas, las caderas zarandeándose al ritmo de la batería, el brazo derecho estirado y los dedos de la mano fustigando el palo de la escoba.

Óscar intentó pronunciar el nombre de su hermana, pero Álex, adivinando sus intenciones, posó la mano izquierda sobre el hombro del joven, sin dejar de contemplarla a ella. Negó con la cabeza y sonrió con malicia.

Iba a permanecer allí el tiempo que su invisibilidad se lo permitiera. Una eternidad si era necesario. No pensaba perderse el más mínimo detalle de aquella representación, de aquella fascinante exhibición de inocencia, naturalidad y, por qué no decirlo, sensualidad. Porque en aquel momento Cat estaba siendo ella misma, sin esa capa de misterio que la relegaba a lo incomprensible, a lo complicado... No, en ese momento era una chica más, una chica sencilla, genuina, pura...

Todo aquello que él anhelaba encontrar en una mujer.

—*I was shaking at the knees... Could I come again please?... Yeah, the ladies were too kind... You've been... thunderstruck, thunderstruck... Yeah, yeah, yeah... thunderstruck...*

Oír de nuevo a Cat intentando imitar la áspera y ruda voz del cantante de AC/DC lo hizo reír. Le había fascinado la primera vez y lo estaba cautivando la segunda.

Cat, sin embargo, continuaba moviendo su improvisada guitarra ajena al público, poseída por aquel satánico ritmo, por aquel embrujo que la alejaba del dolor, de la angustia, del recuerdo, de todo aquello que la privaba de la libertad que esa misma música le regalaba. Las ondas sonoras encadenaban su cuerpo hasta liberarlo de sus propios grilletes.

El repiqueteo de la batería, el punteo de la guitarra, el susurro de la voz...

—Ah, ah, ah, ahhh...

Algunos mechones le acariciaban los labios, mantenía los ojos cerrados y aguijoneaba la escoba con los dedos.

—*Thunderstruck, thunderstruck... Yeah, yeah, yeah, thunderstruck...*

El eco del coro, los gritos del cantante, la vibración de las cuerdas...

—*You've been thunderstruuuuuck... yeah... yeah... yeaaaahhhh...*

La canción acabó y Cat terminó el espectáculo con los brazos estirados y la cabeza agachada, respirando con celeridad y ocultando los ojos tras los párpados. Cuando los abrió y se reincorporó, su cuerpo quedó petrificado y ella convertida en una de esas estatuas de diosas griegas, semidesnudas, apenas cubiertas por una breve túnica. Y fue así como ella se sintió: desnuda, despojada de aquella coraza que la protegía del dolor. Clavó los ojos en los de Álex y ambos se retaron con la mirada. Durante varios segundos, los dos intentaron indagar en las pupilas del otro, haciendo un gran esfuerzo por ocultar lo que estaban sintiendo, asustados por mostrar su desnudez.

Cat necesitó más tiempo para reaccionar, para ser consciente de lo que había sucedido y volver a ocultarse tras la coraza.

—¿Qué hace él aquí? —preguntó, disparando flechas incendiarias hacia los ojos de su hermano.

—¿Qué te dije del dragón? —susurró este, para que solo Álex escuchara sus palabras.

—Cat, quería hablar contigo. —Álex dio un paso adelante, haciendo acopio de toda la buena educación y los perfectos modales que había aprendido de sus padres.

—Ya, pero yo no quiero hablar contigo —respondió ella.

—Óscar y yo queríamos ir esta tarde a una competición de...

—Te dije que no... —sentenció Cat, mirando a su hermano.

—No es muy lejos. Está en Igualada y a las nueve de la noche ya estaríamos de vuelta...

Óscar, que estaba esperando a que Álex pronunciara aquellas palabras, miró a su amigo con sorpresa.

—¿Igualada? No me habías dicho que era allí... ¿Eso no está cerca de Masquefa?

Álex se giró para mirar a Óscar y continuar con el plan que ambos habían tramado.

—Masquefa está a pocos kilómetros... ¿Por qué?

—Porque... —Óscar continuó, dirigiéndose a su hermana—: ¿Y si vas con nosotros y te dejamos en Masquefa? Cuando acabe la competición pasamos a recogerte.

Cat se dejó caer en el sofá, pensando en las ganas que tenía de ver a su tía, de hablar con ella, de abrazarla, de sentirse arropada durante unas horas por la única persona que comprendía su dolor. Desde que se habían mudado a la ciudad solo habían podido visitarla en dos ocasiones, y la última había sido seis semanas atrás. Demasiado tiempo sin estar con ella.

—No sé... —susurró dubitativa.

Óscar se sentó junto a su hermana y la miró con cariño.

—Sé que echas de menos a tía Carmen... Yo también.

Ambos se sonrieron tímidamente.

—Óscar, tal vez a tu hermana no le apetezca ir... —añadió Álex, dando la estocada final.

Cat alzó la cabeza y lo miró de reojo.

—De acuerdo, vas a esa competición si antes me dejáis en Masquefa.

—Gracias, Cat...

Una sonrisa se escapó de los labios de Álex al ver que Óscar besaba a su hermana en la mejilla y esta se sonrojaba, dejando aparecer de nuevo a esa chica tan auténtica que lo estaba embrujando.

—Dadme cinco minutos para cambiarme.

Cuando Cat desapareció tras la puerta de su dormitorio, Óscar dio un salto del sofá y se acercó a Álex para chocar la palma de la mano derecha.

—Y David venció a Goliat...

Tras echar la cabeza hacia atrás con una sonora carcajada, Álex le dio a Óscar un manotazo suave en el hombro.

—¡Exagerado! No creo que tu hermana sea tan difícil...

—Ten cuidado, que se te está viendo el plumero. Antes casi formas un charco con las babas... —rio Óscar.

10

Mario

Los sábados por la tarde Mario los solía pasar en casa golpeando el saco de boxeo, pero le apetecía salir con Álex, como en los viejos tiempos: una birra en la bolera, unos *strikes* entre risas, unas tapas grasientas en un bar y un par de cubatas en alguna de las discotecas del centro de la ciudad. Lo llamó antes de salir de casa y, al no recibir respuesta, decidió pasar por su apartamento. Apretó el timbre del interfono varias veces hasta que desistió. Recordó que a Álex le gustaba participar en competiciones de coches de *slot* y pensó que tal vez estuviera en Igualada, en aquel local tan aburrido. No comprendía bien esa afición de su amigo, a él le gustaban más los deportes, la bolera, el billar y una buena noche de juerga. Álex siempre había sido más tranquilo y supuso que por eso lo necesitaba. Porque Álex no solo era el mejor amigo que se podía tener, también era su chaleco salvavidas, el flotador al que debía sujetarse para no ahogarse en el océano. Y esa tarde necesitaba una dosis del oxígeno que Álex le proporcionaba.

Se sentó en la barra de un bar situado a dos manzanas del apartamento de su amigo, recordando que era allí donde trabajaba Juan Carlos, un compañero del instituto con el que a veces salían a tomar algo. Lo vio adentrarse en lo que parecía un almacén, y su jefe, un hombre bajito con una espesa barba, le preguntó qué quería tomar.

—Una Estrella, por favor.

Dos minutos después, con la cerveza en la mano, Mario contempló al hombre desaliñado que estaba sentado a su lado. Parecía abatido y triste. Durante unos segundos sintió compasión por él y luego, tras analizar su barba de varios días y sus ropas arrugadas, se dio cuenta de que aquel hombre podía ser él en un futuro no muy lejano. Porque así era como él se veía: solo, sin amigos, sin mujer, sin hijos, sin padres..., sin su hermano. Dio un sorbo a la cerveza y perdió la vista en las cajas de botellas vacías amontonadas tras la barra.

—Julián, deberías volver a tu casa, estás que das asco... —Mario volvió la cabeza y vio como el dueño del bar se dirigía a aquel pobre hombre.

—¿Tú crees que soy un cobarde? —preguntó él con voz pastosa.

—No lo eres, Julián, solo estás pasando por una mala racha... Vamos, vuelve a tu casa, date una buena ducha y luego lo verás todo de otra forma.

—Mi hija me odia y acabo de perder la posibilidad de conocer a una mujer maravillosa. Lo he vuelto a joder todo, soy un puto cobarde. —Fue a dar un sorbo a su cerveza y al percatarse de que estaba vacía la dejó de nuevo sobre la barra—. Ponme una más y luego me voy.

Juan Carlos apareció pocos minutos después.

—¡Ey, Mario! ¿Qué tal? —Ambos amigos se saludaron estrechando las manos—. No te había visto nunca por aquí.

—Ya ves, he pasado por casa de Álex y, como no estaba, he pensado en parar aquí a echar unas birras contigo. ¿Cómo va todo?

Juan Carlos buscó con la mirada a su jefe y continuó hablando, bajando el tono de voz.

—Aquí, puteado con esta mierda de trabajo. ¿No tendrás algo para mí en tu curro?

—La cosa está complicada ahora, tío. Yo también le echo muchas horas para poder alcanzar el objetivo de ventas.

Mario había conseguido un trabajo estable en una multinacional que comercializaba productos de higiene femenina y por nada del mundo iba a sacrificar su reciente ascenso a jefe de ventas recomendando a Juan Carlos, un vago y un adicto a todo tipo de sustancias.

—¡Quién te lo iba a decir a ti, ¿eh?! Que ibas a acabar vendiendo compresas y toallitas femeninas. —Juan Carlos arrancó a reír.

—Yo prefiero decir que el sexo femenino es el que me está dando de comer —replicó Mario, cansado de oír siempre la misma broma.

—Y a Álex, ¿cómo le va? —preguntó el recién llegado.

—Está ya en el segundo año de residencia, uno más y tendrá un título de especialista en medicina de familia.

—Eso está bien, supongo... —Dudó el chico, sin entender muy

bien lo que acababa de explicarle Mario—. El muy cabrón siempre ha sido el listo del grupo.

—Se merece ese título, ha luchado mucho...

—Pudiendo estar con su padre en el bufete, sin dar palo al agua... A veces pienso que es más tonto que listo.

—Juan Carlos... —El tono de Mario era de advertencia, pero su amigo pareció no reconocer la amenaza escondida tras sus palabras.

—Por cierto, el muy cabrón le ha dado el toque a mi hermano un par de veces. Al parecer, Álex se ha hecho amigo de un empollón que estudia en la clase de Pablo y con el que se han metido alguna vez. Ya sabes, cosas de críos. Todos lo hemos hecho, ¿no?

—Ya conoces a Álex, no le gustan ese tipo de bromas. Si le ha dado el toque a tu hermano será porque Pablo se ha pasado con ese chico.

—Tal vez, pero me jode que trate así a mi hermano pequeño.

—No se lo tengas en cuenta. —Mario intentó tranquilizar a su compañero y, de paso, a sí mismo; aquel tono de voz tan despectivo no le estaba gustando nada.

—Supongo que los empollones se acaban juntando con los empollones, ¿no? El cabrón de Álex se pasaba las horas metido en la biblioteca. —Juan Carlos se rio de una forma que a Mario lo sacó de quicio—. Aunque hay que agradecerle que fuera tan empollón; mientras él estudiaba, algunos nos follábamos a su novia.

Aquel comentario fue el detonante que lo hizo estallar. Mario se levantó del taburete y sujetó a Juan Carlos por el cuello de la camisa, elevándolo unos centímetros del suelo.

—¡Cabrón, hijo de puta! —gritó, fuera de sí.

Estaba acercando el puño derecho a la cara de Juan Carlos cuando unos dedos le rodearon la muñeca.

—No... —El hombre desaliñado, que se había colocado junto a él, lo miró transmitiéndole una tranquilidad que lo dejó paralizado, con el puño apretado casi rozando la mejilla de su compañero—. No lo hagas, muchacho.

Sin apartar la mirada de aquellos ojos negros, Mario soltó a Juan Carlos y bajó el brazo.

—No merece la pena...

Mario fue incapaz de responder. Notaba cómo las aletas de la nariz se le ensanchaban al respirar y tenía los músculos tan tensos que podían romperse en mil pedazos en cualquier momento.

—La violencia nunca es la solución —susurró aquel hombre, con una voz que parecía tener un efecto calmante.

Mario volvió a dirigir la mirada a Juan Carlos, que había dado unos pasos hacia atrás.

—No vuelvas a hablar así de Álex, ¿me has oído? ¡Nunca más!

Miró a aquel hombre, movió la cabeza levemente para agradecerle sus palabras, dejó una moneda sobre la barra y salió de allí.

11

Álex

Óscar ya le había advertido sobre la facilidad que tenía para dormirse en los coches, pero Álex no pudo evitar reír cuando vio al chico dando cabezazos en el asiento del copiloto. Volvió a mirar el espejo retrovisor interior para buscar los ojos de Cat, pero ella permanecía en la misma posición, rígida, perdiendo la vista a través de la ventana, sumergida en la música que emitían sus auriculares. Llevaba el *walkman* que dejó olvidado en el banco de sangre el día que la vio por primera vez y, haciendo un gran esfuerzo por afinar el oído, Álex pudo adivinar que estaba escuchando una canción de Metallica. Nunca hubiese imaginado conocer a una chica así: con su delicada apariencia, con su aspecto fresco, y fan incondicional de grupos como AC/DC o Metallica.

Tras decidir que se iba con ellos, Cat había salido del dormitorio y lo había dejado de nuevo con la boca abierta. Se había puesto unos vaqueros que moldeaban a la perfección sus delgadas piernas, unas deportivas blancas y un jersey de cuello vuelto, de un color verde vivo y alegre, que proporcionaba un brillo especial a su rostro, como si dibujara en él una sonrisa. Pensó que verla sonreír debía de ser todo un espectáculo.

Aprovechando que acababa de parar el vehículo frente a un semáforo en rojo, Álex abrió la guantera para buscar un casete de música y torció la boca en una media sonrisa al encontrar la cinta que quería escuchar. La introdujo en el radiocasete y apretó el *play*.

Los primeros acordes de la guitarra de Guns N' Roses se instalaron en el interior del vehículo. Volvió a mirar el reflejo de Cat en el retrovisor, giró la ruedecilla para elevar el volumen, lo justo para no despertar a Óscar, y esperó alguna reacción.

She's got a smile that it seems to me,
reminds me of childhood memories
where everything was as fresh as the bright blue sky...

Sweet child o' mine,
whoa, oh, oh, oh...
sweet love of mine...

Continuó observándola, aguardando con aquella paciencia que le permitía disfrutar de esos pequeños momentos. Poco después halló lo que buscaba, el signo que la delataba... Sin dejar de mirar al exterior, Cat apretó el *stop* de su *walkman* y separó uno de los auriculares de la oreja, apenas unos milímetros, lo justo para poder disfrutar de aquella melodía y que él no se percatara de ello.

Álex puso la primera marcha al comprobar que el semáforo había cambiado de color y sonrió victorioso, porque, aunque ella no le había devuelto la mirada a través del retrovisor, ambos iban a recorrer aquellos sesenta kilómetros disfrutando de Guns N' Roses. Distantes pero unidos por la música.

Cuando abandonaron la autovía y se adentraron en el municipio de Masquefa, Cat le dio instrucciones a Álex hasta llegar frente a la casa de su tía. Óscar la había llamado antes de salir de la ciudad para avisarla de que se dirigían hacia allí, así que Carmen ya los esperaba en la puerta, ansiosa por reencontrarse con sus sobrinos.

La primera en bajar del vehículo fue Cat, mientras Álex despertaba a Óscar.

—Óscar, hemos llegado. —Lo zarandeó bruscamente y el muchacho no tardó en reaccionar.

—¿Ya? —Alex rio divertido al ver la cara soñolienta del chico.

—¡Vamos, dormilón! Saluda a tu tía, que tenemos que irnos...

Cuando salieron del coche, Álex dedujo que Carmen, la tía de la que tanto había oído hablar, era la mujer morena, de pelo largo, que los abrazaba con lágrimas en los ojos.

—¡Cat, Cat...!

Una niña de unos nueve años soltó la mano del que parecía su padre y corrió al encuentro de Cat. Mientras las dos se abrazaban, Óscar señaló a su amigo e hizo las presentaciones. Álex saludó a Carmen con dos besos y ella lo miró con curiosidad.

—Sabía que eras mayor que Óscar, pero no que fueras casi de la edad de Cat.

—En realidad, conocí primero a Cat en el hospital, mientras donaba sangre —explicó Álex con una amplia sonrisa.

—Ya... —Carmen miró a su sobrina de soslayo, arrugando el entrecejo, y Álex intuyó que su tía sabía lo del desmayo. Se sintió algo abatido al recordar que había sido por su culpa.

—Tía, tenemos que irnos ya, en un par de horas estaremos de vuelta —puntualizó Óscar.

—¿Os quedaréis a cenar?

Óscar miró a su amigo, abriendo mucho los ojos, con la esperanza de recibir una afirmación. Álex buscó a Cat con la mirada, pero ella estaba de espaldas, hablando con la niña.

—Depende de tu hermana... —susurró, levantando los hombros.

—Os quedaréis a cenar. —Decidió Carmen—. De Cat ya me encargo yo...

Les guiñó un ojo y ambos volvieron a entrar en el vehículo.

Álex condujo durante unos minutos en silencio, rememorando la escena que acababa de presenciar.

—Parece que tu hermana y tu tía se llevan muy bien... —Por suerte para él, Óscar aún permanecía despierto.

—Mi tía es la única que sabe aplacar el dragón.

12
Cat

Cat no había podido rechazar la oferta de Óscar, porque ver a su tía era lo que más anhelaba en aquel momento, sobre todo desde hacía unos días, cuando volvieron el dolor en la muñeca, las pesadillas y los recuerdos. Y aunque no quería hacer aquel viaje junto a Álex, no tuvo otra opción. Afortunadamente, él ya no estaba allí y tenía un par de horas para disfrutar de su tía y de su prima Cris, su princesa, la niña a la que había visto crecer y una de las pocas razones por las que su vida tuvo sentido durante mucho tiempo.

Entraron en la casa, aún emocionadas por el reencuentro. Sus tíos vivían en una urbanización a pocas calles del centro del pueblo. Carmen y Paul se casaron poco después de saber que iban a ser padres, unos meses antes de la muerte de su madre. El marido de su tía, Paul, era un escocés pelirrojo y corpulento, al que Carmen conoció durante unas vacaciones en Reino Unido.

Se sentaron alrededor de la gran mesa del salón y Cat los puso al día de todo lo que les había sucedido desde la última llamada telefónica. Una hora después, Paul y Cris las dejaron a solas.

—¿Estás bien, Cat? —preguntó Carmen. Su sobrina asintió con la cabeza—. Cuando nada más llegar a la ciudad me dijiste que lo habías visto y que no habías sentido nada, me alegré mucho. Cat, debes seguir con tu vida, olvidar y ser feliz.

—Eso intento, tía.

—¿Has vuelto a verlo?

Cat no supo cómo responder a aquella pregunta sin hacer daño a su tía.

—Sí, pero tranquila, todo sigue igual... —insinuó, haciendo referencia a su falta de sentimientos.

—Bien, sigue así. ¿Y el amigo de tu hermano...? —Carmen escarbó en los ojos de su sobrina como solo ella sabía hacer—. Es guapo.

La joven tragó saliva e hizo un mohín quitándole importancia.

—¿Cómo lo conociste?

—Es... —Cat dudó. ¿Cómo iba a explicarle aquel encuentro?—. Es médico y estaba supliendo al doctor que normalmente atiende a los donantes.

—Óscar me contó que te desmayaste. Te dije que no fueras a donar con tanta frecuencia.

—A mi hermano le tengo yo que decir cuatro cosas...

—Tu hermano se preocupa por ti...

Cat puso los ojos en blanco, hastiada de oír siempre la misma frase.

—Estoy bien, tía, de verdad.

—¿Os quedaréis a cenar? Ya se lo he dicho a Óscar y a ese amigo tuyo.

—No es mi amigo, es amigo de Óscar, y no creo que acepte, seguro que tiene cosas que hacer.

—Ha aceptado encantado. —Carmen sonrió al ver que su sobrina volvía a poner los ojos en blanco—. ¿No te cae bien ese chico? Parece muy agradable.

—No me fío de él.

Carmen emitió un suspiro de resignación. Le dolía ver que Cat se negaba a perdonarse a sí misma y a vivir la vida que toda mujer de su edad debía vivir.

—Olvida lo que sucedió, aquello forma parte del pasado.

Cat inspiró con cierta agresividad, necesitaba despojarse de todas esas malas sensaciones que la ahogaban. Y para apartar las vibraciones negativas que la rondaban solo existía una opción: cambiar de tema.

—¿Cómo está el jardín? ¿Has plantado las rosas y los crisantemos?

—Y algunos lirios... Vamos fuera y te los enseño.

Dos horas después, Cat y Paul estaban enfrascados en la cocina mientras Cris ayudaba a su madre a preparar la mesa. Para Cat, Paul era el hombre perfecto: atento, cariñoso, bromista, trabajador y, lo más sorprendente, compartía sus gustos musicales. Aunque si había algo de él que adoraba por encima de todo era su mano para cocinar, especialmente si el plato era escocés. Aquella noche iban a degustar una de sus especialidades: las empanadas.

—Paul, tienes que contarme qué utilizas para el relleno. Me gustaría cocinarlas en casa algún día. A Óscar y a mí nos encantan.

—No sé si debería, los escoceses no solemos desvelar los secretos de nuestra gastronomía —dijo burlón, con su aún marcado acento anglosajón.

—Eres perverso, el escocés más cruel que he conocido jamás —bromeó Cat—. Vamos, desembucha, el relleno de carne lleva lomo de cerdo y tocino ahumado, ¿algo más?

—Canela, un pellizco de nuez moscada y un poco de coñac.

Cat abrió los ojos con sorpresa al oír tras ella la voz de Álex.

—¿*Scottish pie*? —El joven se situó junto a Paul y le tendió la mano—. Soy Álex.

—Y yo Paul. —El marido de Carmen le devolvió el saludo—. Deduzco que has estado en Escocia.

—Dos veranos en Edimburgo para estudiar inglés.

Álex buscó con la mirada los ojos de Cat y movió la cabeza emitiendo un discreto saludo. Como cabía esperar, ella no respondió a su gesto. Inclinó la cabeza y arrugó el entrecejo, molesta. Molesta por su intervención, por su presencia, por su arrogancia y por estar allí, con su familia.

Pero si aquella intrusión ya le había molestado, lo que sucedió durante los veinte minutos siguientes fue como para perder definitivamente la poca cordura que creía tener. Paul y Álex se enzarzaron en una conversación sobre los lugares que ambos conocían de Edimburgo hasta el punto de ignorar a la chica, que los contemplaba de reojo, encolerizada.

¿Qué se había creído aquel imbécil? ¿Que podía llegar allí y ganarse a su familia? ¿Que podía entrar en su vida y pasear por ella a su antojo? Se dio media vuelta, irritada, dispuesta a salir de la cocina y hacer un esfuerzo por ocultar su ira ante sus tíos.

—¡Eh! Señorita, ¿dónde te crees que vas? —la llamó Paul—. ¡No pensarás irte con las manos vacías!

Cat procuró que la sonrisa no pareciera forzada, pero dudó mucho haberlo conseguido. Ante la mirada inquisidora de Álex, la joven recogió una de las bandejas repletas de empanadas y la llevó hasta el salón, mascullando palabras sin sentido. Una vez allí, se sentó junto a su tía y tuvo que escuchar la conversación que ella y su hermano mantenían.

—Álex me ha dejado uno de sus mandos y me ha enseñado a manejarlo. Era flipante. Los coches derrapaban por la pista como los de verdad. Al principio me costaba controlarlos y Álex ha tenido que colocarlos de nuevo en la pista, porque iban demasiado rápidos y los sacaba del carril, pero enseguida me he hecho con el control y he acabado superando algunos de sus mejores tiempos. ¡Ha sido increíble! He conocido a tres chicos de mi edad que compiten en esas carreras y quieren que me una a ellos.

Cat lo miró de reojo, dándole a entender su disconformidad.

—Hace apenas tres semanas que conozco a Álex —añadió Óscar, susurrándole a su tía para que su amigo no lo escuchara desde la cocina—, pero ya me atrevería a decir que es el mejor amigo que he tenido jamás. Casi podría afirmar que es como un hermano mayor... —Acabó la frase y miró a su hermana con rudeza—. No, no es como un hermano mayor, es mejor que mi hermana mayor...

—¡Óscar! ¿Cómo puedes decir eso de tu hermana? —exclamó Carmen con sorpresa.

—Porque últimamente no hay quien la aguante...

—¡Álex por aquí, Álex por allá...! —se burló Cat, sacando la lengua—. Pues pídele que te adopte, a ver si le gusta la idea de acabar con su vida de soltero, hijo de papá, consentido y mujeriego, y es capaz de criar a un adolescente como tú...

Óscar abrió los ojos, estupefacto, dirigiendo la mirada hacia un Álex boquiabierto, con una bandeja de empanadas en la mano, de pie junto a la puerta del salón, pálido y sin saber cómo reaccionar.

13

Álex

Hasta aquel momento, la tarde había sido perfecta. Álex había disfrutado como nunca compartiendo con Óscar su afición por los coches de *slot*. Contemplar a aquel muchacho atento a todas sus explicaciones, a sus consejos y, sobre todo, verlo disfrutar de la misma forma en que lo hacía él era como un regalo caído del cielo. Como si de un día para otro apareciera su hermano perdido, el hermano que siempre había querido tener.

¡Le recordaba tanto a él con su misma edad!

Cuando regresaron a Masquefa, Carmen los recibió con un abrazo; aquella mujer desbordaba ternura e irradiaba amor con su sola presencia. Conoció a Cris, la pequeña de la casa, una niña risueña y muy cariñosa que no tardó en entablar conversación con él en cuanto Óscar se la presentó. Mientras conversaba con Cris sobre sus películas favoritas, Carmen lo animó a subir a la cocina para preguntar a su marido y a Cat si necesitaban ayuda. Asintió encantado. Tenía ganas de conocer al marido de Carmen y, por supuesto, la curiosidad de ver a la hermana de Óscar en aquel ambiente familiar y distendido lo empujó a subir los escalones de dos en dos.

Se quedó tras la puerta entreabierta de la cocina y observó la escena: Paul y Cat hablaban animadamente y ella parecía relajada, pero lo que más le sorprendió fue verla sonreír. Se quedó embobado contemplándola, sintiendo de nuevo ese extraño pellizco en el estómago. Era la primera vez que la veía reír y tuvo que tragar saliva al sentir la boca seca. Aquella sonrisa, aquel gesto tan tierno, tan inocente... ¿Lo había soñado antes? ¿Había aparecido ella en sus sueños? Sí, de eso empezaba a estar seguro. Apenas la conocía, pero algo en esa chica la hacía diferente a las demás. Sin ella saberlo, Cat estaba cautivándolo, atrapándolo en su tela de araña. Y sin él quererlo, Álex empezaba a bajar la guardia y a dejarse apresar por sus encantos.

Sin embargo, esa magia se desvaneció minutos después, cuando la oyó acusarlo de «hijo de papá, consentido y mujeriego» con un desprecio que no logró comprender. Allí, observado por aquella encantadora familia, se sintió un imbécil, un desgraciado capaz de caer dos veces por culpa de la misma piedra. Hacía apenas nada sentía que podía rendirse, permitir que ella cruzara el puente levadizo, cerrar los ojos y confiar, pero aquellas palabras levantaron de nuevo las murallas. Álex volvió a abrir los ojos y, en décimas de segundo, recordó las mentiras de Nerea, su hipocresía, el engaño de sus amigos y las risas a sus espaldas.

Aquellas palabras y su tono despectivo borraron todo el encanto que envolvía a Cat. Fue tal la decepción que sintió Álex que ya solo pensaba en acabar la cena, salir de allí y volver a casa lo antes posible.

Una hora después, mientras Carmen preparaba café, Paul llevó a Cris a dormir y Óscar empezó a hablar.

—Hoy he visto a papá. Había quedado con una mujer. —Cat y Carmen miraron al chico con los ojos bien abiertos—. Sí, sí..., es cierto, ¿verdad, Álex?

Este asintió con un leve movimiento de cabeza. No había participado en ninguna conversación, pero no pensaba ser maleducado con su amigo.

—Eso no puede ser... No veo a papá teniendo una cita con una mujer —dijo Cat con el mismo tono despectivo que había usado para hablar de Álex.

—Pues te equivocas, como siempre... —Óscar y su hermana se miraron desafiantes—. Y no adivinarás quién es ella...

—No lo adivinaré porque es mentira.

—Esta tarde papá ha quedado con Bárbara.

Cat dejó sobre la mesa la taza de café, que Carmen acababa de entregarle, y tragó saliva con dificultad.

—¿Bárbara? No puede ser, me lo hubiese contado.

—¿Bárbara es la panadera de la que tanto me habéis hablado? —preguntó Carmen.

—Sí. Pero creo que ella no sabía que él es nuestro padre. El caso es que papá le ha dicho que no podían salir, que se había equivocado. Una verdadera pena, me gusta Bárbara y hacen buena pareja.

—¡Ja!

Álex alzó la vista de su humeante café para mirar la expresión triunfante de Cat y notó cómo el dolor que había sentido con sus palabras se transformaba en rabia.

—Lo sabía, papá es un cobarde, no ha sido capaz de quedar con Bárbara porque prefiere esconderse en el piso de su hermano y huir de las responsabilidades. ¡Ese es nuestro padre!

Óscar bajó la mirada y Álex comprendió que aquella realidad le dolía. Y si había algo que necesitaba aquel chico era una figura paterna, un referente, alguien que le transmitiera la fuerza que él necesitaba para seguir adelante. La figura que él mismo siempre necesitó y nunca halló en su propio padre.

—Eso no es cierto. —Tal vez no debió intervenir, pero él no era de esos, él no estaba dispuesto a mirar hacia otro lado y callar—. El hombre que hoy he conocido no es un cobarde. —Buscó los ojos de Óscar y vio emoción en ellos. Acto seguido miró a Cat—. Te equivocas, un cobarde nunca se hubiese colocado frente a ella, no le habría pedido perdón y no le hubiera reconocido que aún no estaba preparado para tener una cita. Estaba delante de nosotros, de su hijo y de un desconocido, y, aun así, no se acobardó y afrontó el problema con la cabeza bien alta.

—Tú, tú... —Los ojos de Cat enrojecieron por la furia—. Tú no tienes ni idea de cómo es mi padre; no sabes nada... Tú... —Inspiró profundamente—. Tú no deberías estar aquí, joder.

—¡Cat! —exclamó Carmen.

—Tía, él, él... él no es lo que parece, él...

—Y, según tú, ¿qué soy yo, eh? ¡Ah! Sí, hijo de papá, consentido y mujeriego, ¿verdad? ¿Acaso me conoces para juzgarme de esa manera? Yo he opinado sobre algo que he presenciado hace unas horas, pero tú hablas de mí sin conocerme, dejándote llevar por las apariencias. ¿Me equivoco?

—Te conozco lo suficiente como para saber que eres un... un...

—Un hijo de papá, consentido y mujeriego, sí, ya lo has dicho antes. —Álex dio un sorbo a su café y se puso de pie—. Carmen, ha sido un placer conoceros. Muchas gracias por la cena, estaba deliciosa, pero creo que deberíamos irnos ya.

Álex se despidió de Carmen y salió de la casa para esperar junto al coche. Necesitaba aire fresco para enfriar la rabia y la decepción que lo abrasaban por dentro. ¡Qué estúpido había sido al creer que ella era diferente!

—Te lo advertí, Álex. Mi hermana es imposible.

Óscar se situó a su lado y se apoyó en el capó.

—No lo entiendo, Óscar, no me conoce de nada, ¿por qué piensa eso de mí?

—Desconfía de todo el mundo y te ha puesto una etiqueta para colocarte en el saco de «tíos a los que odiar». Hazme caso esta vez y olvídala.

Cuando Cat subió al coche, ellos ya la esperaban dentro y emprendieron el camino sumidos en un silencio denso. En aquel viaje de vuelta, Álex no miró el espejo retrovisor buscando los ojos de ella; ni Cat se aisló del exterior escuchando su música, ni Óscar durmió. Todos permanecieron callados y tensos hasta que el vehículo se adentró en una carretera empinada y repleta de curvas.

—Para, para aquí —Cat empezó a gritar, asustando a Álex.

—Pero ¿estás loca? ¿Cómo voy a parar aquí? Es peligroso.

—Para, para yaaaaa... —La voz desgarrada de Cat hizo que Álex girara bruscamente el volante y frenara en la cuneta.

Sorprendido por sus gritos, Álex se volvió para preguntarle el motivo de aquella locura, pero se quedó boquiabierto al ver cómo ella abría la puerta del coche y saltaba al exterior, en la oscuridad de la noche.

—¿Esta mujer se ha vuelto loca? —Puso los cuatro intermitentes y salió del vehículo, escupiendo blasfemias—. Me cago en la puta... ¿Qué cojones te he hecho yo, joder?

Apresuró el paso para seguir a Cat, que caminaba bordeando la carretera en dirección contraria, pisando barro y hierbas cubiertas de escarcha.

—¿Se puede saber dónde demonios vas?

Ella no contestó y continuó con paso firme. Álex no podía creer lo que estaba sucediendo. Había tenido que parar en la cuneta, en una carretera de curvas con escasa visibilidad. Aparcar allí ya había sido peligroso, pero caminar por el lateral lo era mucho más.

—¿Sabes que nos pueden atropellar? ¡Cat, joder! Que está muy oscuro... —Álex seguía sus pasos, llamándola a gritos—. ¡Maldita niña!

Ella ignoró sus últimas palabras y siguió bordeando la carretera hasta detenerse justo al filo de un pequeño barranco. El terreno estaba resbaladizo por el barro y Álex temió que, en un descuido, ella cayera por el precipicio.

—¡Cuidado, te vas a resbalar! —La sujetó del brazo izquierdo y tiró de ella para acercarla más a él.

Cuando Cat sintió la mano de él rodeando las pulseras de colores que le cubrían la muñeca se dio media vuelta. Solo entonces, y gracias a la escasa luz de la única farola que iluminaba aquella curva, Álex pudo distinguir las lágrimas que habían empapado las mejillas de Cat. Sus ojos negros estaban enrojecidos y la barbilla le temblaba por el frío y por el llanto. Instintivamente, Álex la atrajo hacia su cuerpo para darle calor y apretó el rostro de ella contra su pecho, rodeándola con uno de los brazos.

—¡Joder, Cat! ¿Por qué has hecho esto? No te entiendo...

Álex estaba aturdido, no lograba comprender aquella absurda reacción de Cat, ni sus cambios de humor, ni ese misterio que la envolvía, ni la tristeza en sus ojos.

—Fue aquí. —La voz de Óscar sorprendió a ambos. Estaba tras ellos, mirando hacia el precipicio. Volvió la cabeza hacia Álex y los ojos del muchacho le mostraron la misma tristeza que había visto en los de su hermana—. Fue aquí donde murió mamá.

14

Julián

Era viernes. Habían transcurrido seis días desde el sábado y Julián no soportaba más la agonía de no ver su rostro, aunque solo fuera por unos segundos. Durante aquella semana no había logrado reunir las fuerzas necesarias para situarse frente a ella, pero esa tarde estaba decidido a cruzar de nuevo aquel paso de peatones y recorrer los escasos metros que lo separaban de la panadería. Antes de traspasar la cortina de tiras de plástico, cerró los ojos y en su mente se dibujó el recuerdo de Bárbara frente a aquel establecimiento, luciendo un precioso vestido anaranjado con una falda que le cubría las piernas hasta las rodillas. Llevaba el pelo suelto y apenas estaba maquillada: la imagen de la mujer perfecta. Recordó cómo tuvo que tragar saliva antes de rechazarla, agachando la cabeza como un estúpido cobarde.

Inspiró profundamente y volvió a abrir los ojos, dispuesto a atravesar el umbral de la panadería y buscarla con la mirada. Había dos personas en la tienda esperando a ser atendidas, pero no era Bárbara quien vendía el pan aquella tarde, sino Tomás, el encargado.

—Buenas tardes, Julián; el pan está acabando de hornearse, tardará un par de minutos. Si puedes esperar...

Julián asintió con la cabeza, decepcionado.

—¿Y Bárbara? —preguntó una anciana, que también aguardaba de pie—. ¿Está enferma?

—No —respondió Tomás—, me ha pedido la tarde libre para estudiar. Está preparándose para obtener el graduado escolar en la escuela de adultos y esta noche tenía algunas pruebas.

Julián recordó los reproches que Bárbara había recibido de su exmarido aquel fatídico sábado y supuso que, tal y como había explicado Tomás, ella estaría estudiando por las noches en la escuela del barrio. Pocos minutos después, salió del establecimiento con una terrible sensación de vacío. Aunque, en realidad, ¿qué sabía él de ella? Nada. No la conocía, no tenía la menor idea de sus gustos, de sus aficiones, ni tan siquiera sabía dónde vivía... Y muy posiblemente ella había olvidado aquella cita que no llegaron a disfrutar.

Una vez de vuelta en el piso, se dejó caer en el sofá, con ese aburrimiento que le arrugaba el alma. Se encendió un cigarro, miró la pantalla apagada del televisor y, como si las imágenes se proyectaran en ella, empezó a soñar despierto. Caminaba junto a Bárbara hasta la puerta del cine, buscaban una película que les gustara a los dos y se sentaban en una de las filas centrales. La sala se oscurecía, se rozaban las manos al apoyarlas en el reposabrazos e intercambiaban algunas palabras durante la proyección, acercando sus mejillas hasta casi acariciarse.

Definitivamente, había sido un cobarde, un imbécil que había dejado escapar una oportunidad única. No conocía a Bárbara lo suficiente, pero eso no debía ser un impedimento. ¿Cómo iba a conocerla si la rechazaba en la primera cita? Tenía que hacer algo, debía hablar con ella y pedirle perdón.

Apagó el cigarrillo y se dirigió al cuarto de baño. Se mojó la cara y contempló su rostro, enrojecido por la aspereza de la toalla. No lucía su mejor aspecto, pero no quiso darle más vueltas a su apariencia física. Cogió las llaves del apartamento y bajó las escaleras con decisión.

La escuela del barrio estaba a dos manzanas. Era un edificio pequeño, de una sola planta, rodeado de un jardín con escasa vegetación. Vio luces a través de las ventanas y se acercó para comprobar si era allí donde Bárbara estaba estudiando. Después de buscar su figura tras cuatro ventanas, logró reconocerla. Estaba de espaldas y acompañada de otra mujer que debía de tener la misma edad.

Pasaban pocos minutos de las siete y Julián supuso que las clases acabarían a las ocho, así que decidió esperar sentado en un banco próximo. Desde allí, la vería salir y se acercaría a ella, simulando un encuentro casual.

Cuando faltaba poco para las ocho, Julián sintió que el miedo le entumecía los pulmones y le impedía respirar con normalidad. Otra vez la misma sensación. La misma necesidad de salir corriendo, de huir, de esconderse en el fondo de una botella de cerveza y permitir que el alcohol aliviara esa desazón que le provocaba la soledad. En breve, Bárbara saldría por aquella puerta y él no tenía fuerzas para enfrentarse a sus sentimientos.

Lo que Bárbara despertaba en él le daba pavor.

15

Bárbara

Sus primeros exámenes y no podía estar más nerviosa. Había estudiado todas las noches hasta que los párpados le habían impedido seguir leyendo. No recordaba haber vivido unos días tan tensos durante sus estudios cuando era una niña. Claro que entonces no trabajaba y, además, para sus padres la educación de su hija era algo secundario. Su madre solo se preocupó de enseñarle lo que para ella parecía ser primordial: coser, bordar, limpiar, cocinar y obedecer las órdenes de un marido machista, como su padre y como el hombre con el que la animaron a casarse, cuando ella solo deseaba acabar sus estudios.

Pero treinta años después, Bárbara compartía pupitre con una compañera de estudios, en el aula de una escuela, rodeada de luchadores como ella. Personas que no habían perdido la esperanza de recuperar todo lo que les arrebató una infancia complicada. Todos con el cansancio marcado en las arrugas del rostro, todos expectantes ante las preguntas de aquel examen.

Castro, el profesor de lengua y ciencias sociales, pasó por su lado mientras repartía algunos folios.

—¿Has podido estudiar, Bárbara? —le preguntó con una amplia sonrisa.

Ella asintió y notó que se ruborizaba. Castro era un hombre atractivo, alto, con cuerpo atlético y una melena castaña que lo hacía aparentar menos edad. Debía de tener unos cincuenta años, tal vez menos, pero su aspecto juvenil y su sonrisa perenne lo situaban en la frontera de los cuarenta.

—A Castro le gustas... —susurró María, la compañera de pupitre de Bárbara—. Se le nota en la mirada, sobre todo desde que te quitaste el anillo de casada.

—No, no puede ser... —rio, aún ruborizada—. Son imaginaciones tuyas, ¡exagerada!

Bárbara miró de reojo a su profesor y este le dedicó un guiño que a ella se le antojó demasiado sensual. Desvió la vista, avergonzada. ¿Serían ciertas las conjeturas de María? Era imposible. No sabía nada de él, lo conocía desde hacía apenas tres semanas, pero siempre lo había imaginado casado, con varios hijos y dos perros de esos grandes y fuertes. Movió la cabeza de lado a lado para olvidar aquellos pensamientos absurdos y clavó los ojos en el folio que Castro acababa de dejar sobre el pupitre.

Apenas una hora después, el profesor recogía los exámenes. Bárbara había conseguido responder a todas las preguntas y, tras comentar las respuestas con María, ambas sonrieron satisfechas mientras guardaban las cosas.

—Bárbara. —Castro las sorprendió por detrás—. ¿Podemos hablar un momento?

—Te espero fuera —susurró María, después de sonreír a su compañera con un gesto cargado de picardía.

Los últimos alumnos habían abandonado la clase y Castro apartó una de las sillas situadas bajo los pupitres. Invitó a Bárbara a que se acomodara en ella y él hizo lo mismo en otra, a su lado, tan cerca que casi pudo sentir el calor que emanaba de su cuerpo.

—He sabido por una de las profesoras de la escuela que hace poco que te divorciaste y que no está siendo fácil para ti rehacer tu vida.

Bárbara lo miró sorprendida. No tenía por costumbre hablar con nadie acerca de su mala experiencia con Andrés, pero sabía que, trabajando en una panadería de barrio, su vida privada había perdido bastante privacidad. Suspiró algo abatida; recordar su situación y pensar en que alguien se compadeciera de ella le resultaba difícil de asimilar.

—Ya ha pasado casi un año, estoy mucho mejor. Pero es cierto, no ha sido nada fácil —explicó, sin confesarle que estaba siendo mucho más complicado de lo que aparentaba.

—Yo también me separé de mi mujer hace dos años. No teníamos hijos, así que el divorcio fue rápido y sencillo. ¿Tú tienes hijos?

Negó con la cabeza, conteniendo la frustración que sentía al hablar de ese tema.

—¿Qué te parece si quedamos algún día para cenar? Creo que tenemos muchas cosas en común y hablar con alguien que ha pasado por lo mismo puede ayudarte a superarlo.

¿Ayudarla a superarlo? Bárbara meditó aquellas palabras durante unos segundos. ¿Necesitaba a alguien con quien hablar sobre sus inseguridades, su soledad? Era la primera vez que alguien le ofrecía su compañía como ayuda y, por un instante, quiso buscar en el rostro de su profesor esa luz, esa chispa, ese vuelco en el corazón del que tanto había leído en las novelas románticas. Él sonrió y ella admiró la hilera de dientes que asomaba tras sus labios gruesos y las arrugas de su sonrisa marcadas en las mejillas. Era un hombre atractivo y agradable. ¿Y si fuera él el caballero oculto tras la brillante armadura blanca?

—Me parece bien. —Le devolvió la sonrisa y percibió un brillo especial en sus ojos. Entonces pudo apreciar sus tonalidades: marrones con pinceladas verdes.

—Perfecto, ¿quedamos la próxima semana? Conozco un restaurante nuevo, cerca del Ayuntamiento, donde preparan la pasta como a mí me gusta: al dente y con mucha salsa de tomate. Te encantará.

Castro se levantó de la silla y caminaron juntos hasta la salida del aula, donde se despidieron con dos besos en las mejillas, muy cerca de la comisura de los labios. Bárbara cerró los ojos y el olor a colonia masculina la embriagó; durante unos segundos se sintió turbada por la intensidad de aquella fragancia. Cuando volvió a abrirlos, María se acercaba a ella.

—¿Me lo vas a contar?

Bárbara rio ante la expresión de María, que ardía en deseos de saber cada detalle de la corta conversación que había mantenido con su profesor.

—Está divorciado y sabe que yo también... Quiere que salgamos a cenar la semana que viene —resumió.

—¿En serio? —Aplaudió María—. ¡Te lo dije! Le habrás dicho que sí, ¿no?

—¿Crees que he sido demasiado lanzada al aceptar su invitación sin ni tan siquiera dudarlo? Apenas nos conocemos...

—Bárbara, tienes casi cincuenta años, ¿crees que alguien va a juzgarte por querer salir con un hombre libre y atractivo que simplemente te está invitando a cenar? Ya no tenemos edad para perder el tiempo esperando a que un hombre nos corteje como cuando éramos jóvenes.

—Tienes razón, pero yo no he salido con nadie desde que me separé de Andrés y él fue el primero, así que no tengo demasiada experiencia. No sé cómo debo actuar en estos casos.

—Pues muy fácil: dejándote llevar —concluyó María, guiñándole un ojo a su compañera.

Sonrientes, caminaron hacia la salida del edificio charlando sobre lo que en aquel momento era lo más importante para Bárbara: un vestido bonito, zapatos a juego, un peinado juvenil y maquillaje suave. Entre risas, atravesaron los jardines que rodeaban el centro y se pararon en la calle principal, donde cada una tomaría una dirección diferente para llegar hasta sus respectivas casas.

Pero justo antes de separarse de su amiga, Bárbara reconoció la figura sombría que se ocultaba tras el tronco de un árbol, al otro lado de la calle. El cuerpo se le paralizó y el rostro comenzó a arderle, a pesar de la noche fría que las envolvía. No había vuelto a verlo desde el sábado, desde que él canceló aquella extraña y falsa cita.

—¿Te pasa algo? —Su reacción preocupó a María, que buscó con la mirada la razón que había provocado aquel estado de turbación en su compañera. El individuo se dejó ver y María lo reconoció—. ¿Aquel hombre es Julián?

—¿Lo conoces? —Bárbara giró la cabeza, asombrada.

—Vive con su hermano, mi vecino. ¿Te está esperando a ti?

—Puede ser... Va con frecuencia a la panadería y conozco a sus hijos.

María la miró con rudeza al percibir cierto brillo en sus ojos.

—Bárbara, cuidado con ese hombre. No te metas en problemas —susurró.

—¿Por qué? —murmuró ella, sin apartar la vista de él.

—Dicen que cuando su mujer murió no pudo soportarlo y desapareció, dejando a sus hijos solos. La niña era tan solo una adolescente y tuvo que hacerse cargo de su hermano.

—Parece buena persona... —titubeó Bárbara, recordando aquel «yo» que su mente le impedía olvidar.

—No digo que no lo sea, pero tú acabas de salir de una relación dañina y lo que menos necesitas es a un hombre con una mochila cargada de problemas.

Bárbara meditó las palabras de María. Julián era solitario, enigmático y algo lúgubre. Tal vez su compañera tuviera razón y, aunque el sábado anterior había actuado de una forma correcta y gentil, aquel hombre estaba demasiado afectado por un pasado que continuaba en su presente. La mala relación con su hija era una evidencia del peso que aún soportaba. ¿Sentía compasión por él? Sí y no. No soportaba provocar esa misma reacción en los demás, así que debía evitar sentirla por él.

Julián se acercó hasta situarse frente a ella.

—¿Podemos hablar? —preguntó. Bárbara miró a su compañera y esta se despidió de ambos con un saludo rápido—. ¿Vas a tu casa? —Ella asintió—. ¿Te puedo acompañar?

Empezaron a caminar con pasos lentos e indecisos, como si pretendieran alargar el tiempo. A ella le temblaban las manos y las introdujo en el bolsillo del abrigo para evitar que él fuera consciente de su nerviosismo.

—Esta tarde he ido a la panadería y me he enterado de que estudias aquí. He venido para pedirte disculpas.

—No pasa nada, Julián, lo entiendo.

—Me puse nervioso y no supe explicarme... Me temo que no soy muy bueno con las palabras.

A Bárbara le agradó su sinceridad e inspiró profundamente para calmarse y conseguir mostrar la naturalidad que la caracterizaba.

—No sabía que Cat y Óscar son hijos tuyos. Son unos chicos maravillosos. Cat, a pesar de sus cambios de humor, es muy cariñosa, y Óscar es tan especial... Para mí, ellos han sido y son un regalo, un motivo para sonreír... No sé si me explico...

—Perfectamente. —Julián la miró con intensidad, serio, como si quisiera escarbar en su interior.

—Perdona, creo que hablo demasiado. Tengo ese defecto, empiezo a parlotear y no veo el fin. Bueno, en realidad no me sucede con todo el mundo, solo con las personas con quienes me siento cómoda... —¿Había verbalizado ella toda aquella frase? Tragó saliva, aún incrédula por la extraña mezcla de calma y nerviosismo que acababa de descubrir en su forma de actuar—. Aunque no nos conocemos lo suficiente, eres el padre de Cat y Óscar, así que para mí ya no eres un desconocido. —Tragó saliva de nuevo—. Lo siento, lo he vuelto a hacer...

—No te disculpes, me gusta escucharte... Escuchar, en general.

—Gracias. —Sonrió algo avergonzada.

Continuaron caminando en silencio durante unos minutos. Bárbara notaba que la negrura de sus ojos la traspasaba. Una mirada firme, inquebrantable; una mirada que la intimidaba, pero que no la atemorizaba.

—Ya hemos llegado, vivo aquí.

Julián apartó la vista de ella por primera vez para contemplar la fachada que se alzaba frente a ellos.

—Es un piso pequeño, de alquiler, pero suficiente para mí sola.

—Entiendo...

—Gracias por acompañarme y, tranquilo, no tenías por qué disculparte... Por cierto, te agradezco mucho lo que hiciste delante de mi exmarido.

—No fue nada...

—Para mí fue mucho.

Se miraron bajo el umbral del portal, apenas iluminado por una farola situada a unos metros. Bárbara contempló su rostro hasta detenerse en su inesperada sonrisa, tímida, suave, tierna...

—Si otro día paseo cerca de la escuela... —dijo él—, ¿puedo esperarte y acompañarte hasta tu casa?

Ella respondió con la cabeza y se giró para entrar en el portal, olvidando las advertencias de su amiga y el pasado de él, y preguntándose qué fuerza interna la había llevado a asentir con tanta seguridad.

16

Álex

Seis días después, Álex había sido incapaz de quitarse a Cat de la cabeza. Sabía que tenía que hacerlo, que debía recordar su tono despectivo, sus palabras «hijo de papá, consentido y mujeriego» y su mirada de rencor, pero lo que no había logrado olvidar eran sus ojos llorosos y cómo se aferró a su pecho cuando la acercó a él. La abrazó durante unos segundos y sintió una necesidad incontenible de protegerla, de tranquilizarla... Después de que Óscar explicara que había sido en aquel barranco donde se había precipitado el vehículo de la madre de ambos, Álex sintió lástima por ella. Fue como si el dolor que Cat estaba sufriendo se lo transmitiera a través de aquel contacto. Pocos segundos después, ella abandonó su pecho y los dos hermanos se aferraron en un abrazo desesperado. Álex tuvo que hacer un esfuerzo por controlar las lágrimas al ver el rostro pálido de Óscar, sus ojos enrojecidos y su mano acariciando el cabello de Cat. Aún le conmovía recordar aquel momento.

—¿Qué te pasa, Álex? Hoy estás muy callado.

Mario se sentó en el taburete vacío que se encontraba junto al suyo. Habían quedado para tomar unas copas en el Latino's, un disco bar en las afueras de la ciudad, con dos salas; una en la que se podía bailar música latina y otra con varias barras, mesas altas y sillones de cuero.

—¿Algún problema en el trabajo?

—No, todo está bien... Solo me noto algo cansado —mintió sin querer explicarle qué ocupaba su mente desde hacía días.

Conocía bien a Mario y su opinión sobre las mujeres. Según él, solo las necesitaba para una cosa: el sexo, naturalmente. No tenía amigas y nunca se esforzaba en entenderlas. Y, por supuesto, en sus planes de futuro no entraba ninguna mujer. Así que era mucho mejor no hacerlo partícipe de la curiosidad que Cat estaba despertando en él. Sabía bien qué iba a aconsejarle: «Pasa de ella, quítatela de la cabeza y no seas gilipollas enamorándote de ninguna tía».

—¿Has visto a la rubia que está sentada en los sillones del fondo? No te quita ojo.

Álex hizo girar el taburete y apoyó la espalda contra la barra, sin dejar de sostener el vaso de cerveza. Buscó a la chica en cuestión y sonrió.

—Es más tu tipo, yo paso...

—Entonces, ¿no te importa si le entro?

—En absoluto. —Se llevó el vaso a los labios y se refrescó la garganta con la cerveza fría, mientras contemplaba a su amigo acercarse a su nueva presa.

Mario era alto y corpulento. Sus años de boxeo lo habían ayudado a marcar músculos, aunque la constitución que había heredado de su padre le había definido el cuerpo desde la adolescencia. A los doce años ya era el estudiante más alto y fuerte de la escuela y su cuerpo le había ayudado a ser uno de los chicos más admirados. Deseado por las mujeres y envidiado por los hombres, Mario se convirtió en un líder nato que no dudaba en someter a su voluntad a todos los que lo rodeaban. A todos menos a Álex y a Nerea. A Álex, por pura admiración y amistad, y a Nerea, porque el deseo le nublaba la cordura.

Sonrió al ver que se sentaba junto a la chica y se acercaba para susurrarle unas palabras al oído. Mario era un experto en el arte de la conquista, algo que Álex jamás había aprendido de su amigo. Su prioridad siempre habían sido los estudios, acabar la carrera y conseguir su plaza de médico de familia. Y aunque se sentía orgulloso de su obstinación, también recordaba abatido cómo su afán por estudiar lo había convertido en el más cornudo del instituto.

Iba a acabar de un sorbo el contenido del vaso cuando las risas de un grupo de chicas lo despertaron de aquellos recuerdos. Saltó del asiento al reconocer a una de ellas y alzó un brazo para llamar su atención. La chica no tardó en caminar decidida hacia él.

—¡Vicky!

—¡Álex!

Recibió a su amiga con los brazos abiertos. Hacía meses que no se habían visto y echaba de menos sus largas conversaciones. Además de Mario, Vicky era la mejor amiga que tenía. Los tres habían coincidido en la escuela cuando apenas tenían cuatro años y desde entonces habían sido inseparables. Hasta que Mario perdió a su hermano y su carácter se agrió. A partir de ese momento, su forma de hablar con las chicas y sus cambios de humor hicieron que Vicky y él se distanciaran. Y aunque Álex siempre intentaba excusar el comportamiento de su amigo, debía reconocer que Vicky había tenido suficientes motivos para apartarse de él.

—¿Qué haces tú por aquí? ¿Dónde te has dejado al futuro esposo?

Vicky rio divertida y golpeó a su amigo en el hombro.

—Hoy toca noche de chicas... —Le guiñó un ojo y se sentó a su lado—. Hemos salido a cenar para organizar la despedida de soltera. ¿Y tú? ¿Estás solo? —preguntó ella, mirando de lado a lado.

Álex dirigió la vista hacia el fondo del local, donde Mario continuaba susurrando en el oído de la rubia. Vicky arrugó los labios en un gesto de desagrado.

—No entiendo qué haces aún con él.

—Somos amigos, Vicky, lo sabes...

—Álex, comprendo vuestra amistad, pero no me fío de él. Y además me preocupa que acabes como Mario, de chica en chica y tratándolas como objetos. Mírate, tomando una cerveza solo en la barra mientras él se pasa la noche de flor en flor. Saliendo con él nunca vas a conocer a una chica... Ya sabes, una chica que no sea como...

—... como Nerea —concluyó Álex—. Vicky, que Mario y yo continuemos siendo amigos no significa que pensemos igual. Tú sabes perfectamente cómo soy, yo no actúo como él. Y, además, ¿quién te dice a ti que no puedo conocer a esa chica cuando no estoy con Mario, en otros ambientes, como en el hospital o...? —Por una extraña razón, Álex no acabó la frase y a su mente acudió la imagen de Cat balanceando el palo de la escoba como si fuera una guitarra.

—¡Álex! ¿Has conocido a alguien? —En los labios de Vicky apareció una sonrisa picarona que provocó la risa de su amigo.

—Pillado in fraganti.

—¿Quién es? ¿Cómo es? ¿A qué se dedica? Cuéntame... —Vicky daba saltos de alegría.

—No la conoces y no sé casi nada de ella... —Suspiró y, de un trago, se bebió el resto de la cerveza caliente que aún quedaba en el vaso—. Es complicado, Vicky; tal vez Mario tenga razón cuando dice que las relaciones solo traen complicaciones...

—¡Eso no es verdad! —exclamó ella sobresaltada.

Álex sonrió ante la expresión enfurruñada de su amiga. Iba a responderle que estaba en lo cierto, que quizá hubiera una razón para que la chica que ocupaba sus pensamientos desde hacía unas pocas semanas se comportara así con él, o con los hombres en general; que muy posiblemente una pésima relación amorosa del pasado fuera el motivo de su mal humor. Iba a contarle lo que le había sucedido con Cat, pero una de las amigas de Vicky llegó para tirarle del brazo.

—Álex, tengo que dejarte. Deberíamos quedar algún día para que me hables de ella o, mejor aún, ¿por qué no la llevas a la boda?

—¿A la boda? ¡Tú estás loca! —Álex soltó una carcajada—. Si ni tan siquiera me habla...

—Pues tienes tres semanas para conquistarla. Deja de hacer el monigote con Mario y tráenos a esa chica a la boda.

La amiga de Vicky volvió a tirarle del brazo y esta se despidió de Álex con dos besos.

—Nos vemos dentro de tres semanas... —dijo ella.

—Allí estaré...

17

Cat

Desde aquel encuentro en el banco de sangre, Cat se estaba sintiendo cada vez más vulnerable. Con su aparente inocencia, Álex estaba destapando el baúl de los recuerdos y la joven se sentía furiosa con él por despojarla del blindaje que la protegía del dolor. Y aunque durante los primeros días la rabia se había apoderado de ella, después de aquel sábado las dudas hacia él la estaban atormentando. En casa de su tía había montado en cólera y el resultado había sido funesto. Óscar no le había vuelto a dirigir la palabra desde entonces, apenas la miraba y evitaba estar junto a ella en la misma habitación. Incluso habían cenado todas las noches a horas distintas para no compartir la mesa de la cocina. Pero no solo se trataba de su hermano, ella también había rebobinado aquella escena en su mente cientos de veces.

¿Por qué había sido tan desagradable con él?

Cat sabía la respuesta: se estaba acercando demasiado. Pero ¿tenía Álex la culpa? ¿Era él consciente de lo que provocaba su cercanía en ella? Suponía que no, que desconocía por completo qué la atormentaba y que solo intentaba ser agradable. Se había disculpado más de una vez por la escena en el banco de sangre y se estaba preocupando por Óscar mucho más de lo que lo hacía su propia hermana. ¿Debía odiarlo por ello? ¿Debía odiarlo por abrazarla cuando más lo necesitó y ofrecerle su calor a pesar de cómo se había comportado ella poco antes? Cat estaba tan confundida que ya no sabía cómo actuar y los dolores de cabeza empezaban a ser constantes.

Aprovechando que aquella mañana de sábado estaba siendo tranquila, Bárbara fregaba el suelo de la panadería, agitando el palo de lado a lado. Cat la contemplaba sentada en una silla situada en una de las esquinas de aquel espacio entre la puerta y el mostrador. Esperando a que el suelo del establecimiento se secara, la joven tomó el periódico que Tomás compraba todas las mañanas y empezó a hojearlo. Pasadas unas cuantas páginas, un artículo en la sección de Sociedad le llamó la atención. Alzó la vista y, al no encontrar a Bárbara, recortó el trozo de papel con los dedos y se lo guardó en el bolso.

—¿Qué te pasa? Hace días que estás muy seria y pareces ausente —preguntó Bárbara, oculta tras el mostrador.

—Mi hermano no me habla.

—¿Qué has hecho esta vez?

—¿Yo? ¿Y por qué tengo que ser yo?

—Óscar me ha contado que últimamente estás de muy mal humor.

Cat inspiró y espiró con fuerza.

—Es posible... —Agachó la cabeza, afligida—. Creo que debería hablar con él. Estoy tan sumida en mis preocupaciones que he dejado a Óscar abandonado. Sé que tiene problemas de adaptación en el instituto y aún no le he preguntado cómo le va o si tiene amigos nuevos... Nada.

—¿Y a qué esperas? Sabes lo que debes hacer..., pues hazlo.

Cat se levantó de la silla y le sonrió agradecida.

—He pensado que como el lunes no trabajo por la tarde podría ir a buscarlo al instituto para comer juntos.

—Muy buena idea. Seguro que le encanta la sorpresa.

—Eso espero...

Pocos minutos después, mientras ambas estaban enfrascadas en una conversación sobre un nuevo programa de televisión, la cortina de tiras de plástico se abrió y, tras ella, apareció la figura de un hombre. Bárbara no pudo evitar sonreír al verlo entrar.

—Julián...

Pero en apenas unas décimas de segundo su aparición provocó un incómodo silencio. Los ojos de Bárbara buscaron los de Cat y Julián hizo lo mismo, para encontrarse con el rostro contraído de su hija. Ella desvió la mirada y volvió a sentarse. Tomó el periódico entre las manos y simuló que continuaba leyendo.

—¿Quieres lo de siempre? —preguntó Bárbara.

Julián asintió, cabizbajo, y ella se estremeció al ver aquel rostro masculino tan abatido, que le rehuía la mirada, como si pretendiera esconder su dolor. Mientras él dejaba unas monedas sobre el mostrador, ella percibió el sufrimiento en el temblor de sus manos e, incapaz de permanecer ajena a aquella situación, depositó una mano sobre la de él. Julián, sorprendido, alzó la vista. Durante unos segundos, las miradas de ambos se hablaron, diciéndose sin palabras que todo iba a salir bien, que continuarían adelante, que podrían con todo.

Julián sonrió tímidamente y abandonó el establecimiento en silencio.

Poco después, Bárbara rodeó el mostrador y salió de él para situarse frente a Cat, que continuaba sentada con el diario en las manos.

—¿Se puede saber a qué ha venido eso? Es tu padre, Cat, tu padre... No podéis seguir así.

—¿Y otra vez tengo yo la culpa? —La chica se levantó molesta—. Bárbara, no tienes la menor idea de lo que sucedió... Mi padre... —Cat cerró los ojos e inspiró largamente para tranquilizarse—. Mi padre tomó una decisión hace muchos años, y aunque sé que pretende arreglar su error, yo... yo aún no sé si estoy preparada para hablar con él...

—Deberíais hacerlo. Por ti, por él y por Óscar. Es vuestro padre y estoy segura de que os quiere mucho. No sé lo que pasó cuando murió vuestra madre, pero aquello forma parte del pasado y merecéis una oportunidad, los tres, para volver a formar una familia. No conozco a tu padre lo suficiente, aunque me parece un buen hombre.

—Mi hermano me dijo que os vio la semana pasada. ¿Ibas a salir con él?

—Sí, pero aquello fue una tontería. Andrés vino a la panadería para..., ya sabes, para molestarme con sus estupideces...

—¿Andrés? ¿Tu exmarido ha estado aquí? —Cat se alarmó, conocedora del maltrato psicológico que Bárbara había sufrido durante años.

—Tranquila, le planté cara y tu padre también.

—¿Mi padre?

Bárbara sonrió y volvió tras el mostrador mientras le explicaba a Cat cómo Julián la había invitado a salir delante de Andrés para hacerlo callar.

—Supongo que solo quiso ser amable y pensó que, interviniendo, yo me sentiría mejor. Y la verdad es que lo consiguió. Tengo que reconocer que me habría gustado ir al cine con él para conocernos mejor, pero entiendo que Julián, en realidad, no quería, que solo actuó así para escarmentar a Andrés.

—Ya...

Cat recordó las palabras de Álex y cómo defendió a su padre sin apenas conocerlo. En aquel momento pensó que solo había pronunciado esas palabras para fastidiarla, para castigarla por su comportamiento, pero con el paso de los días supo que no había sido así; que, en realidad, Álex había dicho lo que Óscar necesitaba oír sobre su padre, lo que ella misma anhelaba reconocer en él: que no era un cobarde, que quería a sus hijos y que si ambos pudieran volver atrás no dudarían en cambiar el curso de su vida.

18

Óscar

Óscar observaba a su profesor mientras este repartía los exámenes corregidos. Se trataba de matemáticas, una materia que dominaba a la perfección, y estaba convencido de que el resultado de aquella prueba iba a ser excelente.

—Buen trabajo, Óscar. —El profesor Martínez le entregó el examen, dándole un toque a la vez en su hombro derecho.

No había espacio para la duda. Óscar sonrió para sí mismo al admirar orgulloso el número diez escrito en rojo. El tercero que conseguía en las últimas dos semanas. Alzó la vista con la esperanza de ver algún rostro amigo, pero solo pudo cruzarse con los ojos burlones de Pablo, dos filas más adelante.

—Empollón —le susurró, exagerando el movimiento de la boca para que Óscar no tuviera duda del tono despectivo que utilizaba cada vez que pronunciaba esa palabra.

¡Como si su expresión desdeñosa no hablara por sí sola!

Óscar desvió la vista hacia derecha y se encontró con los ojos risueños de Paula, la única persona en el aula que se dirigía a él con una sonrisa en los labios.

—¿Un diez? —le preguntó ella en un murmullo.

Él asintió con la cabeza, a la vez que le devolvía la sonrisa.

Paula era una muchacha menuda, solitaria y tímida. Ambos habían coincidido en la biblioteca en más de una ocasión y, aunque apenas se dirigían cuatro palabras cada vez que se encontraban, el saludo con la cabeza y la suave sonrisa que ambos se regalaban se había convertido en un ritual entre ellos.

—¿Y tú?

—También —respondió ella, ruborizándose hasta el extremo de fusionar el color de su rostro con el de su jersey granate.

Aunque la relación con Cat se había enfriado y la tensión en casa era cada vez mayor, Óscar reconocía que salir del instituto cada mediodía y volver a casa era, sin duda, uno de los mejores momentos del día. Martínez dio por finalizada la clase y eso significaba que tenía libre el resto de la tarde. Comería en casa algo rápido, cogería su mochila y su *walkman*, y se escondería entre los estantes de la biblioteca pública. El único lugar donde se sentía feliz, completo, entre libros, entre letras, en silencio, rodeado de rostros desconocidos, estudiantes de universidad, ávidos lectores o amantes del conocimiento.

Recogió sus libros, se colgó la mochila en los hombros y se dirigió a la puerta con esa sensación de libertad que todos compartían a esas horas, además del hambre que se adivinaba gracias al rugir de sus respectivos estómagos.

Al salir por la puerta del aula sintió una mano rodeándole el brazo derecho que lo obligó a desviarse del grupo de alumnos que caminaban apresuradamente.

—¿Adónde vas, empollón? —Pablo y sus amigos acababan de detenerlo.

—A casa... —respondió con frialdad, intentando evitar sus miradas y salir de esa encerrona.

—Aquí no tienes a tu guardaespaldas para que te proteja —espetó Pablo con todo el sarcasmo del que fue capaz—. Por cierto, ¿a que no te imaginas cómo llamaban en el instituto a tu amigo el médico? El empollón cornudo.

Todos arrancaron a reír y Óscar aprovechó para zafarse de las manos de Pablo y salir de aquel corro de ineptos. Apresuró el paso y, tras alejarse unos metros, la imagen de Álex apareció al final del pasillo, como si se tratara del Superman de los tebeos.

—¡Óscar! —Lo oyó gritar, mientras agitaba el brazo.

Después de llamar su atención, Álex se despidió de uno de los profesores de segundo con un apretón de manos y comenzó a caminar hacia donde lo esperaba Óscar, con ese paso firme y esa fuerza que transmitía su presencia.

—¿Qué haces por aquí? —preguntó el adolescente.

—He acabado mi turno en el hospital y me he acercado a saludar a un amigo. ¿Qué te parece si comemos juntos?

Óscar abrió mucho los ojos. No había nada en el mundo que le apeteciera más que almorzar con Álex. Y este no necesitó una respuesta, los ojos del muchacho hablaron por él.

Una vez que traspasaron la puerta exterior del edificio, y mientras conversaban animadamente sobre el examen de matemáticas, Álex dejó de caminar y se quedó clavado en el pavimento, rígido como una piedra y con la mirada fija en un punto situado a pocos metros de ellos.

Óscar miró a su amigo sorprendido por su reacción y dio media vuelta para entender qué había perturbado al hombre más sereno y seguro de sí mismo que jamás había conocido.

—¿Cat?

No se lo podía creer. Su hermana nunca lo había esperado en la puerta del instituto y se sorprendió al ver cómo se levantaba de un banco, agarraba su bolso con las dos manos y los observaba con cierta cautela. Óscar dio unos pasos y se situó frente a ella, mientras Álex mantenía la distancia.

—¿Pasa algo? —preguntó Óscar con frialdad, recordando el constante mal humor de su hermana.

—Nada... —Cat miró de reojo a Álex y volvió a dirigirse a Óscar—. Tengo la tarde libre y quería invitarte a comer uno de esos platos combinados que tanto te gustan. —La joven sonrió tímidamente y Óscar olvidó por completo el enfado que lo había distanciado de su hermana durante días—. Pero si ya tienes planes...

—Álex acaba de llegar y me ha pedido que almorzara con él —contestó algo afligido.

Apenas unos minutos atrás habría jurado que salir a comer con Álex era lo que más anhelaba hacer en ese instante... Sin embargo, poco después sintió que traicionaba a su hermana. Había deseado en infinidad de ocasiones compartir con ella momentos de ocio, de risas, confidencias, secretos... En definitiva, recuperar a su hermana. Pero había aceptado la invitación de Álex y no podía dar marcha atrás.

—No pasa nada, Óscar. —Cat forzó una sonrisa para ocultar su decepción—. Nos vemos luego en casa.

—¡Espera! —exclamó Álex, dando unos pasos hasta situarse frente a ella—. Ve tú con él, es tu hermano y a él le encanta la idea, ¿verdad, Óscar?

El chico asintió, incómodo por la situación.

—No te preocupes, otro día quedamos... —añadió Álex, dándole suaves toques en el hombro.

Sin decir nada más, Álex empezó a caminar en dirección contraria y Óscar buscó los ojos de su hermana para lanzarle una de esas miradas incendiarias que ella dominaba a la perfección.

—¿Qué pasa?

—¡Cat! —exclamó el chico—. ¿De verdad vas a dejar que se vaya?

—Está bien... —claudicó ella.

19

Álex

Desde hacía dos días, Álex creía tener las ideas más claras con respecto a esos absurdos pensamientos que le estaban exprimiendo la pulpa del raciocinio. «Ella» pasaba de él; a pesar de todo, había intentado acercarse, pero a «ella» parecía no importarle humillarlo en público, así que debía asumir que aquella obsesión no lo iba a conducir a ningún lado... Elegir el rumbo que lo llevaba directo al despeñadero era elegir el golpe y el consiguiente dolor. Y esa no era la senda que estaba dispuesto a recorrer. Otra vez, no. Por tanto, la actitud más adecuada para su salud mental era ocupar su tiempo en asuntos menos arriesgados; guardias de hasta diecisiete horas diarias, un libro de cuatrocientas páginas durante sus breves descansos y un propósito para completar los huecos restantes en días de jornadas cortas: ayudar a su nuevo amigo hablando con uno de los profesores del instituto donde Óscar estudiaba.

¿Problemas que hacían de su plan un fracaso total? Primero, la hermana de su amigo podía aparecer en cualquier momento y, segundo, cuando la veía era incapaz de disimular lo que aquella chica, con su mal humor y su misterio, provocaba en él, en su cuerpo y en su boca abierta de pasmarote. Porque era en eso en lo que se transformaba Álex cuando la tenía enfrente, en un estúpido pasmarote, dispuesto a perdonarle todo con tal de que ella le devolviera una sonrisa.

Sin embargo, si algo había aprendido Álex a base de golpes era a mostrar su orgullo, a levantar la cabeza y a retirarse de una partida si no había sido invitado a jugar. Y eso era lo que estaba haciendo después de ver a Cat en la puerta del instituto, después de volver a quedarse fosilizado ante ella. Debía continuar su camino e intentar no dejarse arrastrar por ese tsunami de dudas, sentimientos y miedos que aquella chica provocaba en él. Pero su voz, la misma que semanas atrás había despertado su curiosidad, volvió a sacudirle el pecho.

—¡Álex! Espera...

Se quedó quieto, hasta que Cat se situó frente a él y levantó la mirada hacia sus ojos, lentamente, agitando los párpados con indecisión.

—Si quieres... —dudó un instante y agachó la cabeza—, puedes acompañarnos...

Aquellas últimas palabras fueron casi imperceptibles para los oídos de Álex y comprendió que Cat se estaba viendo forzada a invitarlo.

—Mira, Cat —espiró el aire que se le había quedado anclado en los pulmones y continuó con decisión—, es evidente que no te caigo bien. Por alguna razón que desconozco, te has creado una idea preconcebida de mí que no es cierta, pero lo respeto. No tienes que sentirte obligada a...

—Lo siento... —Los labios de Cat apenas se movieron con aquel leve susurro.

—Perdona, ¿qué has dicho?

—He dicho que lo siento... —Miró a Álex unos segundos y volvió a agachar la cabeza—. No debí insultarte de aquella forma... No sé por qué lo hice...

—Yo también tengo que pedirte perdón por lo que sucedió en el hospital, te podías haber hecho daño.

—Chicos, tengo hambre, ¿podemos irnos ya? —preguntó Óscar, situándose junto a su hermana—. Cat, ¿crees que estará abierto el bar de Manolo?

Ella asintió con la cabeza y se sonrojó al percatarse de que Álex la contemplaba con una tímida sonrisa en los labios.

—Pues vámonos ya, antes de que el vacío de mi estómago acabe convirtiéndose en un agujero negro.

Álex sonrió y palmeó el hombro de Óscar.

—¡Vamos, exagerado! ¿Está muy lejos? Tengo el coche aparcado detrás de esta calle.

—No hace falta que vayamos en coche, está cerca.

De camino al restaurante, Álex contempló absorto a los dos hermanos que caminaban frente a él, mientras se preguntaba cómo había llegado hasta allí, cómo en pocos días esas personas habían entrado en su vida y si él sería capaz de encajar en la suya. Sus amistades siempre habían sido compañeros de instituto o de universidad, personas de su misma edad, sus mismos gustos, sus mismas aspiraciones... Sin embargo, su amistad con Óscar era distinta. Junto a aquel muchacho, Álex sentía un vínculo fraternal que solo había experimentado con Mario, al que quería como a un hermano, el típico hermano menor irresponsable y alocado al que debía auxiliar cuando se desfasaba. Óscar era también como un hermano menor, pero aquel que te admira y te considera un ejemplo a seguir. ¿Y Cat? ¿Cómo encajar esa pieza en el puzle? Aún no tenía la menor idea, aún estaba confuso por todo lo que ella provocaba en él, pero después de sus disculpas había vuelto a entreabrir la puerta, a permitir que ella se asomara y a dejarla pasar. La cuestión era... ¿iba ella a darle paso a él?, ¿permitiría que Álex descubriera a la verdadera Cat?

Entraron en un bar situado a dos esquinas del instituto. Se sentaron a una mesa que acababa de quedar libre y esperaron a que el camarero la limpiara.

—¿Cómo han ido hoy las clases? —preguntó Cat.

—Muy bien. Tengo otro diez. —Óscar alzó la mano, le mostró la palma a Álex y este la chocó con la suya.

—No me lo digas, que lo adivino... ¿Matemáticas?

Óscar sonrió satisfecho y Cat rio divertida, inclinando levemente la cabeza hacia atrás, con un gesto que a Álex se le antojó demasiado sensual para su estado de confusión. Si ella continuaba así, dándole una de cal y otra de arena, el médico iba a caer a sus pies irremediablemente. Así que tragó saliva e intentó desviar la atención hacia Óscar.

—¿Y tu amiga...? ¿Cómo se llama?

—¿Paula? Ella también ha sacado un diez en matemáticas...

—¿Quién es esa Paula? —Cat miró a su hermano con curiosidad.

—Una *amiguita* de tu hermano —bromeó Álex, propinándole un codazo a Óscar.

—No sigas por ahí que te veo venir... Es solo una compañera de clase con la que coincido en la biblioteca.

Ambos continuaron riendo entre burlas, guiños y golpes suaves en los hombros, mientras Cat los observaba en silencio. Y así fue como se mantuvo durante la hora siguiente: comiendo como una espectadora, callada, discreta y, para Álex, cada vez más enigmática.

Cuando el adolescente acabó su plato y se levantó para ir al servicio, Álex aprovechó para intentar romper la barrera invisible que rodeaba a Cat.

—Me dijo Óscar que estudiaste física en la Universidad de Barcelona y que te especializaste en astronomía.

Ella asintió, sin alzar la vista del plato. Pero si algo caracterizaba a Álex era su obstinación.

—Lo de observar los astros, investigar el origen del universo... debe de ser fascinante.

Cat volvió a afirmar con un leve gesto.

—Y ¿es eso lo que haces en el observatorio?

Ella negó con la cabeza y, después de masticar el trozo de carne que acababa de llevarse a la boca, decidió responder a su pregunta con algo más que un gesto o un monosílabo.

—Participo en algún proyecto de investigación, pero sobre todo doy clases de astronomía a niños o preparo actividades especiales para acercar esta materia a los colegios públicos.

—¿Te gusta enseñar?

—Me encanta...

—Debes de tener mucha paciencia.

—Bueno, en mi caso es fácil. Es una ciencia que fascina a los niños y cuando están en el observatorio suelen atender a las explicaciones en silencio. —Sonrió y buscó los ojos de Álex—. Cuando entran en la cúpula y ven el telescopio, sus rostros se transforman, como si viajaran al espacio... ¡Es increíble! Muchos niños salen del observatorio asegurando que de mayores serán astronautas.

—¿Tú querías ser astronauta cuando eras una niña? —preguntó él, después de reír ante su comentario.

—En realidad, no. Cuando era pequeña quería ser bailarina. —Bajó la vista al plato y Álex pudo percibir el rubor que había enrojecido sus mejillas—. Pero bailar no es mi fuerte.

—Y cantar tampoco... —dijo Álex con una sonrisa socarrona en los labios y dedicándole un guiño para hacerle comprender que se trataba de una broma.

Cat le dirigió una mirada entre el enfado y la sorpresa. Él no intentó descifrar aquella expresión, sino que se dedicó a viajar por todo su rostro, contemplándola con admiración, sin importarle que ella le reprochara su descaro. Continuaba ruborizada y una fina capa de aceite cubría sus labios. Cat se limpió la boca con una servilleta de papel y él sintió un pellizco de deseo al ver cómo se mordía con suavidad el labio inferior. Clavó de nuevos los ojos en los de ella y, rendido por lo que aquella chica le provocaba, dejó que las palabras salieran libres de su garganta.

—¿Tienes algo que hacer el sábado por la noche? Te invito a...

—Ya estoy aquí, ¿de qué hablabais? —interrumpió Óscar.

Álex cerró los ojos un instante e inspiró con fuerza.

—Tu hermana me explicaba lo que hace en el observatorio.

20

Cat

Todavía notaba el temblor en las piernas. Cada vez que rememoraba el tono que Álex había usado para pronunciar aquellas palabras, una corriente le sacudía los hombros. Después de mirarla con aquel descaro y sentir cómo le acariciaba el rostro con los ojos, Cat permaneció unos segundos con la respiración congelada, inmóvil ante su embrujo y a punto de evaporarse tras oír aquella pregunta, aquella insinuación que aún le costaba asimilar. ¿Había intentado invitarla? ¿Tener una cita con ella? ¿Con ella? Seguro que se trataba de una confusión o tal vez de una broma de mal gusto. Frunció el ceño y tensó los músculos. Sí, era una burla, intentaba tomarle el pelo, y afortunadamente Óscar había llegado a tiempo para evitar que Álex se riera de ella. Cerró los ojos y reaparecieron muchas escenas oscuras del pasado. Una intensa angustia le nació en el estómago y fue ascendiendo por el esófago hasta hacerle percibir el amargor de la bilis en la garganta.

—Cat, ¿estás bien? —Ella levantó los párpados y descubrió los ojos preocupados de su hermano.

—Creo que la comida no me ha sentado bien, ¿podemos irnos ya? —sugirió ella, esquivando la mirada curiosa de Álex.

—¿Qué te duele? —se interesó él—. ¿El estómago, el abdomen...?

—Solo quiero irme a casa... —añadió ella mientras recogía sus cosas.

—Yo pagaré. —Decidió Álex, levantándose de un salto.

—No. —Cat lo siguió hasta la barra—. Invito yo —espetó con contundencia.

—Está bien, pero te debo una...

—No me debes nada.

Salieron del bar, siguiendo los pasos apresurados de Cat, y caminaron en silencio hasta que, a escasos metros del portal, Álex se acercó por detrás.

—¿Podemos hablar?

—No, yo tengo que... —Cat fue incapaz de acabar la frase cuando dio media vuelta y se encontró con sus ojos suplicantes.

—Por favor...

Ella cerró los suyos, agachó la cabeza y deseó perderse en el espacio, surcar la galaxia como un asteroide y dejar apenas un rastro incandescente.

—Yo voy subiendo —anunció Óscar antes de desaparecer por el portal—. Adiós, Álex.

Cat y Álex permanecieron en silencio.

—Quería comentarte algo sobre Óscar. —Cat inspiró más relajada, abrió de nuevo los ojos e irguió la cabeza para escucharlo—. Hoy he estado con uno de los profesores de segundo que es amigo mío. Ya le había hablado de Óscar, de su capacidad intelectual, de su problema de adaptación y de esos compañeros que lo molestan.

—¿Y qué te ha dicho? —preguntó ella, preocupada.

—Se ha estado interesando por él, hablando con su tutor y con otros profesores que conocen el grupo de clase de Óscar, y cree que no deberíamos preocuparnos por su adaptación. Según él, es un chico muy maduro y seguro de sí mismo. Aunque es cierto que hay un grupo de chavales que se ríen de él, no parece afectarle. Además, está empezando a hacer amistades, como Paula, la chica que ha conocido en la biblioteca, y sus profesores esperan que pronto esté integrado en un grupo de compañeros parecidos a él, más tranquilos y estudiosos.

Cat miró hacia el interior del portal y perdió la vista en los escalones.

—Óscar siempre ha sido un chico muy especial. Tenía apenas un año cuando ya caminaba con decisión y hablaba perfectamente; bueno, menos la erre, que le costó pronunciarla... —Sonrió sin dejar de mirar hacia los escalones—. Siempre se ha mostrado seguro, tranquilo, inquebrantable y, a pesar de todo, feliz...

—¿A pesar de todo? ¿A pesar de qué?

Cat no respondió, volvió a agachar la cabeza mientras daba un paso hacia atrás.

—Debería subir...

—Espera. —Álex se situó frente a ella—. Con respecto a lo que te estaba preguntando cuando nos ha interrumpido Óscar... —Se tocó la oreja nervioso—. Me gustaría que quedáramos un día, los dos solos, para conocernos mejor... Podríamos ir a cenar o a tomar algo, no sé, lo que te apetezca.

Ella tragó saliva, cerró los ojos y se concentró en el ritmo descompensado de sus latidos. Apretó los labios, en un intento fallido de contener las lágrimas, y trató de recuperar la serenidad. Volvió a tragar saliva.

—Tú quieres reírte de mí, ¿verdad?

Álex abrió la boca, sorprendido, y retrocedió un paso.

—¿Qué te hace pensar eso? Cat, no pretendo burlarme de ti, solo quiero que nos conozcamos mejor, solo eso... Si me dieras una oportunidad sabrías que puedes confiar en mí.

—No puedo... No puedo confiar...

—¿Por qué?

Las lágrimas empezaron a cubrirle las mejillas y tiró de la manga del jersey para secarse la cara con ella. Cuando volvió a dejar caer el brazo, sintió los dedos de Álex rodeándole la mano. Eran suaves y el calor que desprendían se infiltró por los poros de su piel. Cat temió arder con aquel inocente contacto. Dirigió la mirada hacia las manos y vio como Álex la acariciaba con el dedo pulgar.

—¿Quién te ha hecho tanto daño como para no confiar? —Cat lo miró, sorprendida, y permitió que él accediera a la oscuridad que se ocultaba tras sus pupilas negras—. Esa es la razón, ¿verdad? ¿Quién es ese fantasma que no te deja vivir?

—No tienes ni idea. Tú no sabes nada... —titubeó nerviosa.

—Pero me gustaría saberlo.

—No lo creo...

—Inténtalo.

Cerró los ojos y soltó la mano de Álex con suavidad.

—Déjalo, por favor...

Empezó a subir los escalones con celeridad mientras sentía la mirada de Álex aferrada a la espalda. Corrió escaleras arriba y abrió la puerta de casa con dificultad. Las manos le temblaban, la barbilla también. Caminó apresuradamente hasta su dormitorio y dejó caer el bolso sobre la cama. Se acercó a la cómoda y abrió el segundo cajón, aquel que no había vuelto a abrir desde hacía años. El diario continuaba allí, intacto. Era de color rosa, con flores azules dibujadas sobre la tapa delantera. Lo tomó con las dos manos, se tumbó sobre el edredón, buscó una de las páginas que tenía marcada con un trozo de papel y comenzó a leer.

> ... ha levantado los ojos de su libreta y me ha dedicado la sonrisa más bonita que jamás haya visto. He sentido un cosquilleo extraño en el estómago y la cabeza ha empezado a darme vueltas, o a soñar, no estoy segura, porque a partir de entonces solo podía mirarlo a él y solo podía pensar en él; en que estábamos juntos, en que me sonreía a mí y solo a mí... Rafa me...

El timbre del teléfono interrumpió su lectura y cerró el diario para dejarlo sobre el colchón.

—Cat, es para ti... —gritó Óscar desde el salón.

—Ya voy... —respondió ella en voz alta.

Volvió a secarse las lágrimas con las mangas del jersey y salió de su dormitorio, intentando disimular la tristeza que le había sacudido el rostro.

—Es tu amigo... —le dijo Óscar con el auricular en la mano.

—¿Rafa? —Su hermano asintió con la cabeza y Cat se colocó el teléfono en la oreja—. ¿Sí?

—Hola, preciosa. —Cat sonrió al oír su voz, esa voz dulce que tantas veces había espantado sus miedos—. ¿Cómo estás?

—Bien —mintió—. ¿Y tú? Ya solo falta una semana para la boda, debéis de estar nerviosos.

—Un poco... Bueno, no, en realidad, mucho... —Cat oyó sus risas al otro lado de la línea—. Te llamaba para intentar convencerte.

—Rafa, ya te lo dije, no iré...

—Cat, entiendo las razones por las que no quieres venir, pero debes olvidar lo que sucedió y seguir adelante. Es mi boda, a mí me encantaría tenerte cerca en un día tan especial y a Vicky también.

—¿A Vicky también?

—Hemos estado hablando de ti, eres muy importante para mí, y ella lo sabe.

—¿Se lo explicaste?

—Todo. —Se hizo un silencio entre los dos—. Por favor, no te enfades conmigo por eso. Voy a casarme con ella, tenía que saberlo.

—No me enfado contigo, Rafa; no podría aunque me lo propusiera.

—Entonces, ¿irás a la boda?

—Rafa... —Inspiró y expulsó el aire con fuerza—. A la celebración, no; pero iré a verte a la iglesia, ¿te parece bien?

—Eso es mejor que nada... Gracias, Cat, es importante para mí.

Los ojos de ella volvieron a humedecerse.

—Entonces, ¿hasta el sábado? —preguntó él.

—Allí estaré...

21

Bárbara

Aquel jueves, Bárbara mordisqueaba el tapón de un bolígrafo azul mientras sentía que la frente se le humedecía. Estaba agotada, llevaba varios días durmiendo apenas cinco horas y las lecciones que debía memorizar se le amontonaban en el cerebro hasta presionar sus paredes y amenazar con hacerlo explotar. El último examen del primer trimestre era de Historia y se había tenido que preparar a conciencia; la Segunda República y la Guerra Civil española. Fechas, nombres, lugares y acontecimientos que debió memorizar de forma cronológica. Leyó las preguntas con atención y alzó la vista, intentando recordar algunos detalles del temario, pero los ojos inquisidores de Castro le hicieron olvidar el motivo de aquel nerviosismo para sentir cómo se ruborizaba. Desde que habían hablado la semana anterior, sus miradas habían pasado de ser furtivas e inocentes a quemar por la pasión que desprendían. Bajó de nuevo la vista para concentrarse en el examen y no pensar en la noche del viernes. ¡En apenas veinticuatro horas estaría cenando con ese atractivo hombre, que parecía querer devorarla con la mirada!

Dos horas después, una vez finalizado el examen, y mientras Castro parloteaba con un grupo de alumnos, Bárbara y su compañera lo observaban desde los últimos pupitres del aula.

—¿Preparada para la cita de mañana? —María parecía estar más entusiasmada por aquella cena que la propia implicada.

—Creo que no... He intentado no pensar en ello para concentrarme en los exámenes, pero cada vez que me mira el rostro se me enciende como una bombilla y eso me pone nerviosa. ¡Qué vergüenza! Seguro que lo ha notado.

—Eso es porque a ti también te gusta. Saltan chispas entre vosotros —concluyó María satisfecha—. ¿Lo invitarás a una última copa en tu casa? Ya sabes... una cosa llevará a otra y...

—No sé, María, me parece muy precipitado.

—¡Bah! Déjate de tonterías y lánzate, no pierdes nada. Eres una mujer libre que puede acostarse con un hombre en su primera cita.

Bárbara miró a Castro e intentó recordar la última vez que se sintió amada, la última vez que su marido la había acariciado o besado con cariño, con pasión. Cerró los ojos haciendo un esfuerzo por rememorar los inicios de su relación. Conoció a Andrés el día que ella celebraba su diecisiete cumpleaños, cuando él ya había cumplido los veinte. Se enamoró de su seguridad, de sus promesas, del hombre que asomaba tras aquel cuerpo ya formado; de un sueño del que tardó en despertar. Durante años ella vivió un romance idílico, acogiendo con ilusión cada caricia, cada roce de sus labios, y estremeciéndose con sus atenciones. Atenciones que cada vez recibía con menos frecuencia y que fueron desapareciendo con el paso de los años. Apenas recordaba haber sido amada, pero no había conseguido olvidar las últimas veces que él sació sus necesidades usando su cuerpo como si fuera una prostituta. La fulana a la que desnudaba con prisas, a la que penetraba sin importarle que ella disfrutara, a la que solo le faltaban unos billetes sobre la mesita de noche. Porque era así como ella se sentía: como la fulana de su propio marido; la mantenida, la ingrata, la ingenua, la inútil. Despertó de aquel sueño demasiado tarde, pero, afortunadamente, acabó abriendo los ojos. Entregarle su vida fue su peor decisión. Salir de ella, la única opción.

Enamorarse de nuevo podría ser otra mala decisión, podría volver a elegir mal, pero... ¿y si no lo intentaba? ¿Y si cada vez que quisiera recordar la última vez que la amaron solo llegaba a su mente la frente sudorosa de Andrés y él abriéndose paso entre sus piernas, sin besos, sin caricias, sin susurros? ¿Y si conseguía sentirse de nuevo una mujer deseada sin que el amor condicionara su vida? Volvió a fijar la mirada en Castro. No sabía si aquel hombre podría borrar ciertos recuerdos de su mente, aunque no perdía nada por intentarlo.

—Tienes razón —dijo Bárbara—. Soy una mujer libre y puedo hacer con mi cuerpo lo que me dé la gana.

Salieron de la escuela después de intercambiar algunas palabras con su profesor y, una vez en la calle, Bárbara no pudo evitar dibujar una enorme sonrisa. Aquella era su reacción diaria desde el lunes anterior, en el instante en que Julián aparecía tras la sombra de aquel árbol y se aproximaba a ella con ese aire enigmático que a Bárbara le resultaba tan inquietante.

—Ya tienes otra vez aquí a tu amiguito. —María miró a Bárbara con el enfado marcado en el entrecejo—. ¿Por qué no le dices que te deje en paz?

—No seas tan desagradable. Es un buen hombre. Solo me acompaña hasta casa y hablamos un rato, nada más...

—Ya... ¿Y si fuera un psicópata?

—¡Por favor! —exclamó Bárbara, incrédula, ante la exagerada reacción de su compañera.

María se despidió molesta y desapareció calle abajo.

—¿Cómo ha ido el examen? —preguntó Julián.

Bárbara le sonrió agradecida. Cada día él actuaba de la misma forma: se acercaba en silencio, se situaba junto a ella, con las manos en los bolsillos del chaquetón, y comenzaban a caminar de esa forma pausada que se había hecho habitual entre ellos. Él le formulaba una pregunta, ella respondía y él escuchaba atentamente.

—Muy bien —le hizo saber ella—. Si hace unos años alguien me hubiese dicho que iba a pasar noches en vela para estudiar, me habría reído en su cara. Y mírame ahora, estoy agotada pero feliz.

—El esfuerzo merecerá la pena, ya verás. ¿Mañana es el último examen?

—Sí, mañana, matemáticas.

—¿Y qué tal llevas los números?

—Bien. —Sonrió—. Uno de los temas trata de las unidades de medida, y te aseguro que de kilogramos de harina y gramos de levadura entiendo bastante.

Julián rio divertido y Bárbara lo observó de soslayo. Cuando la máscara que impedía conocer al hombre oculto tras ese rostro de facciones marcadas lo permitía, se sorprendía con sus pequeños gestos. Sus labios curvados ligeramente a la derecha, unas arrugas suaves que le ensanchaban la nariz y un leve parpadeo que proporcionaba un brillo especial a sus ojos negros. Cada vez que él dejaba escapar una pizca de su verdadero ser, ella necesitaba más.

—¿Tú acabaste el graduado escolar? —Quiso saber Bárbara.

—Sí, en eso mis padres fueron muy estrictos. Luego empecé un curso de mecánica. Siempre me había fascinado el mundo del motor, quería tener mi propio taller de reparación de vehículos. Pero cuando cumplí los dieciséis tuve que dejarlo para trabajar con mis padres en la carnicería.

—¿Tus padres tenían una carnicería?

Julián asintió con la cabeza.

—La cerraron siete años después. El negocio no iba bien.

—¡Oh! Lo siento, no debió de ser fácil para tus padres.

—Para ellos, no. Para mí, sí. No se me daba bien tratar con la clientela.

Bárbara sonrió al imaginar a un joven Julián rodeado de mujeres mayores cotorreando sin parar.

—Carolina ya estaba embarazada de Cat para entonces. —Bárbara se sorprendió al oírlo mencionar a su mujer y a su hija, pero permaneció en silencio, deseando que continuara—. Tuve que aceptar todos los trabajos que me ofrecieron: vendí frutas en el mercado, cargué sacos de arena en una obra, conduje una ambulancia, ayudé a un ebanista y vendí entradas en el cine del pueblo.

—Conseguiste que no le faltara nada a tu familia.

—Sí, pero no era suficiente. Yo quería más... Más para Cat. El futuro que ella se merecía. —Agachó la cabeza—. ¡Maldita ambición!

—Es normal que un padre quiera lo mejor para su hija.

—Debimos quedarnos en Masquefa...

La emoción empañó la voz de Julián y Bárbara pensó que había llegado el momento de zanjar el tema. Ya estaban frente a su portal, así que la despedida era la mejor forma de disipar la incomodidad que había nublado su rostro.

—¿Nos veremos mañana?

Él asintió y alzó la vista en busca de sus ojos.

—Te dejo, debes de estar cansada...

Y sin añadir nada más, dio media vuelta y continuó su camino, con las manos en los bolsillos y, de nuevo, enfundado en aquel halo de silencio y misterio al que Bárbara empezaba a acostumbrarse.

22

Julián

Hacía mucho tiempo que Julián no se despertaba antes de que sonara el despertador. Hacía años que no amanecía con una sonrisa en los labios, que no silbaba mientras se dirigía al cuarto de baño, que no canturreaba en la ducha, que no se vestía mirándose al espejo, que no contemplaba su rostro con ese brillo en los ojos... Hacía demasiado que no se sentía tan deseoso de empezar su jornada de trabajo, para que llegara pronto la noche y poder pasar con ella los mejores treinta minutos del día. Los treinta minutos que precisaba para desear que amaneciera de nuevo.

Solo necesitó cinco días acompañando a Bárbara para saber con certeza que se estaba enamorando de ella como un colegial, descubriendo sus sentimientos con cada roce de los brazos al caminar, con cada mirada furtiva, con cada una de sus palabras, pronunciadas con aquella voz dulce que tanta serenidad le infundía, con sus sonrisas, con su olor... Bárbara había provocado en su interior un huracán de emociones que empujaba con fuerza hacia el exterior, que pretendía arrasar con todo. Y la necesidad de hacérselo saber era cada vez mayor. Tenerla entre los brazos, susurrarle al oído y besar sus labios se estaba convirtiendo en mucho más que un deseo; su vida empezaba a depender de ello. Sabía que debía tener paciencia, así lo habían educado, así debía comportarse un caballero..., pero llevaba demasiados meses observándola en silencio y demasiados años de soledad.

Entró en la cámara frigorífica con la alegría reflejada en los labios y, por tercera vez durante aquella semana, Agustín y Fabián, sus dos compañeros de trabajo, le formularon la misma pregunta.

—¿A qué se debe esa sonrisita?

No respondió. Conocía bien a aquellos sinvergüenzas. Tenían veintidós y veintitrés años, y solo sabían hablar de tres temas: sexo, alcohol y coches. Y Julián solía desconectar de todas sus conversaciones, a excepción de cuando ambos hablaban de carrocería o caballos de potencia.

—¿Qué te dije, Agustín? Este ha follado —afirmó Fabián con total seguridad.

Julián continuó ignorándolos mientras cargaba unas piezas de jamón.

—Desde luego, o ha follado ya o está a punto de hacerlo —añadió Agustín.

—Joder, tío, ¿no nos vas a contar nada? ¿Cómo está la pava? ¿Tiene buen culo y buenas tetas?

Cansado de escuchar sandeces, Julián soltó la pieza de jamón que cargaba sobre los hombros y se dio media vuelta para mirar a aquel par de maleducados.

—¿De verdad tenéis que ser tan desagradables con las chicas? ¿Sabéis que así no os vais a comer una rosca?

Los chicos se miraron entre ellos y luego empezaron a reír a carcajadas.

—Este ha follado. Dame mis mil pesetas —exigió Agustín, estirando la mano ante Fabián.

—No se las des... —irrumpió Julián, sonriente.

—¡Toma! ¿Y qué te he dicho yo? Este no es de los que se tira a una pava el primer día.

Julián volvió a sonreír ante la afirmación de Fabián. Aunque los consideraba unos chicos irresponsables y malcriados, debía reconocer que en ocasiones sus ocurrencias lo divertían. Los miró y, recordando las veces que habían alardeado de sus noches de juerga, decidió sacar beneficio de aquellos sinvergüenzas.

—¿Dónde puedo llevarla a cenar?

—¿Cenar? La tía te gusta de verdad, ¿eh? —dijo Fabián a la vez que le golpeaba un hombro—. ¿Quieres llevarla a un sitio romántico o algo diferente?

Meditó durante unos segundos. Sabía adónde hubiese llevado a Carolina; salón acogedor, colores neutros, servicio perfecto, luces tenues, platos tradicionales y precio razonable. Sin embargo, Bárbara no encajaba en ese lugar, ella era distinta; aún no la conocía lo suficiente, pero cuando cerraba los ojos y se imaginaba junto a ella solo podía ver la sonrisa de Bárbara al ser sorprendida; su curiosidad, su necesidad de conocer, de experimentar...

Sonrió al recordar a Cat, a su pequeña, a su niña aventurera.

—Algo diferente, nuevo, atrevido... —Decidió con total seguridad.

—Han abierto un restaurante chino en el centro y dicen que es buenísimo. Eso sí, solo puedes comer con palillos. Creo que no te dan tenedores ni cuchillos.

—Me parece perfecto.

Miró su reloj de pulsera. Faltaban diez minutos para las ocho, diez minutos para que Bárbara cruzara aquella puerta y la viese caminar hacia él, guardando su carpeta cargada de folios en el bolso de tela marrón que siempre le colgaba del hombro; con la sonrisa, el pelo recogido y los mechones rizados acariciando aquel hueco entre el cuello y el hombro.

Durante aquella tarde, que nunca le había parecido tan larga, Julián había estado planificando cada minuto junto a ella, cada palabra, pregunta o insinuación. Se iba a acercar a Bárbara en silencio, como cada día; iba a interesarse por su examen, a escucharla hasta llegar a la puerta de su casa y, entonces, iba a hablarle del restaurante, evaluar su reacción e invitarla. Sí, estaba todo calculado. No existía posibilidad de error. Analizaría sus gestos cuando le hablara del restaurante y actuaría en consecuencia, con la cabeza fría... Si estaba seguro de que ella iba a aceptar, se lanzaría sin miedo, si no... si no, volvería a intentarlo otro día.

La puerta de la escuela se abrió y algunos alumnos empezaron a abandonar el recinto. Pocos segundos después, Julián tragó saliva, nervioso, al distinguir la silueta de Bárbara entre ellos. Pero cuando ella lo miró, todo a su alrededor dejó de existir; no había nada ni nadie más, solo su imagen, su luz.

Salió de la sombra y se acercó a ella.

Bárbara le sonrió y él olvidó por completo su meditado plan.

—Hola, Julián —lo saludó ella.

—Hola... —Se rascó la nuca, nervioso, y ella arrugó los ojos al percibir su nerviosismo.

—¿Qué sucede?

«Si hay riesgo, hay aventura», pensó él.

—Hay un restaurante chino en el centro que dicen que está muy bien. No te ponen cubiertos, tienes que comer con unos palillos de madera, pero...

—¡Bárbara! —Una voz masculina interrumpió las palabras de Julián.

Ella se dio media vuelta y avanzó un paso para acercarse a un hombre alto, con complexión fuerte y sonrisa de anuncio.

—¿Te recojo a las nueve? —preguntó él. Ella asintió con la cabeza—. Y ponte guapa, el restaurante es muy elegante. Te encantará.

Aquel individuo desapareció calle abajo y Julián notó que le arrancaban los sentidos del interior y aquella espalda ancha se los arrebataba. Ya no era capaz de ver, ni de oír, ni de oler...

Ni de sentir...

—Julián... —La voz alejada de Bárbara lo hizo regresar—. Julián, ¿qué me estabas diciendo?

—¿Qué tal te ha ido el examen? —preguntó en un murmullo casi inaudible mientras introducía las manos en el anorak y comenzaba su andadura hacia el portal de Bárbara, con un paso algo más apresurado del habitual.

—Muy bien.

Aquella fue la escueta respuesta de Bárbara.

El silencio los acompañó hasta el final del camino y se despidieron con un «adiós» susurrado.

23

Mario

Llevaban meses preparando el encuentro de exalumnos del instituto y tan solo faltaban dos semanas para la fecha señalada. Aquel día, Mario y un grupo de compañeros se habían reunido en la bolera para acabar de pulir los últimos retoques de la fiesta.

—Va a ser apoteósico, ya veréis. Solo de pensar que nos vamos a ver todos otra vez me pongo hasta cachondo —dijo Juan Carlos.

Mario lo miró de reojo. Desde aquel encuentro en el bar donde trabajaba su amigo, o examigo, había estado evitando cruzarse de nuevo con él. Si había algo que lo exasperaba más que una activista feminista era que alguien se riera de Álex, ni que tan siquiera bromeara con esa posibilidad.

—Ángel, ¿llamaste al grupo que va a tocar en la fiesta? —preguntó Mario, ignorando el comentario poco gracioso de Juan Carlos.

—Ya está controlado, Mario. Se acercarán por el local dos horas antes para hacer las pruebas de sonido.

—Perfecto. ¿Alguien contactó con el profe de sociales?

—¿Castro? Hablé con él el jueves —intervino Joaquina—. Está dando clases por la noche en la escuela de adultos. Mi madre es alumna suya, quién lo iba a decir, ¿eh? —Todos rieron a la vez—. No sabe si podrá asistir, me lo confirmará la próxima semana.

—Julia, ¿tú tienes la lista de profesores? ¿Falta alguien por avisar?

—Yo no la tengo —respondió la aludida—. Se la llevó Vicky al acabar la última reunión.

Mario arrugó el entrecejo. Vicky no había asistido a esa cita alegando tener mucho que hacer con los preparativos de su boda. Se casaba en pocos días y él estaba convencido de que el encuentro de antiguos alumnos del instituto le traía sin cuidado.

—¿Vicky y su maridito irán a la fiesta? —preguntó Juan Carlos con su habitual tono de burla. Mario lo miró asqueado—. Estarán de luna de miel, ¿no?

—Pero vuelven el viernes... A mí me dijo Vicky que no se lo iban a perder —comentó Julia.

—Por mí, encantado de que vaya Vicky, pero Rafa, como si se cae de uno de esos dromedarios en Tenerife y se rompe una pierna.

—No seas bruto. —Joaquina golpeó a su compañero en el hombro—. No sé qué manía le tenéis al pobre muchacho... A mí siempre me ha caído bien.

—Pues ya sabemos al lado de quién va a sentarse en la cena.

—No tendría inconveniente en compartir mesa con ellos, pero les he prometido a Nerea y a Julia que nos sentaríamos juntas, ¿verdad? —le dijo a su amiga, guiñándole un ojo—. Y ya sabéis que Vicky no quiere saber nada de Nerea...

—Por cierto, hablando de Nerea... ¿Por qué no ha venido esta tarde? —quiso indagar Juan Carlos.

Mario alzó la vista de unos papeles al oír su nombre. No había vuelto a verla desde aquel sábado, cuando Álex los pilló in fraganti en su apartamento.

—¿No sabéis la última? —Todos miraron a Julia, expectantes—. Se ha liado con un jugador de fútbol del Barça. Esta noche iba a una de esas fiestas glamurosas que organiza el club.

—No me jodas, ¿uno de primera división? —preguntó Ángel.

—Creo que sí, aunque no es uno de los más famosos. Ya la conocéis, cualquier día pega el braguetazo del siglo. ¡No me extraña, con ese cuerpo y ese descaro!

—Por cierto, ¿sabéis que a la misma hora que empieza la fiesta del instituto juega el Barça contra el Madrid? —informó Ángel.

—¡Joder! —exclamó Juan Carlos—. ¿Y nos lo vamos a perder?

—Yo había pensado en llevar el televisor de casa.

—Ni hablar. —Julia se levantó de la silla y se situó frente a los chicos—. Estaremos todos juntos, nada de tele ni de fútbol.

Mario sonrió al recordar el carácter fuerte que siempre había caracterizado a Julia, razón por la cual acabó siendo la delegada de clase dos años consecutivos.

—Pues llevaremos la radio. Y me da igual lo que digas, la pienso esconder en el bolsillo del pantalón.

—Ángel, di la verdad, lo que quieres es utilizar la radio para marcar paquete —bromeó Joaquina.

Todos arrancaron a reír, incluido el mismo Ángel.

Continuaron bromeando y charlando durante la hora siguiente. Acabaron de cerrar algunos puntos pendientes sobre la fiesta y mientras todos se despedían en la puerta de la bolera Ángel se acercó a Mario.

—¿Qué te pasa? Estás muy serio.

—Estoy bien, es solo que Juan Carlos me saca de mis casillas.

—Pues erais muy buenos amigos en el instituto.

—Tú lo has dicho: *éramos*. Hace unos días pasé por el bar donde trabaja y se burló de Álex, por lo de Nerea, ya sabes. Y me jode que se metan con él.

—Lo sé... Por cierto, ¿cómo le va a Álex? ¿Está todavía con la residencia?

—Le falta solo un año para obtener su plaza de médico de familia.

—Es un fenómeno. Lo va a conseguir, se lo merece, ha trabajado muy duro. ¿Irá a la fiesta? Tengo ganas de verlo.

—Espero que sí. No estaba muy convencido de ir, pero sabe lo importante que es para mí y seguro que asistirá.

—Me alegro.

Mario sonrió y se despidió de Ángel con un sentido abrazo. No habían sido buenos amigos en el instituto, pero con el tiempo había sabido reconocer en él a un tío noble e íntegro. Muy distinto al gilipollas de Juan Carlos.

24

Bárbara

Cuando el timbre del interfono sonó, Bárbara aún estaba frente al espejo del cuarto de baño, intentando dar color a sus párpados y preguntándose a qué se había referido Castro cuando la animó a ponerse guapa. «Ponte guapa», «ponte guapa». Nunca había entendido qué esperaba un hombre de una mujer al sugerir tal cosa. ¿Que se arreglara como si acudiera a una boda o a una celebración especial? ¿Que se maquillara mucho? ¿Que eligiera un vestido más sexi? ¿Que luciera sus mejores joyas? ¿Que no fuera ella misma? Odiaba aquella imposición, la había oído demasiadas veces con aquel tono despectivo que usaba Andrés cuando le insinuaba que su aspecto no le agradaba y que debía mejorarlo para que él pudiera presumir de mujer. Como si ella fuese un trofeo; un maniquí engalanado con un vestido caro, elegante pero frío y hueco. Hueco en su interior. Vacío de sentimientos.

Cerró los ojos en un intento de darles una oportunidad a las palabras de Castro. Aquello no había sido una imposición, sino una forma poco adecuada de aconsejarle que usara su mejor vestido para que, una vez en el restaurante, ella se sintiera en armonía con el lugar y el resto de los comensales.

Bajó las escaleras del edificio con una desgana inusual y se detuvo en cada rellano para alisarse la falda del vestido, cuestionándose por enésima vez si su aspecto cumpliría o no con las expectativas del profesor.

Castro había aparcado el vehículo justo frente al portal y la esperaba apoyado en el capó. Su sonrisa y sus ojos le dieron a entender a Bárbara que había elegido el vestido correcto.

—Estás preciosa —le susurró al oído, después de besarle las mejillas—. Aunque siempre lo estás.

Aquellas últimas palabras la hicieron sonreír y olvidar sus absurdas cavilaciones.

El trayecto en coche hasta el restaurante duró los diez minutos que Bárbara necesitó para calmar su nerviosismo. La conversación de Castro fue muy agradable e incluso consiguió robarle alguna risa con su hasta entonces desconocido sentido del humor. Y la mezcla de su fragancia masculina con el olor a tapicería limpia hizo el resto.

Aparcaron el vehículo a dos calles de la zona más céntrica de la ciudad, donde se encontraba la mayoría de los restaurantes, y caminaron cubiertos por el manto frío de una noche de invierno. Castro intentó ofrecerle su chaquetón para abrigarla con él, pero ella se negó, asegurándole que si aligeraban el paso lograría entrar en calor.

El restaurante estaba situado en una calle peatonal por la que no cesaba el ir y venir de grupos de jóvenes o parejas buscando un lugar donde cenar o compartir unas horas de charla. Un camarero los atendió en la puerta y los acompañó hasta la mesa que Castro había reservado. Bárbara observó fascinada la elegancia del salón y sus detalles más ínfimos: las velas de color crema en el centro de cada mesa, los manteles de algodón con ribetes de encaje, a juego con las servilletas, los cubiertos perfectamente colocados y las sillas cubiertas de una tela blanca, anudada con un lazo rosa en la parte trasera.

—¿Te gusta? —preguntó Castro, refiriéndose al restaurante.

—Es perfecto —respondió ella, aunque descubrió que con esas dos palabras no estaba siendo del todo honesta.

—Pues la comida es mejor. Los platos de pasta son excepcionales.

Bárbara sonrió ante el entusiasmo de su profesor. Mientras pronunciaba aquellas frases, el rostro se le había iluminado con una luz cargada de inocencia. Parecía un niño mostrándole su juguete favorito.

El camarero llegó para tomar nota de sus platos y Castro, previa aceptación por parte de Bárbara, pidió por los dos. Cuando un rato después alguien depositó frente a ella un humeante plato de espaguetis con salsa de tomate, ella no pudo evitar pensar en lo mucho que se parecía a su almuerzo de ese mismo día. De aquel día y del martes anterior.

Después de alabar la gastronomía italiana en general y aquella salsa en particular, Castro le explicó, con demasiados detalles para su gusto, cómo se había desarrollado su matrimonio y consiguiente divorcio. Y tras casi sesenta minutos de navegar por la vida privada de una pareja totalmente desconocida para ella, Bárbara podía resumir aquella relación en una frase: ella, directora financiera en una importante multinacional, no quiso sacrificar su vida profesional para formar una familia, y él había acabado desistiendo y abandonándola porque no le daba lo que él deseaba.

Cuando el camarero llegó para sugerirles los postres, ella tenía el estómago cerrado y él devoró un tiramisú con desesperación.

—Perdona, Bárbara, no he dejado de hablar de mi matrimonio durante toda la cena. ¿Qué te parece si nos tomamos una copa y me cuentas los motivos de tu divorcio?

Ella asintió sin demasiada convicción.

—Hay un local de copas en esta misma calle donde sirven un ron de la República Dominicana que está de vicio. ¿Cuánto hace que no disfrutas de un buen ron con cola? —preguntó Castro mientras levantaba la mano para llamar la atención del camarero.

Un ron con cola. No había probado esa combinación en toda su vida. Odiaba el ron; era el sabor de la lengua de Andrés cuando regresaba de madrugada, tras una noche de juerga con sus amigos. Sabor a ron y a sexo.

Salieron del restaurante y Bárbara se estremeció al sentir de nuevo el frío de la noche. Castro, esta vez sin preguntar, se retiró el anorak y cubrió con él los hombros de Bárbara. Ella no se negó y se lo agradeció con una sonrisa.

Comenzaban a caminar en dirección al local de copas cuando Bárbara se paró, curiosa, ante la fachada de un restaurante, delante del cual se habían acumulado una veintena de personas esperando a ser atendidas. La puerta que daba acceso al local estaba pintada de un rojo estridente y, custodiando la entrada, se erguían dos enormes dragones de color verde, grabados en madera. Admiró embelesada los dos farolillos granates con ribetes dorados que caían sobre las cabezas de los dragones y se acercó, intrigada, a una pizarra apoyada en la pared donde se describían algunos de los platos estrella del restaurante.

—¿Has probado alguna vez la comida china? —preguntó Castro, colocándose justo detrás de ella.

El pecho de él le rozó la espalda y Bárbara notó el calor de su respiración sobre la nuca.

Negó con la cabeza, aprovechando el movimiento para alejarse de él unos centímetros.

—¿Y tú? —Quiso saber ella, sin dejar de admirar los detalles de aquella fachada.

—¿Yo? No. No quiero que me den gato por pollo... —Bárbara

lo miró sin comprender—. He oído decir que los chinos comen carne de gato y de perro. Yo no pienso entrar en un sitio así para pedir pollo y comer gato.

Ella, fascinada aún por aquellos dragones, ignoró su comentario.

—¿Y es verdad que no usan cubiertos?

—Eso parece... Comen con dos palillos de madera.

Bárbara sonrió. Siempre había sido torpe con las manos, así que estaba convencida de que no sería capaz de cenar con esos palillos.

Durante unos minutos continuó ensimismada, admirando aquel exótico lugar y notando que una inesperada tristeza se adueñaba de ella. Sin embargo, aquel sentimiento se disipó en cuanto la mano de Castro viajó audaz hasta su cintura.

—Vamos... —le susurró al oído.

La fragancia que lo había acompañado durante toda la noche se tornó empalagosa y Bárbara retiró la mano de él con delicadeza.

—Castro, estoy muy cansada. ¿Podemos dejar esa copa para otro día? Quisiera volver a casa.

—Por supuesto —afirmó él, con un tono de decepción en la voz que no supo disimular.

Varios minutos más tarde, tras una ducha rápida y una limpieza facial, Bárbara se dejó caer sobre el colchón. Con el antebrazo se cubrió los ojos y se preguntó qué había sucedido aquella noche. En qué momento de aquella velada el perfecto galán había caído de su falso corcel; en qué instante, durante las horas que compartió con su profesor, la realidad la golpeó en la frente para despertarla de un sueño que no era de ella, sino de su compañera María.

Tal vez fuera aquel «ponte guapa» que ella había malinterpretado. O quizá aquel aburrido local, con aquel servicio correcto y ese plato de pasta insípida. O puede que fuera la historia de un matrimonio que nunca se había sustentado sobre los cimientos del amor, un matrimonio que había naufragado por culpa del egoísmo de un marido que pretendía cortarle las alas a una mujer libre. O podría tener la culpa aquel abrigo sobre sus hombros, detalles impuestos a los que ella se había negado y por los que, sin embargo, tuvo que mostrar agradecimiento.

O muy posiblemente fuese aquel restaurante chino que no solo despertó en ella una fascinación desconocida, sino que también le había suscitado una profunda tristeza. La misma que asoló aquellos ojos negros, los que no había logrado desprender de su recuerdo desde que los viera desaparecer aquella tarde, frente a su portal.

25

Álex

Álex contemplaba su reflejo con cierta repulsión. No le gustaba lo que su imagen le suscitaba, la representación de lo que había rechazado durante años; pantalón de pinzas y americana de color azul oscuro, camisa celeste y corbata con puntitos blancos sobre una base verde azulado.

—Me recuerdas a tu padre cuando tenía tu misma edad. —La madre de Álex abrió la cortina del probador y lo admiró con devoción—. Te queda fenomenal.

—No sé, mamá, sabes que odio ponerme traje y corbata.

—Lo sé, hijo, pero vamos de boda, no a una barbacoa en el campo. Además de ser la boda de tu amiga, también es un asunto de negocios. El padre de Vicky es uno de los mejores abogados del bufete.

—Mamá, dime algo que no sepa... —Álex buscó los ojos de su madre reflejados en el espejo de cuerpo entero—. Pero Vicky es mi amiga y voy a la boda como tal, no como el hijo del señor Rotes. —Rosa sonrió y sujetó a su hijo por los brazos para que este se situara frente a ella.

—Álex, tienes ya veintisiete años, ¿no crees que deberías empezar a pensar en sentar la cabeza y formar una familia? —Álex levantó la ceja derecha y miró a su madre con cierto fastidio, mientras esta anudaba y desanudaba la corbata para buscar la posición perfecta.

—Creo que he demostrado con creces ser una persona responsable y no necesitar sentar la cabeza.

Rosa suspiró y apartó las manos de la corbata.

—Tienes razón, pero, a tu edad, tu padre y yo ya estábamos casados... Nosotros solo queremos lo mismo para ti.

Álex había discutido tantas veces con su madre sobre su soltería que ya no tenía más argumentos para defenderse.

—No te preocupes, mamá, todo llegará a su debido tiempo.

Salieron de la *boutique* cargados de bolsas. Rosa se había comprado un vestido largo, color turquesa, con pedrería en la cintura y un escote prudente, acorde con su personalidad: elegante, discreta e impecable. La madre de Álex siempre había sido, ante todo, la mujer perfecta para el abogado perfecto. El matrimonio alardeaba de ser uno de los más envidiados de la ciudad. Ambos se habían conocido trabajando juntos, cuando aún eran jóvenes abogados en prácticas, y en pocos años pasaron a ser una de las parejas más adineradas de la zona. Álex había nacido en el seno de una familia a la que no le faltaba de nada y a la que le sobraba de todo. Sobraban las amistades interesadas, sobraban las prendas de firmas caras, sobraba la frialdad, sobraba la hipocresía. Porque Álex conocía bien a las dos personas que se ocultaban tras aquella fachada, los había oído discutir en numerosas ocasiones. Para su padre nada era suficiente, la perfección era una obligación, no una opción, y su madre se desvivía por complacerlo. ¿Era eso lo que él buscaba en una mujer? ¿Que lo complaciese, que dejara su carrera por él, que no fuera ella misma y solo anhelara ser lo que él quería ver en ella? Pensar en algo así le repugnaba. No odiaba a sus padres; los quería, naturalmente, pero no compartía su forma de actuar. Siempre pensó que el ADN heredado de su abuelo materno tenía la culpa de que él fuese diferente a ellos. ¡Benditos genes!

—¿Tomamos algo? —preguntó Rosa frente a una de las cafeterías que solía frecuentar con sus amigas—. Me apetece un té.

Ocuparon una de las mesas altas situadas junto a una pared adornada con fotos antiguas de Barcelona. El camarero se acercó a ellos y, después de que los saludara casi con una reverencia, Rosa empezó a pedir.

—Un té rojo con bergamota, canela y flores de hibisco. Terrones de azúcar moreno y una de esas galletitas de mantequilla y pasas.

Álex la miró con los ojos bien abiertos. ¿Desde cuándo su madre tomaba té? ¿Bergamota? ¿Flores de hibisco?

El camarero carraspeó para llamar su atención.

—Un café solo —dijo el joven.

—¿Azúcar moreno, con aroma a vainilla, edulcorante natural o...?

—Sin azúcar, por favor —interrumpió Álex, aún alucinado por tanta exquisitez.

Rosa, después de comprobar que el maquillaje continuaba en su sitio gracias a un pequeño espejo que había sacado del bolso, volvió a concentrarse en su hijo.

—¿Qué tal en el hospital? Estás pálido y más delgado que la última vez que te vi... ¿No trabajas demasiadas horas?

—Últimamente he tenido varias guardias, solo es eso... —explicó él, obviando las horas en vela que había pasado pensando en cierta chica.

—Tienes que comer más y dormir ocho horas diarias. ¿No es lo que decís los médicos? —Sonrió Rosa con picardía.

Álex le devolvió la sonrisa y se acercó a las mejillas de su madre para besarla con cariño.

—Sí, mami.

Ambos rieron durante unos instantes, antes de que el camarero llegara con las bebidas.

—Nunca te había visto beber té —señaló él, mientras Rosa vertía el contenido de la tetera metálica en una taza de cerámica blanca.

—Es culpa de Eva. —Una de sus amigas y madre de Vicky—. Después de años insistiendo, al final consiguió que lo probara y ahora no puedo pasar un solo día sin tomar un té rojo o verde, por las mañanas o por las tardes. Precisamente ayer estuvimos tomando uno juntas, mientras hablábamos de ti y de Vicky.

—Miedo me dais... —Álex miró a su madre arrugando los ojos y acercando los labios a su taza de café.

—Durante años estuvimos convencidas de que acabaríais casados, se os veía tan unidos...

—Estábamos y estamos unidos, pero ya sabes que para mí Vicky siempre ha sido una buena amiga, casi una hermana.

—Lo sé, y no hemos tenido otro remedio que aceptarlo. De todas formas, los padres de Vicky están muy contentos con Rafa. Además de ser encantador, está demostrando ser un buen abogado, al igual que Vicky.

—Es buen tío, si no fuera así ella no lo habría elegido.

—Sin embargo, vosotros no os lleváis bien...

—¿Con Rafa? —Álex acabó el contenido de la taza con un sorbo pausado y alzó los hombros en un gesto de resignación—. A mí Rafa siempre me cayó bien, pero creo que yo a él no...

—Tal vez esté celoso de tu amistad con su novia.

—No creo... Rafa es una persona sensata y conoce perfectamente la amistad que siempre me ha unido a Vicky.

—¿No será por ese amigo tuyo...?

—Mamá —Álex movió la cabeza de lado a lado y suspiró cansado—, no empecemos...

—Es que Mario no me gusta, ya lo sabes. Siempre he temido que fuera una mala influencia para ti...

—¿Y lo es? Somos amigos, pero cada uno hace su propia vida. ¡Mamá! ¡Que ya no somos unos críos!

—Está bien, vamos a dejar de hablar de Mario y voy a disfrutar de la bergamota... —Rosa acercó la nariz a la taza e inspiró con fuerza—. ¡Qué bien huele! ¿Quieres probarlo?

Álex apretó los labios hasta casi mordérselos.

—Puaj...

26

Julián

Julián se había prometido demasiadas veces que iba a abandonar esa absurda manía de sumergirse en el alcohol para compensar la falta de seguridad y valentía que acababa aniquilando todos sus sueños. Volver al bar y ver escurrirse su hombría sobre la barra, sujetando una botella de cerveza, no era la solución a sus problemas, aunque sí la única forma de borrarlos de su conciencia. O de aliviar aquella presión en el pecho. Una presión que había perdido fuerza con el paso de los años, pero que había vuelto a sacudirle los pulmones hasta casi desgarrarlos. Así se había sentido de nuevo, diez años después, hasta que aquel hombre de cuerpo atlético y rostro atractivo había pisoteado la esperanza que jamás pensó recuperar. Había estado a punto de acariciar el sol con la yema de los dedos sin miedo a quemarse sino a brillar con su luz, a dejar que su energía le inyectara unas ganas de vivir renovadas. Había estado a punto de recuperar parte de la vida perdida.

Pidió otra cerveza y se cubrió la cara con las dos manos, con el absurdo e infantil propósito de ocultarse ante el mundo y convertirse en un cobarde invisible, olvidando que aún había alguien que no deseaba su invisibilidad, alguien que, a pesar de todo, lo admiraba de un modo que Julián no lograba comprender.

—¿Papá?

Abrió los ojos con asombro y miró a su hijo, sintiendo que la vergüenza le escocía en las retinas.

—¡Óscar! ¿Qué haces aquí?

—He ido a verte y el tío me ha dicho que te encontraría en este bar.

Esa afirmación sobre su realidad le produjo un terrible malestar. Pero su hijo ya estaba allí, ya lo había visto en aquel estado de derrotismo, así que ¿para qué continuar ocultando la mierda que no era capaz de despegar de la suela de sus zapatos?

Volvió a su postura y le sugirió a su hijo que ocupase un taburete junto a él.

—Te invitaría a una cerveza, pero no puedes tomar alcohol. —Óscar sonrió ante el tono serio que su padre había usado para bromear—. ¿Quieres un refresco?

—Vale —aceptó el muchacho—. ¿Por qué estás aquí?

«Porque tu padre es un cobarde que se esconde cuando algo se le complica», quiso contestar, pero contuvo la necesidad de confesarse.

—Por nada, hijo, me apetecía tomar una cerveza —mintió, a pesar de ser consciente de la astucia de Óscar.

—Hace unos días, en clase, nos formularon la siguiente pregunta: si pudieras escoger entre los poderes de un superhéroe, ¿cuál elegirías y por qué? ¿Qué poder escogerías tú, papá?

Julián pensó la respuesta durante unos segundos.

—La invisibilidad —dijo al fin—. Y creo que la razón es bastante obvia. —Ambos sonrieron—. ¿Qué respondiste tú?

—Leer el pensamiento, y creo que en mi caso la razón también es bastante obvia. —Julián lo miró buscando una explicación—. No te haces una idea de lo mucho que me gustaría saber qué hay en tu cabeza y en la de Cat.

Julián rio con ganas. Adoraba a esa criatura, aquel bebé que le pusieron en los brazos catorce años atrás.

—¿Cómo está ella? ¿Sigue de mal humor?

—Ahora es peor...

—¿Peor?

—Sí, ahora está triste. Muy triste.

Aquella rotundidad se clavó en el estómago de Julián como si mil sables lo atravesaran. No saber cómo sanar a su hija era el peor dolor que podía sufrir un padre.

—Ha vuelto a llorar por las noches —continuó Óscar—. Sé que muchas veces lo hace por lo que sucedió con mamá, pero creo que la causa de la tristeza y el llanto de estos días es la boda de su amigo Rafa.

—¿Rafa se casa? —preguntó Julián con asombro.

—Este fin de semana. ¿Lo conoces?

—Sí —afirmó, apoyándose de nuevo sobre la barra. Dio un sorbo a su cerveza y continuó hablando—: Eran inseparables. Creo que fue el único amigo que hizo Cat durante los tres años que vivió aquí.

—Pero ¿fueron novios? ¿Hubo algo entre ellos?

—No estoy seguro, diría que no.

El dueño del bar se acercó para depositar el refresco de Óscar sobre la barra y ambos aprovecharon la interrupción para permanecer unos minutos en silencio, absortos en un pensamiento común: Cat.

—Papá, ¿qué puedo hacer para ayudarla?

Esa misma pregunta se la había hecho él miles de veces. Millones. Y nunca había sabido encontrar la respuesta correcta o nunca había intentado llevarla a la práctica. Sin embargo, en esta ocasión era su hermano quien pretendía ayudarla, no su padre.

—Estar a su lado. —Dejó la cerveza sobre el mostrador y giró los hombros buscando los ojos de su hijo—. Ella te necesita, eres su única familia y no puedes fallarle.

—Tú también eres su familia.

—Sí. —Desvió la mirada, afligido—. Pero yo ya le fallé y no sé si alguna vez me lo perdonará.

—¿Le has pedido perdón?

—Muchas veces, aunque ya sabes lo cabezota que puede llegar a ser tu hermana. —Sonrió—. Siempre lo ha sido.

—¿La echas de menos?

Julián tragó saliva con la absurda esperanza de arrastrar con ella el nudo que le obstruía el estómago.

—Más que a tu madre.

27
Bárbara

Habían transcurrido varios días desde aquella extraña cita con su profesor y, a pesar de sus evasivas, Castro no había dejado de insistir en volver a quedar para finalizar lo que, según él, había quedado pendiente aquella noche. El mensaje que Bárbara leía tras sus palabras era cristalino: tomemos un ron con cola y acabemos en la cama. Aquel era el final de una noche para él y el inicio de una relación complicada para ella, porque, aunque aquella segunda cita no pasara a más, siempre la iba a recordar como una de sus peores decisiones.

—¿No vas a volver a quedar con él? —insistió María.

—Ya te lo he dicho. No, no y no... —respondió ella de forma rotunda—. Y si tan perfecto te parece, ¿por qué no sales tú con él?

—¿Yo? Bárbara, por favor, que estoy casada.

—Y yo prefiero seguir soltera que estar con Castro —susurró Bárbara molesta.

—Está bien... Tienes razón —reconoció María—. Perdóname. Te he estado presionando para que salieras con él, pero siempre lo he hecho por ti, porque sé que estás muy sola y necesitas olvidar los malos recuerdos que te dejó tu exmarido.

Bárbara llevó una mano sobre el hombro de su compañera al notarla abatida.

—No debes disculparte. Fui yo la que aceptó la cita, tú solo pensaste que Castro era lo mejor para mí. Soy yo quien debe pedirte perdón por estar de tan mal humor.

—De acuerdo, olvidémonos de las citas. Estamos a punto de saber si hemos aprobado el primer trimestre, eso es lo más importante. —Sonrió María, zanjando así una discusión absurda.

Pocos minutos después, Castro comenzó a repartir los resultados de los exámenes y se acercó a ellas con esa sonrisa perenne que a Bárbara cada vez le resultaba menos sincera.

—Enhorabuena, Bárbara, has obtenido la mejor nota de clase —anunció, guiñándole un ojo al entregarle un papel con las valoraciones de los tres primeros meses del curso.

A partir de entonces, ni las insinuaciones de su cita frustrada, ni las palabras insultantes de su exmarido, ni las enseñanzas machistas de sus padres..., nada ni nadie hubiese podido borrarle la sonrisa de los labios. Aquel fue su momento, su sueño, la esperanza que años atrás creyó perdida.

Las dos compañeras salieron de la escuela con la felicidad reflejada en el rostro. Mientras atravesaban el jardín del recinto, María, con todas las pruebas también superadas, le estuvo contando a Bárbara dónde tenía pensado invitar a cenar esa noche a su marido para celebrarlo.

—Vente con nosotros. A Joaquín le gustará verte.

Bárbara se quedó contemplando la sombra de aquel árbol y anhelando que Julián apareciera tras ella.

—Gracias, María, tal vez en otro momento —se disculpó, sin ocultar la tristeza que le había transformado el rostro.

—No ha vuelto a venir... —dijo María en un susurro.

—¿Quién? —preguntó Bárbara, sin comprender.

—Julián.

Negó con un leve movimiento de cabeza.

—No lo he vuelto a ver desde el viernes. Tampoco va a la panadería a comprar el pan como hacía todas las tardes.

—¿Crees que ha podido pasarle algo?

Bárbara inspiró con fuerza y dejó escapar el aire con lentitud.

—El viernes, cuando se acercó a mí, empezó a hablarme sobre un restaurante chino. Parecía nervioso, como si apenas tuviera unos segundos para decirme algo importante y el tiempo se le agotara. Antes de que acabara la frase, Castro me llamó para recordarme que a las nueve pasaba a recogerme y Julián ya no quiso continuar por ahí. Me preguntó por el examen y no volvimos a hablar hasta que nos despedimos en la puerta de mi casa.

—Iba a proponerte salir a cenar y al oír a Castro entendió que ya tenías una cita.

—Creo que sí... —Suspiró—. Esa noche pasamos frente a un restaurante de comida china. Supongo que Julián quería llevarme allí. La fachada es muy bonita, dicen que no te ofrecen cubiertos y que solo puedes comer con palillos de madera. ¿No te parece emocionante?

—¿Hubieses preferido cenar con Julián en aquel restaurante?

—Sí —asintió, mientras rastreaba la sombra de aquel árbol.

—Tal vez te lo vuelva a insinuar.

Bárbara recordó aquella malograda tarde de cine y el instante en el que Julián agachó la cabeza y le confesó, con palabras torpes, que aquella cita había sido una estupidez.

—Va a ser complicado. Como tú misma me dijiste, es un hombre con una mochila pesada a la espalda y para él no debió de ser fácil hacerme aquella propuesta. Estaba muy nervioso y se lanzó como quien se tira a un pozo con los ojos cerrados.

—Creo que estás siendo un poco exagerada. De todas formas, si no te lo propone él, podrías hacerlo tú.

De pronto, unas palabras escupidas por la boca de su amiga, días atrás, llegaron a la mente de Bárbara, como transportadas en una máquina del tiempo.

—¿Y a qué viene esto ahora? La semana pasada Julián era un psicópata y... ¿ahora me animas a salir con él?

—También estaba convencida de que Castro era tu hombre y mira qué acertada fue mi intuición. —Las dos sonrieron—. En fin... —María alzó la mano que sujetaba las notas de los exámenes y le guiñó un ojo a su compañera—. Hemos aprobado, con buena nota además; creo que lo que deberíamos hacer ahora es disfrutar de este instante de gloria. Y sobre tus escarceos amorosos, finalizaremos el día como hacen las series de televisión: con un «continuará»...

Arrancaron a reír y, después de unos segundos de carcajadas y complicidad, se despidieron y se alejaron la una de la otra para emprender el camino de vuelta a casa, dejando tras ellas una estela de satisfacción difícil de borrar.

Cuando a Bárbara apenas le faltaban unos metros para llegar a su portal, la necesidad de compartir su alegría con alguien se le antojó casi dolorosa. Paró frente a la gran puerta de hierro, cerró los ojos y deseó estar rodeada de amigos, de familiares o de alguien especial que le dijera lo orgulloso que se sentía de ella. La soledad que hasta entonces la había acompañado en su nuevo viaje le resultó molesta, aburrida. Abrió los ojos y supo con quién le apetecía reír.

Apretó el botón del interfono y la voz de Cat contestó.

—¿Quién es?

—Soy Bárbara, ¿puedo subir?

El timbre de la puerta le permitió entrar y empezó a ascender por las escaleras casi flotando, deslizando la mano izquierda sobre la madera barnizada que recubría la baranda de hierro. Iba canturreando una canción alegre, en voz baja, cuando sintió un calor repentino junto a la mano. Alzó la vista y se topó con aquellos ojos oscuros de mirada intensa, serena y cautivadora. Sus respectivas manos se habían topado sobre la barandilla y Bárbara sintió que la piel se le encendía con su contacto.

—Hola, Bárbara —la saludó Julián, sorprendido por aquel encuentro.

—Hola... —Ella tragó saliva, aturdida—. ¿Estabas con tus hijos?

—Con Óscar, sí... —Él parecía nervioso—. Cat también está en casa. ¿Vienes a hablar con ella?

—Quería contarle algo... —Agachó la cabeza y comprobó que las manos de ambos seguían unidas.

—Está preparando la cena.

—¡Ah! Entonces tal vez no debería molestar.

—No, tranquila, seguro que Cat estará encantada de verte... Además, últimamente... —Julián bajó la mirada y la perdió en un punto lejano.

—¿Qué pasa?

—Cat... No sé, está triste. Lleva unos días que casi no habla con su hermano y se encierra horas y horas en su habitación. —Bárbara percibió cierta humedad en aquellos ojos negros y se estremeció al sentir el sufrimiento de Julián.

—Hablaré con ella.

—Gracias.

Él la miró a los ojos, separó la mano con delicadeza y empezó a bajar los escalones, dejando a Bárbara paralizada, sumida en una espiral de emociones. ¿Por qué cada vez que se encontraba con Julián se sentía más torpe? ¿Por qué no había sido capaz de aclararle que no mantenía una relación con Castro? ¿Que solo se había tratado de una cena, una simple y aburrida cena? ¿Y que, en realidad, hubiese preferido ir con él a probar aquel restaurante chino? Eran muchas las palabras que deseaban surgir del abismo que se le había formado en la garganta, pero en cambio enmudeció. Suspiró y continuó subiendo escalones con el peso de la resignación sobre las rodillas.

Tal y como Julián le había dicho, se encontró a Cat preparando la cena y a Óscar sentado en el sofá, leyendo un libro con los auriculares puestos.

—¿Va todo bien? —preguntó Cat, inquieta por su amiga.

—Bien, muy bien. —Bárbara le dedicó una sonrisa para tranquilizarla, pero al notar la tristeza en sus ojos fue ella la que empezó a preocuparse—. Y tú, ¿cómo te encuentras? Tienes mala cara.

—Cansancio... —Cat dio media vuelta y continuó removiendo la pasta que hervía sobre los fogones encendidos—. ¿Quieres quedarte a cenar?

—Cat... Cuéntame qué te pasa.

—Nada...

La muchacha continuaba dándole la espalda, pero Bárbara se acercó por detrás, la sujetó de los brazos y la obligó a que se diera media vuelta. El brillo en los ojos y la chispa de autenticidad que caracterizaban a la joven parecían haberse desvanecido.

—No me cuentes nada si aún no estás preparada, pero dime en qué puedo ayudarte, qué puedo hacer para verte sonreír.

Cat le dedicó una leve sonrisa.

—Quédate a cenar y cuéntanos qué te hace sonreír a ti.

28

Álex

Tan solo habían transcurrido dos horas desde que había salido de casa, ataviado con aquel traje tan elegante y estrangulador, y a Álex ya le faltaba el oxígeno. Se llevó la mano al cuello de la camisa e intentó aflojarse la corbata. Sus padres se habían sentado en la fila de enfrente y, si su madre no se giraba, podría liberarse de esa sensación de ahogo durante unos minutos.

Como era de esperar, la iglesia estaba repleta. Sabía que la familia de Rafa era numerosa: cinco hermanos, algunos sobrinos y multitud de tíos y primos. La de Vicky, sin embargo, no era tan amplia, aunque los compromisos de los padres compensaban con creces la diferencia con la familia del novio. Intentó reconocer a todos los abogados que trabajaban con su padre y llegó a contabilizar once, con sus respectivas parejas e hijos. Toda una ceremonia de derechos, deberes y leyes.

El novio ya había llegado al altar y esperaba nervioso la aparición de Vicky. Álex lo contempló por un momento y sus miradas se cruzaron. Como cabía esperar, Rafa apenas agitó la cabeza a modo de saludo y desvió la vista hacia otro lado. Parecía inquieto, aunque ¡quién no lo iba a estar con doscientas personas observándolo! Álex pensó en la suerte que Rafa había tenido con Vicky, una chica lista, cariñosa, divertida, sincera... Alguien en quien poder confiar plenamente. Y no dudaba de que Rafa también lo fuera, a pesar de que su comportamiento con él siempre había sido muy distante.

La marcha nupcial empezó a sonar y los asistentes se levantaron. Giraron el cuello a la vez y Álex sonrió al recordar los partidos de tenis. Y allí apareció ella, la novia, su amiga. El vestido que lucía no era de color blanco, sino de un tono crema; no arrastraba una larga cola y tampoco se cubría el rostro con un velo. Aquella novia era Vicky, elegante pero sencilla y, sobre todo, hermosa. Álex sintió que la emoción le enrojecía las mejillas y una fina capa de humedad le cubría los ojos. Contuvo la respiración para evitar las lágrimas y buscó la expresión de Rafa. Estaba radiante, como si la belleza de su futura mujer se le reflejara en el rostro. Cuando ambos se situaron uno frente al otro y se tomaron de las manos, todos los asistentes suspiraron a la vez.

Casi dos horas más tarde, el cura dio por finalizado el sagrado sacramento y los más jóvenes salieron de la iglesia corriendo, repartiendo arroz y dejando caer algunos granos por los escalones que daban paso a uno de los edificios más antiguos y emblemáticos de la ciudad. Álex, que jamás se había encontrado en aquel estado de asfixia, intentó liberarse del brazo de su madre, que lo sujetaba con fuerza, emocionada por la ceremonia.

—Hijo, ¿cuándo te veremos así? —Se acercó un pañuelo a la nariz y luego suspiró—. ¡Ha sido tan bonito!

—Un poco larga la misa, aunque sí, ha estado muy bien... ¿Podemos salir ya? Aquí hace mucho calor.

—Pero antes... —Con un movimiento rápido, Rosa sujetó a su hijo y lo situó frente a ella—. Espera, que te anudo bien la corbata, la tienes algo floja...

Álex esquivó la mirada inquisidora de su madre y la dejó hacer para no comenzar una discusión y evitar morir en aquella iglesia.

Cuando abandonaron el interior ya se encontraban fuera casi todos los asistentes. Era fácil distinguir a los abogados y a sus respectivas esposas, ataviados con los mismos trajes elegantes, los mismos colores y las mismas firmas caras. Subido en uno de los escalones, Álex contempló a la familia de Rafa. También era fácil reconocerlos. Los primos se saludaban efusivamente, todos parecían conocerse bien y reían con una naturalidad encantadora.

Bajó el escalón e hizo el ademán de acercarse a los novios, pero vio a Vicky rodeada de sus amigas y decidió esperar un poco más para felicitarla. Entre tanto, buscó a Rafa. Le extrañó no encontrarlo en medio de todo aquel gentío, pero después de mucho indagar lo localizó a unos metros de la fachada principal de la iglesia, algo apartado y hablando con una chica a la que Álex veía de espaldas. Siguió contemplándolos. Parecían ser amigos, porque Rafa sonreía como pocas veces le había visto hacer. Se abrazaron, se besaron en las mejillas y se despidieron cariñosamente. Y solo cuando aquella chica dio media vuelta para alejarse de allí, Álex consiguió reconocerla.

Era ella... Cat.

Sin pensarlo demasiado, empezó a correr en aquella dirección.

—¡Cat, espera! —Ella se volvió y lo miró sorprendida—. ¡Hola! ¿Cómo estás? ¿Se te pasó el dolor de estómago? —Cat parecía aturdida por aquel inesperado encuentro y no supo qué responder—. El otro día, cuando comimos con Óscar, te sentó mal el plato combinado...

—¡Ah, sí! Estoy mucho mejor, gracias.

—¿Conoces a Rafa? Te he visto hablando con él. —Ella se mantuvo unos segundos en silencio, como si intentara evitar la respuesta—. Yo soy amigo de Vicky, su mujer... ¿Tú de qué conoces a Rafa? —insistió.

—Bueno —por fin pareció reaccionar—, fuimos amigos hace muchos años, sí..., amigos de la infancia.

—¡Ah! No tenía la menor idea. La verdad es que no conozco a ningún amigo de Rafa. Él y yo no congeniamos muy bien... —Se rascó la oreja, inquieto—. Y ¿adónde vas ahora?

—Pues... —De nuevo evitaba la respuesta.

—Perdona, he sido un poco indiscreto. ¿Te apetece tomar algo fresco? Estoy asfixiándome con este traje... —Introdujo dos dedos entre el cuello y la camisa y se desabrochó el primer botón.

—No, yo tengo que irme...

—Ya... Bueno, en otra ocasión...

Cat empezó a caminar hacia los callejones peatonales que rodeaban la plaza de la iglesia y Álex no apartó la vista de su espalda, de sus caderas y de su melena oscura balanceándose a cada paso que daba. Se preguntó qué habría sucedido si ella hubiera aceptado su oferta de tomar algo juntos y sonrió pensando que muy probablemente hubiese acabado llegando tarde al banquete de la boda.

¡Joder! ¡Qué imbécil había sido dejándola escapar otra vez! ¿Y si insistía? ¿Y si intentaba hablar con ella de nuevo?

—¡Cat, espera!

Apenas había conseguido dar dos pasos acelerados cuando sintió que una mano le rodeaba el brazo con fuerza. Se dio media vuelta y se sorprendió al comprobar que era Rafa quien le impedía caminar.

—¡Déjala en paz!

—¿Cómo dices? —Álex no comprendió sus palabras ni su expresión de enfado.

—Lo que has oído. No quiero que te acerques a ella, ¿entendido?

Era la primera vez que veía a Rafa comportarse así. Lo sujetaba del brazo con fuerza y parecía que le lanzara amenazas mortales con los ojos.

—Pero ¿de qué vas? Yo solo quería...

—¡Rafa! —Se oyó la voz de Vicky acercándose y su esposo soltó el brazo de Álex—. ¿Pasa algo?

—Nada, tranquila, solo charlábamos... —mintió el recién casado, buscando la afirmación de Álex.

—Sí, claro, estábamos hablando de lo bonita que ha sido la ceremonia. —Odiaba mentir, pero sabía que con esa estúpida excusa le evitaría un disgusto a su amiga el día de su boda.

—¡Vamos, Rafa! El fotógrafo nos está esperando.

Los recién casados se alejaron rápidamente de allí y Álex volvió a quedarse solo, atónito tras la reacción de Rafa. ¿A qué había venido aquel arrebato protector hacia Cat? Buscó su figura y la vio caminar a varios metros de allí.

—¡Y una mierda...! —exclamó.

Sin tan siquiera pensar en la posibilidad de que lo rechazara de nuevo, corrió en la misma dirección que había tomado Cat, dispuesto a hacer lo que estuviera en su mano para convencerla y tomar algo juntos, o al menos acompañarla en su paseo. Sí, no le importaba qué hacer con ella, sino estar con ella. Necesitaba saber, saber más, saberlo todo.

Vio como Cat se perdía tras una esquina, en otro de los callejones peatonales de la zona. Unos pasos más y la alcanzaría.

Poco antes de doblar la esquina, unos gritos le llamaron la atención.

—¡Socorro! ¡Socorro! ¡Un médico!

Cuando se adentró en la calle, divisó a un grupo de personas agachadas en el suelo. Miró a ambos lados y no encontró a Cat. Le acudió a las retinas la imagen de ella desfallecida sobre aquella camilla y un nudo doloroso se le ciñó al estómago.

—¡Joder! ¡Cat! ¡Cat! —gritó, mientras corría hacia aquel tumulto de gente.

29

Cat

El autobús que paraba frente a su casa había llegado con veinte minutos de retraso y cuando Cat entró en la iglesia la ceremonia ya había comenzado. Se sentó en el banco de la última fila, pasando desapercibida gracias a la invisibilidad que le proporcionaba aquella zona. Cuando el cura dio por finalizada la boda, salió y esperó en una esquina de la fachada principal. Iba a intentar acercarse a Rafa después de que los novios bajaran los escalones que daban acceso a la iglesia, pero fue él quien la vio y se aproximó para saludarla. Hablaron durante unos minutos y se despidieron con un abrazo.

Cuando empezaba a caminar hacia la parada del autobús que la llevaría de vuelta a casa, la voz de Álex la sorprendió. Aunque lo que realmente provocó que durante los siguientes minutos apenas pudiera tartamudear cuatro palabras fue verlo vestido con aquel traje tan elegante, la americana abierta y la camisa ceñida al pecho. Tuvo que hacer un esfuerzo titánico para no escudriñar su cuerpo con una mirada de admiración.

Y, de nuevo, aterrada por lo que Álex despertaba en ella, Cat volvió a huir, rechazó su invitación y salió corriendo como un cervatillo. Creyó oír su nombre a lo lejos, pero siguió adelante y aceleró el paso. Cuando giró aquella esquina, pensó que ya estaba a salvo.

Más tranquila, respiró aliviada y aminoró el paso. Estaba buscando dentro de su bolso las monedas que necesitaba para subir al autobús cuando notó un peso caerle sobre el hombro izquierdo. En décimas de segundo, se vio arrodillada en el suelo, incapaz de evitar que aquel cuerpo la arrastrara.

—¡Carlos, Carlos! ¿Qué te pasa? —Pudo oír cerca de ella.

Mientras intentaba mantener el equilibrio y sostener al hombre que acababa de caerle sobre el torso, Cat oyó los gritos de una mujer y supuso que el individuo que se había desplomado sobre ella estaba sufriendo un desmayo. Cuando fue capaz de reaccionar, le sujetó la cabeza con las manos y se puso la cabeza sobre las piernas. El rostro del hombre parecía de papel, blanco como los pétalos de una margarita; tenía los ojos abiertos, pero la mirada vagaba perdida, ausente. Tenía la boca abierta y Cat se asustó al oír un suspiro, como si una liviana brisa de oxígeno acabara de abandonar sus pulmones.

—¡¡¡Carlos!!!

Alzó la vista y descubrió a una mujer joven, asustada, exhalando su nombre con desesperación, con una súplica de socorro. En sus brazos, una niña de unos tres años contemplaba horrorizada la escena.

—¡Papi, papi...! —susurraba.

Cat sintió que las manos le temblaban y una presión en el estómago le impedía respirar con normalidad. No sabía cómo actuar, solo sujetaba la cabeza de aquel hombre, de aquel cuerpo que parecía estar abandonando la vida. Acudieron más personas y formaron un corro a su alrededor; hablaban, preguntaban, gritaban, corrían... La mujer, arrodillada frente a ella y sumida en un angustioso llanto, apoyó la palma de las manos sobre el pecho de su marido. Había dejado a la niña en el suelo, sollozando y con el terror asediando su inocente mirada.

—¡Cat, Cat...!

La voz de Álex hizo que Cat regresara a aquella calle, que por fin notara el suelo bajo las rodillas y los empujones de las personas que la rodeaban. Sintió cómo se disipaba el miedo que se había apoderado de su capacidad de reacción.

—Álex... —acertó a decir en un suave susurro.

—Déjenme pasar, soy médico.

Después de apartar a los curiosos, Álex se arrodilló junto al hombre que yacía en el suelo. Se acercó a su boca para oír la respiración y buscó su pulso. Cat lo contemplaba expectante. Él la miró y ella entendió lo peor.

—Necesito que me ayudes. —Cat asintió—. Apóyale la cabeza en el suelo y comprueba que la lengua no le esté obstruyendo la garganta. —Mientras le hablaba con aparente calma, Álex clavó la palma de la mano izquierda sobre el pecho del hombre, justo donde se ocultaba el corazón—. Haré quince compresiones cardíacas y cuando acabe tú le insuflarás aire con fuerza en la boca, dos veces... —Empezó a golpear el pecho—. Cat, ¿lo harás? —Ella volvió a asentir—. ¿Alguien ha llamado a una ambulancia? —gritó Álex.

—Sí. —Cat oyó una voz tras de sí—. Hemos llamado desde el teléfono del bar, están de camino.

Él no respondió y continuó atizando sin piedad el pecho de aquel hombre ante la atenta mirada de Cat... Tres, cuatro, cinco... Estaba concentrada, contando cada sacudida, sin apartar los ojos del rostro exhausto de Álex. Siete, ocho, nueve... La esposa había cogido en brazos a su hija y ocultaba el rostro de la niña hundiéndolo en su cuello. Le murmuraba al oído para tranquilizarla mientras contemplaba horrorizada las compresiones en el torso de su marido. Diez, once, doce... Se acercaba el momento y Cat comprobó que la lengua de aquel hombre no impidiera el paso del aire. No sintió repulsión al pensar en que debía rodear con los labios la boca de un desconocido y eso la enorgulleció. Catorce, quince... Inspiró con fuerza, llenándose los pulmones hasta clavarlos en las costillas. Se acercó a su boca y sopló con ímpetu. Se reincorporó y repitió la operación.

Álex empezó de nuevo a golpear el corazón con brío. En un movimiento rápido se había quitado la americana y aflojado la corbata. Algunos mechones de cabello castaño le acariciaban la frente con cada sacudida. Cat fijó la vista en los ojos desesperados de aquella mujer. El cuerpo de la niña se agitaba con cada sollozo, abrigado en los brazos de su madre. Álex acabó las quince compresiones siguientes, Cat inspiró con fuerza e insufló aire en la boca de aquel hombre, volvió a inspirar y a espirar.

Continuaron con aquel vaivén hasta que el silbido y las luces de la ambulancia se adueñaron de la calle. Los curiosos abrieron el corrillo que los rodeaba y dos trabajadores del Sistema de Emergencias Médica, el SEM, les pidieron que se hicieran a un lado. Álex les informó de que era médico y les advirtió de que el paciente no tenía pulso. A pesar de que las piernas le temblaban, Cat consiguió ponerse en pie, sin dejar de contemplar cómo el equipo médico atendía al hombre que minutos antes se había desplomado sobre ella. Se acercó a la mujer, que continuaba en el suelo con la niña en brazos, y la ayudó a levantarse.

—Todo irá bien... —intentó tranquilizarla con voz temblorosa.

Las dos siguieron observando la escena. Uno de los trabajadores del SEM le había colocado al hombre unos electrodos en los hombros y bajo el corazón, sobre las costillas.

—¡Está fibrilando! —exclamó el médico, que en ese instante contemplaba un monitor, bajo la atenta mirada de Álex—. ¡Carga!

Situaron unas palas sobre el pecho del paciente y la descarga eléctrica sobresaltó a Cat. Rodeó con fuerza los hombros de la mujer que sollozaba a su lado. Otra descarga y el trabajador del SEM se apartó.

—Tiene pulso —afirmó el médico.

Álex buscó los ojos de Cat y le dedicó una suave sonrisa. Ella espiró con fuerza, dejando escapar la tensión que durante los últimos minutos la había sumido en una inquietante confusión. Los ojos se le humedecieron y contuvo el llanto al comprobar que Álex la observaba preocupado. Desvió la mirada hacia la mujer y la niña que continuaban a su lado. Tenían las mejillas húmedas por las lágrimas, pero parecían más tranquilas.

Poco después colocaron el cuerpo del hombre, aún inconsciente, sobre una camilla. Iban a subirlo a la ambulancia cuando la mujer se acercó a uno de los médicos.

—¿Podemos acompañarlos?

—Lo siento, señora, pero solo puede subir una persona a la ambulancia.

Cat se acercó para intervenir.

—¿No puede ir la niña con su madre?

—Las normas son muy estrictas, lo lamento —sentenció el trabajador del SEM.

—Yo tengo el coche aparcado cerca. Nosotros podemos llevar a la niña al hospital —se ofreció Álex, buscando la confirmación de Cat.

Ella miró a la mujer, que sujetaba a su hija con desesperación, y sus ojos de súplica no la hicieron dudar.

—No te preocupes, nosotros la llevaremos y cuidaremos de ella el tiempo que sea necesario. —Cat acarició la cabeza de la niña y le dedicó una dulce sonrisa—. ¿Cómo te llamas?

—Gloria.

—Yo soy Cat. —La niña buscó los ojos de Álex—. Y él se llama Álex.

Después de que madre e hija intercambiaran algunas palabras, Gloria aceptó los brazos de Cat y Álex se despidió de la mujer tras preguntarle el nombre de su marido y asegurarle que la buscaría en cuanto llegaran al hospital.

Cuando la ambulancia abandonó la calle, apenas quedaban ellos tres. Los curiosos que se habían congregado en aquel punto minutos atrás habían vuelto a las terrazas de los bares cercanos o habían decidido continuar con su camino. Cat, con Gloria en brazos, vio como Álex se colocaba la americana y estiraba los brazos, doloridos por el esfuerzo.

—¿Y la boda?

—¿La boda? —Él le guiñó un ojo y ladeó la boca con picardía—. Entre pasar la tarde rodeado de abogados aburridos y borrachos o pasarla acompañado de dos chicas guapas, te aseguro que tengo muy claro dónde prefiero estar. —Sonriente, acarició con el dedo índice la punta de la nariz de Gloria—. ¿Nos vamos ya?

30

Álex

Álex estaba exhausto, las compresiones sobre el pecho de aquel individuo lo habían dejado agotado y sentía los músculos de hombros y los brazos doloridos, pero ello no impedía que le embargara una sensación de satisfacción, orgullo y felicidad. Había estudiado medicina durante años para vivir momentos como aquel. Instantes de tensión, de nervios, de desesperación, aunque también de euforia como la que sintió al saber que aquel hombre había recuperado el pulso. Mientras le masajeaba el pecho con fuerza no albergaba demasiadas esperanzas. Sabía perfectamente que era complicado reanimar a alguien en aquellas circunstancias; sin embargo, el hombre seguía con vida y él se sentía más vivo que nunca.

Caminaban hacia el coche en silencio y Álex volvió a mirar de reojo a Cat. Aún no se podía creer que hubiese aceptado acompañarlo hasta el hospital. Tal vez se había sentido obligada, pero no pensaba desaprovechar la oportunidad de estar con ella.

Continuaba algo pálida y tenía los ojos enrojecidos. Había evitado en más de una ocasión cruzar la mirada con él. Aunque Álex ya estaba acostumbrado a sus evasivas, supo que algo la inquietaba.

Llegaron al coche y Álex abrió las puertas. Cat introdujo a Gloria en uno de los asientos traseros, la rodeó con el cinturón de seguridad y, cuando cerró la puerta tras ella, Álex la sujetó de los hombros para mirarla a los ojos.

—¿Estás bien?

La barbilla de Cat empezó a temblar y agitó la cabeza de lado a lado. Álex rodeó con la mano la nuca de ella y la acercó a su pecho. Segundos después, la joven lloraba desconsoladamente sobre su camisa.

—Tranquila, tranquila...

—Cayó sobre mí... y le sujeté la cabeza... sentí que se iba, que dejaba de respirar... —Las palabras de Cat se mezclaron con los hipidos propios del llanto—. No supe qué hacer, me quedé bloqueada...

—Es normal, Cat.

—Si no llegas a aparecer tú, no sé qué hubiera pasado. Yo... no sabía qué debía hacer...

Álex la separó unos centímetros y contempló su rostro con ternura. Los dedos que poco antes le rodeaban la nuca se acercaron a su mejilla, acariciando la piel que encontraron por el camino.

—Lo has hecho muy bien, Cat. A pesar de la confusión y de los nervios, has sabido reaccionar y has seguido mis instrucciones a la perfección.

—Tenía mucho miedo. Me sentí impotente, incapaz de salvarle la vida...

—No pienses más en ello. Él estará bien.

Cat inspiró con fuerza y bajó la mirada hasta la camisa de Álex.

—Lo siento, te he mojado la camisa y la corbata —se lamentó, y buscó un pañuelo entre los bolsillos del pantalón.

Él sonrió al ver que se ruborizaba.

—No te preocupes, odio las corbatas.

Deshizo el nudo de la prenda y se la deslizó por el cuello hasta acercar la parte más ancha a una de las mejillas de Cat. Ella alzó la vista para permitir que sus ojos marrones la hipnotizasen de nuevo. Él le secó las lágrimas con la tela de la corbata y luego hizo lo mismo en la otra mejilla.

—Aunque esta acaba de pasar a ser una de mis favoritas. —Sonrió satisfecho y se guardó la corbata en el bolsillo de la americana.

El rubor de Cat se acentuó y creyó que podría arder en llamas con el simple chispazo de su mirada. Evitó de nuevo mostrar su reacción y se apartó de él para rodear el coche y ocupar el asiento trasero junto a Gloria.

En cuanto llegaron al hospital, Álex dejó a Cat y a la niña en una de las salas de espera y se adentró en el laberinto de pasillos y habitáculos que componía aquel edificio. Preguntó a sus compañeras de administración y al final dio con Carlos García, el hombre al que había atizado con fuerza en el pecho minutos atrás. Estaba consciente, tumbado en una camilla y junto a Sofía, su mujer. Conversó con ella durante un rato. Supo entonces que Carlos había despertado camino del hospital, pero que se encontraba muy débil. Estaban esperando para hacerle varias pruebas y ya les habían informado de que en breve ingresaría en una habitación del hospital, donde pasaría al menos una noche.

—He llamado a mi cuñada, la hermana de Carlos. Vive a doscientos kilómetros de aquí y necesita un par de horas para salir, no llegará hasta el final de la tarde. Se quedará a dormir en nuestra casa y podrá estar con Gloria —explicó Sofía, antes de agachar la cabeza, afligida—. Es el familiar más cercano que tenemos.

—Tranquila, nosotros nos quedaremos con Gloria hasta que llegue tu cuñada.

Álex le dio indicaciones de cómo llegar a la sala de espera donde permanecerían con la niña y se despidieron con un abrazo, después de que Sofía le agradeciera por enésima vez lo que había hecho por su marido y por la ayuda que ambos le estaban prestando con su hija.

Cuando Álex volvió a la sala de espera se quedó quieto durante unos minutos, apoyado en el marco de la puerta metálica, contemplando a Cat y a Gloria sin que ellas se percataran de su presencia. La niña estaba tumbada boca abajo sobre dos sillas de las cinco que componían la fila de butacas de plástico repartidas de forma irregular por toda la sala. Frente a ella, Cat, de espaldas a él, estaba inclinada hacia adelante, apoyando los antebrazos sobre una mesa de madera. Álex dio un paso a un lado y pudo ver lo que hacían. Las dos pintaban con lápices de colores sobre un papel con dibujos. Supuso que los lápices eran de Cat, pues en el suelo, a su lado, había dejado caer el bolso y un pequeño estuche repleto de material escolar.

—¿Tienes rojo? —preguntó la niña con un tímido susurro.

Cat sacó del estuche el lápiz que Gloria le había pedido y se lo entregó sin pronunciar ninguna palabra.

Siguieron pintando, en silencio, compartiendo colores y concentradas en el papel. Álex moldeó con la mirada la silueta de Cat. Había dado varias vueltas a su melena negra y la había dejado apoyada sobre el hombro izquierdo, lo que permitía que el cuello quedara desnudo ante él. Desnudo y tentador. Se inclinó unos centímetros para contemplar el perfil de su rostro. Si no fuera porque Óscar le había dicho que tenía la misma edad que él, habría jurado que era mucho menor. Tal vez se debiera a su aire inocente, sus arrebatos, sus reproches, sus ojos... Esos ojos oscuros llenos de tristeza, pero también colmados de vida, de una vida reprimida... ¿Qué o quién le impedía ser feliz? Necesitaba saberlo, necesitaba compartir una cena, un cine, pasear... Necesitaba tiempo con ella para comprenderla mejor.

Cuando Gloria alzó la vista y lo miró con una inocente preocupación en los ojos, Álex decidió acercarse, entendiendo la expresión de súplica de la niña.

—He hablado con tu mamá —dijo, a la vez que se agachaba frente a ella—. Tú papá está bien, solo tenemos que esperar un poco más para...

No pudo seguir hablando, la niña se abalanzó sobre él y le rodeó con sus diminutos brazos. Este la abrazó, percibiendo la emoción y la alegría de Gloria. Resultaba conmovedor ver como una criatura tan pequeña había advertido la guadaña de la muerte acechando a su padre. Cuando se separaron, Álex se sentó junto a Gloria, frente a Cat.

—Supongo que en momentos así es cuando te sientes orgulloso de tu profesión... —dijo ella, sorprendiéndolo.

Él asintió sonriente.

—Lo mismo que sientes tú cuando uno de tus alumnos dice que quiere ser astronauta.

—No sé qué decirte, eso no salva vidas —replicó ella. Cogió uno de los lápices de colores y se inclinó de nuevo sobre el papel.

—No, pero crea ilusiones.

Cat no respondió y continuó pintando.

—La madre de Gloria me ha dicho que su cuñada viene de camino para recogerla, pero que aún tardará unas horas. Iré a buscar unos bocadillos y unos refrescos a la cafetería. ¿Necesitas algo?

—Tengo que llamar a Óscar. Estará preguntándose dónde estoy.

—Hay un teléfono público en el pasillo de Urgencias. Esperaré a que vuelvas para ir a buscar la comida.

Cat cogió del bolso unas monedas para la llamada y se levantó de la silla. Álex la siguió hasta la puerta donde poco antes se había apoyado para contemplarla.

—Cat. —Ella se volvió levemente, consciente de que él estaba muy cerca de su espalda—. Gracias por estar aquí.

31

Cat

Cat caminó los escasos metros que la separaban del teléfono con un cosquilleo recorriéndole las piernas, el corazón enloquecido y las manos temblorosas. Cada vez que Álex se acercaba a ella, que le susurraba al oído o la envolvía en un abrazo, temía acabar sucumbiendo a lo inevitable, a su mayor pavor, a que ya no pudiera negarle una oportunidad. Y, lo peor, no poder negarse a sí misma la oportunidad de... ¿de ser feliz? ¿Podría llegar alguna vez a ser feliz? Marcó el número de teléfono de su casa y la voz de Óscar le hizo pisar de nuevo con los pies en la tierra, volver a la cruda realidad.

Alguien que le había arrebatado la felicidad a su hermano no merecía ser feliz.

Regresó a la sala de espera buceando de nuevo en aquel océano de tristeza que le desgarraba el alma desde hacía diez años. No podía dejarse atrapar otra vez por las llamadas de la ilusión, la esperanza o el amor. No, no debía, no tenía derecho a ello, no era merecedora de nada. Se sentó de nuevo frente a Gloria y le dedicó una sonrisa forzada, evitando los ojos curiosos de Álex.

—¿Has hablado con Óscar? ¿Va todo bien? —preguntó él, consciente de que algo había cambiado en el semblante de Cat.

Ella asintió con la cabeza y permaneció callada durante unos minutos. Minutos que pasaron a ser horas y horas que parecieron eternidades. Apenas comió. El nudo en el estómago era cada vez más insoportable.

Miró el reloj de pulsera en numerosas ocasiones, impaciente. Ya habían transcurrido cuatro horas, juntos, en aquella sala. Necesitaba salir de allí, de la cercanía de Álex, del recuerdo. Necesitaba volver a casa y esconderse entre las sábanas.

Él, sin embargo, no estaba dispuesto a ponérselo fácil.

—Cat, ¿te encuentras bien? —No recordaba las veces que Álex había formulado esa misma pregunta en las últimas horas—. Estás pálida, ¿por qué no has comido nada? ¿Te duele el estómago?

Aprovechando que Gloria se había quedado dormida sobre su regazo, Cat miró a Álex con determinación. Debía frenar su acercamiento. Ya, sin más demora.

—Por favor, no me preguntes, no te preocupes por mí, no me sigas, no te acerques... —Tragó saliva sintiendo que las lágrimas amenazaban con humedecerle los ojos—. Te lo suplico, olvídate de mí...

Álex abrió mucho los ojos, sin dejar de mirarla. Calló durante unos segundos, hasta que, con la seriedad ensombreciéndole el rostro, se levantó, tomó en brazos a la niña, la depositó sobre dos de las butacas situadas a su lado y se sentó junto a Cat.

—¿Y puedo saber la razón? —Apoyó un brazo en el respaldo de la silla y se inclinó hacia adelante para buscar sus ojos—. Porque, ¿sabes qué?, estoy cansado de oír eso, muy cansado... Primero tu hermano, luego Rafa y ahora tú.

—¿Rafa? ¿Has hablado con Rafa? —Cat lo miró sorprendida.

—Sí, esta mañana, después de hablar contigo frente a la iglesia, me ha sujetado del brazo y me ha exigido que te dejara en paz y que no me acercara a ti... —Se quedó en silencio unos segundos, escudriñando los ojos negros de Cat—. ¿Ha habido algo entre vosotros dos? —Ella negó, esquivando la mirada de él—. Vale, ha habido algo entre vosotros...

—No, no ha habido nada —replicó ella—. Siempre hemos sido amigos, nada más.

—De acuerdo, no pasa nada, pero ¿puedo saber por qué me ha amenazado de esa manera?

—Déjalo, olvídate de eso...

—¿Y si te digo que no quiero olvidarlo? —Estiró el brazo hasta alcanzar la barbilla de Cat; con dos dedos y con suma delicadeza, la obligó a mirarlo a los ojos—. ¿Y si te digo que me encantaría conocerte mejor, entender qué te atormenta y ayudarte a superarlo?

—Son demasiadas cosas las que no sabes de mí... —Las palabras se le atragantaron y una lágrima empezó a rodarle por la mejilla.

—No me importa, quiero saberlo todo. —Con el dedo pulgar, Álex retiró la humedad de su rostro en una caricia que estremeció a

Cat—. Desde que te vi en el banco de sangre no he podido sacarte de mi cabeza y no consigo entender el porqué. Bueno, sí, supongo que la razón es obvia: me gustas, y no creo que haya nada malo en ello y menos aún en ti.

—Por favor... —Ella consiguió zafarse de sus dedos y agachó la cabeza. Esquiva. Una vez más.

Resignado, Álex cambió de postura y se sentó apoyando los antebrazos en sus piernas.

—Cuando algo me importa de verdad suelo luchar para conseguirlo, con uñas y dientes si es necesario. Quiero luchar por ti, pero si no deseas que lo haga, solo dímelo y te dejaré en paz.

—No lo hagas...

Cat pronunció aquellas palabras con el corazón encogido, consciente de que con esa frase acababa de dejar escapar la oportunidad que el destino le había regalado. Álex estaba a su lado, dispuesto a luchar por ella, y ella lo dejaba ir, como una cobarde, como la persona que era. Esa que no merecía ser feliz.

32

Álex

Ya estaba hecho. No existía posibilidad de volver atrás. Álex había lanzado sus cartas y se lo había jugado todo a una sola mano. Su abuelo le había repetido en numerosas ocasiones una frase de Thomas Jefferson: «La honestidad es el primer capítulo en el libro de la sabiduría». Él había sido honesto, le había dicho la verdad y expuesto sus sentimientos sin tapujos, sin filtros, sin nada que pudiera enturbiar una posible relación entre ambos. ¿Estaba dispuesto a luchar por Cat? Sí, por supuesto, luchar hasta desfallecer, convencido de que ella lo merecía. Pero jamás iba a luchar contra la propia Cat, contra su voluntad. Ella no estaba dispuesta a darle una oportunidad y él no debía presionarla más. Así que volvió a su asiento y dejaron pasar los siguientes minutos distanciados por un incómodo silencio.

Cinco horas después de llegar al hospital, la cuñada de Sofía entró en la sala como un torbellino, nerviosa y preocupada. Después de abrazar a la niña, Álex la acompañó hasta donde Carlos esperaba el resultado de las últimas pruebas; en breve iba a ser ingresado en una habitación y allí podrían encontrarse los cuatro.

Media hora después, Cat y Álex se despidieron de la niña, emocionados. La dejaron junto a su tía y salieron del hospital en silencio, en aquel mismo silencio que los había sumido en el más absoluto desánimo.

Cat caminaba un paso por delante y Álex se sorprendió al ver que ella tomaba una dirección diferente a la del aparcamiento.

—¿Adónde vas?

—A la parada del autobús. —Lo miró fugazmente y continuó en un susurro—. Adiós.

¡Joder! ¡Otra vez lo había hecho! Había vuelto a dejarlo plantado, enfurecido y desconcertado. Pero ¿qué le había hecho él para merecer ese comportamiento? ¿Por qué a él? Se quedó allí de pie, aferrado a los adoquines de la acera, mirando hacia ella, en la dirección contraria que debía tomar para encaminarse a su coche. Continuó observándola hasta que Cat dobló una esquina y desapareció de su vista.

Álex sopló y puso los ojos en blanco, sin lograr contenerse por más tiempo.

—¡Esta mujer va a acabar conmigo! ¡Joder!

Se guardó las llaves del coche en el bolsillo delantero y comenzó a caminar en la misma dirección en que lo había hecho Cat. Cuando llegó a la parada del autobús, ella estaba sentada en un banco de madera. Álex se sentó a su lado y se cruzó de brazos ante la mirada atónita de la joven.

—¿Qué haces aquí?

—Esperar el autobús, ¿qué pasa? ¿No puedo?

—Sí, claro... Pero has traído coche...

Álex se volvió para mirarla e inspiró con fuerza para tranquilizarse.

—Cat, ya es de noche, las calles están desiertas, y si crees que voy a consentir dejarte aquí sola esperando el autobús estás muy equivocada. Que te haya dicho que no voy a insistir en salir contigo es una cosa, pero irme, dejarte aquí sola y volver a mi casa como si nada hubiese pasado es algo muy distinto, no va conmigo. Así que si no quieres que te lleve a casa en mi coche, esperaré ese jodido autobús y subiré contigo.

Cat se quedó observando su figura, con la boca abierta y los ojos como dos enormes platos negros. Álex permanecía impasible, con el ceño fruncido, los brazos enredados y aquel traje oscuro que se le ceñía perfectamente al cuerpo. Ella estaba tan ensimismada contemplándolo que no se percató del estruendo del motor resoplando frente a ellos. Giró la cabeza para comprobar si aquel era el autobús que la llevaría a casa. Tragó saliva y cerró los ojos.

—Está bien... —susurró, y se levantó del banco en cuanto vio que el autobús que debía tomar pasaba de largo.

Volvieron a caminar en silencio hacia el aparcamiento. Álex no había abandonado su expresión de enfado. Aquella chica conseguía llevarlo al límite, de la fascinación a la desesperación en tiempo récord.

Entraron en el vehículo, aún sin pronunciar una sola palabra. Cat ocupó el asiento del copiloto y Álex la miró de reojo. Parecía nerviosa y algo avergonzada. Tal vez se estaba excediendo con su enfado. Inspiró con fuerza e hizo lo mismo para expulsar el aire. De todas formas, ¡qué más daba! Ella ya le había dejado claro que no tenía posibilidades, así que debía comenzar a pensar en ella como la hermana de su amigo. Simplemente eso. Quizá la viera en alguna ocasión para hablar sobre Óscar o, como ya había sucedido, se encontraran los tres en su casa o en la puerta del instituto. Pero nada más. Su relación con ella no iba a pasar de ahí.

Condujo absorto en sus pensamientos, sin percatarse de los ojos arrepentidos que intentaban descifrar cada uno de sus gestos. Llegaron a la calle donde vivía Cat y Álex paró el vehículo en un aparcamiento libre justo frente al portal. Cuando el motor se silenció, los dos se miraron fugazmente.

—Gracias por traerme.

—De nada —contestó él, tajante.

Cat estiró el brazo para sujetar la maneta que abría la puerta, pero se quedó quieta, sin tirar de ella. Permaneció unos segundos así, mientras Álex, con la vista perdida en el horizonte, esperaba el portazo final que acabaría con uno de los días más extraños de su vida.

Sin embargo, aquel portazo no llegó.

—Yo... —Álex se volvió al oír su voz, atónito al verla todavía allí, aferrada a su bolso con las dos manos—. Verás... —El silencio entre ambos se solidificó. Él no podía apartar los ojos de su rostro y ella era incapaz de hablar—. Yo... —Temblorosa, Cat abrió el bolso y empezó a buscar en su interior. Unos segundos después, sacó un trozo de papel. Parecía el recorte de un diario—. Nunca he ido a un concierto y me gustaría ir a este. Es el próximo viernes. —Estiró el papel arrugado y se lo mostró a Álex. Él abrió mucho los ojos, tanto que ella no supo interpretar aquel gesto—. Es un grupo local que toca versiones de AC/DC y Metallica, entre otros. No conozco a nadie a quien le guste este tipo de música y no me apetece ir sola.

La expresión de Álex cambió de repente. De la absoluta confusión a la carcajada más profunda. Echó la cabeza hacia atrás y comenzó a reír.

—Ya sabía yo que te burlabas de mí... —añadió ella en un susurro, molesta, mientras guardaba aquel trozo de papel en el bolso

Álex dejó de reír y empezó a buscar su cartera entre los bolsillos traseros del pantalón.

—No, Cat, no estoy riéndome de ti... Espera. —Sacó el artículo del periódico que había recortado unas semanas atrás, mientras esperaba a Mario en el centro psiquiátrico, y que había guardado celosamente en su cartera—. Me reía por esto... —Le mostró, sonriente, el papel.

Ambos habían recortado el mismo anuncio y los dos se miraron con un brillo especial en los ojos.

—A mí también me gusta la música rock, sobre todo el heavy metal. Tenía muchas ganas de ir a este concierto, pero, al igual que tú, no tengo con quien compartir mis gustos musicales. O no tenía...

Cat se sonrojó y él olvidó por completo que minutos atrás le había pedido que no luchara por ella.

—El concierto comienza a las once de la noche. Hay un bar cerca del local, donde sirven las mejores patatas bravas que he probado jamás. ¿Paso a recogerte a las nueve y cenamos juntos?

—¿Cenar? —Ella agachó la cabeza, evitando su mirada—. Álex, yo no quiero que pienses que...

—Está bien, te propongo un trato —la interrumpió él—. Yo no te haré preguntas que te incomoden y no insistiré en conocer esa parte de ti que prefieres seguir ocultando, y tú, a cambio, disfrutas de tu primer concierto de rock y de las mejores tapas que vas a probar en tu vida. ¿Qué te parece? Creo que es un trato justo. ¿O no te gustan las patatas bravas?

Cat arrancó a reír, liberando así parte de la tensión que había ido acumulando y que le provocaba esa rigidez en el rostro. Álex la contempló de nuevo ensimismado, admitiendo que aquella chica se estaba colando en su interior de una forma arrolladora. Tuvo que repetirse infinidad de veces, durante aquellos escasos segundos, que abalanzarse sobre sus labios no era la mejor opción, que debía seguir caminando despacio y no precipitarse. Estaba a punto de conseguir esa ansiada cita; un poco más, tan solo un empujoncito más, y la felicidad sería completa.

—Me encantan las patatas bravas... —Él sonrió, aún perdido en aquella boca sonrosada—. Acepto el trato. A las nueve, aquí.

Cat abrió la puerta del vehículo y salió, dando paso al portazo que acabó con uno de los mejores días en la vida de Álex.

33

Julián

Dos días de fiebre no fueron suficientes para evitar las largas jornadas en la cámara frigorífica. Su padre siempre le había dicho que su puesto de trabajo era sagrado, más importante que la salud, que sus momentos de ocio o incluso que la familia. Porque el trabajo era su sustento y sin él su familia no lograría sobrevivir. Aquellas órdenes, engalanadas como enseñanzas, habían surtido efecto y durante sus más de treinta años dedicados a la vida laboral Julián no había fallado ni un solo día; a pesar de los cuarenta grados de fiebre, de las migrañas, de las gastroenteritis o de las jodidas resacas. Y esa vez no iba a ser distinta. Los dolores de garganta habían comenzado el domingo por la tarde y desde entonces apenas había logrado tragar algo de líquido. Casi no había comido hasta ese miércoles, cuando consiguió engullir un pequeño bocadillo de jamón durante los quince minutos de descanso para desayunar.

Estaba débil, aunque ya se encontraba así antes de que aquella condenada gripe acabara de aniquilar sus escasas energías.

El vacío, el puto vacío en su interior volvía a asolar toda esperanza.

Y para empeorar su estado de ánimo solo tuvo que ver la tristeza en los ojos de su pequeña. Unos ojos tan llenos de vida en el pasado, tan vivos, tan ansiosos por aprender, por aventurarse... Eran los ojos a través de los cuales ella contemplaba su futuro. Esos mismos ojos que ahora renegaban de su presente. ¡Si estuviera en su mano perforar la barrera del tiempo y volver al pasado! ¡Si pudiera regresar a aquel instante en el que la cobardía lo bloqueó! ¿Por qué no supo ayudarla? ¿Por qué hizo aquella llamada?

Condujo de vuelta a casa notando un hueco en el estómago. «Eso es buena señal», recordó que le decía Carolina cuando la fiebre remitía. La noche anterior, su hermano le había preparado un caldo de pollo y pensar en ello le empujó a salir del vehículo con una parte de ese ahínco que no lo había acompañado desde hacía días; antes de caer enfermo, antes de ver los ojos tristes de su hija; desde que se despidió de Bárbara frente a su portal sabiendo que pasaría la noche con otro.

Buscó las llaves del apartamento en los bolsillos traseros del pantalón recordando su sonrisa y se regañó a sí mismo por volver a sucumbir. Debía olvidarla. Ella estaba con otro hombre, su relación solo había sido amistosa y evitar avanzar era lo correcto. Lo mejor para los dos. Después de tantos meses admirándola en silencio, dejar de comprar el pan en la panadería donde ella trabajaba estaba siendo muy complicado, pero debía convencerse a sí mismo de que había obrado bien.

Giró la llave dentro de la cerradura y empujó la puerta de hierro que daba acceso al portal. Aquellos últimos días le había resultado más pesada que nunca. Entró en el rellano y empezó a subir las escaleras cuando el repiqueteo de unos tacones le hizo alzar la vista.

—Buenas tardes, Julián.

Se sorprendió por la efusividad que María había utilizado para saludarlo. Hasta entonces solo habían intercambiado un ligero movimiento de cabeza o un «hola» obligado cuando la acompañaba su marido.

—¿Has visto últimamente a Bárbara?

Si ya estaba sorprendido por su saludo, aquella pregunta lo dejó totalmente noqueado.

—No —acertó a decir.

—¡Ah! Es que... Te quería hacer una pregunta. ¿Tú no la notas rara?

—¿Le sucede algo? —preguntó, preocupado y con los ojos desmesuradamente abiertos.

—Espero que no. Es que... te cuento: la semana pasada uno de nuestros profesores le propuso a Bárbara salir a cenar juntos. Ella aceptó. Parecía ilusionada y yo también estaba contenta por ella. Lo pasó muy mal durante su matrimonio y desde que se divorció, aunque ella es fuerte y lo está superando. Pero sé que se siente sola... —Julián continuaba perplejo. ¿Por qué María le explicaba todo aquello?—... Él la invitó a un restaurante muy elegante, cenaron un plato de pasta y después, a pesar de que nuestro profesor quería tomar una copa con ella, Bárbara le pidió que la llevara de vuelta a casa. El lunes le pregunté cómo le había ido y ¿sabes qué me respondió?

Él negó con la cabeza, incapaz de comprender del todo lo que le estaba contando su vecina.

—Me dijo: «Hubiese preferido cenar en un restaurante de comida china». ¿No te parece extraño?

No supo qué responder. Una efervescente euforia empezó a subirle por las piernas a la vez que notaba que las mejillas amenazaban con derretirse.

María le sonrió y le tocó con suavidad el hombro.

—El viernes salimos de la escuela a las ocho. No lo olvides.

Después de que María lo dejara solo, con aquella expresión bobalicona y un apetito atroz, Julián subió el resto de los escalones de dos en dos y, tras entrar en la cocina como un torbellino, engulló el caldo de pollo que le había preparado su hermano.

Debía recuperar fuerzas y debía hacerlo ya.

34

Álex

¡Jueves, por fin!

Jamás una semana le había parecido tan larga. El domingo, en casa de sus padres, se le hizo eterno. Álex tuvo que dar explicaciones sobre su ausencia en la celebración de la boda y compensar a sus progenitores con su compañía durante todo el día. Y los siguientes no fueron mejores; las jornadas en el hospital resultaron duras e interminables, con consultas médicas en Urgencias hasta altas horas de la noche. Pero, a pesar de todo, había tenido los labios curvados las veinticuatro horas del día, dibujando una sonrisa perenne. Todavía le parecía inverosímil. Había conseguido una cita con ella, ¡una cita!, ¡con ella!

Estaba sentado junto a una de las mesas para dos del bar Los Callos, un local donde solía quedar con Mario para cenar. Estaba a pocas calles de su apartamento y a dos esquinas del piso de su amigo. No había podido comer nada desde el mediodía y su estómago parecía haber cobrado vida propia, así que, viendo que Mario llegaba tarde, Álex pidió un bocadillo de lomo con queso. Cuando Paco, el dueño del bar, dejó el plato sobre la superficie barnizada, el pan sobresalía un palmo por cada lado; pocos minutos después solo quedaban algunas migas.

—¡Cabrón! Podías haberme esperado para cenar juntos —se quejó Mario, mientras colgaba el anorak en el respaldo de la silla.

—No aguantaba más. Estaba muerto de hambre. —Álex se limpiaba la boca con una servilleta de papel ante el rostro enfurruñado de su amigo, aunque solo necesitó unas décimas de segundo para comprender que aquel enfado no se debía a la cena—. ¿Mal día en el curro?

—¡Ojalá fuera eso! —exclamó Mario mientras alzaba una mano y llamaba a Paco—. Tráeme lo de siempre, pero con dos capas de panceta, que nos conocemos. ¡Ah! Y una jarra de medio litro de cerveza muy fría. —El tono que utilizó para pedir la cena fue una muestra evidente de la mala leche que llevaba a cuestas.

—¿Me vas a contar qué te pasa? —insistió Álex.

—He pasado por casa para darme una ducha antes de venir... —Suspiró con tanta fuerza que Álex no supo si aquello había sido un suspiro o un gruñido.

—¿Y...?

—Mi padre me ha llamado.

—Eso está bien, ¿no? Siempre te estás quejando de que no llama nunca, de que pasa de ti...

—Y así es, Álex, no te equivoques. Ese cabrón quiere algo.

—¿Qué te ha dicho?

—Primero me ha preguntado que cómo estoy, que qué tal me van las cosas... ¡Bah! ¡Tonterías para evitar ir al grano! Y después de un monólogo larguísimo, porque yo apenas le he dado conversación, me ha preguntado si puede pasar por casa mañana por la tarde. Al parecer, necesita contarme algo y prefiere hacerlo en persona.

—¿Y qué le has respondido tú?

—Le he dicho que tendré poco tiempo, pero que estaré en el piso.

—Dale una oportunidad, tal vez quiera arreglar las cosas contigo.

—Álex, durante los quince minutos que ha estado hablando en ningún momento me ha preguntado por ella. ¡Es su mujer, joder! ¿Es que no puede al menos interesarse por su estado?

—Tal vez prefiera hablar de tu madre mañana, cara a cara.

—Ese quiere algo, ya verás...

Paco llegó con el bocadillo de Mario y durante unos minutos este se dedicó a devorarlo en silencio. Mientras observaba sus gestos y reflexionaba sobre las palabras de su amigo, pensó que, después de todo, tal vez la relación que mantenía con sus padres no fuera tan mala.

—¿Tienes planes para mañana por la noche? —preguntó Mario, aún con la boca llena.

—¿Mañana? —Álex desvió la mirada para buscar al chico que servía las bebidas tras el mostrador—. Creo que me quedaré en casa, esta semana ha sido agotadora.

Mentir a sus amigos se estaba convirtiendo en una costumbre insana, pero no quería arriesgarse a que Mario apareciera en el concierto para estropearle la cita con Cat.

—Necesitaré tomar unas copas después de encontrarme con el cabrón de mi padre.

—Llama a Juan Carlos o ve a su bar.

—Paso de ese gilipollas. Cada vez me parece más infantil. No entiendo cómo hemos podido ser amigos durante tanto tiempo.

—No seas así. Juan Carlos no es mal tío.

—Seguro que no... —ironizó Mario—. Aquí el que es demasiado buen tío eres tú, que a pesar de todo sigues justificándolo.

—¿Y qué saco yo siendo rencoroso? ¡Bah! No merece la pena estar enfadado, y menos si es por ella. —Desde hacía años, los dos amigos no necesitaban pronunciar su nombre para saber que hablaban de Nerea.

—Tienes razón. —Mario le dio un largo trago a su cerveza y miró a Álex sonriente—. ¿Sabes? Creo que los dos somos afortunados. Tenemos un buen trabajo, hacemos lo que nos viene en gana, libres, sin dar explicaciones a nadie, sin una tía que nos amargue la existencia... —Alzó la jarra de cerveza casi vacía y animó a su amigo a que hiciera lo mismo con la botella—. ¡Por nosotros y por que sigamos solteros toda la vida!

—¡Por nosotros! —respondió Álex, después de tragar saliva y desviar de nuevo la mirada hacia la barra del bar.

35

María

La primera vez que María vio a Bárbara en clase, la reconoció como la mujer que atendía la panadería de Tomás desde hacía unos meses, solo que aquella vez su aspecto era distinto. Parecía perdida y preocupada, una imagen que no tenía nada que ver con la dependienta simpática y servicial que todas las tardes le entregaba el pan. Se acercó a ella para ayudarla y necesitaron muy poco para conectar. Apenas unas semanas después ya se lo habían contado todo. Ambas eran habladoras por naturaleza; si algo les pasaba por la mente lo encarrilaban hacia la garganta y, simplemente, lo verbalizaban; sin más pretensiones que el mero hecho de compartir sus opiniones, sus diferentes puntos de vista o con la única finalidad de hacer lo que las dos necesitaban con urgencia: desahogarse. Cuando la confianza se afianzó entre ellas, Bárbara le explicó su traumática relación con Andrés, sus desprecios, sus infidelidades, su desengaño. María fue incapaz de no sentir compasión por ella. Aunque conocer su historia también la ayudó a verla más fuerte. Aquella mujer, sensible y pasional, no había permitido que un matrimonio insano de tantos años apagara sus ansias de vivir, de volver a ser esa chica romántica y entusiasta que debió de ser en su juventud, cuando el único error que cometió fue enamorarse de la persona equivocada.

La admiraba por su coraje.

Por esa razón, María quiso ayudarla. Y pensó que empujarla a una relación con Castro sería una buena forma de comenzar. Sabía que Bárbara se sentía sola, pues no tenía familia y su trabajo en la panadería no le dejaba tiempo para el ocio o a la diversión. Tampoco su economía ayudaba demasiado. Pero, sobre todo, María sabía que Bárbara anhelaba sentirse amada de nuevo o, quizá, por primera vez. Castro parecía encajar en la vida de Bárbara: un hombre divorciado, guapo, agradable, con un trabajo estable... Todos aquellos puntos positivos estaban a su favor, pero un factor desequilibró la balanza: no hubo chispa. Bárbara le explicó detalles de la cita y María, a pesar de intentar justificar el comportamiento de él para no desanimarla, supo que Castro había dejado de ser la mejor opción.

Y se abrió una nueva posibilidad: Julián.

Al principio se había negado rotundamente a aceptar que Bárbara se complicara la vida con aquel hombre. Desde que lo vio por primera vez en el ascensor y supo que se había mudado a vivir con su hermano, justo enfrente de su puerta, algo de él le provocó rechazo. Los comentarios que había oído sobre Julián tampoco ayudaron demasiado. Tal vez solo fueran rumores, pero no debía olvidar aquel dicho de «cuando el río suena...». Sin embargo, verlo cada día esperando a Bárbara tras aquel árbol y descubrir el rubor que surgía en el rostro de ambos cuando se situaban uno frente al otro le hizo dudar. ¿Y si fuera él?

Después de aquella cita aburrida con Castro y de que Bárbara le confesara que habría preferido cenar con Julián, María decidió investigar. Así que una noche, sentada junto a su marido, se atrevió a preguntar.

—¿Tú sabes algo de Julián, el vecino?

—¿Julián? —Su marido pareció dudar—. Ah, sí, el hermano de Javier. No he hablado demasiado con él. Ya sabes que es un hombre muy reservado. Pero sé por Javier que lo pasó muy mal con la muerte de su mujer.

—¿Y es verdad que abandonó a sus hijos y que no se habla con ellos?

—No del todo. Con el crío tiene muy buena relación. Se ven todos los fines de semana y, al parecer, nunca han perdido el contacto. Aunque con la niña... Por lo que me explicó su tío, el padre ha intentado un acercamiento con su hija muchas veces, pero ella no le ha perdonado que la culpara de la muerte de su madre.

—¿Culparla? ¿No fue un accidente?

—Sí, fue un accidente de tráfico, pero Julián perdió los papeles. La niña estuvo hospitalizada unos días después del accidente y cuando salió, él ya no volvió a casa, y el crío y ella regresaron al pueblo del que llegaron tres años atrás. Sé que Julián anduvo desquiciado de bar en bar durante días, semanas... Estuvo realmente destrozado durante un tiempo, hasta que se armó de valor y fue a buscar a los niños, dispuesto a recuperarlos y pedirle perdón a su hija. Pero ella se negó a hablar con él. Y creo que siguen igual.

—Ha debido de ser muy duro para todos, para él y para los críos.

—Óscar era muy pequeño, pero para la chica, que entonces era una adolescente, perder a su madre fue muy doloroso. Y para Julián... Bueno, ya lo ves. Aún parece un alma en pena. Apenas sale del piso, solo para ir a trabajar y para comprar el pan.

—¿Comprar el pan? —María rio por la coincidencia.

—No te rías, es cierto... Las únicas veces que lo he visto salir o entrar ha sido por las tardes, para ir a comprar el pan. Antes no lo hacía con tanta frecuencia, pero desde hace unos meses raro es el día que no me lo encuentro cuando vuelvo de trabajar, siempre con su barra bajo el brazo.

Con aquella conversación tuvo suficiente. María siempre había pensado que Bárbara necesitaba a su lado a alguien fuerte, un hombre que le infundiera seguridad y que la amase por encima de todo. Y sí, tal vez en un inicio Julián no le pareció el hombre más adecuado, pero ¿y si se había equivocado? Además, ¿Bárbara necesitaba a alguien? No, se lo había demostrado con su fuerza interior. Su amiga no necesitaba a nadie, pero Julián sí la necesitaba a ella. Y muy probablemente, ayudar a alguien fuera una buena terapia para Bárbara, pues le daría la oportunidad de sentirse valorada, útil.

Así que, al día siguiente de aquella conversación con su marido, y cuando vio a Julián subir los escalones de la entrada principal, no lo dudó. Quizá pareciera una estúpida al contarle a su vecino la cita de Bárbara con Castro, pero cuando acabó y vio nacer una leve sonrisa en los labios de Julián, María supo que ese viernes su amiga probaría el restaurante de comida china. Y, quién sabe, tal vez algo más...

—Este hombre me pone nerviosa. No sé qué hacer... —se quejó Bárbara mientras guardaba sus papeles en el interior de la carpeta.

—¿Te refieres a él? —susurró María, alzando la barbilla para señalar a Castro con la mirada.

—Quiere hablar conmigo. Me ha dicho algo de una fiesta de exalumnos que se celebrará mañana en el instituto donde él impartía clases hace unos años y me ha insinuado que le encantaría que yo lo acompañara.

—¿Y qué le vas a decir? —«Mierda», pensó María. Aquello podía cambiar de nuevo el rumbo de sus planes.

—Que no... Aunque por otro lado me siento mal. Él fue muy correcto conmigo, me invitó a cenar, se comportó como un caballero... Tal vez debería darle una segunda oportunidad.

—Pero no te apetece dársela...

—En absoluto.

—Pues no lo hagas —sentenció María—. Y no te sientas obligada a hacerlo. No le debes nada; él te invitó porque quiso, y si espera algo a cambio entonces no merece que se lo des.

—Tienes razón.

Bárbara parecía más conforme y María respiró aliviada. Su nuevo papel de celestina estaba siendo mucho más complicado de lo que jamás hubiera imaginado.

Salieron del aula casi a hurtadillas, aprovechando que Castro hablaba con otros alumnos, y María sintió un cosquilleo en el estómago. ¿Estaba nerviosa? Sí, nerviosa, emocionada, impaciente, expectante... y una lista interminable de adjetivos más. Si Julián había captado su indirecta, estaría esperando en ese momento en la puerta de la escuela, y hacía tiempo que una situación tan real no la hacía sentir así. Lloraba con las películas románticas, pero la escena que iba a presenciar en vivo y en directo era real, y además con una actriz muy especial para ella.

Mientras caminaban hacia el exterior del edificio, María observó a Bárbara de soslayo. Parecía absorta en sus pensamientos, con la mirada perdida y mordiéndose el labio inferior, como si algo la inquietara. Continuó con los ojos clavados en el rostro de su amiga, esperando una reacción que no tardó en llegar. Cuando Bárbara alzó la vista y abrió más los ojos, María supo qué, o mejor dicho quién, había llamado su atención. Sus mejillas se encendieron como una bombilla incandescente y sus labios se curvaron para formar una sonrisa. María buscó a Julián y se sorprendió al encontrarlo a pocos metros de ellas. No se había escondido tras el árbol ni caminaba con indecisión. No, aquel Julián era distinto; seguro de sí mismo, con la vista clavada en su objetivo.

—Hola, Bárbara. —Ella le devolvió el saludo con un susurro ahogado, como si le faltara el oxígeno. Julián se dirigió a ella con una sonrisa—. María...

—Hola, vecino. Me alegra verte de nuevo por aquí.

Bárbara pareció sorprendida ante la reacción de ambos, pero volvió a dirigir la mirada hacia Julián y a concentrarse en su rostro. Estaba recién afeitado, sus ojos chispeaban como si hubiesen rejuvenecido veinte años y ya no quedaba rastro de aquel rictus que entristecía su expresión.

María permaneció en silencio, observándolos expectante, como si contemplara la pantalla del televisor y en ella se estuviera emitiendo una de esas telenovelas sudamericanas que tanto la emocionaban. Hasta que Julián giró levemente el cuello, dirigiendo la mirada en la dirección que debían tomar para llegar a casa de Bárbara. Ella asintió con un movimiento sutil y ambos emprendieron la marcha, sin despedirse de María. Esta sonrió. No le importó en absoluto. Solo esperaba que Julián aprovechara la ocasión para invitarla a ese restaurante.

—¡Bárbara! —María se dio la vuelta, buscando al propietario de la voz que gritaba el nombre de su amiga, y al ver a su profesor acercándose a ella con largas zancadas no pudo evitar deslizar la carpeta repleta de folios que sujetaba bajo el brazo de forma que acabó hundida en el vientre de Castro—. ¡Coñoooo...! —exclamó él ante el evidente dolor.

—¡Ups! Perdón... No me he dado cuenta de que estabas detrás.

36

Julián

Julián caminaba con torpeza. Los nervios que se le habían instalado en el estómago desde que María habló con él persistían en su empeño de impedirle actuar de forma natural. Había intentado planificar esos primeros minutos junto a Bárbara, pero sabía que no iba a servir de nada, que hacer planes no era lo suyo. Él era espontáneo, atrevido..., o al menos así había sido durante mucho tiempo. Y así quería volver a ser: aquel joven risueño y aventurero que conquistó a su mujer con su descaro y su seguridad. Debía intentarlo, armarse de valor y plantarle cara al miedo.

Pero cuando miraba de soslayo a su acompañante, los nervios volvían a nublarle el carácter y a enmudecer las palabras que le golpeaban el cerebro. Cruzaron la carretera, doblaron la esquina y subieron la avenida por la mediana central, rodeada de árboles, en silencio, y solo cuando llegaron a la altura del portal de Bárbara un susurro salió de los labios femeninos.

—Pues ya hemos llegado...

Sí, habían llegado y él no había sido capaz de pronunciar una palabra. Ni una. Agachó la cabeza, avergonzado. Era un inútil, un cobarde...

—¿Por qué no has ido a la escuela durante estas dos semanas?

Julián la miró aturdido, y no porque ella le acabara de formular una pregunta difícil de responder, sino por su entereza. Bárbara era directa, no le temía a nada, y si necesitaba respuestas, las buscaba. Durante unos segundos permaneció inmóvil, navegando en la profundidad de sus pupilas, o tal vez buscando en su interior a un Julián que fuera digno de la mujer que tenía delante. Se sorprendió a sí mismo cuando notó que los labios se le curvaban en una sonrisa, se le destensaban los músculos y se sentía por fin relajado.

—Porque he sido un estúpido —reconoció—. Pensé que estabas saliendo con alguien y no me pareció apropiado que yo estuviera acompañándote hasta tu casa todos los días.

—¿Y ya has dejado de ser ese estúpido? —preguntó ella con una sonrisa pícara.

Julián notó una punzada en el estómago, pero, a diferencia de otras veces, no se debió al dolor, sino a lo que aquella maravillosa mujer provocaba en él. Tragó saliva y, como si acabara de despertar de un letargo, se dispuso a ser el hombre que Bárbara merecía.

—Me temo que no. Creo que mi nivel de estupidez ha llegado a su cota máxima. —Sonrió y continuó explicándose—: Hoy he ido a la escuela con la intención de invitarte a cenar esta noche y todavía no he sido capaz de proponértelo. ¿Crees que aún estoy a tiempo de corregir mi estupidez?

Bárbara, sin abandonar su expresión risueña, se ruborizó hasta que no hubo un centímetro de su rostro que no acabara incandescente. Aun así, continuó decidida, sin titubear.

—Subo a dejar mis cosas, no tardo —anunció para, acto seguido, girarse y desaparecer escaleras arriba.

Pocos minutos después, Julián la vio salir del portal con la misma sonrisa y el mismo rubor que la acompañaban al subir. Se había cambiado la camisa y maquillado los ojos, y el pelo, recogido en un moño suelto, permitía que algunos mechones rizados le acariciaran el rostro. Ante aquella visión, desvió la mirada.

Caminaron hacia el vehículo de Julián, aparcado a dos manzanas del apartamento de Bárbara, con una actitud muy distinta; los pasos eran decididos; la distancia entre ambos, prácticamente nula, y la sonrisa, perenne.

—¿Vamos al restaurante de comida china? —preguntó Bárbara. Al ver que Julián asentía con la cabeza continuó—: Yo no he estado nunca, no sé si sabré comer con esos palillos.

—Yo tampoco. Espero que nos enseñen. Y si no es así, tranquila, pediremos tenedores.

—No, no... Me niego. Practicaremos hasta que aprendamos.

Julián rio al oír sus palabras.

—¿Eres tozuda?

—No, pero he pasado demasiados años de mi vida conformándome con lo que parecía fácil, aceptando lo que me ofrecían y convenciéndome a mí misma de que si no tenía más era porque no lo merecía. —Lo miró y sonrió—. Ahora no cojo el tenedor si puedo aprender a comer con palillos.

37

Cat

Cat miró el despertador que descansaba sobre su mesita de noche. Las ocho y cuarenta minutos. Tan solo faltaban veinte para que llegara Álex. Volvió al cuarto de baño. Contempló su reflejo en el espejo, el pelo enmarañado, el color morado bajo los ojos y la palidez en las mejillas. Bajó la vista a su brazo izquierdo, expuesto, sin las pulseras de colores que protegían su secreto. Lo acarició con miedo, con un terrible pavor a ser descubierta, a encontrarse desnuda ante él...

Óscar.

Óscar debía de saber su número de teléfono. ¿Y si llamaba a Álex para decirle que había cambiado de idea? ¿Que ya no le apetecía ir a ese concierto? Volvió a su dormitorio, se colocó las pulseras y se dirigió al salón. Su hermano estaba tumbado en el sofá, viendo un programa en el televisor.

—¿Qué te pasa? ¿Por qué me miras así? —le preguntó el muchacho.

—Yo... —¿Cómo decirle que había quedado con Álex?—. Nada...

Regresó al baño y de nuevo permaneció unos minutos contemplando su reflejo. Cerró los ojos. «Todo saldrá bien, Cat», se repitió, antes de volver a abrirlos y comenzar a cepillarse el pelo. Despacio, desde las raíces hasta las puntas, muy despacio, recordando cómo lo hacía su madre, con aquella delicada precisión que la caracterizaba. Siempre tan perfeccionista, acariciando cada centímetro de su cabello; primero con el cepillo y luego con la mano, suavemente. Cuando era pequeña y el pelo se le enredaba, ella le susurraba una canción para tranquilizarla y aliviar el dolor causado por los tirones. Su madre siempre sabía cómo calmar sus miedos, cómo llevarla de nuevo a aquel mundo de armonía, susurros y caricias. ¿Por qué no le pidió ayuda cuando más la necesitaba? ¿Por qué no gritó suplicando socorro cuando todo estaba a punto de acabar?

Si lo hubiese hecho, ella seguiría viva.

Acabó de cepillarse, se secó las lágrimas con la toalla y con el maquillaje ocultó las sombras que el dolor le había dejado en el rostro. Añadió algo de color a sus párpados y oscureció más sus pestañas negras.

Volvió a su habitación. Ya solo faltaban cinco minutos para las nueve. Su estómago se encogió y una sensación de vértigo se apoderó de su equilibrio. Tomó entre las manos el diario que había permanecido durante años atesorado en el primer cajón de su cómoda. Acarició con delicadeza las flores azules dibujadas sobre la tapa delantera.

—¿Y si no puedo? ¿Y si la historia se repite? —murmuró.

El sonido del timbre del interfono la asustó. Se irguió dando un salto, guardó el diario y cogió el anorak. Antes de llegar al salón, regresó al cuarto de baño para comprobar que el maquillaje seguía cubriendo su palidez.

—¿Esperas a alguien? —preguntó su hermano.

—Sí.

Óscar abandonó su posición relajada sobre el sofá para sentarse y contemplar a su hermana con los ojos bien abiertos.

—¿Te has maquillado?

—Voy a salir a cenar y a un concierto. —Cuanto antes dejara caer la bomba, mejor—. Tienes la cena preparada en la cocina. No llegaré tarde. Cerraré con llave al salir. —Óscar la miraba sin dar crédito a sus palabras—. No abras a nadie.

—Cat, por favor, que no soy un crío.

—Lo sé, pero es la primera vez que te dejo solo...

—¿Y con quién has quedado? —la interrumpió él.

—Con nadie... —Cat cogió el bolso y se dio media vuelta para evitar que continuara con aquel interrogatorio. Conocía demasiado bien la curiosidad de su hermano.

—¿Y quién acaba de llamar? —Óscar dio un salto del sofá y corrió hasta situarse delante de Cat—. O respondes tú o respondo yo... —dijo sonriente, mientras ponía la mano sobre el auricular del interfono colgado en la pared.

—Óscar, suéltalo —ordenó Cat, tirando del auricular y mirando a su hermano con el entrecejo fruncido—. Ya bajo.

Él sonrió con picardía. Se estaba divirtiendo de lo lindo. Ver a su hermana nerviosa, avergonzada y colorada como un tomate estaba resultando mucho más estimulante que el programa que estaba viendo.

—Me enteraré igualmente...

Miró la amplia ventana del salón y volvió a sonreír con malicia.

—No, Óscar, no lo hagas.

Ignorando las palabras de su hermana, corrió atravesando el salón, tiró de las cortinas para apartarlas a un lado y abrió la ventana para asomarse.

Cat, resignada, suspiró y puso los ojos en blanco, esperando la reacción de Óscar.

—¡No me jodas! ¿Álex?

—No hables así.

—¿En serio? ¿Has quedado con él?

—No cenes tarde y no te duermas en el sofá con el televisor encendido.

—¡Es mi ídolo! ¡Mi ídolo!

—Me voy, Óscar, pórtate bien.

—¡Joder! ¡Vamos a ser cuñados! ¡Esto es la hostia!

Cat cerró la puerta y dio dos vueltas a la llave dentro de la cerradura. Aún se oían los gritos de su hermano al otro lado. Se lo imaginó con las manos en la cabeza, recorriendo el salón de un lado al otro. Y aunque la situación no era de su agrado, debía reconocer que le encantaba esa faceta divertida de Óscar: sus risas, su agudo sentido del humor, su perspicacia.

Una faceta de él que odió en cuanto salió por el portal y se encontró a Álex apoyado sobre el capó de su coche, mirando hacia arriba y riendo a carcajadas.

—¡Cuñado, acaba con el dragón!

38

Álex

Cuando Álex bajó la vista y contempló a Cat, sus carcajadas se evaporaron como si las arrastrara un vendaval. Incluso enfadada estaba preciosa. Se había alisado la melena a conciencia y le brillaba como si fuera una alfombra de diamantes negros. El maquillaje que le cubría la tez era tenue y el color en los párpados hacía que sus ojos eclipsaran su rostro. Esas dos canicas de color azabache que correteaban a veces divertidas; otras, enojadas... Siempre vivaces. Se fijó en la camiseta que había elegido para la ocasión y sonrió al contemplar sus ojos clavados en la suya. Las dos eran prácticamente iguales; negras y con las letras AC/DC estampadas en blanco.

—Parece que nos hemos puesto de acuerdo —señaló él, divertido, al estirar con las dos manos la parte baja de su camiseta.

El enfado de Cat se disipó para convertirse en una tímida sonrisa.

«Si enfadada ya estaba preciosa...», pensó él.

Una vez dentro del vehículo, mientras Cat se rodeaba con el cinturón de seguridad, Álex pudo ver la maraña de pulseras de colores que asomaba bajo la manga de su anorak.

—¿Tienen algún significado? —preguntó, mientras acercaba la mano al brazo de ella—. ¿Alguna promesa, recuerdos de alguien, una colección...?

—No —respondió Cat con rotundidad, escondiendo las pulseras bajo la manga—. Sencillamente es que me gustan las pulseras de tela y de cuero.

—¿Y por qué no las llevas en las dos muñecas?

—Hicimos un trato, ¿lo recuerdas? —Quiso zanjar Cat, aludiendo a la propuesta de Álex de no hablar sobre según qué temas.

—Tienes razón.

Arrancó el motor del coche y salieron del aparcamiento en silencio. Pocos minutos después, él ya no pudo continuar callado.

—Antes de volver a meter la pata... Los temas tabú son: Rafa, las pulseras... ¿tu padre? —Ella asintió con la cabeza sin mirarlo—. ¿Tu madre? —Volvió a afirmar—. ¿La razón por la que te cuesta confiar en las personas? Y... ¿tu sangre?

—Álex...

—Está bien, tranquila. Ya ha quedado claro.

Pocos minutos después aparcaron frente al bar, a dos manzanas del local donde se iba a celebrar el concierto. Desde el exterior pudieron comprobar que casi todas las mesas del restaurante estaban ocupadas y varias personas se amontonaban en la puerta, aguardando su turno para ser atendidas.

—Esta tarde me he pasado por aquí para reservar una mesa, así que no tendremos que esperar —explicó Álex a la vez que abría la puerta acristalada del bar.

No tardaron en que los acomodaran en una mesa para dos. El camarero los atendió enseguida; les entregó una cartulina plastificada donde se anunciaban las treinta tapas que servían en el local y pidieron las bebidas.

—¿Qué te apetece cenar? —preguntó Álex, tras dar un repaso rápido a la carta.

—No sé...

Álex estaba tan ilusionado con la cita y tan exaltado por tener a Cat a su lado, sin discusiones y sin evasivas, que hasta ese instante no se había percatado del temblor que tenía en las manos, en la voz, en los labios... Incluso creyó percibir que el cuerpo se le estremecía como si tuviera frío. Sabía que la baja temperatura o el concierto no eran el motivo de su nerviosismo, sino su miedo a confiar en él.

—¿Tienes un bolígrafo? —preguntó, clavando los ojos en los de ella.

—¿Para qué lo quieres?

—Hoy vamos a dejar que sea el azar quien decida.

—¿El azar? —Una suave sonrisa apareció bajo su pequeña nariz.

Álex cogió las dos cartulinas plastificadas y las dejó sobre la mesa, boca abajo. Después, estiró una servilleta de papel y tomó el bolígrafo que Cat había sacado del bolso.

—Dime dos números del uno al treinta y yo elegiré otros dos.

Cat apoyó los dos brazos sobre la mesa, adoptando una posición más relajada.

—¿No será demasiado arriesgado? —cuestionó ella, arrugando los ojos.

—Depende... A mí me gusta comer de todo, ¿y a ti?

—A mí también.

—Entonces, ¿dónde está el riesgo?

—Pero tú juegas con ventaja, ya conoces las tapas.

—Está bien, dime cuatro números del uno al treinta. Hoy eliges tú.

Cat sonrió y Álex sintió un repentino sudor en la frente.

—De acuerdo. El cinco, el catorce, el veintiuno y el treinta.

—¿Estás segura? —preguntó él, alzando la ceja derecha.

—Segurísima.

El camarero volvió para tomarles nota y Álex le recitó los números que había anotado en la servilleta.

—Muy buena elección —sentenció el camarero antes de dar media vuelta.

—¿Has oído? —Álex se inclinó para acercarse a Cat—. Has confiado en tu instinto, te has arriesgado y hoy cenaremos de puta madre.

Después de regalarle una sonrisa, Cat se dejó caer en el respaldo de la silla, y aunque en un inicio él pensó que huía de su cercanía, pronto supo que no, que su mente había viajado hacia otro lugar. Sus ojos reflejaban una melancolía que los entristeció.

—Mi padre le solía decir a mi madre: «Si hay riesgo, hay aventura».

Álex la contempló en silencio, deseando que ella decidiera continuar, anhelando que por fin le mostrara un atisbo de confianza.

—Mi madre era muy perfeccionista —prosiguió, mirándose las manos, mientras jugueteaba nerviosa con los dedos—. Le gustaba tenerlo todo controlado y no podía dejar nada a la improvisación. Sin embargo, mi padre y yo éramos muy distintos a ella, y a veces la sacábamos de quicio. Intentábamos que se aventurara a hacer algo que no hubiese planeado con antelación o, simplemente, que se dejara llevar.

—¿Y lo conseguíais?

—Pocas veces. —Sonrió—. Era muy tozuda. Pero sé que ella disfrutaba viendo cómo mi padre y yo nos confabulábamos para intentarlo y cómo los dos acabábamos diciéndole a la vez: «Si hay riesgo, hay aventura». —Suspiró y dejó pasar unos segundos para continuar—. Aunque dicen que físicamente soy igual a mi madre, supongo que me parezco más a mi padre. Sin embargo, Óscar ha heredado esa capacidad de control y perfección que tenía mi madre, aunque no tan exagerada.

—Es cierto, tu hermano es muy perfeccionista y muy exigente consigo mismo.

—Lo es... —Por primera vez desde que Cat comenzó a hablar, dejó de mirarse las manos y posó las pupilas en las de Álex.

—Yo creo que tenía ocho años cuando les pregunté a mis padres si era adoptado.

Cat abrió mucho los ojos, sorprendida, y apretó los labios para aguantar la risa.

—Afortunadamente no me parezco en nada a ellos... Bueno, en realidad, sí; en mi caso, dicen que físicamente soy igual que mi padre. Pero si no fuera por ese detalle, yo ya me habría hecho la prueba de ADN.

Ella ya no pudo retener más la risa.

—¿Cómo puedes decir eso con tanta seguridad? ¿Y a los ocho años ya lo pensabas?

—Estaba convencido. En mi casa, el perfeccionista siempre ha sido mi padre, pero no pienses que lo es por naturaleza, no; lo es por necesidad, porque para él la excelencia aparente es primordial para su negocio. Nuestra familia no tiene que ser perfecta, pero sí debe parecer que lo es, para que todos nos envidien, nos alaben, nos respeten y, lo que a él más le gusta, nos teman.

—Hablas de tu padre como si fuera un ogro.

—Eso también lo pensé cuando tenía ocho años. —Los dos rieron a la vez—. No creas que no quiero a mis padres, los adoro, son mi familia, pero siempre me he sentido un bicho raro con ellos. Fue mi abuelo materno quien me ayudó a comprender que yo era distinto y que no debía permitir que eso me afectara. Siempre me animó a seguir mi instinto, a ser aquello que yo quisiera ser y a no dejarme influir por nadie. Sin mi abuelo y sus consejos, yo ahora sería un abogado infeliz y, muy posiblemente, no estaría a punto de entrar en un concierto de heavy metal con una camiseta de los AC/DC. Supongo que sería ese hijo de papá consentido y mujeriego que tú crees que soy.

—Un hijo de papá consentido no se tira al suelo con un traje caro para salvarle la vida a un desconocido.

—Pero sigues pensando que soy un mujeriego...

—Ahí tengo mis dudas.

Un brillo especial en las pupilas de Cat y su sonrisa torcida le mostraron a Álex una nueva versión de la chica que tenía delante: la divertida, la chispeante, la sensual.

Con una sonrisa pánfila dibujada en la boca, Álex recorrió con la mirada la expresión de Cat hasta llegar a sus labios, rosados, suaves y tan apetecibles como lo era ella, en todos sus diferentes matices: cuando se enfadaba, cuando lo irritaba, cuando se sonrojaba, cuando utilizaba su don de la sonrisa para martirizarlo.

Ya nada ni nadie podía evitar lo que iba a suceder esa noche, porque, como bien le acababa de decir Cat, «si hay riesgo, hay aventura». Y él ya lo tenía muy claro: con ella estaba dispuesto a olvidar su miedo al desengaño, a asumir el riesgo y a vivir una aventura.

Esa noche iba a besarla hasta saciar su hambre.

39

Bárbara

A Bárbara aún le dolía el muslo derecho. El golpe contra la esquina de la mesa que presidía el salón de su casa le iba a provocar uno de esos moratones que podrían dejar cicatriz. Se acarició con la palma de la mano y sonrió al recordar el incidente. Había subido los escalones de dos en dos hasta llegar al rellano y, cuando se adentró en su piso, la mesa la frenó para advertirla de que iba demasiado rápido. Y sí, era cierto, se estaba precipitando, pero las ganas de conocer al desconocido que en ese instante ojeaba la carta en el restaurante de comida china la habían propulsado como un cohete. Y después de ver su rostro de admiración ante la fachada del establecimiento, supo que no la iba a defraudar. Los dos compartían las mismas ganas de vivir experiencias nuevas o, dicho del revés, de experimentar con la vida.

—Este restaurante parece sacado de uno de esos viajes que hizo Marco Polo buscando la Ruta de la Seda —declaró Julián, aún deslumbrado por los detalles que adornaban aquel salón—. ¿Has visto esos cuadros? —preguntó, señalando con la mirada varios lienzos con imágenes de la Muralla China.

—Son increíbles. China debe de ser un país maravilloso y apasionante.

—¿Te gusta viajar? —preguntó Julián, dejándose atrapar por los ojos de Bárbara.

—Me gustaría poder hacerlo... Hasta ahora solo he visitado el sur de España, y porque Andrés tiene familia allí. La mía es de aquí.

—Yo tampoco he viajado al extranjero, pero quién sabe... tal vez en un futuro —dejó caer aquellas palabras con la esperanza de que ella deseara, al igual que él, que la oportunidad de viajar juntos se convirtiera en una realidad.

—¿Ya sabes lo que quieres comer? —preguntó Bárbara tras volver la mirada a la carta que una camarera china les había entregado al sentarse a la mesa—. Es muy difícil escoger con estos nombres.

—Ternera con bambú y setas —leyó él—. ¿Qué será el bambú?

—¿Rollito de primavera? Pensaba que solo existían los rollitos de verano —bromeó Bárbara.

Ambos alzaron la vista de sus respectivas cartas y sonrieron con picardía.

—Sopa de Wan Tun. ¿Será sopa de atún? —preguntó Julián, conteniendo la carcajada.

—¿Y has visto este? —Bárbara giró el libro de tapas plastificadas que contenía la descripción de los platos y se lo mostró a Julián—. Hormigas trepando al árbol —leyó.

—¿Hormigas? —Él la miró asombrado.

—Me han dicho que los chinos comen carne de perro y gato, ¿será verdad? ¿Comerán también hormigas?

—No lo sé... —Julián observó la expresión de Bárbara. Sus ojos mostraban fascinación, pero el tono de su voz le reveló cierta inquietud—. ¿Estás arrepentida de venir a este restaurante?

—No —negó ella con rotundidad—. No me arrepiento, solo estoy preocupada... ¿Y si pedimos algo que no nos guste?

—Pues no nos lo comemos... Enfrente hay un bar donde preparan bocadillos, siempre podremos cenar ahí.

—Entonces, ¿pedimos estos platos extraños para probarlos?

—Me parece genial.

La camarera no tardó en aparecer y, entre los dos, nombraron aquellos platos que tanto les habían hecho reír. Mientras esperaban la cena, la mujer de ojos rasgados dejó un cuenco con pan de gambas sobre la mesa y les explicó cómo debían sujetar los palillos entre los dedos. Unos minutos después, Julián ya era capaz de coger aquellas extrañas cortezas y llevárselas a la boca con facilidad; sin embargo, Bárbara continuaba luchando para evitar que los odiosos palos de madera se le deslizaran de las manos.

—No aprenderé jamás, esto es muy difícil... —se quejó ella, con un mohín infantil que hizo reír a Julián.

—Espera. —Él se inclinó sobre la mesa para coger la mano de Bárbara—. Con el pulgar, sujetas los dos palillos, pero con la yema del mismo pulgar y el dedo índice puedes mover uno de los palos mientras el otro lo mantienes fijo. No es complicado, solo necesitas estar tranquila y confiar más en ti misma. —Aquella última frase la acompañó con una caricia sobre la piel de Bárbara. Ella buscó sus ojos y se los encontró a pocos centímetros, negros, ardientes.

—Pensaba... —carraspeó—. Pensaba que era la primera vez que usabas los palillos.

—Y así es —afirmó Julián. Deshizo el contacto con sus dedos y volvió a apoyar la espalda en el respaldo de la silla.

—Entonces, ahora entiendo de quién ha heredado Óscar esa facilidad para aprender.

—No... —Sonrió él—. Óscar es como su madre.

Bárbara permaneció unos segundos en silencio, contemplando al mismo hombre que hacía un instante le había querido transmitir seguridad con sus palabras y sus caricias, pero que ahora se mostraba vulnerable.

—¿Cómo era ella?

—¿Carolina? —preguntó él en un susurro—. Una mujer maravillosa, aunque algo exigente, especialmente consigo misma. —Inspiró y espiró con ímpetu antes de continuar—. Para nosotros era la esposa perfecta, la madre perfecta, la mujer perfecta... Todos la veíamos perfecta, menos ella. A su alrededor todo era armonía, aunque ella siempre se exigía más y, sobre todo, se recriminaba cualquier error, como si no pudiera permitírselos.

—Somos humanos y está en nuestra naturaleza cometer errores.

—Eso mismo le decía yo, pero supongo que también estaba en su naturaleza ser tan estricta. Una vez, hace muchos años, cuando Cat tenía diez, la dejó sola en una estación de tren en Barcelona.

—¿Sola? ¡Ay, pobrecita, mi niña! —exclamó Bárbara, imaginándose a la criatura desamparada.

—Al parecer, Cat soltó la mano de su madre justo antes de que ella entrara en uno de los vagones del tren. Había mucha gente, las puertas se cerraron y cuando Carolina se dio media vuelta la niña ya no estaba allí; se había quedado sola en el andén. Carolina bajó del vagón en la siguiente estación, pero el tren que podía llevarla de vuelta partía media hora después, así que corrió por las calles de la ciudad hasta encontrar la boca de la estación. Tardó veinte minutos en regresar.

—¡Qué susto!

—Aquel descuido marcó a Carolina. Nunca se lo perdonó. Y Cat... Cat tuvo que dormir con nosotros durante meses, porque las pesadillas no cesaban. Se despertaba gritando a medianoche, desorientada y asustada.

Bárbara percibió un dolor creciente en las pupilas de Julián y llevó una mano hasta el dorso de la de él, pretendiendo infundirle la misma tranquilidad que él transmitía con su sola presencia.

—Cat es una chica fuerte y superará todos sus problemas.

—No, si sigue estando sola. —Julián bajó la mirada hasta la mano que Bárbara había depositado sobre la suya—. Nunca lo conseguirá si continúa perdida en aquella estación.

Bárbara no supo qué más decir y decidió que no existían palabras de consuelo para Julián. Callaron durante unos minutos, hasta que la camarera apareció con una enorme bandeja ovalada, colmada de varios platos, a cual más exuberante y variopinto.

Bárbara los admiró notando cómo la saliva le invadía repentinamente la boca.

—¡Huele de maravilla! —exclamó.

Julián recuperó la sonrisa y cogió con maestría los palillos.

—¿Empezamos?

Las risas, las miradas de complicidad, los sabores compartidos y los suspiros en el paladar ocuparon los siguientes minutos. Bárbara se sentía extremadamente cómoda, algo que no le sorprendió, pero sí la preocupó. Porque hasta aquel instante, tras descubrirse contemplando los labios de Julián durante demasiados segundos, no se había cuestionado qué podía suceder si lo invitaba a subir a su apartamento. Sí, había recogido el salón precipitadamente, había cambiado las sábanas y estirado el edredón con precisión en un tiempo récord, a pesar del dolor que el golpe con el pico de la mesa le había provocado. Pero todo aquello le resultó cómico mientras bajaba los escalones del piso, dispuesta a reencontrarse con su cita. Porque, aunque la idea de que aquella noche él acabara en la cama junto a ella había atravesado su mente, esa posibilidad solo había sido eso, una simple y alocada idea. Sin embargo, aquel pensamiento empezaba a cobrar vida y no estar a la altura la preocupó.

—Bárbara, mira... —Julián llamó su atención y, tras apartar de un manotazo sus miedos, dirigió la mirada hacia uno de los palillos chinos que le mostraba, cubierto por diminutos trocitos de ternera que rodeaban varios fideos de soja—. Hormigas trepando por el árbol.

La mirada divertida de ambos y los labios sonrientes de Julián le hicieron olvidar sus temores y Bárbara supo que cuando él la abrazara por primera vez, su pecho iba a convertirse en su destino favorito.

40

Mario

No sabía cómo había llegado a suceder, pero estaba allí, sentado en aquel taburete, apoyando los codos en la barra del bar donde trabajaba Juan Carlos, con la tercera botella de cerveza en la mano. Las otras dos le habían durado apenas unos segundos. Tenía sed, rabia, furia, frustración, y el amargo frescor de la cerveza no le estaba aniquilando las ganas de estrangular a su padre. Hijo de la gran puta. La llamada del día anterior solo había sido una excusa rastrera para permitir que él le abriera las puertas de su casa, que le diese la oportunidad de dejarlo hablar y que se llevara aquellos putos papeles. Los papeles que necesitaba para divorciarse de su esposa enferma y así contraer de nuevo matrimonio con otra mujer que no era la suya, con una mujer a la que ya conocía desde hacía doce años. Hijo de la gran puta. Aquella mujer que una vez entró en casa con su marido y sus hijos, cuando su madre aún estaba bien; la mujer que su padre quería que conocieran como su compañera de trabajo. Se iba a casar con su amante, con la que había engañado a su esposa una y mil veces. Hijo de la gran puta. Y lo peor de todo era que su sangre le corría por las venas.

Su ADN lo hacía igual a él.

Igual no, peor.

—¡Menuda mala hostia tienes hoy! —Juan Carlos, otro al que tenía ganas de partirle la cara—. ¿Mal día?

—No seas cabrón y ponme otra cerveza.

Ignorando su insulto, su excompañero se fue a buscar la bebida sin mediar palabra.

Con la mano izquierda se masajeó la derecha. Aún le dolía el puño de aporrear la puerta del apartamento de Álex. ¿Dónde cojones se había metido? El día anterior le había dicho que estaría en casa, que no iba a salir... Estaba tan enfurecido que no se dio cuenta de las veces que había asediado la madera con los nudillos hasta que una astilla se le clavó en un dedo. Aún le sangraba. Se chupó la sangre con los labios. Escocía. Escocía mucho. Su hermano, joder, su hermano tumbado en el asfalto; todos los órganos de su pequeño cuerpo reventados... Murió en el acto, mientras su madre gritaba su nombre una y otra vez. Escocía. Escocía mucho.

Se echó el pelo hacia atrás y volvió a apoyar los codos en la barra.

«¿Dónde cojones se ha metido Álex?»

Necesitaba hablar con él, decirle que su vida era una puta mierda, que su padre había vuelto a jugársela, a dejarlo solo, hundido en el puto fango. ¿Qué le iba a decir a su madre cuando, en algún momento de lucidez, le preguntara por él? ¿Que estaba en casa, esperándola, deseando volver a verla? ¡Hijo de la gran puta! Si no veía pronto a Álex iba a explotar. Necesitaba estar con él, necesitaba oírle decir que todo iba a salir bien, que él era capaz de superar toda aquella mierda.

¡Joder! ¿Dónde coño estaba la única persona que necesitaba a su lado en ese momento? Debía de estar trabajando en el hospital. Sí, pobre tío, era un trabajador nato. Más tarde volvería a pasar por su casa. Tal vez lo encontrara durmiendo, pero su amigo iba a comprender que se trataba de una urgencia, que si no hablaban no sabía qué iba a acabar haciendo. Una locura, seguro, porque ahora mismo era incapaz de retener su ira, su rabia contenida desde hacía tantos años; su odio hacia todo ser viviente, odio hacia cualquiera que se acercara a él, odio hacia todo aquel que estuviese viviendo esa puta vida feliz que a él le habían arrebatado. No, ¡qué cojones! Esa vida feliz la había aniquilado él con sus propias manos, en el mismo instante en que soltó la de su hermano y dejó que su alma se disipara en el aire, que su corta vida se evaporara en décimas de segundo y se mezclara con el humo negro que desprendían los tubos de escape de los coches.

—Tu cerveza. —Juan Carlos volvió a acercarse con sigilo, aunque esta vez permaneció a su lado—. ¿Quieres que hablemos de lo que te preocupa?

—Solo quiero emborracharme.

Desapareció de nuevo, pero regresó a los pocos segundos, con un vaso de chupito y una botella de whisky.

—Toma, invita la casa.

Sin dar las gracias, Mario se bebió el contenido del vaso de un trago y expulsó el ardor que le quemaba la garganta.

—Ponme otro —exigió.

Volvió a dejar que el licor le abrasara la poca conciencia que aún permanecía anclada a él. Desde hacía unos dos años había conseguido reducir el consumo de alcohol. Álex y su ascenso habían sido clave para mejorar su vida. Era capaz de permanecer horas y horas sobrio, concentrado en su trabajo, de mantener una conversación larga, sin soltar improperios, sin desvariar en una respuesta... Había logrado ser una persona apta para la sociedad gracias a su amigo, gracias a la única persona que necesitaba a su lado.

Pasaron los minutos y el alcohol fue consumiéndole las fuerzas, los sentidos y la capacidad de raciocinio, pero no la rabia, ni el recuerdo, ni el dolor...

—¡Mira a quién tenemos el honor de ver hoy por aquí! —Le oyó decir a Juan Carlos, aunque continuó con la cabeza gacha y los codos haciendo equilibrios sobre la barra.

En ese instante, algo en su entumecido cuerpo reaccionó. El alcohol aún no había inhibido uno de sus sentidos: el olfato. Y no era el olor de una fragancia o de un cuerpo caliente el que acababa de percibir, sino el olor a sexo, el olor a ella. A Nerea.

—¡Hola, chicos!

Pasó cerca de él, contoneándose de esa forma que lo volvía loco. Llevaba un vestido diminuto, muy ceñido, que marcaba todas sus curvas y dejaba ver su piel morena, tersa. Iba acompañada de un tío alto y corpulento, con americana y pantalón de pinzas. Uno más en la lista de ricachones con los que jugaba Nerea para pasar el rato y sacarles toda la pasta que estuviera a su alcance.

Se sentaron en los sillones del fondo, buscando intimidad. Juan Carlos fue a preguntarles lo que querían tomar y saludó al trajeado estrechándole la mano. Cuando regresó a la barra, parecía ansioso por hablar con Mario.

—Ese es el jugador del Barça que está liado con Nerea, pero, ¡bah!, ni siquiera juega en segunda división.

Mario agitó los hombros haciéndole comprender que aquello no le interesaba lo más mínimo. Por muy jugador de fútbol de segunda o primera división, nadie sabía como él qué le gustaba a Nerea. Y así se lo hizo saber a ella, inquiriéndola con la mirada, con descaro, sin importarle que el imbécil que la acompañaba se percatara del tío que bebía en la barra sin separar los ojos de las piernas y el escote de su novia, mordiéndose los labios hasta hacerse daño. Aquel jugador de pacotilla no se había dado cuenta, pero ella sí. Solo apartaba la vista de Mario para atender a su acompañante y simular que solo él despertaba su atención.

Únicamente necesitó veinte minutos de intensa mirada para que ella se levantara e hiciese lo que él estaba esperando: ir a los servicios. Mario aguardó apenas unos segundos y bajó del taburete para atravesar el local, pasar frente al jugador de fútbol y saludarlo alzando las cejas. ¡Pobre imbécil! Cuando llegó a los servicios, la puerta del baño de chicas estaba entornada y no dudó en entrar y cerrarla tras de sí. Nerea lo esperaba de pie, apoyada sobre las baldosas de la pared, con el pecho agitándose y recorriendo con la lengua el labio superior. Mario se abalanzó sobre ella como una fiera que necesita hincarle los colmillos a su víctima, descuartizarla y devorarla hasta colmar su apetito más primitivo. Le lamió, mordió y chupó los labios, el cuello, los pechos, incitado por la musicalidad de sus jadeos.

—Mario, que está al otro lado de la pared, nos va a oír —murmuró Nerea entre gemidos de placer, como si realmente le importase que su acompañante oyera sus gritos.

—Pues no gimas, joder... —le recriminó él mientras se bajaba la cremallera del pantalón y se colocaba un preservativo.

La penetró sin miramientos, con fuerza, como a los dos les gustaba, sin compromisos, solo por puro placer, salvaje, rudo, liberador. Para evitar que Nerea los delatara con sus alaridos, Mario le tapó la boca con una mano mientras con la otra le sujetaba las nalgas, elevándola y haciendo que las embestidas fueran más profundas. La hebilla del cinturón de él golpeaba las baldosas. La espalda de ella sacudía la pared; con las palmas de las manos intentaban amortiguar la brusquedad de las acometidas. Las gotas de sudor de él humedecían la frente de ella. Los ojos cerrados. La excitación de lo prohibido. El olor a sexo.

Después de una eternidad de embates y jadeos reprimidos, Mario aprisionó con su peso el desmadejado cuerpo de Nerea, esperando a que la respiración de ambos volviera a su ritmo habitual.

—Deshazte de ese capullo —le susurró al oído.

41

Cat

Todo estaba siendo tan idílico que Cat se sentía abrumada y, a la vez, aterrada. Álex había sabido calmar su nerviosismo, mostrándose afable, seguro de sí mismo y contagiándole esa fuerza que desprendía con sus palabras y con sus actos. Incluso hablar de sus padres con él había resultado reconfortante, a la vez que revelador. Se había prometido a sí misma que sortearía esos temas para evitar que él conociera la verdad. Aún no estaba preparada para permitir que nadie traspasara ese velo tras el cual se ocultaba la auténtica Cat, la que en ese momento solo era una sombra invisible, como cuando era una adolescente, desterrada de un mundo que la ignoraba.

Devoraron los platos con entusiasmo, entre sonrisas y bromas. Álex había resultado ser mucho más divertido de lo que ella imaginaba y, con su conversación, Cat estaba permitiendo que las risas fluyeran despreocupadas.

Tal vez demasiado.

—¿Vas a explicarme, por fin, cómo te convertiste en fan de los AC/DC y qué tiene que ver Mozart en todo esto? —preguntó Álex mientras vertía azúcar sobre su café.

—¿Cómo sabes lo de Mozart?

Álex sonrió ante su cara de desconcierto.

—En el banco de sangre, el día que nos conocimos, pensabas que hablabas con Belén y le prometiste que se lo explicarías la próxima vez que fueras a donar. —Él guiñó un ojo y ella se sonrojó.

—Es cierto, no lo recordaba.

—¿Me lo cuentas? —La expresión de súplica de Álex despertó una risa tímida en el rostro de Cat, aunque aceptó sin dudar.

—Cuando Óscar y yo nos fuimos a vivir con mi tía Carmen, Paul acondicionó el desván para convertirlo en mi habitación. Yo entonces no era demasiado amante de la música, me gustaban las canciones pop del momento, pero no era de esas chicas que tenían las paredes forradas con los pósteres de sus grupos favoritos. Pocos días después de mudarnos, me di cuenta de que todas las noches, entre las nueve y las once de la noche, el vecino de la casa de al lado subía a su desván y escuchaba música clásica. Al principio no me molestaba, pero después de dos meses ya me sabía la Marcha Turca y la Sinfonía 40 de memoria. —Álex arrancó a reír—. Empecé a odiarlas. Una noche tras otra, una y otra vez. ¡Sonaban en bucle! ¡Yo creía que iba a volverme loca! —exclamó Cat, con las manos en la cabeza—. Así que un día decidí acercarme a la única tienda de discos que había en el pueblo. Era una tienda de esas antiguas, con las paredes forradas de madera y ese olor tan peculiar a barniz y a humedad. Me atendió un señor muy amable. Le pregunté si le gustaba la música clásica y me mostró toda su colección de discos de vinilo. Según él, la música clásica era «la mayor obra de arte creada por la humanidad». Después de escucharlo hablar sobre Beethoven, Mozart y no sé cuántos compositores más, le pregunté qué tipo de música odiaba. Se acercó a una esquina de su establecimiento y me mostró la única recopilación de música moderna que vendía en su tienda. Afortunadamente, para mí, eran cintas de casete y no discos de vinilo. Le pedí que me dijera cuál de ellos no soportaba escuchar y me sacó un álbum de AC/DC.

—¿En serio?

—*Black in Black*. Me comentó: «Esta música no es producto de la humanidad, sino del mismo diablo».

—¿Eso te dijo? —preguntó Álex, incrédulo y entre risas.

—Palabras textuales. Le compré la cinta, por supuesto.

—Y la pusiste a la misma hora que tu vecino.

—A todo volumen. —Los dos volvieron a reír, sin dejar que sus ojos perdieran el contacto—. Al principio a mí tampoco me gustaba, pero poco a poco fui descubriendo que aquella música, aquel ritmo, las cuerdas de la guitarra, la voz... me fascinaban. Un mes después, volví a la tienda para comprar todos los discos que tuviera de la banda.

—El hombre se escandalizaría.

—Espera, que aún no te he contado lo mejor. —Álex abrió más los ojos, intrigado y expectante—. Fui directa al espacio donde aquel señor arrinconaba la música que, según él, había sido creada por el mismísimo diablo y encontré los álbumes *For Those About to Rock* y *Flick of The Switch*. Me hice con ellos y los llevé al mostrador para pagarlos. Cuando se los enseñé, me dijo: «Te los vendo con una condición». Puse cara de sorpresa y él me sonrió, me guiñó un ojo y me dijo: «Por favor, muchacha, deja de poner esa música infernal por las noches, estás volviéndome loco».

—¿Era tu vecino?

—El mismo que subía a su desván todas las noches a leer y escuchar música, convencido de que allí no molestaba a nadie. ¡Pobre Tomás! A partir de aquel día los dos dejamos de martirizarnos mutuamente con la música. Yo me compré unos *walkman* y él unos cascos.

—Al final hiciste un amigo gracias a Mozart.

—Y conocí a los AC/DC... Luego seguí con Metallica, Guns N' Roses, Nirvana... La música ha sido y es la mejor terapia para mí. Me ha ayudado mucho a superar momentos difíciles... —Los ojos de Cat se ensombrecieron y desvió la mirada para no mostrar su debilidad ante Álex.

—Todos hemos usado la música como vía de escape en algún momento de nuestra vida. Yo también pasé una época complicada hace unos años y el rock fue mi mejor refugio —añadió él—. Y hablando de rock, deberíamos irnos ya. Falta poco para que empiece el concierto. ¡Por cierto! ¿De verdad es tu primera vez?

Cat asintió algo avergonzada. Tenía veintisiete años y aún no había vivido la excitación de la primera vez en muchas experiencias que cualquier joven a su edad ya asumía como cotidianas: bailar en un concierto de rock, pasear en bicicleta, viajar al extranjero, marcar un *strike* en una bolera, gritar en una montaña rusa, ser correspondida en el amor y... sentir las caricias de un hombre sobre su cuerpo desnudo.

Aquel pensamiento la perturbó y una corriente de frío le recorrió la columna vertebral. Dejó que su mirada volara hasta posarse sobre la boca de Álex. Unas finas arrugas se le formaron alrededor de la comisura de los labios cuando sonrió. Su sonrisa. Había deseado tantas veces ser la única espectadora de ese maravilloso espectáculo que ahora que estaba frente a él no sabía cómo actuar, cómo contener las ganas de acariciar con los dedos esos labios, recorrer su sonrisa con ellos y cerrar los ojos para percibir mejor el calor de su aliento. Anhelaba con desesperación que fueran esos labios los que se deslizasen por su cuerpo desnudo, que fueran ellos los primeros en conquistar su piel. Pero aquella misma desesperación la estaba arrastrando hacia el bosque oscuro donde se ocultaban sus mayores temores, sus pesadillas, sus recuerdos... Tal vez no había vivido muchas experiencias excitantes y divertidas, pero sí existían otras sensaciones que no eran nuevas para ella: el miedo, la soledad, el desengaño, el dolor.

—Cat, ¿nos vamos? —Álex se había levantado de la silla y la miraba con preocupación—. ¿Estás bien? —Ella no reaccionó, incapaz de mover ni un músculo. Álex volvió a sentarse y depositó una mano sobre el dorso de la suya, que aún reposaba sobre la mesa—. Estás nerviosa por el concierto —afirmó él con fingida seguridad, convencido de que esa no era la verdadera razón de su inquietud—. No debes preocuparte por nada, Cat. Va a ser una experiencia inolvidable. Tú tan solo déjate llevar, disfruta de la música y sé esa chica que aporrea una escoba como si fuese una guitarra.

Cat sonrió y bajó la vista para contemplar que los dedos que le acariciaban la piel eran los de Álex.

«No estoy nerviosa por el concierto, estoy aterrada por lo que tú me haces sentir.»

42

Julián

Muchas palabras podían describir lo que Julián sentía aquella noche, pero, en un inicio, no fue capaz de acertar con el vocablo más apropiado. A su mente habían desembocado diferentes sustantivos, muchos relacionados con la felicidad, la perfección o el amor, aunque decidió ser discreto y quedarse con uno solo: esperanza. Sí, aquella noche la esperanza aporreaba su puerta con tanta intensidad que no iba a tardar en tirarla abajo. Y no estaba dispuesto a retroceder el camino que lo había llevado hasta allí ni a correr en dirección contraria. No. Ya no.

Iba a avanzar, tal vez de forma demasiado apresurada, quizá tropezando con una de las tantas piedras que dificultaban el camino, pero nada de eso lo iba a frenar.

Y si durante la cena ya había recorrido una larga distancia, cuando acompañó a la mujer de la que se estaba enamorando hasta la puerta de su casa y ella lo invitó a subir, la línea que marcaba la meta le hizo agilizar el paso.

—¿Te apetece tomar algo? —preguntó Bárbara, visiblemente nerviosa, mientras abría la puerta del frigorífico y rebuscaba en su interior—. Lo siento, no suelo comprar cervezas. Solo tengo limonada, agua y leche.

Julián sonrió desde el salón. Esa noche no iba a beber ni una gota de alcohol que pudiera ensombrecer una velada perfecta.

—Tranquila, un vaso de agua estará bien.

Mientras oía los pasos de Bárbara en la cocina, Julián se aproximó a un armario del salón, donde se escondía un tocadiscos de los años sesenta. Abrió la puerta acristalada y levantó la tapa de plástico que lo protegía del polvo.

—Era de mi padre —explicó Bárbara, que acababa de acceder al salón—. Es lo único que todavía conservo de él.

—¿Puedo? —preguntó Julián, señalando unos discos de vinilo.

—Claro, por supuesto —le permitió ella mientras depositaba los vasos de agua sobre una mesa pequeña, frente al sofá de tres plazas que ocupaba la mitad de la estancia.

Julián movió uno a uno todos los discos, recordando algunos grupos musicales que habían acompañado su juventud, pero le llamó la atención uno más reciente: el disco de una cantante cuya voz le había resultado demasiado romántica para su estado emocional de los últimos años, pero que en aquel instante encajaba en su vida como si una de aquellas canciones la hubiesen compuesto para ellos. Sacó el disco de su funda, lo colocó sobre el plato giratorio y elevó el brazo metálico para después dejarlo caer, con precisión, hasta que la aguja acarició los primeros surcos.

Los suaves toques de las baquetas sobre el timbal de la batería dieron inicio a la canción. La melodía invadió el diminuto salón y Bárbara cerró los ojos al sentir la voz ronca del cantante susurrarle al oído.

—¿Te gusta Sade? —quiso saber.

—No la conozco, pero he oído alguna de sus canciones en la radio y su música me ha parecido perfecta para bailar.

—¿Bailar?

Bárbara lo miró sorprendida y abrió más los ojos cuando vio que Julián se acercaba a ella con pasos sosegados y esa mirada intensa que vivificaba todos los receptores sensoriales de su piel. Acercó la mano a la de ella y la guio hasta el espacio que quedaba entre la mesa y el armario.

Julián, con el corazón embravecido y la seguridad de aquel chico que fuera años atrás, le sujetó la cintura con la mano derecha y la acercó a él hasta derribar el vacío que los separaba. Con los dedos entrelazados a los de Bárbara, alzó la mano izquierda y la dejó apoyada sobre su pecho, a escasos centímetros de sus latidos. Los latidos acompasados que ella percibió tras la tela de la camisa. Bárbara llevó la mano que tenía libre sobre el hombro de él y la dejó caer con timidez. Julián notó su nerviosismo y comenzó a balancearse suavemente, acunándola contra su pecho, dándole el tiempo que ella necesitaba para amoldarse a su cuerpo, para compartir su calor. La respiración de ella se fue relajando y durante unos minutos se mecieron el uno al otro, con la barbilla de él descansando sobre la frente de ella y la mano masculina custodiando la espalda de Bárbara.

Continuaron danzando, arrullados por la voz de Sade, hasta que Julián se inclinó con delicadeza, le acarició con la mejilla la sien y acercó los labios al oído de Bárbara.

—A tu lado me siento fuerte, capaz de luchar por recuperar las ganas de vivir. Solo deseo llegar a ser algún día un hombre digno de ti y dedicar el resto de mis días a hacerte feliz.

Esperó la reacción de Bárbara durante unos segundos, pero ella parecía calmada; continuaba apoyada sobre su pecho, percibiendo con la palma de la mano las palpitaciones de su corazón, que se agitaba enloquecido.

—¡Qué bonito! ¿Entiendes el inglés? —Bárbara se separó unos centímetros para buscar los ojos de él y, al verlo ceñudo, se quiso explicar—. Como has dicho que no conocías a la cantante, he pensado que estabas comprendiendo lo que decía. ¡Cómo me gustaría saber idiomas!

Julián, que durante unos segundos no había sido capaz ni de respirar, comprendió lo que había sucedido y, después de inspirar con fuerza, miró a Bárbara con una sonrisa.

—No entiendo el inglés y no estaba traduciendo la letra de la canción.

Bárbara, al percatarse de su estupidez, abrió la boca sorprendida y se separó de Julián, como si huyera del calor que estaban compartiendo. Él contempló su rostro enrojecido y rio cuando ella se cubrió las mejillas con las manos.

Estaba preciosa.

—Yo... Perdona —trató de disculparse con la voz rota.

—No pasa nada, tranquila.

Julián, con el deseo contenido de volver a sentirla entre los brazos, respetó la distancia que ella guardaba entre ambos, pero, incapaz de desprenderse de su calor, alzó las manos hasta alcanzar las de Bárbara y separarlas de su rostro, aún azorado por la vergüenza. Ella dejó caer los brazos a cada costado del cuerpo y se quedó presa en la intensa mirada del hombre calmado que parecía estar a punto de estallar en pedazos.

Él continuó admirándola hasta que dirigió de nuevo la mano a una de las mejillas de Bárbara. Deslizó la aspereza de la yema de los dedos hacia la barbilla y el cuello, lentamente, acabando sobre la pequeña porción de escote que mostraba la camisa. El pecho de Bárbara se agitaba con celeridad. Sin embargo, no apartó la mirada de él, de sus ojos negros, de su serenidad. Con sus dedos aún inmóviles sobre la suave piel, Julián alzó la vista para buscar su mirada, en una pregunta muda que ella comprendió a la perfección.

Avanzó un paso e inclinó la cabeza despacio, hasta que sus labios se encontraron con los de ella. Y la besó. La besó con extrema delicadeza. Un beso casto. Un beso que no pretendía ser el preludio de nada más. Un beso que solo buscaba otro beso. Ella respondió como él anhelaba, con otro roce sobre sus labios, con otra caricia sobre la única parte de sus respectivos cuerpos que los unía.

Ninguno de los dos supo en qué instante aquellos besos inocentes se colmaron de una pasión abrumadora. Ninguno de los dos supo cuándo los brazos del otro le rodearon el cuerpo, ni quién fue el primero en buscar el tacto de la piel bajo la camisa. Y ninguno de los dos supo qué decir cuando, casi sin respiración, se miraron a los ojos, minutos después de aquel primer beso.

—Trabajas mañana... —afirmó Julián con la voz cargada de deseo—. ¿Quieres que me vaya?

Bárbara, con los labios enrojecidos y las pupilas dilatadas, movió la cabeza de lado a lado.

—Quédate... —susurró.

43

Álex

Después de atravesar la gran puerta de hierro que daba acceso a la sala de conciertos, Cat y Álex dejaron sus anoraks en el guardarropa que se ocultaba tras un mostrador. Entraron en silencio, atónitos y con la boca entreabierta. El recinto había sido una fábrica textil y las vigas de hierro oxidado continuaban soportando el peso de las paredes, altas, robustas y de color negro, con instrumentos musicales pintados en blanco. El escenario se encontraba a la derecha, con un metro de elevación respecto al suelo. El concierto aún no había comenzado, pero un grupo numeroso de personas ya aguardaba a los pies del escenario, moviéndose al ritmo de una canción de Queen.

—¿Habías estado aquí alguna vez? —preguntó Cat, tras estirar el cuello y acercarse a la oreja de Álex.

—No. —Él aprovechó la ocasión que ella le regalaba para hundir la nariz en su cabello y olerlo—. La sala es amplia y el escenario también. Esperemos que haya una buena acústica. —Se separó unos centímetros y la miró a los ojos—. ¿Pedimos algo? —preguntó, tras señalar la barra, situada al final de la sala.

Después de que asintiera, Álex posó una mano sobre la espalda de Cat para que lo acompañara hacia el bar. Iba a dejar de acariciarla después de unos segundos, pero fue incapaz de hacerlo; la necesidad de tocarla cada vez se hacía más insoportable y se negó a desperdiciar la oportunidad. Cuando llegaron a su destino, el brazo de él casi rodeaba la cintura de ella y solo se separaron cuando ambos ocuparon dos taburetes altos. Pidieron unas cervezas y permanecieron en silencio, contemplando el escenario a lo lejos.

Los músicos aparecieron bajo los focos y Álex miró a Cat de soslayo. La excitación le había provocado un brillo especial en los ojos y pensó que parecía una niña pequeña, balanceándose en un columpio por primera vez, entusiasmada e inquieta ante el recelo a lo desconocido. Los instrumentos comenzaron a emitir la melodía que daba inicio a una de las canciones más míticas de los AC/DC y Álex creyó percibir una capa de humedad rodeando sus ojos negros.

Durante una eternidad admiró ensimismado su perfil, preguntándose por enésima vez qué le estaba haciendo aquella chica, qué botón había pulsado ella para permitirle acceder a su corazón, para olvidar el desengaño que lo había apartado de cualquier relación amorosa y para que confiara en ella, a pesar de no conocerla. ¿Qué poder la hacía capaz de asaltar sus trincheras y dejarlo a la intemperie, sin fuerzas para seguir protegiéndose? Y esa capacidad de sorprenderlo era, sin duda, su mejor arma: su inocencia convertida en inteligencia, su sonrisa asomando tras su rostro triste, su fuerza interior pidiendo a gritos ser liberada de aquello que la retenía y no la dejaba ser ella misma. Lo que daría por destapar ese misterio, por tenerla desnuda ante él.

Decidido a pisotear las barreras que lo separaban de la verdadera Cat, Álex bajó del taburete y se situó frente a ella. Estiró la mano, tomó la suya y la animó a dejar la botella de cerveza sobre la barra.

—Vamos —propuso él.

—¿Adónde? —preguntó ella, sin poder evitar que Álex le tirase de la mano y comenzaran a caminar.

—Cerca del escenario.

—No. —Cat intentó retroceder, pero él no se lo permitió—. Me da vergüenza.

Álex se giró y se inclinó para hablarle cerca del oído. Aspiró de nuevo su fragancia y continuó con voz ronca.

—Si hay riesgo, hay aventura... —Se aproximó más a su cuello, hasta casi rozarlo con los labios—. Cat, sé tú misma, solo te pido eso, lucha contra todo lo que te impide ser tú...

Ella cerró los ojos y emitió un suspiro emergido desde el alma, comprendiendo sus palabras y temiendo sucumbir a ellas.

Temiendo sucumbir a él...

—Cat. —Cuando ella volvió a abrir los ojos, el iris castaño de Álex la penetraba con intensidad, muy cerca del rostro—. No lo pienses, solo hazlo...

Ella miró a su alrededor. Estaban ya a muy pocos metros del escenario, rodeados de centenares de personas, todas moviéndose de forma descontrolada. Unos gritaban alzando los brazos con los puños apretados o las manos abiertas; otros tocaban una guitarra imaginaria sobre el vientre; cabellos largos girando sobre sí mismos, cabezas agitándose con frenesí, pulseras de cuero, pañuelos negros, calaveras tatuadas, frentes sudadas, olor a tabaco y a alcohol.

—Baila. —Él volvió a acercarse a su oreja.

—Está bien, pero no quiero que me mires... —susurró ella.

Álex rio echando la cabeza hacia atrás.

—No me pidas un imposible, Cat. Hace semanas que mis ojos no pueden contemplar a nadie más cuando estás frente a mí, y ni siquiera tú vas a impedir que disfrute del espectáculo.

Ella tragó saliva y él dio un paso hacia atrás. Cat alzó la mirada y sonrió al ver cómo él comenzaba a agitar la cabeza al ritmo de la música. Álex le guiñó un ojo y ella se atrevió a mover las caderas. Ruborizada, se mordió el labio inferior y él necesitó tragar saliva. Álex rasgó las cuerdas de una guitarra sobre su abdomen y ella permitió que dos mechones le cubrieran el rostro, balanceándose al ritmo infernal que marcaba el repicar de las baquetas.

Los primeros acordes de *Highway To Hell* comenzaron a sonar. Cat alzó los brazos y, con los ojos cerrados, empezó a agitar la cabeza de arriba abajo, una y otra vez.

—*Highway to hell* —gritaron los dos a la vez.

—*Highway to hell* —centenares de personas a su alrededor vociferaron a coro, como si respondieran a sus gritos.

—*Highway to hell.* —La voz del cantante era áspera, ruda y tronaba entre aquellas paredes negras como si fuera una batuta, guiándolos, instándolos a más...

—*Highway to hell* —Cat y Álex volvieron a gritar, mirándose fijamente, sin dejar de agitar la cabeza de forma desbocada.

A partir de entonces, la lógica y el sentido común desaparecieron, dando paso a la enajenación, a la pasión... al heavy metal. Saltaron, bailaron, chillaron, cantaron, se abrazaron a desconocidos, rieron, se susurraron al oído la letra de las canciones y alzaron los brazos al mismo ritmo que lo hacían todos los que allí permitían que el rock gobernara sus actos. Sin pudor, sin barreras que les impidieran dejarse llevar, sin obstáculos, sin miedo a las consecuencias.

Durante aquella hora de baile descontrolado, Álex había sido incapaz de cerrar los ojos y perderse una pizca de aquel maravilloso espectáculo: la esencia de Cat.

Ella.

Solo ella.

Y sus risas. Risas alimentadas desde el interior, puras y sinceras.

Solo ella.

Cat.

—Me lo estás poniendo muy difícil... —murmuró él en su oído, mientras ambos se inclinaban hacia adelante e imitaban al guitarrista del grupo.

—¿Yo? —preguntó ella, sin poder parar de reír.

—Quería controlarme —Álex dejó de bailar y se aproximó más a Cat, hasta situarse muy cerca de ella—, pero me lo estás poniendo muy difícil para no besarte esta noche.

Ella abandonó sus movimientos y se quedó inmóvil ante él, con los ojos bien abiertos y algunos mechones negros cubriéndole el rostro, empapados por el sudor. Álex atrapó uno de ellos con los dedos y lo situó detrás de su oreja de forma pausada, sin dejar de bucear en aquellas dos peceras negras que lo miraban con la misma intensidad con que lo hacía él. Sus dedos viajaron audaces por el cuello de Cat, ascendieron con osadía hacia sus mejillas y se posaron, atrevidos, sobre su labio inferior. Ella entreabrió la boca y él inclinó la cabeza. Unos centímetros más y aquellos labios serían suyos. ¡Por fin! Pero cuando apenas se rozaban, una mano tiró del brazo de Cat y el embrujo que los había embriagado desapareció.

Álex cerró los ojos con resignación y volvió a abrirlos para ver cómo el cantante y uno de los guitarristas del grupo arrastraban a Cat al escenario junto con otra pareja. Ella lo miraba con sorpresa, aunque sin abandonar la sonrisa. Una vez arriba, los instaron a agitar la melena, haciéndola girar, mientras el público los vitoreaba. Él no pudo evitar arrancar a reír, al ver que Cat había desarmado su vergüenza y se entregaba a la aventura, al riesgo. Recordó por un instante a la chica que cantaba *T. N. T.* mientras donaba sangre y las palabras que le dijo a su compañera Belén: «Una donante pura dinamita». Esa era ella: Cat, pura dinamita.

La buscó con la mirada cuando por fin dejaron de balancear la cabeza. La encontró más hermosa que nunca. Con el cabello alborotado, la tez enrojecida, los ojos con un brillo único y esa sonrisa. La misma sonrisa que creyó haber recordado el primer día que la vio, en casa de su tía. Aquel gesto que le hizo dudar si no la había visto antes en sus sueños.

Álex se acercó al escenario y Cat caminó en su dirección, mostrándole esa misma encantadora sonrisa que le aceleraba los latidos.

Estiró los brazos hacia ella, para sujetarla por la cintura y ayudarla a bajar.

La canción *Nothing Else Matters,* de Metallica, empezó a sonar. Cat se apoyó en sus hombros para no perder el equilibrio y él fue haciéndola descender poco a poco, sin dejar de contemplar sus ojos negros.

So close, no matter how far, couldn't be much more from the heart.
Forever trusting who we are and nothing else matters.
(Tan cerca, no importa lo lejos que estemos, no puede haber mucha distancia desde el corazón.
Siempre confiaremos en quienes somos y no importa nada más.)

Mientras seguía deslizándose sobre el cuerpo de él, Cat aprisionó entre los dientes una pequeña porción de su labio inferior y Álex, sin perder detalle de aquel gesto inocente, la acercó más a él, hasta que no hubo espacio entre ambos, hasta confundirse el uno en el otro.

Sintió la respiración entrecortada de ella sobre la nariz al hacerla bajar. Inspiró con fuerza, hasta llenar los pulmones de oxígeno, preparándose para sumergirse en la humedad de aquella boca tan ansiada. La había deseado desde que la vio por primera vez. Y, por fin, cuando sus labios se alinearon, los atrapó con premura, besándola como jamás había besado a una mujer, aniquilando cualquier resto de duda, de temor. Entregándose por completo. Se adueñó de sus labios con una pasión enloquecedora y su lengua se volvió más audaz cuando ella le dio paso; cuando, enredando los brazos en el cuello de él, lo aceptó, marcando así el inicio de un fin.

Continuaron abrazados en medio de la pista, rodeados de desconocidos, ajenos a lo que sucedía a su alrededor, separando los labios apenas para respirar o rozar con delicadeza la punta de una nariz con el calor de una mejilla. Se miraban y volvían a cerrar los ojos para perderse de nuevo en el interior del otro. Álex no había soltado la cintura de ella y Cat se sostenía de puntillas, aferrándose a su cuello, como si aquel asidero la salvase de la muerte y la devolviera a la vida.

La balada de Metallica finalizó y la siguiente canción levantó al público de su ensoñación para volver a los saltos y a los gritos. Álex, tras recibir el segundo empujón, se separó a regañadientes de la boca de Cat.

—Salgamos de aquí. —La cogió de la mano y fue sorteando la avalancha de gente que se acercaba al escenario hasta conseguir llegar a la zona del bar donde poco antes habían estado sentados.

Encontró un taburete alto al final de la barra, sujetó a Cat por la cintura, la sentó frente a él y se colocó entre sus piernas. Acto seguido, llevó las manos a su cuello y la acercó a él, despacio, hasta que sus labios se rozaron. Los acarició con los suyos y su calor hizo estremecer a Cat.

—Déjame llegar hasta ti... —susurró Álex, separándose de su rostro apenas unos centímetros y buscando la luz de esos preciosos ojos negros que se abrían ante él.

—Tengo miedo —murmuró ella.

—Lo sé... —Volvió a acercarse, la besó en los labios con suavidad y continuó susurrando—: Pero puedes confiar en mí.

—Dame tiempo —dijo Cat, y cerró los ojos al sentir los dedos de Álex acariciándole las mejillas.

—A partir de ahora, tú eres la única dueña de mi tiempo.

Cat abrió de nuevo los ojos y clavó las pupilas en las de Álex. Él había apoyado la frente sobre la de ella y la miraba con intensidad. Con esa intensidad que la derrotaba, que era capaz de derrumbar todas las murallas y dejarla expuesta a él.

Álex volvió a aproximar los labios y la besó con una calma difícil de contener. La deseaba. La deseaba como no recordaba haber deseado jamás a una mujer. Sin embargo, debía controlar sus ganas y darle ese tiempo que ella precisaba.

—Debería irme. —Ella se separó apenas unos milímetros, buscando su mirada—. No estoy cómoda sabiendo que Óscar está solo en casa.

—¿Ya? —preguntó Álex, arrugando la nariz en un gesto que hizo sonreír a Cat—. Cinco minutos más...

—¿Diez? —sugirió ella.

Álex sonrió sobre sus labios y continuó besándola, dispuesto a aprovechar al máximo cada décima de segundo. Cat rodeó con los brazos el cuello de él y permitió que las piedras que constituían una de las murallas comenzaran a desintegrarse con el calor de sus dedos, con Álex abriéndose paso.

Varios minutos después e infinidad de besos más tarde, abandonaron la boca del otro con resignación.

—¿Nos veremos mañana? —preguntó Álex mientras volvía a sujetar la cintura de Cat para bajarla del taburete.

Ella asintió con seguridad, pero cuando Álex iba a proponerle un restaurante para cenar juntos, recordó que la noche siguiente se celebraba el ansiado encuentro de exalumnos del instituto. Ansiado para algunos de los organizadores, como su amigo Mario, aunque para él aquella celebración distaba mucho de ser agradable.

—¡Joder! Lo había olvidado. Por la noche tengo planes. Pero podríamos vernos por la tarde y hacer algo con Óscar... Hoy se ha estrenado en el cine una película que él quería ver. Si te apetece podíamos ir los tres.

—Me parece bien.

Sin poder creer que acabara de hacer planes con Cat, y con una expresión bobalicona en el rostro, Álex tomó la mano de ella, entrelazó los dedos y se abrió paso entre la multitud para salir de la sala. Pidieron sus anoraks y se los pusieron antes de atravesar el portón de hierro. Una vez fuera, sin permitir que Cat apreciara el frío de la noche e incapaz de continuar separado de ella, la aprisionó entre la pared de la fachada y su cuerpo, para volver a usurpar sus labios con una pasión desmedida. La besó con vehemencia, con hambre, controlando el arrebato de echársela a la espalda y llevársela a su casa para demostrarle sin palabras cómo, incomprensiblemente, estaba aniquilando todo su autocontrol.

Sin embargo, aquella voz pastosa, áspera e inconfundible, que tantas veces le había hablado con torpeza debido a las drogas y al alcohol, disipó por completo el halo de deseo que los envolvía.

—¡Coño! ¡Pero mira quién está aquí comiéndole la boca a una tía!

Álex cerró los ojos mientras daba un paso hacia atrás, separándose de los labios entreabiertos de Cat. Se dio media vuelta y alzó los párpados con pesadez, retardando así la visión que desde hacía meses había conseguido evitar: su amigo completamente borracho o transformado por las drogas.

—¡Álex, cariño! —Esa voz femenina... Si había algo peor que ver a Mario en aquel estado era encontrarlo preso entre las zarpas de aquella arpía—. ¿No vas a darle un beso a tu novia?

Como tantas veces, Álex sintió un latigazo de angustia en el estómago al sentir el aliento alcoholizado de Nerea acercarse a sus labios.

—¡Nerea, por favor! —Con repugnancia, la apartó a un lado para buscar los ojos de Mario—. ¡Joder, tío! ¿Qué cojones estás haciendo?

—¿Yo? —respondió su amigo, mientras caminaba hacia ellos de lado a lado—. ¿Y tú? ¿No estabas en tu casa? ¿Qué coño haces con esta...? —Mario arrugó los ojos y se acercó a Cat con curiosidad—. ¿La conozco?

Con un rápido movimiento, Álex llevó un brazo hacia atrás y rodeó la cintura de Cat para ocultarla tras su espalda.

—No, no la conoces. —Con un manotazo en el hombro, Álex apartó a su amigo de Cat, pero él insistió—. ¡Mario, deja de hacer el gilipollas!

—Tiene buen culo...

Álex apretó los dientes con rabia y frustración. Detestaba esa versión de su amigo, esa contra la que tantas veces había tenido que luchar a puñetazos hasta conseguir ahuyentarla. Miró a su lado derecho cuando las carcajadas de Nerea le recordaron quién era la culpable de que esa versión de él reapareciera. La odiaba con todas sus fuerzas. Odiaba su recuerdo, su voz, sus risas, su presencia. La sola mención de su nombre le resultaba nauseabunda.

—¡Mira cómo corre la perrita! —gritó ella entre risas.

No supo a quién se refería hasta que un aguijonazo en el pecho le hizo temer lo peor. Se dio media vuelta y maldijo entre dientes cuando vio a Cat caminar apresuradamente, esquivando los coches que circulaban por la carretera para cruzar la calle.

—¡Mierda!

Empezó a correr tras ella, sin importarle que Mario gritara su nombre para hacerlo volver.

—¡Déjala que se vaya! —Lo oyó berrear.

«¡Maldito cabrón!», pensó, mientras sorteaba a un grupo de jóvenes que caminaba en dirección contraria. Estiró el cuello y pudo ver la silueta de Cat desapareciendo al girar una esquina. Cuando llegó al final de la calle, descubrió afligido que ella se acercaba a una parada de taxis, donde un conductor ya la aguardaba abriendo la puerta del vehículo.

—¡Cat! —gritó su nombre, pero ella aligeró el paso—. ¡Cat! ¡Espera!

En dos zancadas, Álex consiguió alcanzarla justo antes de que se adentrara en el coche. La sujetó por los hombros y la obligó a girarse para hablar con ella. Sin embargo, cuando se fijó en su rostro, la soltó impresionado. Su tez había emblanquecido de golpe, sus mejillas estaban empapadas de lágrimas y el pavor que proyectaban sus ojos dejó a Álex paralizado. Bajó la vista y pudo comprobar que se sujetaba con fuerza la muñeca izquierda, cubierta por las pulseras de colores.

—¡No vuelvas a acercarte a mí! —suplicó Cat entre sollozos.

—Pero ¿por qué? ¿Por esos dos gilipollas? Si estaban borrachos, no sabían lo que decían...

—No puedo... No puedo volver a pasar por lo mismo, otra vez no... —susurró ella mientras intentaba girarse para sentarse en el vehículo. Álex la sujetó de nuevo para impedírselo.

—Disculpe, joven, pero la señorita le ha dicho bien claro que la deje en paz. —La voz amenazante del taxista hizo que Álex soltara a Cat y diese un paso hacia atrás.

—Cat, por favor, hablemos, no te vayas.

—Olvídate de mí —sentenció ella antes de cerrar la puerta del vehículo.

44

Óscar

Óscar acababa de dejar sobre la mesita de noche un libro del que apenas había podido leer unas páginas. No se había quitado de la cabeza la idea de que su hermana y Álex salieran juntos, la posibilidad de que su mejor amigo formara parte de su pequeña familia y de que Cat, por fin, pudiera sonreír. Porque, aunque su carácter era amargo y la relación de hermanos no era la ideal, para Óscar, Cat era la persona más importante en su vida. Ella y su tía Carmen siempre fueron lo más parecido a una madre, y desde que habían vuelto a la ciudad y los dos vivían solos, Cat había pasado a ser su mayor apoyo. Ella y su padre, porque aunque su cercanía le había faltado durante años, en pocos meses la relación entre ambos se estaba estrechando tanto que parecían haber recuperado ya todos aquellos años perdidos.

Volvió a sonreír pensando en Álex y en cómo, en pocas semanas y a pesar de las evasivas de su hermana, había conseguido una cita con ella. ¡Increíble!

Apagó la luz de la lamparilla de noche y cerró los ojos. Sin embargo, no tardó en volver a alzar los párpados cuando la puerta del apartamento se abrió. Oyó los pasos de Cat y el portazo que la encerró en su habitación. Cerró los ojos de nuevo para intentar dormir, pero su intuición le advirtió que algo no funcionaba bien. Algo no encajaba. Su hermana no se había acercado a su dormitorio para comprobar si él estaba acostado, tampoco había entrado en el lavabo, ni tan siquiera había pasado por el salón para dejar el bolso o el anorak. Abrió los ojos e intentó aguzar el oído para concentrarse en lo que estuviera sucediendo al otro lado de la pared.

Hasta que un leve gemido lo alertó. Se levantó de la cama y caminó descalzo hasta la puerta de la habitación de su hermana. Todas las luces del piso estaban apagadas, pero encendió la lámpara situada sobre la cómoda del salón.

—Cat... —susurró, apoyado en la puerta de su dormitorio—. ¿Estás bien?

Ella no respondió, aunque un sollozo animó a Óscar a abrir la puerta. Gracias a la tenue luz de la lámpara, pudo distinguir el cuerpo de su hermana tumbado sobre la cama. Continuaba vestida y no se había cubierto con el edredón. Se acercó sigilosamente, mientras intentaba distinguir la expresión de su rostro con la escasa luz. A medida que se aproximaba a ella, sus pupilas se fueron acostumbrando a la semioscuridad que cubría el dormitorio y, cuando ya estaba a pocos pasos de su hermana, reconoció el terror en sus ojos. Estaban abiertos y perdidos en un punto de la habitación, ausentes, idos...

—Cat, ¿qué te pasa?

Impresionado, recorrió la distancia que los separaba y se sentó sobre el colchón. Solo entonces se percató de la posición en la que su hermana se había acostado: con las piernas encogidas, las rodillas clavadas en el pecho, rodeándolas con los brazos, como si con ellos pretendiera formar un escudo protector. No se había quitado el anorak, ni los zapatos, incluso el bolso continuaba colgado de su hombro.

—¿Qué ha pasado, Cat? Me estás asustando.

No respondió. Seguía abstraída, con los ojos hinchados del llanto, la mandíbula tensa y el maquillaje formando un reguero negro sobre las mejillas. Óscar empezó a preocuparse. No sabía a qué número de teléfono llamar para que acudiese un médico, así que la mejor opción era pedirle ayuda a su padre. Se levantó de la cama, decidido a llegar hasta el salón en busca del teléfono, cuando el timbre del interfono sonó repetidas veces. Se dirigió a la entrada, descolgó el auricular y apenas tuvo tiempo de acabar la pregunta.

—¿Quién...?

—¡Óscar! ¿Ha llegado ya tu hermana? —lo interrumpió Álex, jadeante, como si acabara de correr una maratón.

—Sí, pero ¿qué ha pasado? Parece ida y no para de llorar.

—Abre, tengo que hablar con ella.

Aliviado, Óscar fue a apretar el botón que le daría acceso al edificio, pero una mano trémula sobre el hombro se lo impidió. Tras él, los ojos suplicantes de Cat lo miraban llorosos y tristes.

—No, por favor... —dijo ella en un susurro casi inaudible.

Óscar colocó el auricular en la base colgada en la pared y se olvidó de su amigo.

—¿Por qué lloras? ¿Qué ha pasado?

Cat agachó la cabeza, evitando responder, como tantas veces había reaccionado ante la preocupación de su hermano.

—Cuéntamelo —suplicó él.

—No puedo...

Y allí estaba su escueta explicación. Sus dos únicas palabras. La pared contra la que Óscar se había estado dando cabezazos una y otra vez. La no respuesta que los estaba alejando con el paso de los años.

El timbre del interfono volvió a sonar, insistente, mientras Cat desaparecía tras la puerta de su habitación. El chico descolgó de nuevo el auricular.

—Óscar, ¿qué pasa? ¿Por qué no me abres?

—No quiere hablar contigo.

—¡Joder! Déjame entrar, por favor.

—¿Qué ha pasado?

—No lo sé... De verdad, Óscar, todo iba de maravilla, pero... no estoy seguro de lo que ha sucedido.

—Álex, será mejor que te vayas. No quiere que subas y es tarde.

Se hizo el silencio durante unos segundos, hasta que Álex se acercó de nuevo al interfono.

—Está bien. Mañana te llamo.

Óscar volvió a dejar el auricular en la base y, antes de dirigirse a su habitación, se paró frente al dormitorio de Cat. Su hermana estaba de nuevo tumbada. Se había quitado el anorak y el bolso, pero seguía acostada sobre el edredón sin descalzar. Óscar permaneció inmóvil en el umbral de la puerta, confundido y contagiado por su tristeza. Durante años había optado por dejarla llorar, esperar a que ella acudiera a él y decidiese compartir la angustia que sufría en soledad. Y con el paso de los años se había acostumbrado a sus sollozos nocturnos, a sus ojos tristes, a su dolor. Pero jamás la había visto así, atemorizada y con esa mirada ausente, como si hubiese perdido la razón. Empujado por la imperiosa necesidad de ayudarla, se acercó despacio. Cuando llegó a los pies de la cama, comprobó que parecía más tranquila; había dejado de llorar, pero continuaba en la misma posición fetal, tensa y asustada. La descalzó, la cubrió con el edredón y se agachó frente a ella, apoyando los brazos sobre el colchón.

—Cat —murmuró. Ella no abrió los ojos—. ¿Cómo puedo ayudarte? —preguntó él, mientras acariciaba el cabello de su hermana—.

Sé que estás mal, que a veces lloras por las noches, que algo te hace sufrir. ¿Es por la muerte de mamá? —Cat alzó los párpados y miró fijamente a su hermano—. Nunca me has querido explicar lo que sucedió. Necesito saberlo para entenderte. Si no me lo cuentas, no podré ayudarte. —Ella volvió a cerrar los ojos y él, resignado, decidió no insistir—. Descansa... —susurró mientras se levantaba.

La afilada aguja que le atravesaba el pecho cada vez que veía así a su hermana volvió a clavarse en lo más profundo de su ser, en ese mismo lugar desde donde también surgían las risas cuando la veía sonrojarse o el orgullo cuando ella conseguía cumplir alguno de sus sueños. En ese mismo rincón donde la astilla volvía a desgarrar las esperanzas de verla feliz.

Caminaba arrastrando los pies, atravesando la habitación, abandonándola de nuevo en la soledad de su dolor, cuando la voz entrecortada de Cat lo sorprendió.

—Quédate, por favor.

Nunca le había pedido algo así, pero no lo dudó ni un segundo. Se dio media vuelta, regresó frente a la cama de su hermana y levantó el edredón para tumbarse a su lado. Cat buscó su hombro y Óscar la rodeó con un brazo.

—Gracias —musitó ella.

—Cat, eres mi hermana y me duele verte así.

—Lo sé... —Óscar notó que su cuerpo se encogía y su voz se apagaba con un sollozo. Le acarició de nuevo la cabeza y Cat hundió el rostro en su pecho.

45

Julián

El frío de las baldosas de la estación atravesaba la suela de los zapatos. Julián avanzó unos pasos para acercarse a ella. Estaba de espaldas, a pocos centímetros de la vía, sola, con los brazos caídos y la cabeza gacha. La luz disminuyó su intensidad y sus figuras se perdieron en la penumbra. Continuó caminando, a pesar de que el frío le había entumecido las piernas. Debía alcanzarla, debía llegar a su lado, abrazarla y protegerla. Intentó llamarla, pronunciar su nombre, pero solo fue capaz de exhalar un suspiro congelado por el frío. Siguió avanzando hasta que, a pocos centímetros de ella, estiró el brazo y depositó una mano sobre el hombro de su hija. La niña se dio media vuelta y el padre palideció al verle el rostro ensangrentado. Los brazos, las manos... todo su cuerpo escupía sangre.

—¡Cat, Cat...!

—Julián, Julián... Tranquilo, estabas soñando. —La voz dulce de Bárbara lo hizo regresar de aquella estación y de una de las tantas pesadillas que lo acompañaban por las noches, sobre todo desde que había vuelto a reconocer la tristeza en el rostro de su hija—. ¿Estás mejor?

Julián abrió los ojos y se encontró con los de Bárbara a poca distancia. Estaba aturdido, pero los restos de aquel sueño se disiparon al recordar los besos de la mujer que yacía junto a él, su calor, su cuerpo, sus gemidos... Habían hecho el amor hasta que el cansancio los venció y se durmieron abrazados, susurrándose «buenas noches» entre besos cargados de ternura. Sonrió y llevó una mano a la nuca de Bárbara para acercarla a él y regalarle uno de esos besos que parecían haber inventado ellos.

—¿Estás mejor? —repitió ella.

—Estoy bien, tranquila —confirmó él tras volver a besarla.

—Llamabas a Cat.

—A veces tengo pesadillas con ella...

—¿Son siempre los mismos sueños?

—Muchos de ellos sí.

—¿Cómo son? —preguntó Bárbara—. Si quieres contármelo...

Los labios de Julián se curvaron levemente y se acercaron a los de ella para besarla de nuevo.

—La mayoría de ellos suceden en una estación de tren. Ella está perdida y yo no puedo protegerla. Está lejos y casi no puedo caminar hasta ella, pero cuando llego... su cuerpo está cubierto de sangre. —Julián cerró los ojos en un intento de controlar la emoción que brillaba en sus pupilas.

—¿Sangre?

Él asintió, pero calló. No podía seguir hablando. Temía que Bárbara no lo perdonara, al igual que su hija.

Inclinó la cabeza y buscó sus labios.

—¿Qué hora es? —preguntó él tras un beso fugaz.

—Las cinco. Tengo que ir a trabajar. —Julián levantó la colcha para buscar su ropa, pero ella le sujetó el brazo—. Espera, puedes quedarte si quieres.

—No pasa nada, estoy acostumbrado a madrugar y no quiero imaginar qué pensará mi hermano si ve que no he pasado la noche en mi cama.

—¿Te controla? —preguntó ella sorprendida.

—No —rio él—, solo se preocupa por mí.

La luz del sol aún no iluminaba las aceras y solo el frío y el silencio reinaban en las calles. Hasta que los pasos calmados de dos amantes rompieron aquel sigilo. El golpe de sus zapatos contra los adoquines y el latido salvaje de sus respectivos corazones, aún temerosos de que aquella noche acabara, retumbaban entre las fachadas de los edificios. Julián la miró de reojo, incrédulo, y estiró la mano derecha hasta casi rozar la de Bárbara, con la que deseaba agarrarla, como dos jóvenes enamorados. Pero se contuvo, expectante. Llegaron a la puerta de la panadería y Bárbara se giró hacia él sonriente.

—Gracias por acompañarme.

—Ya sabes que me gusta caminar a tu lado... —dijo él, mirándola con intensidad—. Por cierto, te debo una tarde de cine. —Ella se ruborizó y él supo que ya nada iba a impedir que volvieran a verse—. ¿Te recojo a las seis?

—Perfecto.

Un beso en la mejilla, un dedo rozando una mano, un aleteo de pestañas y un adiós susurrado.

46

Álex

A Álex las noches de guardia siempre le habían resultado arduas, al igual que lo habían sido las horas nocturnas de estudio, previas a los exámenes, pero ninguno de aquellos largos períodos de insomnio podía ser comparable con los transcurridos después de que llegara a casa y el rostro despavorido de Cat se le incrustara en las pupilas, incapaces de reproducir otra imagen más que aquella. Sus preciosos ojos se habían ensombrecido hasta quedar deslucidos, sin ese brillo que le habían mostrado unas horas antes, bajo los focos de aquel escenario, tras su primer beso; la palidez en sus mejillas aniquiló por completo el rubor que había encendido su piel la primera vez que las acarició, tras su segundo beso, y el terror engulló su sonrisa, aquella que dibujaban sus labios, hinchados por la pasión y sonrojados por el roce anhelante de los de él.

Apenas había logrado conciliar dos horas de sueño cuando los primeros rayos de sol atravesaron la persiana del salón, manchando la pared de multitud de rayas blancas, diminutas y desquiciantes. Se había quedado dormido en el sofá después de que dar vueltas sobre el colchón lo dejara extenuado. Se levantó al notar un dolor intenso en la boca del estómago. No supo si se trataba de hambre o de esa nueva molestia que se le había instalado entre el pecho y el abdomen. Se preparó un bocadillo de queso con el pan de la mañana anterior y, tras masticarlo con poco entusiasmo, lo engulló; tal vez así su estómago dejara de quejarse durante unas horas.

De vuelta al salón, se acercó al teléfono, descolgó el auricular y marcó el número de Cat. Ya había esperado demasiado. Necesitaba saber algo de ella. El timbre de llamada sonó numerosas veces hasta que dejó de insistir. Volvió a colocar el auricular sobre la base y regresó al sofá. Se dejó caer en él y solo entonces percibió el mal olor que desprendía su cuerpo.

«Tal vez Cat se esté duchando y Óscar haya salido a comprar el pan. O quizá todavía estén dormidos. O están dentro de la cocina y no han oído el teléfono», pensó, buscando una explicación que calmara sus temores.

Decidido a dejar pasar el tiempo para que este le diera las respuestas que necesitaba, Álex se fue a la ducha. Una vez allí, y mientras permitía que el agua caliente le mojase la piel, recordó de nuevo los labios de Cat. Aquel primer beso, imposible de olvidar. Un beso al que ella no respondió en un inicio, pero que despertó en él un deseo enloquecedor. Cuando Cat por fin reaccionó, dejándose llevar, él supo que jamás olvidaría ese instante, esa primera invasión de su boca y ese estremecimiento de su menudo cuerpo rodeado por sus brazos.

Y haberla sentido de aquella forma y temer que no se repitiera estaba siendo insoportable.

Después de secar con una toalla la humedad de su cuerpo, y mientras se vestía con unos calzoncillos y una camiseta de algodón, el timbre del teléfono empezó a sonar. Salió corriendo al salón y tropezó en dos ocasiones con los muebles que encontró a su paso, ansioso por oír la voz de Óscar. O tal vez la de Cat.

—¿Sí? —preguntó en cuanto se puso el auricular en la oreja.

—Ey, ¿qué haces, tío? —La voz resacosa de Mario era inconfundible.

—¡Ah! Eres tú...

—¿Decepcionado? ¿Esperabas a otra persona? ¿A la chica que se te escapó anoche?

—¡No me toques los cojones!

—Dime que acabaste bien la noche, al menos.

—¡Joder, Mario, no seas cabrón! Te comportaste como un capullo y la asustaste.

—¿Yo? ¿Yo la asusté? ¿Yo me comporté como un capullo? Perdona, Álex, pero fuiste tú el que ayer iba a estar en su casa descansando y al que no encontré ahí porque se estaba dando el lote con una niñata que no es capaz de soportar una broma.

Álex cerró los ojos y apretó los dientes al recordar la conversación que habían mantenido el jueves anterior, cenando en el bar Los Callos. Con la cita de Cat, se había olvidado por completo de la visita que el padre de Mario le iba a hacer al día siguiente. Imaginó que el encuentro no había sido agradable y que la actitud de él durante la noche anterior había sido el resultado de su furia.

—Está bien. Sí, es cierto; no estaba en casa porque había quedado con esa chica. Pero eso no tiene nada que ver con tu comportamiento de anoche. Ibas borracho, dabas asco, Mario, y para colmo estabas con ella... ¡Joder! Y no debiste decir esas estupideces delante de Cat...

—¿Cat?

—La chica que estaba conmigo...

—Solo estaba bromeando, no creo que fuera como para salir corriendo.

Aunque no lo verbalizara, Álex pensó que Mario tenía razón. Durante horas y horas no había dejado de rebobinar en su mente aquel instante y todos los detalles lo llevaban a la misma conclusión: no solo se trataba de la broma de un borracho, el rostro aterrorizado de Cat escondía algo más. Pero ¿qué?

—¿Irás esta noche a la fiesta de exalumnos o vas a seguir buscando a tu amiga?

—¡Joder! ¿Has pensado alguna vez en dejar de ser un capullo?

Álex lo oyó reír al otro lado de la línea. Mario era incorregible.

—Me lo prometiste.

—Lo recuerdo perfectamente —dijo resignado—. Ya sabes que no me apetece nada ir a esa fiesta y ver a según quien.

—Lo sé, pero también te encontrarás con otras personas que tienen ganas de verte.

—¿Sí? Aparte de ti, ¿quién más? —ironizó Álex, sin esperar una respuesta.

—Ángel, por ejemplo. Hace unos días me preguntó por ti.

—Es un buen tío.

—¿Lo ves? Y también irá tu amiga.

Álex dudó. ¿Mario estaba siendo irónico y hablaba de Nerea o se refería a Vicky?

—¿Mi amiga?

—Hablo de Vicky. Al parecer, llegó ayer del viaje de novios y esta noche estará en la fiesta —explicó Mario, con el mismo tono de indiferencia que solía usar cuando hablaba de ella.

—¿Rafa la acompañará?

—Eso me han dicho...

Los ojos de Álex se abrieron desmesuradamente.

«Rafa. Tengo que hablar con él.»

El novio de su amiga siempre lo había evitado, sabía cómo escabullirse ante su presencia, pero esta vez no se lo iba a poner fácil: iban a coincidir en el mismo salón, a pocos metros, sin escapatoria; una oportunidad que no podía dejar escapar.

Esa noche debía mantener una conversación muy importante con Rafa y nada ni nadie se lo iba a impedir.

—Iré. Nos veremos allí.

47

Óscar

Silencio incómodo. Si Óscar tuviese que definir aquella mañana en dos palabras habría elegido esas dos. El silencio incómodo que se adueñó de la habitación de su hermana cuando él se despertó y ella continuaba tumbada sobre el colchón, con los ojos abiertos y la vista perdida en el techo. El mismo silencio incómodo que los acompañó en la cocina mientras él desayunaba unas tostadas con mantequilla y mermelada y ella tan solo mordisqueó dos galletas. La incomodidad y el silencio que continuaron gobernando el salón cuando ambos se dejaron caer sobre el sofá y decidieron que esa mañana no iban a salir a comprar, ni a limpiar el polvo o poner lavadoras. Un silencio solo interrumpido por el sonido estridente del teléfono. A Óscar nunca le había parecido tan insoportable. Se asemejaba al grito agudo y exasperante de alguien que necesitaba ayuda; o, como en aquel caso, explicaciones. Cat le pidió sin palabras que no respondiera y él lo hizo. Calló, mantuvo el silencio y esperó.

Esperó mientras le proporcionaba una tregua. Una mañana, tal vez unas horas más... pero en algún momento de ese día los dos iban a mantener una conversación que iría más allá de un simple «no te lo puedo contar». No. Aquella incertidumbre debía acabar.

Y fue después de recoger los platos del almuerzo, cuando volvieron al salón y Óscar se sentó en una de las sillas apoyadas en la pared.

—Hace unos días le pregunté a papá qué podía hacer para ayudarte. —Oyó un suspiro, pero lo ignoró y continuó con la mirada clavada en el suelo—. Él me recordó que yo era tu única familia y que debía estar a tu lado.

—Óscar...

—Y lo he hecho, Cat. —Irguió la cabeza y clavó los ojos en los de ella—. Eso es lo único que me has permitido hacer durante todos estos años: estar ahí, nada más. Dices que eres mi hermana mayor y que estoy a tu cuidado, pero yo siento que soy un estorbo para ti.

—Eso no es cierto...

—Te he oído llorar muchas noches y me he sentido impotente al no saber cómo ayudar a mi única hermana. He pasado momentos difíciles en la escuela y me he esforzado por ocultarte mi malestar para que eso no te hiciera sufrir.

—Yo...

—Pero, Cat, ya no solo se trata de ti o de mí... Papá te echa de menos, mucho, está desesperado y no sabe qué hacer para acercarse a ti. Tía Carmen está preocupada y cuando llama y tú no estás me acribilla a preguntas sobre tu estado de ánimo. También está Bárbara, y ahora, Álex. Hay más personas a tu alrededor, Cat, personas que te quieren, pero que no saben cómo ayudarte.

—Óscar, no... No insistas.

—¡Era mi madre! —Aquella última palabra hizo que los ojos de Cat se agrandaran. Apretó los labios y Óscar supo que estaba conteniendo la necesidad de desprenderse de otra lágrima—. Era mi madre y necesito saber qué sucedió el día que el destino me la arrebató para siempre. Ya ha pasado demasiado tiempo, merezco conocer la verdad, toda la verdad. Estoy cansado de que me ocultéis lo que pasó el día del accidente.

Tras aquella súplica y el mutismo de Cat, Óscar decidió abandonar de nuevo la lucha y dar por perdida la batalla. Sabía que tarde o temprano volvería a intentarlo, pero en ese momento las fuerzas lo habían abandonado, dejándolo solo, otra vez. Se levantó de la silla, se colocó los cascos que le colgaban del cuello, apretó el botón para reproducir música y volvió a cerrarse en su mundo, en aquel en el que las hermanas mayores no lloraban, ni ocultaban secretos importantes, ni callaban. Se tumbó en el sofá y abrió uno de sus libros de fantasía. Durante unas horas podría viajar a lomos de un dragón, sumergirse en el océano o conquistar un nuevo planeta. En sus libros, la fantasía era real y su realidad se convertía en fantasía.

Consiguió abstraerse de todo lo que se encontrara fuera de aquellas páginas hasta que un golpe seco llamó su atención. Retiró uno de los auriculares de la oreja y buscó el motivo de aquel estruendo. Llamó a su hermana, pero no obtuvo respuesta. Con pereza, dejó el libro sobre la pequeña mesa del salón y se levantó del sofá. Abrió la puerta de la habitación de Cat, después de golpearla suavemente con los nudillos. Ella no estaba allí y tampoco parecía estar en la cocina. Dedujo entonces que el ruido que le había sorprendido había sido la puerta exterior, al salir su hermana del apartamento. Ya que se había levantado, aprovechó para dirigirse al cuarto de baño, pero al pasar junto a la puerta abierta de su dormitorio algo le llamó la atención.

Se adentró en su cuarto, intrigado, arrugando los ojos e intentando adivinar qué era aquel cuaderno de color rosa que alguien había dejado sobre el edredón. Se sentó junto a él y lo tomó con las dos manos. Su tacto era muy suave y tenía unas flores azules dibujadas sobre la tapa delantera. Una goma del mismo color rodeaba la cubierta y la retiró para abrirlo. Las dos primeras páginas estaban en blanco, pero sobre la tercera unas palabras hicieron que abriera los ojos con asombro.

«Diario de Carolina García Montes. Julio, 1981.»

Las manos se le volvieron de gelatina y el cuaderno cayó sobre el edredón.

—¡Ostras, el diario de Cat!

48

Álex

Álex entró en el instituto rememorando lo que ese recinto supuso para él durante las últimas semanas de bachillerato. El pasillo del terror. Así lo recordaba. Un laberinto de pasillos por donde tuvo que pasearse aquellos días de angustia, descubriendo la burla en el rostro de los alumnos de otros cursos, la deslealtad en la mirada de los que había considerado amigos, las risas de Nerea retumbando en aquellas paredes. Todavía creía oír el eco de su engaño deambulando por las aulas donde seducía a sus compañeros; o en los lavabos masculinos, donde no dudaba en llevar a la práctica lo que durante las clases les había insinuado, delante de sus narices. Pensar en la palabra «novios» le provocaba arcadas. Habían mantenido una relación amorosa durante dos años. A pesar de su juventud, Álex creyó que entre ellos existía algo más profundo que una bonita amistad o unas sesiones de sexo inocente, y la presentó delante de sus padres como su novia. Meses después entendió por qué ella había insistido tanto en colarse en su familia. Su progenitor ya era un abogado de prestigio y era de dominio público que sus ingresos por cada caso importante superaban las seis cifras. Un motivo más para odiar la hipocresía de aquel mundo al que no quería pertenecer.

El reencuentro de alumnos se celebraba en el salón de actos, en el mismo espacio donde, diez años atrás, festejaron su graduación. Álex cruzó el umbral de aquella puerta con desgana. No le apetecía asistir, pero esa noche tenía un objetivo claro en mente: hablar con Rafa. Por la mañana, el marido de Vicky ya se había convertido en un propósito, pero después de que Cat no respondiera a sus llamadas aquel propósito acabó transformándose en una imperiosa necesidad.

Decidió buscar primero a su amigo, a la persona que más dolores de cabeza le había causado durante sus veintisiete años. Mario estaba de pie, en una esquina del salón, rodeado de alguno de esos compañeros de clase a los que pensaba ignorar. Tragó el nudo amargo que se le había formado en la garganta y comenzó a caminar en aquella dirección.

Mientras atravesaba la estancia fue escudriñando los rostros con los que se cruzaba, deseando descubrir el de Rafa y acabar pronto con esa pantomima. Algunas de aquellas miradas le resultaban familiares, otras las había borrado de su mente. Saludó con un sutil movimiento de cabeza a aquellas personas que le dedicaron una sonrisa sincera, recordándolas como esos alumnos tímidos e introvertidos que pasaron desapercibidos por su época estudiantil. Pensó que habría sido agradable conversar con ellos y saber qué les había deparado el futuro tras la graduación. Estaba convencido de que, al igual que él, habrían acabado una carrera universitaria y estaban luchando por hacerse un hueco en el mundo profesional; o que, sencillamente, hacían aquello que deseaban hacer, sin que nadie les marcara unas pautas.

—¡Álex!

Se dio media vuelta para buscar al dueño de aquella voz masculina, áspera y cordial, que hacía meses que no escuchaba.

—¡Ángel! —Se abrazaron y golpearon a la vez la espalda del otro—. ¡Cuánto tiempo sin vernos!

—Cierto. —Sonrió con sinceridad—. ¿Nueve meses? La última vez que nos reunimos todos era verano, en la bolera.

—Es verdad, estuvo bien aquel encuentro. Deberíamos repetirlo con más frecuencia —admitió Álex—. ¿Qué tal el máster?

—Muy bien. Es complicado compaginarlo todo, pero estoy satisfecho.

Ángel había sido su compañero de biblioteca. Aplicado y obstinado como él, habían compartido muchas horas de estudio. Para ambos, obtener una buena media en BUP significaba el acceso directo a la carrera universitaria que desearan. En aquella época, Álex ya tenía muy clara su vocación y Ángel, amante de los números, anhelaba ser economista. Después de aprobar la selectividad, se distanciaron durante unos años, hasta que varias reuniones de amigos en la bolera consiguieron que se pusieran al día.

—La semana pasada Mario y yo estuvimos hablando de ti. Ya te falta poco para acabar la residencia. —Álex asintió sonriente—. ¿Y luego? ¿Médico de familia?

—Eso espero.

Continuaron conversando sobre sus respectivas profesiones durante unos minutos más, hasta que un rostro familiar llamó la atención de Álex.

«Vicky, por fin», pensó aliviado.

—Perdona, Ángel, tengo que dejarte. Nos vemos pronto...

—Por supuesto...

Apenas permitió que su amigo acabara de despedirse. Empezó a sortear a las decenas de personas que se cruzaban en su camino, buscando con una creciente desesperación la estela que había dejado su amiga, hasta que alguien se interpuso en su camino.

—¿Adónde vas con tanta prisa?

—¡Joder, Mario, me has asustado!

—¿A quién persigues? ¿A la chica de ayer? —La carcajada que acompañó a aquella broma enfureció a Álex.

—¡No seas cabrón! ¿Has visto a Vicky? —preguntó, intentando esquivar a su amigo.

—¿Vicky? ¿Por qué? —Mario volvió a situarse frente a él.

—Tengo que hablar con... —Inspiró con fuerza y recordó la eterna aversión que Mario y Rafa sentían el uno hacia el otro—. Quería preguntarle cómo ha ido el viaje de novios —mintió.

—He visto cómo se dirigían a la barra. Salúdalos, pídete algo y vienes con nosotros. Estamos allí. —Mario señaló el rincón donde los había visto al entrar.

—Sí, eso haré.

Se hizo a un lado y, sin remordimiento alguno por haber mentido de nuevo a su amigo, Álex caminó con decisión hacia el grupo de gente que se aglutinaba alrededor de una mesa de madera repleta de todo tipo de bebidas. Después de unos minutos de búsqueda, Álex reconoció la espalda de Vicky saliendo de aquel tumulto, con un vaso en cada mano. Desvió la dirección y la siguió hasta alcanzarla cuando se aproximaba a Rafa, que, acompañado de dos amigos, lo miró lanzándole un claro mensaje de indiferencia.

Posó una mano sobre el hombro de Vicky y ella se dio media vuelta. En su bronceado rostro se formó una amplia sonrisa y Álex pensó que jamás había reconocido tal nivel de felicidad en los ojos de su amiga. Vicky depositó los vasos en las manos de su marido y se volvió para abrazar a Álex. Durante unos segundos permanecieron en silencio, con los brazos enredados en el cuerpo del otro. Él se separó unos centímetros y le besó la frente.

—¿Cómo estás, preciosa? —quiso saber, sonriente, sin perder de vista la expresión de Rafa—. ¿Lo habéis pasado bien en Canarias?

—Ha sido perfecto —respondió ella, con un brillo especial en los ojos—. Siento mucho que te perdieras la celebración de la boda. Mi madre me contó que tuviste que atender a un hombre en la calle y acompañarlo hasta el hospital. —Aquella fue la versión resumida que Álex le había dado a su madre.

—Perdóname tú a mí por no haber estado allí... —Volvió la mirada hacia Rafa y, por su rictus, dedujo que él sabía quién lo acompañó aquel sábado en el hospital—. Vicky, ¿te importaría traerme una bebida mientras hablo un momento con Rafa?

El cuerpo de la chica se tensó y buscó la aprobación de su marido con cierto escepticismo. Rafa asintió con la mirada, sonrió para calmarla y, dejando a un lado a sus amigos, se acercó más a ellos.

—Tranquila... —le susurró.

Vicky, aún sorprendida, decidió confiar en los dos hombres. Se dio media vuelta y los dejó solos. Cuando ella desapareció entre un grupo de gente, Álex agarró el brazo de Rafa y lo arrastró hasta un rincón más apartado del salón.

—¿Qué quieres? —gruñó Rafa.

—Que me cuentes todo lo que sabes de Cat.

—Eres un cabrón, te dije que no te acercaras a ella.

—¿Por qué?

—Porque no quiero que le hagas daño. Ya ha sufrido demasiado.

—¿Y qué te hace pensar que yo voy a hacerle daño?

—¡Joder, Álex! Deja de hacer el papel de chico inocente, porque a mí no me engañas.

—¿De qué cojones estás hablando?

—De que todavía no puedo creer que no te hayas dado cuenta...

—¿Quieres hablar claro de una puñetera vez?

—Hablo de Cat...

—¿Cat? —La voz de Vicky los sorprendió—. ¿Estáis discutiendo por Cat?

Álex se giró para encontrarse con el rostro atónito de su amiga y, por un instante, temió que aquella discusión salpicara su matrimonio. Todavía no conocía la relación que unía a Cat y a Rafa. Aunque aquella duda lo hizo reaccionar.

—¿Tú conoces a Cat?

—Claro. ¿Le pasa algo?

—Tu amigo lleva unas semanas detrás de ella —murmuró Rafa, tras frotarse el rostro con las dos manos.

Vicky buscó en los ojos de Álex una confirmación y, después de encontrarla, abrió la boca con sorpresa.

—¿Cat es la chica de la que me hablaste? —Él asintió—. ¡Rafa! ¿Tú lo sabías?

—Cat me lo ha dicho, sí —confesó, mirando a su mujer con una súplica marcada en los ojos—. Entiéndelo, Vicky, ella me pidió que no te lo contara.

Álex, cada vez más exasperado y cansado de continuar ahogado en su propia ignorancia, cruzó los brazos sobre el pecho y se dirigió a la pareja con exigencia.

—¡Decidme ahora mismo qué sabéis de Cat!

—¿No tiene la menor idea...? —susurró Vicky mirando a Rafa, con una pregunta que se acercaba más a una afirmación. Él negó confirmando sus dudas—. Tiene que saberlo, Rafa.

—¡Él! —exclamó, señalando a Álex—. Vicky, ¿sabes el daño que todo esto le puede hacer a Cat? ¿Quieres que removamos la mierda? ¿Que ella reviva todo aquel sufrimiento? ¿De verdad crees que ella lo merece?

—No, por supuesto que no. —Vicky se acercó a su marido y le acarició la mejilla al reconocer el dolor que tensaba los músculos de su rostro—. Pero ¿y si con ello consigues el efecto contrario? ¿Y si destapándolo todo logras que ella se sienta liberada y que por fin pueda ser feliz? Tú mismo me lo has dicho muchas veces, que ella sigue estando mal, que no lo ha superado... Rafa, a Álex le gusta Cat. Y le gusta de verdad... —La última frase surgió de su garganta con un susurro inaudible para Álex.

—No sé qué cojones está pasando, pero vosotros dos no os vais de aquí hasta que me lo expliquéis todo —insistió él, cada vez más aturdido.

Rafa inspiró profundamente y dejó escapar el aire que se le había quedado anclado en los pulmones. Miró fijamente a su mujer y ella agitó la cabeza para animarlo a continuar.

—¡Joder! Cat no me lo va a perdonar... —mascculló mientras daba zancadas hacia una de las paredes del salón.

Vicky y Álex lo siguieron aligerando el paso y los tres se detuvieron frente a un póster de papel pegado en la pared. En él se podía ver la cara de cada uno de los setenta y cinco alumnos que, diez años atrás, finalizaron el BUP en aquel instituto. El rostro de cada uno de ellos estaba encuadrado en un marco y bajo cada imagen se podía leer su nombre. Rafa se acercó al lado derecho de la gran cartulina y dirigió la mirada hacia un grupo de fotos. Álex arrugó los ojos intentando identificar a los alumnos fotografiados. Reconoció el rostro adolescente de Mario, de Ángel, de Rafa y de algunos compañeros más que no recordaba. Rafa alzó el brazo izquierdo, estiró el dedo índice de la mano y lo acercó a la imagen de una chica. Álex dio un paso hacia delante para entender qué pretendía Rafa con aquel gesto y, tras analizar la imagen, sus ojos se agrandaron hasta casi estallar en sus córneas.

—Cuando Óscar era un bebé le detectaron un problema en la lengua que le impedía pronunciar las erres. Incapaz de decir correctamente el nombre de su hermana, empezó a llamarla Cat. A partir de entonces, ella quiso que todos la llamaran igual, para que su hermano no se sintiera distinto. —Volvió a señalar con el dedo aquel rostro femenino, escondido tras una cabellera larga y negra que cubría sus facciones—. Es ella, Cat... Carolina García Montes.

49

Óscar

Óscar dudó durante unos minutos. Sabía que su hermana guardaba sus cosas personales con mucho recelo, especialmente su diario. Conocía su existencia, pero jamás lo había visto antes. Y aunque un extraño desgarro se había apoderado de él al leer su nombre sobre las primeras páginas, su curiosidad y, sobre todo, la necesidad de conocer mejor a su hermana lo animaron a volver a tomarlo entre las manos. No sabía cómo había llegado hasta allí, pero que Cat lo hubiese dejado sobre su cama solo podía significar una cosa: quería que él lo leyera. Así que buscó una postura cómoda, recostado sobre la almohada, y abrió el diario por la tercera página.

5 de julio de 1981

Hoy cumplo catorce años y mis padres me han regalado este diario para que anote en él las experiencias de nuestra nueva aventura: nos vamos a vivir a la ciudad. Estoy triste por dejar atrás a mis amigas, pero también estoy emocionada. Además de mudarnos a Sabadell, empezaré a estudiar en el instituto, tendré nuevos amigos y podremos hacer en la ciudad muchas cosas que aquí es imposible, como ir al cine, a la piscina o a la bolera.

10 de julio de 1981

Hoy papá y yo hemos ido a visitar nuestra nueva casa. Es un piso pequeño, pero podré tener mi propia habitación. Está situado en una calle repleta de tiendas y varias paradas de autobús, muy cerca también del piso de mi tío Javier, donde vive desde hace dos meses. Después, hemos paseado por el barrio y nos hemos quedado fascinados por la cantidad de gente que caminaba con prisa por las aceras y la de coches que estaban estacionados. También nos hemos acercado al instituto donde comenzaré el BUP y hemos pagado la matrícula. Tengo muchas ganas de que nos mudemos ya.

30 de julio de 1981

Estamos cansados de empaquetar y por eso no he escrito nada durante los últimos días. Entre mamá, papá y yo hemos conseguido amontonar todas nuestras cosas en treinta y dos cajas, exactamente. Óscar, con sus once meses, nos miraba desde su sillita e intentaba contar las cajas. Es capaz de contar hasta veinte sin equivocarse. ¡A su edad! Es superinteligente y yo no puedo estar más orgullosa de mi pequeñín. Mis padres intentan ocultar ese mismo orgullo delante de mí, para que no me sienta desplazada, pero solo tengo que verles la cara y los ojos cuando miran con satisfacción a mi hermano. Fue un niño muy deseado durante años. Aún recuerdo las dos ocasiones en las que mi madre se quedó embarazada y perdió al bebé cuatro o cinco meses después. Fueron días terribles. Yo debía de tener unos seis o siete años, pero no he olvidado su llanto. Por eso, cuando Óscar nació todos nos volcamos en él, en darle todo ese amor que habíamos ido acumulando.

2 de agosto de 1981

Mañana será el gran día. Por la mañana llegará el camión de mudanzas y se llevará todas nuestras cosas a la ciudad.

10 de agosto de 1981

Ya estamos totalmente instalados. Mi habitación ha quedado preciosa. Papá ha pintado las paredes de color rosa y me ha comprado unas pinturas para que yo las acabe de adornar. He dibujado unas flores de múltiples colores, tres arcoíris y un cielo estrellado en el cabezal de mi cama. Nunca se me ha dado bien el dibujo, pero papá dice que ha quedado perfecto. Mi abuela Lucía me ha hecho una colcha de ganchillo usando diferentes tonos de rosa y unos cojines azules. Así que tengo una habitación multicolor de la que estoy enamoradísima.

12 de agosto de 1981

Hoy hemos ido a la piscina municipal. Ya no recordaba la última vez que me bañé en una piscina, y pensé que no sabría mantenerme a flote en el agua. Papá ha estado todo el rato a mi lado, recordándome cómo debía moverme para no hundirme. Me he acordado de las veces que, siendo una niña, habíamos ido a una piscina y cómo papá me sujetaba del brazo y me enseñaba a nadar. Creo que todo lo que sé se lo debo a él, a su afán por mostrarme el mundo. Quiere que sea una aventurera y que asuma los riesgos sin miedo. Cuando hemos llegado a casa, después de que nos ducháramos por turnos, ha entrado en mi cuarto mientras yo leía sobre la cama; se ha sentado junto a mí, me ha abrazado y me ha susurrado al oído: «Ya eres una mujer, pero para mí siempre serás mi niña, mi niña aventurera». No sé si alguna vez podré querer a un hombre tanto como lo quiero a él.

Óscar levantó la mirada del diario y cerró los ojos para controlar la humedad que se había agolpado en ellos. Engulló la emoción estancada en la garganta y continuó leyendo algunas páginas más. Los siguientes días de verano mostraban a una familia unida que disfrutaba de un nuevo hogar. Cat era tremendamente feliz. Las anotaciones en el diario fueron numerosas durante aquellos primeros días en la ciudad, todas cargadas de aventuras. Hasta que septiembre llegó y, con él, el comienzo de las clases.

15 de septiembre de 1981

Hoy han empezado las clases en el instituto. El edificio es enorme; al principio pensé que me perdería por los pasillos, pero nuestra aula está cerca de la entrada y creo que mañana la localizaré sin problemas. El tutor de nuestra clase se llama Alberto y me ha parecido un señor muy agradable. Me he sentado junto a un chico muy simpático. Se llama Rafa.

50

Álex

Álex no podía apartar la mirada de esa imagen. ¡Era ella! ¿Cómo no se había dado cuenta antes? Durante unos segundos, miles de minirrecuerdos se fueron apilando en su cerebro; breves destellos e imágenes confusas que consiguieron situar a Cat en algunas escenas borrosas: su mirada en los pasillos, su voz tímida respondiendo a las preguntas del profesor, el pelo cubriéndole el rostro... Apenas la recordaba, pero, poco a poco, muchas de aquellas milésimas de segundo que compartieron en el pasado comenzaron a cobrar vida y se convirtieron en reminiscencias más precisas.

«¡Joder! ¡Ella no había aparecido en mis sueños, sino que formaba parte de mis recuerdos!», se reprochó a sí mismo, dándose cabezazos contra la pared imaginaria que lo había cegado durante semanas.

—¿Cómo no me di cuenta de que era ella? —susurró Álex mientras rozaba la imagen de Cat con la yema de los dedos.

—Cuando coincidisteis en el banco de sangre, ella no estuvo segura de que la hubieses reconocido hasta que te presentaste con tu nombre. No la recordabas, ¿verdad? —Rafa resolló como un animal enfurecido—. Los populares y los hijos de papá del instituto nunca os fijáis en los tímidos, en los empollones o en los feos. Ahora no puedes negarlo.

«Los hijos de papá.» En aquel instante, Álex comprendió el comportamiento de Cat en casa de su tía.

—Rafa, él no tiene la culpa de lo que sucedió —le recriminó Vicky.

—¿De qué se supone que no tengo la culpa? —preguntó Álex, cada vez más desesperado por comprender—. Por favor, Rafa, necesito que me cuentes todo lo que sabes de Cat.

Rafa entrecerró los ojos y torció los labios hasta formar una sonrisa cargada de astucia.

—¿Tan pillado estás por ella?

—¡Joder! ¿Hace falta que te firme un jodido papel y lo llevemos ante un notario?

Las carcajadas del marido de Vicky hicieron que la impaciencia de Álex llegara a su límite. Pero tenía que contener su ira y contar hasta cien, o hasta mil, si era necesario. Sabía que provocar una discusión solo lo llevaría a continuar privado de toda la información que solo aquel imbécil poseía.

—Espero que Cat sea lista y te haga sufrir hasta que te arrastres a sus pies.

«¿Y acaso no estoy haciéndolo ya?», se dijo Álex.

—¡Rafa! —exclamó Vicky—. ¡Por favor!

Presionado por su mujer, el amigo de Cat decidió continuar.

—De acuerdo... —Miró a su interlocutor con recelo—. Recuerdo muy bien aquel primer día de clase. Cuando la vi entrar en el aula pensé que se había equivocado de escuela, que era menor que nosotros y que andaba perdida. Su rostro infantil, sus mejillas sonrojadas, su mirada tímida... parecía una niña de doce años, no de catorce. Se sentó a mi lado y estuve a punto de preguntarle la edad, pero me quedé bloqueado al ver de cerca sus ojos y su sonrisa inocente.

—¿Te gustaba Cat? —lo interrumpió Álex.

Rafa se acercó a su mujer, le acarició con los dedos el dorso de la mano derecha y le imprimió sobre los labios un beso cálido y fugaz. Se separó de ella y durante unos segundos admiró fascinado el rostro emocionado de la mujer a la que adoraba.

—Ojalá todo hubiese sido tan fácil... —susurró, a la vez que cerraba los ojos y agachaba la cabeza.

51

Óscar

Cerró el diario y se acostó sobre el edredón. Acto seguido, Óscar dejó caer la cabeza hasta hundirla en la almohada y se cubrió el rostro con el antebrazo derecho. Necesitaba recordar; ansiaba revivir con desesperación la felicidad que Cat describía en aquellas anotaciones. Todas y cada una de las sensaciones que él había olvidado: las risas de su hermana, la seguridad que desprendían los abrazos de su padre, las caricias curativas de su madre... Apenas recordaba aquel rostro tan querido y tampoco era capaz de rememorar los instantes de felicidad de los que él mismo había sido testigo.

La muerte de su madre, el distanciamiento de su padre y los llantos de Cat demolieron en segundos las vigas que habían sustentado su familia.

Los días que siguieron al inicio de las clases continuaron siendo, como su hermana describía en el diario, días repletos de aventuras. La incipiente amistad entre Rafa y Cat se fue afianzando y, en apenas unos meses, el chico parecía formar parte de la familia. Por fin Óscar tenía la información necesaria para comprender el cariño desmesurado que su hermana sentía hacia su amigo. Empezó acompañándolos a visitar el Museo Paleontológico, luego la biblioteca pública y, semanas después, compartieron una sesión de cine. Las visitas a su casa eran continuas, al igual que las veces que Cat acababa haciendo los deberes en la de Rafa. En cada página, Óscar buscó entre líneas algún detalle que delatara algo más que amistad entre ellos, pero no lo encontró. No al menos durante el primer año en el que los dos compartieron clase y pupitre.

Debía continuar leyendo aquel diario hasta hallar las explicaciones que necesitaba, así que se reincorporó y volvió a abrir el cuaderno por la página donde lo había dejado.

25 de junio de 1982

Anoche celebramos la verbena de Sant Joan en Masquefa, en casa de mis abuelos. Tía Carmen nos ha presentado a su novio, el escocés que conoció el año pasado, durante su estancia en Edimburgo. Se llama Paul, es encantador y mi tía siempre sonríe cuando está a su lado. ¿Llegaré yo a sentirme amada alguna vez? ¿Qué chico logrará despertar en mí ese ímpetu que te convierte en alguien capaz de todo? Sé que aún soy joven y que no ha llegado mi momento. Debo estar centrada en obtener buenas notas en BUP y, por ahora, solo quiero disfrutar de la compañía de mi familia y de mis amigos. Rectifico: de mi amigo, de Rafa. Sé que muchas personas piensan que somos novios, pero yo nunca lo he visto como tal. Me gusta estar con él, por supuesto, tenemos muchas cosas en común y estoy convencida de que nuestra amistad será eterna, pero nunca he sentido ese ímpetu maravilloso del que tanto hablan las personas enamoradas.

30 de junio de 1982

Mamá ha aprobado las prácticas y ha conseguido el permiso de conducir. ¡Por fin! Papá llevaba unos años insistiéndole en que debía intentarlo y que si nos mudábamos a la ciudad y encontraba trabajo lo iba a necesitar. Y así ha sucedido. Mamá está trabajando en una fábrica textil, en las afueras de Sabadell, y ya no tendrá que levantarse tan temprano para coger dos autobuses. Papá le ha prometido que el sábado iremos los cuatro a comprarle un coche de segunda mano. Aunque al principio a mamá no le convencía la idea, acabó cediendo y hoy está feliz por su logro. Todos lo estamos. Mamá es fuerte, valiente y una mujer muy inteligente. La admiro. Me gustaría ser como ella.

7 de julio de 1982

Hacía mucho tiempo que no me sentía tan triste. Me acabo de despedir de Rafa. Se va dos meses al pueblo de sus padres y no nos volveremos a ver hasta el inicio de las clases. Lo echaré de menos. ¿Qué voy a hacer este verano sin él?

8 de julio de 1982

Papá sabe que estoy triste por la ausencia de Rafa y me ha sorprendido con una tarde de cine, palomitas y un enorme helado de chocolate. No sabíamos qué película ver y finalmente la hemos elegido al azar. Mamá se ha llevado las manos a la cabeza, alarmada, y nosotros le hemos dicho aquella frase que tanto nos gusta: «Si hay riesgo, hay aventura». Aunque esta vez la aventura ha resultado ser una de las películas más aburridas que hemos visto jamás. De todas formas, hemos salido los tres del cine riéndonos de nosotros mismos. Adoro a mis padres.

15 de julio de 1982

Hoy hemos pasado el día en Barcelona. Mamá ha insistido en llevarme a ver a un dermatólogo por los granos que me han salido en la cara, la frente y la barbilla. Yo no le he querido dar demasiada importancia para no preocuparla, pero creo que ella ha sabido que, en el fondo, me aterra la idea de empezar el instituto con mi rostro actual. El médico no ha sido demasiado optimista, aunque mi madre me ha asegurado que hará todo lo que esté a su alcance para solucionar el problema. Luego hemos visitado el Zoo y Óscar se lo ha pasado genial. Le encantan los animales y, gracias a su curiosidad y a esa afición por hojear todos los libros con imágenes que encuentra en la biblioteca, hoy nos ha demostrado que es capaz de identificar a todos los mamíferos, anfibios y aves.

23 de julio de 1982

Hemos ido a buscar el coche de mamá. Es de segunda mano, aunque está en perfectas condiciones, o eso al menos es lo que nos ha asegurado el propietario del concesionario. Luego mamá nos ha dado un paseo en él. Se le ha parado el motor en un semáforo, pero papá la ha tranquilizado como solo él sabe hacer: la ha mirado a los ojos, le ha acariciado la mano y le ha dicho: «Adelante, cariño, sabes hacerlo».

31 de julio de 1982

Acabamos de llegar del dermatólogo. El doctor me ha dado unas cremas que debo ponerme por la mañana y por la noche. Me ha advertido que es un tratamiento lento, pero bastante efectivo. Cree que en un mes los granos se habrán reducido casi un cincuenta por ciento. Eso espero, porque cada vez tengo más y, aunque he dejado de recogerme el pelo con una goma, los mechones no logran cubrirlos. Papá ha querido animarme asegurándome que los granos propios de la pubertad son una evidencia de mi incipiente madurez y que mi piel se está revelando ante el mundo. No me ha convencido demasiado su versión de la adolescencia, pero ha conseguido hacerme reír.

52

Bárbara

Bárbara vio como la espalda desnuda de Julián se perdía tras la puerta del baño y sonrió. Estiró el brazo y lo dejó caer sobre el lado del colchón que acababa de abandonar. Las sábanas calientes olían a él. Cerró los ojos y quiso rememorar el instante en el que, una vez desnudos, se tumbaron en la cama y él empezó a acariciarla, en silencio, con el calor de su aliento rozándole los labios. Entonces lo supo. Lo que la noche anterior había sentido era real y lo que en ese momento sentía también lo era. Julián la amaba con el corazón, como nadie la había amado hasta entonces. Su caballero oculto tras una armadura blanca y brillante.

Pero ¿y ella? ¿Lo amaba ella?

Hacía apenas unos días que empezaba a conocerlo, a descubrir al que creía que era el verdadero Julián. Aquel que buscaba aventuras, que sonreía abiertamente, que sabía escuchar y que tranquilizaba con la mirada; el mismo hombre que se mostraba respetuoso y discreto cuando estaban rodeados de gente, pero que no ocultaba su pasión si estaban solos. Un hombre al que podría amar si su miedo al desengaño se lo permitiera. Porque ella sabía lo que era enamorarse del hombre equivocado y sufrir una decepción. Debía ser cauta, pero, sobre todo, debía estar segura de quién era él, conocer sus secretos, sus debilidades y sus defectos. E intuía que su verdadero yo surgiría a la luz en cuanto conociese la verdad de su pasado, de la muerte de su mujer y de su mala relación con Cat.

—¿En qué piensas? —Estaba tan absorta en sus cavilaciones que no había notado los brazos de Julián rodeándole el cuerpo—. Pareces preocupada.

Sus ojos se encontraron y ella descubrió cierta intranquilidad en la mirada más serena que había conocido.

—Me preguntaba... —Estuvo tentada a empezar por Cat, pero pensó que tal vez era demasiado precipitado—. ¿Cómo es el verdadero Julián? ¿El que me ha besado en la mejilla cuando nos hemos visto en la calle y ha aprovechado la oscuridad de la sala de cine para acariciarme la mano? ¿O el que me ha mordido el labio en cuanto hemos entrado en mi piso?

Julián sonrió y alzó la ceja izquierda.

—¿Yo te he mordido? —preguntó mientras se acercaba a los labios de Bárbara para atraparlos entre los dientes.

Ella sonrió y se dejó hacer.

—Pensé que me ibas a devorar... —Él recorrió con besos el camino que lo llevó a ese hueco entre el cuello y el hombro y, hambriento, mordisqueó la suave piel. Bárbara rio por el cosquilleo que provocó el roce de sus dientes—. Julián, así no podemos hablar...

Él separó los labios de su cuello y se volvió a tumbar en la cama, apoyando la cabeza sobre la almohada, de lado, sin dejar de mirarla.

—Está bien... ¿Tú cómo prefieres que sea? ¿Quieres que me muestre más cariñoso cuando estamos delante de la gente o que sea menos apasionado cuando estamos solos?

—Quiero que seas tú mismo, solo eso —pidió ella—. Pero aún no te conozco y a veces me confundes.

—Mis padres nunca mostraron su cariño en público, supongo que entonces no estaba bien visto y, tal vez, yo actúe de la misma forma, inconscientemente. A Carolina le sucedía lo mismo y los dos nos comportábamos así, discretos y comedidos. No pienses que me importa lo que los demás puedan decir ni que no me muera de ganas por besarte o tocarte, supongo que es algo innato. Aunque también tengo que confesarte que más de una vez he estado a punto de cogerte de la mano.

—¿Y por qué no lo has hecho?

—No estaba seguro de si eso te iba a molestar.

—Si algo me molesta te lo diré, pero quiero que seas tú mismo. Necesito conocer al verdadero Julián.

—¿Qué quieres saber de mí?

—Todo.

—Está bien... —Rodeó con los brazos el cuerpo de Bárbara y ella apoyó la cabeza sobre el hombro de él—. Pregúntame lo que quieras saber.

—¿Y me responderás a cualquier pregunta? ¿Serás sincero?

Notó que Julián tragaba saliva.

—Seré sincero, aun sabiendo que corro el riesgo de perderte. Porque ahora entiendo que ocultarte la verdad sería mucho peor.

Bárbara levantó la cabeza para buscar sus ojos y se estremeció al percibir el miedo en sus pupilas.

—¿Es verdad que culpaste a Cat de la muerte de tu mujer y que abandonaste a tus hijos?

—Sí.

53

Álex

—Tengo que reconocer que en un inicio me sentí atraído por aquella inocencia y, sobre todo, por su luz —continuó Rafa—. Cat brillaba con luz propia, como las estrellas a las que quería viajar desde que era una cría. Pero con el paso de los días me di cuenta de que mi admiración por ella no pasaba de una creciente amistad y un vínculo fraternal. La empecé a querer como a una hermana pequeña. Era tan menuda, tan frágil, que era imposible no tener ganas de protegerla. Y creo que me convertí en eso: en su protector, en su hermano mayor, en su guía... Conocí a sus padres y me acogieron como a uno más. Eran la imagen de la familia perfecta. Carolina, su madre, siempre se mostraba encantadora, algo exigente pero muy cariñosa y trabajadora. Cat la admiraba. Y Julián, su padre, era la versión masculina de Cat. Nunca había visto una relación así entre un padre y su hija. Con solo una mirada sabían qué pensaba el otro...

—¿Y por qué no se hablan ahora? —preguntó Álex.

—Si quieres que te lo cuente, no me interrumpas, ¿de acuerdo? —se quejó Rafa.

Álex estaba desesperadamente impaciente. Su carácter afable y tolerante siempre le había impedido perder los papeles, pero parecía que la reaparición de Cat en su vida estaba llevándole al abismo. El tiempo se había acelerado de cero a cien en el instante en que la oyó cantar tumbada en aquella camilla. Y aunque el pasado de ambos podía ser una razón para unirlos, un terrible presagio le hacía temer lo contrario. Lejos de sentirla más cerca por lo que acababa de descubrir, algo los estaba distanciando... Pero ¿qué? ¿Qué motivos tenía Cat para poner tierra entre ellos?

—Continúa, por favor... —suplicó. Escuchar a Rafa era lo único que podía hacer para frenar ese descontrol.

—Estuvimos compartiendo pupitre durante el primer curso y no hicimos más amistades. Yo había estudiado primaria en una escuela de otro barrio y no coincidí con ningún excompañero, y Cat acababa de llegar de Masquefa, así que no conocíamos a nadie. Fuera de las aulas, también nos fuimos viendo cada vez más; hacíamos los deberes juntos todos los fines de semana, o en mi casa o en la suya, y los profesores no nos impedían presentar conjuntamente los trabajos que proponían en clase. Nos volvimos herméticos, nos encerramos el uno en el otro y no quisimos conocer a nadie más. Los minutos de recreo los pasábamos en la biblioteca del instituto o nos sentábamos en los escalones de acceso al patio exterior para hablar de nuestras cosas. Sabíamos que nuestros compañeros pensaban que éramos pareja, pero no nos importó.

»Cuando el curso acabó, nos vimos algunas tardes para pasear o ir al cine, pero a principios de julio me fui al pueblo de mis padres a pasar el verano. Cuando nos despedimos fui consciente del nexo que se había formado entre nosotros. Cat lloró en mis brazos y yo tuve que hacer un esfuerzo descomunal para no acabar lloriqueando como un niño. Claro que entonces lo éramos...

»Regresé de vacaciones cuatro días antes de que comenzaran las clases. Después de ayudar a mis padres a deshacer las maletas me fui corriendo a ver a Cat. Había echado de menos su compañía y esa bonita luz que desprendía su sonrisa. Una luz que había dejado de brillar con la misma fuerza. En cuanto la vi, lo supe. Y no fueron los granos que intentaba cubrir con sus mechones negros, fueron sus ojos avergonzados los que me alertaron. Le diagnosticaron acné crónico juvenil y, durante aquel verano, probaron varios tratamientos, pero ninguno funcionó. Intenté animarla, diciéndole que aquello era pasajero, que ella debía continuar siendo la misma e impedir que unos granos la entristecieran de esa manera. Afortunadamente, logré tranquilizarla; creo que necesitaba oír aquellas palabras, como si estuviese esperando mi veredicto.

»Sin embargo, el primer día de clase fui consciente del abismo que se abría ante Cat. Su físico no había cambiado, a excepción del acné en el rostro; ella continuaba siendo menuda, sus curvas no se habían desarrollado y sus pechos eran casi imperceptibles. Se había convertido en una niña rodeada de mujeres que competían entre ellas exhibiendo su feminidad.

»Pero su aspecto no fue el verdadero motivo de la tormenta que se avecinaba. Aquel día sucedió algo que cambió la vida de Cat, algo que ella no esperaba y que la devoró por completo.

—¡Joder! ¿Qué? —gritó Álex, extendiendo la palma de las manos y exigiendo con aquel gesto que Rafa dejara de dar vueltas y fuese más directo.

—O te callas o no sigo... —protestó Rafa, apretando los dientes.

—Pero podrías centrarte en lo importante —gruñó Álex.

—También podría dejarlo aquí y le preguntas tú a ella qué fue lo que le destrozó la vida...

Álex cerró los ojos y deseó que llegara el momento en que Cat confiara en él tanto como para contarle todo su pasado. Pero en ese instante no podía perder la oportunidad que Rafa le estaba brindando con toda aquella información. Tragó saliva y expulsó el aire que le impedía respirar con normalidad.

—Está bien, perdona... Sigue, por favor.

Rafa inspiró profundamente y sonrió a Vicky que, junto a él, le acariciaba el brazo para infundirle ánimo.

—Aquel curso decidieron reorganizar las clases. Nos reunieron a todos los alumnos en esta misma sala y nos fueron llamando para informarnos del aula a la que debíamos dirigirnos. Cat y yo cruzamos los dedos, mientras rezábamos mentalmente para que no nos separaran. Primero me llamaron a mí y tuve que salir del salón de actos y dejarla sola. Llegué a mi nueva clase y esperé impaciente a que ella apareciera. Pocos minutos después, respiré aliviado cuando la vi entrar, sonriente y feliz. Cruzó el umbral de la puerta y caminó decidida hacia mí, mirándome fijamente, hasta que algo llamó su atención... Algo, no... alguien. —La cara de Rafa se transformó y Álex creyó que un fuego interno lo estaba abrasando—. Cat enrojeció de golpe y su sonrisa bobalicona me hizo temer lo peor. Cuando llegó a mi lado me dijo que acababa de enamorarse. —Álex abrió los párpados hasta casi hacerlos desaparecer. «¿De quién?» Esas fueron las únicas palabras que retumbaron en su cabeza durante aquellos segundos que se hicieron eternos—. Se tuvo que enamorar del mayor gilipollas del instituto.

Álex cerró los ojos y una idea atravesó su cerebro a toda velocidad. La noche anterior, después del concierto, su amigo, borracho, aquellas palabras desagradables y la huida de Cat. «¡No puede ser! ¡No puede ser!», se dijo.

—¡Joder! ¿Se enamoró de Mario? —preguntó temeroso.

—No, imbécil. Se enamoró de ti.

54

Óscar

12 de septiembre de 1982

¿Existen los flechazos? Sí, ahora estoy convencida de ello. Hoy lo he visto y sé que es él. El corazón todavía me late como si pretendiera atravesar el pecho y salir corriendo. Cuando he entrado en mi nueva clase, ha levantado los ojos de su libreta y me ha dedicado la sonrisa más bonita que jamás haya visto. He sentido un cosquilleo extraño en el estómago y la cabeza ha empezado a darme vueltas, o a soñar, no estoy segura, porque a partir de entonces solo podía mirarlo a él y solo podía pensar en él; en que estábamos juntos, en que me sonreía a mí y solo a mí... Rafa me ha dicho que se llama Álex. Nos hemos sentado dos filas detrás de él y desde entonces he sido incapaz de apartar los ojos de su espalda, de sus hombros, de su perfil, de su pelo castaño... Es él, Álex, lo sé.

¿Álex? Óscar alzó la vista del diario de su hermana y arrugó los párpados en un gesto de desconcierto. ¿Era él? No podía ser... Recordaba el día en que lo conoció, cuando fue hasta su casa para pedirle perdón a Cat. Le contó que se habían visto por primera vez en el banco de sangre. Definitivamente, no, no era él. Álex jamás le mentiría.

15 de septiembre de 1982

Hoy me he cruzado con Álex por el pasillo y ha vuelto a regalarme su maravillosa sonrisa. Me encantaría poder conocerlo, pero parece tan inaccesible... Está siempre rodeado de chicos y chicas, y una de ellas parece una amiga muy especial. Espero que no sean novios.

17 de septiembre de 1982

Me he enterado en el lavabo de chicas de que la amiga de Álex se llama Vicky y de que no son novios. ¡Bien! Ya sé que es muy difícil que Álex se fije en alguien como yo, pero no pierdo la esperanza. Cuando los granos desaparezcan de mi cara me acercaré a él. Me sonrojo solo al imaginarme delante de Álex, contemplando sus ojos y su sonrisa. Es tan guapo...

Las siguientes anotaciones en el diario estaban dedicadas a Álex y a sus encuentros fortuitos: Álex al entrar en clase, Álex al cruzarse en los pasillos, Álex al salir del instituto, Álex en la biblioteca... Óscar movió la cabeza de lado a lado y suspiró al pensar en lo poco creíble que era el amor con quince años. Él tan solo tenía catorce, todavía no se había enamorado, pero no lograba comprender ese exagerado sentimiento que muchos adolescentes demostraban sin pudor. Lo había visto en algunas compañeras de clase que acababan perdiendo la dignidad delante del chico del que creían estar enamoradas. Y así era como se estaba imaginando a su hermana frente a aquel Álex: capaz de hacer cualquier cosa por conocerlo.

55

Álex

Inmóvil. Así permaneció Álex durante los siguientes minutos. La voz de Rafa parecía lejana y le golpeaba la cabeza como un eco molesto; los pulmones se le habían paralizado, a pesar de que el corazón le sacudía el pecho con furia, y el cerebro era incapaz de moldear un pensamiento lógico. No supo qué pensar, qué sentir ni cómo reaccionar.

—Se obsesionó contigo. —Álex buscó los ojos de Rafa y encontró en ellos rabia, pero también tristeza—. Durante los siguientes meses no hablaba de otra cosa más que de ti, de lo mucho que deseaba conocerte y de la gran distancia que existía entre vosotros.

—No, joder, no tenía que ser así... ¿Por qué no me dijo nada? Yo...

—¿Tú qué? ¿Habrías querido conocerla? ¿Te habrías fijado en ella? ¡Si ni tan siquiera la recuerdas, joder! Te cruzaste con Cat miles de veces en el instituto y nunca, nunca la saludaste ni le dirigiste unas palabras; nada.

—Yo... no sabía que... —murmuró Álex, incapaz de ordenar los sentimientos que lo tenían aturdido.

—Rafa —intervino Vicky—, ni Álex, ni yo... nadie se dio cuenta de lo que Cat sentía porque ella quiso llevarlo en secreto.

—Lo ocultó durante meses —admitió Rafa—. Yo fui el único testigo de cómo Cat se estaba apagando. Durante los primeros días parecía una niña que, a escondidas, contemplaba ensimismada a su cantante favorito. Luego llegaron las dudas: «¿Lograré conocerlo?, ¿tendrá novia? Si me acerco a él, ¿le repugnarán mis granos?». Cada vez que se enfrentaba a su reflejo, en los espejos de los lavabos o en las ventanas de las aulas, la tristeza la engullía. Yo estaba desesperado.

Ya no sabía qué más hacer para animarla. ¡Cómo un ser con un interior tan maravilloso podía acabar ensombreciéndose por culpa de su apariencia! ¡Ella seguía siendo guapa, solo eran unos jodidos granos! —se lamentó Rafa. Suspiró y se animó a continuar—: Un problema tan común en la adolescencia estaba convirtiéndose en una pesadilla para ella. Los únicos restos que aún quedaban de la verdadera Cat resurgían cuando estaba con su familia. La sonrisa volvía a apropiarse de su rostro y sus ojos brillaban de nuevo.

»Como he dicho, nadie más que yo sabía por lo que Cat estaba pasando. Observaba en silencio al resto de las alumnas y se comparaba con ellas. Aquel abismo que yo presentí al inicio de las clases se estaba abriendo ante ella y la estaba aislando del resto. Se estaba ahogando en soledad, sobre todo cuando entendía que aquel abismo la separaba de ti, del chico del que creía estar enamorada.

»Los dermatólogos no encontraban la solución a sus granos. Le pedían tiempo y paciencia, y los padres de Cat intentaban consolarla. Parecía imposible que su adolescencia fuera a peor, pero el destino es un jodido cabrón y, efectivamente, su situación se agravó. Todo empeoró con la llegada de la única esperanza para Cat. Sí, una terrible paradoja apareció en nuestras vidas; la luz al final del camino que acabó conduciéndola a la oscuridad más espeluznante.

»A mediados de curso apareció ella. Con su mirada aparentemente inocente, con su falsa sonrisa, con la maldad oculta tras sus palabras.

—¿Ella? ¿Quién? —Volvió a interrumpir Álex.

—¿No lo recuerdas? Estoy seguro de que sí, a ella no la has olvidado... —Rafa arrugó la nariz y la boca en un gesto de repugnancia—. El profesor la presentó en clase después de las vacaciones de Navidad. Sus padres habían emigrado a Francia años atrás, pero aquel invierno decidieron regresar a su ciudad natal y ella reanudó las clases en nuestro instituto.

—No, no... Joder, no.

—Se sentó junto a Cat y ella, viéndola sola y creyéndola desamparada, se ofreció para ayudarla a adaptarse a la dinámica del instituto.

—No, Cat, no...

—Se hizo amiga de Nerea.

56

Óscar

10 de enero de 1983

Pensé que volver a las clases después de las fiestas de Navidad sería duro, pero hoy ha sucedido algo que no esperaba: he conocido a Nerea. Cuando la he visto entrar en clase me ha recordado a mí el primer día en el instituto. Estaba nerviosa, perdida y muy sola. Y rememorar la suerte que tuve al coincidir con Rafa me hizo pensar que yo también podría ayudar a alguien. Nerea me ha explicado que sus padres acaban de mudarse después de vivir durante cuatro años en una ciudad al sur de Francia. Me ha parecido una chica muy interesante, cargada de aventuras que contar. Nos hemos hecho amigas y he conseguido pasar el resto del día sin pensar en los granos. Eso es buena señal, ¿no?

20 de enero de 1983

Hoy nos hemos reído mucho con Nerea mientras nos contaba algunas anécdotas que ha vivido en Francia. Tiene un magnetismo especial. Su sonrisa y la chispa de sus ojos atraen como el hierro al imán. Creo que a Rafa le gusta y hay un par de chicos más en clase que ya se han acercado a ella con ganas de conocerla. No me sorprende, es guapísima. Me alegro de ser amiga suya. Me da seguridad y me está ayudando a superar el complejo provocado por los granos.

27 de enero de 1983

Hemos vuelto a visitar al dermatólogo, a pesar de que insistí a mamá para no ir. Las consultas son caras, al igual que las cremas, y como no están dando resultado yo ya he desistido. Y creo que ellos también deberían hacerlo. Me han repetido en numerosas ocasiones que el acné es algo temporal, que acabará desapareciendo... entonces, como Nerea me dijo ayer, ¿para qué seguir preocupándonos?

8 de febrero de 1983

Hoy Rafa ha estado muy raro conmigo. Lo he notado distante. Nerea me ha hablado de él y creo que tiene razón, porque todo encaja: a Rafa le gusta Nerea, ella no le corresponde y se está apartando de mi lado porque no soporta que Nerea me prefiera a mí. Es una pena, siempre pensé que nuestra amistad sobreviviría a todo.

13 de febrero de 1983

Nerea y yo hemos pasado juntas toda la tarde y mamá la ha invitado a cenar. Después de hacer los deberes en mi habitación, hemos estado hablando de mil cosas. Parece muy interesada en conocer a mi familia; le he explicado en lo que trabajan mis padres, nuestra vida en Masquefa y la aventura que vivimos al mudarnos a la ciudad. Creo que ella no tiene tan buena relación con sus padres como yo tengo con los míos y me ha dado pena cuando nos hemos sentado todos a la mesa para cenar y ella parecía incómoda. Después de zamparnos un trozo enorme de pastel de chocolate, le he confesado mi gran secreto: ya sabe que Álex me gusta. Quiero que entienda que confío en ella y que puede contar conmigo siempre que lo necesite.

18 de febrero de 1983

Tengo tantas ganas de hablar con Álex, de perderme en su mirada, de reseguir con los dedos la sonrisa que dibujan sus labios, de sentir el calor de sus susurros cerca de la piel, de derretirme con sus caricias... Jamás había experimentado algo así, algo tan intenso. Creo que esto que me hace perder la razón cuando lo tengo cerca es amor.

5 de marzo de 1983

Hoy he discutido con Rafa por primera vez y me ha dolido mucho. No me entiende. No acepta mi amistad con Nerea y tampoco comprende mi amor por Álex. Dice que esa obsesión va a hacerme daño. Según Nerea, Rafa está celoso y frustrado porque no es correspondido por ella. No sé qué pensar. Esto es muy complicado.

12 de marzo de 1983

Rafa no me ha vuelto a dirigir la palabra desde nuestra primera discusión y, aunque en un inicio esta situación me estaba entristeciendo, ahora ya estoy mucho mejor. Sobre todo, desde que Nerea me ha prometido que va a acercarse a Álex para que yo pueda conocerlo.

57

Álex

Desde hacía años, Álex había recluido los recuerdos de Nerea en el mismo rincón donde escondía las sensaciones más oscuras. Sensaciones que, en su momento, fueron agradables e intensas, cuando creyó que acabaría enamorado de aquella chica de ojos verdosos y rostro inocente.

Inocente...

Sonrió con amargura.

La primera vez que Nerea se acercó a él, con su dulzura y aparente ingenuidad, se interesó por una herida que se había hecho en el brazo el día anterior, cuando se cayó al suelo probando el monopatín nuevo de Mario.

> —¿Cómo te lo has hecho? —le preguntó ella, acariciando con delicadeza la gasa esterilizada que su madre le había colocado sobre la magulladura.
>
> —Me he caído de un monopatín. Creo que esto del deporte no es lo mío —confesó Álex.
>
> —Pensaba que los chicos erais capaces de practicar cualquier deporte —añadió Nerea, con un sensual aleteo de pestañas.
>
> —Yo debo de ser la excepción a esa regla. —Sonrió él.
>
> —¿Sabes? Siempre me han gustado las excepciones...

Y aquel intento de seducción, mezclado con el rubor de sus mejillas y la belleza de su rostro, fue el cepo que lo apresó en la ignorancia y que acabó catapultando aquella época a los dos peores años de su adolescencia. El puto engaño que le robó una de las etapas más felices de su vida.

—Nos engañó a todos —continuó Rafa, como si hubiese leído los pensamientos de Álex—. Nerea entró en nuestra vida para buscar nuestros defectos y luego crecerse con ellos. Yo desconfié de ella unas semanas después y avisé a Cat de mis dudas sobre su comportamiento, pero no quiso escucharme. Su amistad era el aire fresco que ella necesitaba, un apoyo que podría sacarla del pozo oscuro en el que se estaba ahogando. Sin embargo, aquella amistad acabó siendo el impulso que la lanzó al abismo. Nerea empezó minando con mentiras nuestra amistad, llegamos a discutir por culpa de ella y a distanciarnos hasta el punto de no hablarnos durante meses, incluso después de que Nerea se acercara a ti.

—¿Nerea sabía que yo le gustaba a Cat?

—Cat se lo confesó y Nerea prometió ayudarla.

—¿Ayudarla?

—Le aseguró que entablaría conversación contigo para que os conocierais.

—Nerea nunca me habló de Cat... —murmuró Álex, pensativo, haciendo esfuerzos por recordar cualquier detalle, palabra o conversación.

—No, está claro que preferiste liarte con la nueva y con la guapa, por supuesto...

—¿Y crees que no me arrepiento de ello? —Buscó los ojos de Rafa y lo miró con la furia inundando los suyos, la mandíbula tensa, los puños apretados—. ¿Crees que no daría lo que fuera por borrar su recuerdo de mi mente y sacarla de mi vida? No tienes la menor idea de cómo me sentí cuando supe que me engañaba, que me había utilizado y que solo buscaba el dinero de mi familia.

—¡Pobrecillo! ¡El hijo de papá engañado como un imbécil!

Álex apretó más los puños, se mordió los labios y se encaró a Rafa, conteniendo el impulso de partirle la cara a golpes.

—¿Pero qué cojones te pasa conmigo? ¡Joder! ¿Crees que le hice daño a Cat siendo consciente de ello? ¿Tengo yo la culpa de no haberme dado cuenta de lo que ella sentía por mí? ¿Tan hijo de puta crees que soy?

—¡No hiciste nada! ¡Nada! —Álex se sorprendió al percibir una capa de humedad ensombreciendo los ojos de Rafa y su rostro contraerse por el dolor—. No hicimos nada... ¡Joder! Nadie hizo nada...

Vicky sujetó a Rafa por los hombros y lo obligó a mirarla.

—Deja de castigarte por ello, Rafa, hiciste mucho por Cat.

—Pero no lo suficiente.

—Todavía estás a tiempo de ayudarla —continuó Vicky—. Todos podemos ayudarla.

—¿Y quién ayudará a su madre, eh? ¿Quién?

Un angustioso silencio se apoderó de ellos. Rafa agachó la cabeza, compungido, Vicky empezó a acariciarle las mejillas y Álex los contempló durante un instante, aturdido, intentando asumir todo lo que Rafa le estaba descubriendo. Cerró los ojos y la imagen de Cat apareció proyectada en sus párpados: sonriente, moviéndose al ritmo de la música, con dos mechones negros dibujados sobre su piel blanca, las mejillas encendidas y su sonrisa. La sonrisa que tanto anhelaba contemplar de nuevo. Debía continuar con aquello, saber más. Todo, absolutamente todo.

Solo así podría llegar hasta ella.

—¿Qué le pasó a su madre? Murió en un accidente, ¿verdad?

—¿Accidente? —preguntó Rafa con sarcasmo—. Un accidente que pudo haberse evitado, pero, como ya te he dicho, nadie hizo nada para impedirlo.

—No entiendo lo que quieres decir.

Rafa inspiró con firmeza y retrocedió unos pasos, alejándose de su mujer, para girarse y volver a contemplar la imagen de Cat sobre la cartulina.

—Nerea no volvió a dirigirle la palabra a Cat, la ignoró como si no la conociera, y buscó la amistad de Julia y Joaquina, haciéndose un hueco en vuestro grupo. Ya te puedes imaginar lo que eso supuso para Cat. De un día para el otro estaba sola, completamente sola. Con un enorme complejo por culpa de los granos, enamorada de un imposible y con una supuesta amiga que no dudaba en mostrarse cariñosa contigo delante de sus narices. Cuando vi lo que Nerea le había hecho intenté reconciliarme con ella, pero el poco orgullo que aún tenía Cat le impidió admitir que yo tenía razón y prefirió fustigarse en soledad. Durante meses anduvo por los pasillos del instituto como un espíritu perdido, invisible a todos y a ella misma. Me dolía mucho verla en aquel estado, así que poco a poco fui acercándome, usando cualquier excusa para acompañarla hasta su casa o pidiéndole que me ayudara con los deberes. Conseguí recuperar parte de nuestra amistad, aunque ya nada volvió a ser igual. Ella ya no era la Cat que yo conocía.

58

Óscar

15 de abril de 1983

No sé qué ha pasado con Nerea. Pensaba que éramos amigas. ¿Qué he hecho mal? ¿Por qué me odia? He intentado hablar con ella, pedirle perdón, suplicarle que me explique la razón de su desprecio, pero no me escucha. Y me duele, me duele mucho.

22 de abril de 1983

Hoy Rafa me ha acompañado hasta mi casa. Sé que intenta que volvamos a ser amigos, pero no sé si quiero recuperar nuestra amistad. ¿Y si él también acaba odiándome?

26 de abril de 1983

Álex y Nerea están saliendo, hoy los he visto dándose un beso. Estaban cerca de mí y he llegado a oír cómo rozaban sus labios. Después he ido a hablar con la profesora y esta ha avisado a mi madre para que me diera permiso e irme a casa. He mentido, porque no me dolía el estómago ni la cabeza... Me dolía el corazón.

28 de abril de 1983

Las pesadillas han vuelto y cada vez son más reales. Las vías del tren me llaman y yo cada vez tengo menos fuerzas para no dejarme arrastrar.

Recuerdo cómo me murmuraban en aquella estación oscura y cómo mi cuerpo me empujaba a su encuentro. Me decían que con ellas conseguiría la paz, no volvería a sentir miedo ni soledad. Debí lanzarme a aquel vacío, porque este en el que estoy es demasiado doloroso.

3 de mayo de 1983

Sigue lloviendo y las calles parecen ríos desbordados. Hoy no hemos podido salir de las aulas y he tenido que presenciar cómo Álex y Nerea aprovechaban cualquier despiste del profesor para besarse, delante de todos, con los ojos de ella clavados en los míos. ¿Por qué? ¿Por qué yo? ¿Por qué no se olvida de mí? Quiero desaparecer, quiero ser invisible. Quiero lanzarme al abismo.

28 de mayo de 1983

Papá me ha pedido que lo acompañe a comprar un regalo para mamá. Ya pronto será su cumpleaños y está preparándole una fiesta sorpresa. Tía Carmen y su novio vendrán a Sabadell, y mamá aún no lo sabe. Los veo a todos tan entusiasmados, tan felices... Pero yo no me siento así. Yo no merezco esa felicidad y ellos no merecen que yo les haga daño. Tal vez si yo no hubiese nacido o si aquel día mamá no hubiera vuelto a la estación...

59

Álex

—Durante aquellos meses, hasta acabar el curso, Cat continuó hundiéndose en su propio mundo y castigándose por algo que no había hecho —continuó Rafa—. Sus calificaciones fueron peores en el último trimestre, pero consiguió aprobar todas las asignaturas. El verano empezó y yo me fui de vacaciones al pueblo de mis padres. Cuando regresé, la vi igual o peor. Los granos de la cara no habían desaparecido y la tristeza en sus ojos tampoco. Había crecido apenas uno o dos centímetros y su cuerpo seguía delgado y poco marcado. Cuando comenzaron las clases ya era demasiado evidente: Cat era la chica de tercero más menuda y menos agraciada físicamente. Aquel curso, la dirección del instituto decidió volver a hacer cambios y redistribuyeron los grupos. No tuvimos suerte, nos separaron y, desgraciadamente, Cat y Nerea coincidieron en la misma aula. A ti te incluyeron en otra; al menos, Cat ya no os iba a ver todos los días magreándoos. Aunque aquel año Mario entró en el juego de Nerea.

—¿Mario? —musitó Álex—. Sí, es cierto. Mario y Nerea compartieron pupitre los primeros meses de aquel curso. Pero ¿qué tiene que ver Mario con Cat?

—Bueno, no hace falta que te hable de la complicidad que se creó entre Mario y Nerea...

—No, no hace falta, gracias —replicó Álex, apretando los dientes.

—En aquella aula, con el apoyo de sus amigas y de Mario y Juan Carlos, Nerea empezó con las burlas. Les contó a todos las intimidades de Cat, excepto lo que sentía por ti, y se inventó apodos para ella, como: Carolina, la Pueblerina, la Flaca, el Monstruo de los Granos y un sinfín de barbaridades más. Al inicio, fueron algunas risas a sus espaldas; luego desaparecieron sus libros y a eso le siguieron las bromas de mal gusto: encerronas en los baños, pintadas en el pupitre, sustancias pegajosas en la silla... Todos se rieron a costa de ella sin importarles a quién estaban destrozando la vida.

—Yo te advertí, Álex —añadió Vicky. Él abrió los ojos con asombro, pero no tardó en recordar la razón por la que, durante unos meses, había dejado de hablar con ella. Era curioso descubrir que tanto él como Cat habían ignorado los consejos de sus mejores amigos—. Te dije que no me gustaba Nerea, que delante de ti se comportaba de una forma muy distinta a la verdadera arpía que salía a la luz cuando tú te ibas a tu clase o a la biblioteca a estudiar. Al inicio pensé que la compañía de Mario la había transformado, pero poco después supe que ella era muchísimo peor que él.

Álex inspiró bruscamente, no recordaba los minutos que llevaba sin respirar. Necesitaba coger aire con fuerza, porque las palabras de Rafa y las últimas de Vicky lo estaban ahogando.

¡Ciego! ¡Puto ciego! Así permaneció durante los casi dos años que estuvo con Nerea. En aquella época, Vicky había intentado que despertara, pero no la escuchó, prefirió continuar aislado en la jaula de oro envenenado que aquella bruja había preparado para él. Y ahora, más que nunca, estaba sufriendo las consecuencias de su estúpida ceguera.

—No lo he olvidado, ignoré tus advertencias porque pensé que estabas celosa.

—Tú no lo pensaste, Álex, fue Mario quien te hizo creer eso, ¿verdad? —Más que una pregunta fue una afirmación.

Álex no respondió; con su silencio le estaba dando la razón a su amiga. Porque la tenía, porque él conocía mejor que nadie cómo, casi de un día para el otro, Mario empezó a despreciar a Vicky. Un rechazo que nunca había llegado a comprender y que él no le quiso explicar.

—Cat le tenía miedo... —intervino Rafa.

—¿A Mario?

—Supongo que se sentía una niña indefensa ante un tío fuerte que la doblaba en altura. Y, claro está, cuando Nerea percibió aquel pavor en los ojos de Cat, se aprovechó de su debilidad y en más de una ocasión la amenazó utilizando a Mario. Si Cat se quejaba a algún profesor de la escuela, Nerea se iba a encargar de que Mario la castigara debidamente... Ya puedes imaginar qué tipo de castigos llegaron a pasar por la cabeza de Cat.

—¡Joder! ¡Me cago en la puta! —Álex cerró los puños con fuerza y buscó con la mirada al grupo de excompañeros, entre los que se encontraba su amigo—. Lo mato, te juro que lo mato si...

—¡Para! —Rafa dio un paso hasta colocarse frente a Álex—. Nunca llegó a tocarla, o al menos eso es lo que Cat me ha asegurado.

—Álex —Vicky se situó entre los dos hombres—, sabes que Mario puede llegar a ser muy brusco y maleducado, pero lo conoces, él no tocaría a una mujer en contra de su voluntad.

—No la tocaron físicamente, pero la apalearon psicológicamente —añadió Rafa—. La azotaron hasta que la anularon... Lo que hicieron con ella fue un crimen encubierto.

Álex se llevó las manos a la cara y se apretó los ojos con la punta de los dedos, hasta clavarlos en ellos, hasta que sintió un dolor agudo atravesándole las córneas. Tal vez pretendiendo volver a aquella jodida ceguera, porque visualizar el sufrimiento de Cat y saber que no hizo nada para remediarlo lo iba a atormentar durante mucho tiempo, tal vez para siempre.

Se apartó las manos y levantó los párpados. Cuando logró enfocar la vista de nuevo, se encontró con la mirada de Rafa escudriñando en sus ojos, pretendiendo leerle el pensamiento.

—Y no hicimos nada para impedirlo, Álex. Nada. Cat estuvo sola. Nunca me contó lo que estaban haciendo con ella, y yo, aunque algo sospechaba, no la ayudé. No supe cómo.

—Lo hiciste cuando ella te necesitó de verdad... —intervino Vicky.

—Cuando ya era demasiado tarde.

—¿Demasiado tarde? —preguntó Álex.

—Faltaban pocas semanas para acabar el curso —continuó Rafa—. Una mañana, un profesor de Cat no asistió a clase y, durante una hora, pudieron utilizar el tiempo libre para estudiar. Unos permanecieron en el aula para acabar algunos trabajos en equipo y otros, como Cat, prefirieron estudiar en la biblioteca. Desde allí decidió ir al baño y lo que se encontró en el interior la dejó paralizada en la puerta. Tu queridísima novia se lo estaba montando con Juan Carlos en el baño de chicas, sin mostrar el más mínimo pudor y sin importarle que alguien los pillara. Nerea saltó sobre ella, cerró la puerta para que no se escapara y la amenazó. Le dijo que si se lo contaba a alguien Mario no iba a ser nada suave cuando se la follara con fuerza y la desvirgara hasta reventarla. Aquellas fueron sus palabras exactas, las mismas que al día siguiente Cat me confesó entre lágrimas, cuando ya era demasiado tarde para dar marcha atrás. Aquella hija de puta era tu novia del instituto.

60

Cat

Con el hombro derecho apoyado sobre el marco de la puerta, Cat contemplaba a su hermano. Llevaba allí más de cinco minutos. Óscar, ensimismado en la lectura de su diario, todavía no había reparado en su presencia y ella aprovechó su invisibilidad para observarlo en silencio, estudiando su joven rostro e intentando percibir en él las sensaciones que podían provocar sus palabras. Aquellas que anotó en su diario mientras sufría una de las peores experiencias que una adolescente podía vivir. Antes de que dejara de ser eso, una adolescente... Porque después de aquel día, la joven que ocultaba los granos tras los mechones oscuros murió. Desapareció. Se esfumó. Y una nueva vida en penumbra comenzó para todos. Para su hermano, para su padre, para ella...

Cerró los ojos y una lágrima le recorrió la mejilla.

Óscar pasó una página más y ella supo que ya estaba acabando, que las últimas anotaciones lo estaban trasportando a aquella época lúgubre. Cuando caminaba arrastrando los pies, cuando no podía hablar porque los pulmones le embebían las palabras, cuando respirar dolía, cuando la sombra de la muerte planeaba sobre su cabeza, con su manto negro, su tez pálida y sus largas uñas desgarrándole el pecho. Muchas de aquellas sensaciones habían quedado en el olvido, porque su agotado cerebro no consiguió registrarlas en la memoria. Se levantaba todas las mañanas, empujada por la rutina, sin ilusiones, sin fuerzas. No recordaba cómo lograba vestirse, ni cómo conseguía deshacerse del desayuno sin que su madre se percatara. Las risas y los insultos la despertaban en clase. El tiempo se detenía allí. Entre aquellas cuatro paredes.

Óscar alzó la vista y la miró por encima del diario de tapas rosas. Sus ojos la contemplaron con tristeza y apretó los labios cuando la barbilla le empezó a temblar. Cat apresuró el paso para llegar hasta él, se sentó a su lado y lo rodeó con los brazos. El adolescente se aferró al cuerpo de su hermana y lloró. Lloró por ella, por aquella chica aventurera, enamorada, ilusionada, inocente y feliz. Y por aquella familia que una vez tuvo y que se desvaneció como la luz del sol al atardecer.

—¿Por qué no pediste ayuda?

Cat sujetó el rostro de su hermano con las dos manos y lo obligó a mirarla.

—Supongo que por la misma razón por la que tú no me la has pedido a mí.

—Pero, Cat, yo estoy bien, yo no estoy sufriendo como sufriste tú. Esos imbéciles te estaban anulando...

—Debí hablar con papá y mamá al principio, cuando Nerea empezó con los insultos, pero cuando la conocieron ella parecía tan inocente que pensé que no me creerían o que considerarían que era una chiquillada, una pelea entre dos amigas... También temí que ella les dijese a todos que yo estaba enamorada de Álex y que él lo supiera. Mi aspecto me avergonzaba y llegué a creer que aquellos granos jamás se irían. ¿Quién iba a querer a su lado a un monstruo como yo?

—Tú no eres un monstruo, Cat.

—Pues, según cierto adolescente, tengo un dragón en el interior. —Su hermano sonrió con el rostro aún conmovido—. Perdóname... —prosiguió ella. Óscar intentó hablar, pero Cat se lo impidió—. Déjame continuar, por favor. Cuando Álex me dijo que un grupo de chicos te acosaba en el instituto no supe cómo actuar. Pensé en ir a hablar con tu tutor, pero me aterraba la sola idea de entrar en ese edificio y rememorar aquellos meses de angustia. Cuando regresamos a Sabadell estaba asustada y aun así continué adelante, intentando obviar los recuerdos que me rodeaban. Y lo conseguí. El trabajo en el observatorio había logrado borrar mis temores; también conocer a Bárbara, continuar mi amistad con Rafa... Los días pasaban rápidos y yo me acostaba cada noche con la sensación de que estaba haciendo lo que deseaba hacer y de que tenía a mi lado a la gente que necesitaba tener. Bueno, a casi todos... —susurró, pensando en su padre—. Pero entonces apareció él...

—¿Él?

—Álex.

—¿Álex? —Óscar abrió mucho los ojos y se apartó unos centímetros de su hermana—. ¿Mi... mi Álex es... tu... tu Álex? —preguntó entrecortadamente, mientras señalaba el diario que había dejado sobre el colchón.

—Sí. —Ella sonrió ante aquel derroche de posesivos—. «Tu» Álex es «mi» Álex —repitió, enfatizando los pronombres.

—No, no puede ser. Él me dijo que os conocisteis en el hospital.

—Supongo que oculté tan bien el rostro que ni tan siquiera me recuerda.

—¡Será cabrón! Eran sus amigos, su novia... ¡Joder! ¡No hizo nada para ayudarte! —exclamó enfadado—. Pensé que era de los que les plantan cara a los problemas, no de los que miran hacia otro lado...

—Creo que él nunca supo por lo que yo estaba pasando. Nerea lo tenía engañado. De hecho, lo engañaba en todos los sentidos de la palabra.

—¿Qué quieres decir?

—Hay mucho más que me gustaría contarte, en el diario no está todo escrito. Por las fechas, habrás podido comprobar que las anotaciones en él eran cada vez menos frecuentes. No tenía fuerzas ni para escribir. A veces tan solo repetía algunas palabras o esbozaba algunos dibujos, trazos tristes y lúgubres. Imágenes en las que yo estaba rodeada de monstruos o de muerte. Porque durante aquellos meses mi mundo real era así... —Dejó de hablar y se acomodó mejor sobre la cama—. Un día, un profesor no asistió a clase y me fui a la biblioteca para estudiar, uno de los pocos lugares donde me sentía segura. Pero tuve la necesidad de ir al baño y allí me los encontré: a Nerea y a uno de los amigos de Álex, juntos, besándose y, bueno..., ya sabes.

—¿Con un amigo de su novio? ¿En los lavabos del instituto?

Cat asintió con la cabeza y se levantó de la cama. Necesitaba estirar las piernas, caminar, tomar aire, o tal vez solo se apartó de su hermano porque temía su reacción. Lo que debía explicarle en aquel instante iba a ser demasiado doloroso y no sabía cómo Óscar podía reaccionar ante aquella revelación. Necesitaba cederle algo de espacio, ofrecerle unos centímetros para permitirle decidir.

—Me quedé inmóvil en aquella puerta. Un escalofrío me recorrió el cuerpo y creo que habría podido desfallecer si Nerea no me hubiese cogido el cuello de la camisa. Me sujetó y me alzó con tal fuerza que mis pies dejaron de tocar el suelo. Estaba tan cerca de mí que cuando habló su saliva me salpicó la cara. Sentí náuseas. Me obligó a mirarla a los ojos y me dijo que si le contaba a alguien lo que acababa de presenciar le pediría a Mario que me violara.

—¿Qué?

—Mario era el mejor amigo de Álex. Un chico alto, fuerte y muy desagradable con las chicas. Yo le tenía pánico. No siempre participaba en las bromas que me preparaban ni me puso nunca la mano encima, pero yo estaba aterrada. Así que la creí. Pensé que aquel chico sería capaz de hacer eso y de más... Salí del baño dejando atrás las risas desquiciantes de Nerea. Supo, por la expresión de mi rostro, que lo había conseguido, que con aquellas palabras yo dejaría de ser un problema para ella. Corrí por el pasillo en dirección a la biblioteca con una única idea en la mente: coger mis cosas y huir de allí. Pero antes de llegar vi a Mario. Caminaba hacia donde yo me encontraba, riéndose a carcajadas con otro compañero de clase. Me miró y sus risas cesaron. Clavó los ojos en los míos y sentí un miedo atroz. No recuerdo de dónde saqué las fuerzas que impulsaron mis piernas, pero empecé a correr en dirección contraria. Había estado lloviendo intensamente toda la mañana, pero, a pesar de ello, salí del instituto y llegué a casa empapada y casi sin respiración. Cerré con llave, bajé todas las persianas, apagué las luces y me encerré en el cuarto de baño. Allí permanecí, oculta en la oscuridad, durante mucho tiempo, tal vez horas. Y entonces tomé una decisión: debía acabar con aquello. Por mucho que huyera, por muy rápido que pudiese correr, ellos siempre me alcanzarían. Y solo había una forma de dejar de escapar: desaparecer.

61

Mario

Mario no lograba comprender por qué Álex tardaba tanto. Lo había estado observando con Rafa y Vicky, disimuladamente, y más de una vez había estado tentado a acercarse a aquella esquina y agarrar a Álex del brazo. Tal vez habría parecido un arrebato de celos, una actitud propia de un niño que exige que le devuelvan lo que es suyo, pero no podía remediarlo, el impulso era demasiado fuerte. Álex era su amigo, «su» amigo... Y verlo hablar con Rafa le estaba carcomiendo el cerebro. ¿De qué estarían discutiendo? A veces charlaban tranquilamente y otras se alteraban, movían los brazos con cierta agresividad y se encaraban como dos animales enfrentados.

—¿De qué estarán hablando? —La voz de Juan Carlos a su lado lo devolvió a la fiesta—. Parece que se estén peleando.

—No lo creo... —dijo, no muy convencido.

Sabía que tanto Álex como Rafa no eran de los que solucionaban sus problemas a base de puñetazos, que nunca llegarían a las manos por muy al límite que los pusieran. No como él.

—¿No estarán discutiendo por Vicky?

—¿Por Vicky? No, de eso estoy seguro.

—No sé qué decirte. Rafa es un cabrón con suerte y lo sabe. ¿Has visto cómo se ha puesto la tía? ¡Joder! Hace dos días era una mocosa con coletas y mírala ahora, es la tía más follable de la fiesta.

Mario abrió los ojos con asombro y cerró la boca apretando los dientes, hasta casi hacerlos añicos. Se giró con rapidez y, en décimas de segundo, se encontró con el cuerpo de Juan Carlos contra una de las paredes del salón, el cuello de su camisa entre las manos y los ojos aterrorizados de aquel capullo pidiéndole compasión.

—¡Eres un cabrón! No vuelvas a hablar así de ella o te juro que...

—Pero ¿a ti qué cojones te pasa? —preguntó Juan Carlos, casi sin aliento—. Últimamente estás muy susceptible, ¿no? Además, pensaba que no tragabas a Vicky...

Lo miró con furia, evitando replicar sus palabras, y apretó más las manos contra su cuello.

—¿Qué pasa aquí? —La voz de Nerea lo sorprendió. Notó sus manos intentando separarlos y decidió calmarse. Aquel imbécil no merecía que le estropearan la noche—. ¿Estás bien? —Se giró hacia ella para responder a su preocupación, pero se dio cuenta de que no era a él a quién preguntaba, sino a Juan Carlos, que se colocaba bien la ropa y el pelo con nerviosismo.

—Sí, nena, tranquila, estoy bien... Este tío es un bruto, joder.

Solo entonces Nerea le dirigió una mirada de soslayo, molesta, para poco después volver a centrarse en Juan Carlos.

Durante unos segundos, Mario contempló a aquellos dos mientras se dedicaban arrumacos. Y entonces se dejó llevar por los recuerdos, cuando impulsado por un extraño instinto se adentró en aquel baño y se los encontró allí. A Juan Carlos, uno de los amigos de Álex, follándose a su novia, la misma que ahora acariciaba su rostro, la misma que la noche anterior él se había follado en su cama, anestesiado por el alcohol, envenenado por el sexo, frustrado por el abandono de su padre, herido por la enfermedad de su madre, muerto en aquella carretera... donde yacía, junto a su hermano.

Estiró los brazos, movió el cuello de derecha a izquierda y, una vez que notó que los músculos le destensaban, se dio media vuelta en busca de la barra donde servían las bebidas.

—Un whisky con cola muy cargado —pidió a uno de los camareros que él mismo había contratado para el evento.

Mientras engullía el líquido que debía devolverlo al mismo estado de inconsciencia al que había llegado la noche anterior, su mirada se cruzó con la de Vicky, a lo lejos. La apartó en el acto, como era habitual. Estaba preciosa. Lo había estado siempre: cuando era aquella niña mocosa con coletas, cuando se transformó en una dulce adolescente de mirada inocente y, en ese instante, cuando se había convertido en una mujer casada. Casada con Rafa y más preciosa que nunca.

—Ponme otro igual de cargado.

62

Julián

Julián volvió a tragar saliva.

—¿Por qué? —preguntó Bárbara—. ¿Qué puede impulsar a un padre a abandonar a sus hijos? ¡Son tus hijos!

Conmovido, apartó los brazos de ella y se reincorporó en la cama hasta apoyar la espalda en el cabezal. Bárbara, en silencio, imitó su gesto y adoptó la misma postura.

—Antes de nada, es muy importante para mí que sepas que yo quiero a mis hijos. Los quiero con locura. Los he querido siempre, desde que nacieron hasta el día de hoy. —Su mirada era sincera, aunque había perdido serenidad—. Me siento muy orgulloso de ellos y siempre estaré a su lado cuando me necesiten.

—Lo sé, Julián, pero ¿por qué no puedes solucionar el problema que tenéis Cat y tú? ¿Qué sucedió para que ella se niegue a perdonarte?

—No supe entenderla y hui de ella como un maldito cobarde.

Bárbara dejó caer una mano sobre el antebrazo de él y, al notar la tensión de sus músculos bajo la piel, empezó a mover los dedos en una acaricia que hizo suspirar a Julián.

—Cuéntamelo —susurró ella.

—Lo haré, pero debes tener paciencia. Es la primera vez que hablo de esto...

—Tómate tu tiempo —dijo con tranquilidad.

Los nervios provocaron en Julián un deseo desesperado por fumar, un vicio que había logrado controlar cuando estaba junto a Bárbara. Un fantasma más que ella ahuyentaba con su compañía.

—¿Te importa si fumo?

—No, por supuesto, vayamos al salón.

Después de recuperar sus prendas de vestir, llegaron al salón y, tras abrir un poco la ventana para dejar pasar el aire fresco, los dos ocuparon el sofá, separados apenas por unos centímetros. Julián encendió un cigarro y Bárbara pudo percibir el temblor en sus manos.

—Creo que Carolina tampoco supo nunca que algo estaba atormentando a nuestra hija. Parecía feliz, siempre tan dócil, tan sonriente... Era la hija perfecta: obediente, trabajadora, estudiosa... Supongo que por esa razón la perdonamos cuando sus notas empeoraron, sobre todo el último año de bachillerato. Pensábamos que la presión para acceder a la universidad estaba pudiendo con ella y no quisimos forzarla. Solo la animábamos a que siguiera adelante y no abandonara su sueño de estudiar astronomía. La pasión por los astros la heredó de su madre. —Dio una calada a su cigarro y sonrió con añoranza—. Cuando llegamos a Sabadell, todo parecía ir sobre ruedas. Yo tenía un buen trabajo, Carolina encontró un puesto en una fábrica textil y en poco tiempo teníamos una buena situación financiera, mucho mejor de lo que habíamos esperado cuando decidimos mudarnos aquí. Óscar, un niño que había sido tan deseado, crecía sano y, con pocos años, ya empezaba a mostrarnos su inteligencia. Cat había hecho amigos en el instituto y parecía encajar bien en su nueva vida. Incluso pudimos pasar algunas vacaciones en un hotel cerca de la playa, algo que para nosotros parecía inalcanzable.

—Erais felices...

—Lo éramos... Aquella felicidad, además, se multiplicó cuando conocimos el embarazo de Carmen, la hermana menor de Carolina.

—La famosa tía Carmen. Óscar y Cat me han hablado mucho de ella.

—La adoran... Es una mujer increíble —afirmó Julián tras dar una calada a su cigarrillo—. Todos nos alegramos al saber que ella y Paul iban a ser padres de una niña. Carolina estaba entusiasmada, deseaba ser tía casi de la misma forma que siempre deseó ser madre. Así que aquel embarazo quiso vivirlo cerca de su hermana y, siempre que le era posible, conducía hasta Masquefa para acompañar a Carmen al ginecólogo, si Paul estaba trabajando o, simplemente, para visitarla y pasar la tarde con ella.

Volvió a llevarse la boquilla del cigarro a los labios y la aprisionó con fuerza, inspirando a la vez. Una calada profunda, dos... y otras más, hasta que el fuego acabó consumiendo el tabaco. Apagó el cigarrillo y lo apretó contra un cenicero de cristal que Bárbara había depositado sobre la mesa. Lo apartó a un lado para que el humo no los molestara y se dejó caer sobre el respaldo del sofá.

—El mes de mayo estaba acabando y solo faltaban cinco semanas para que naciera el bebé de Carmen. Se acercaba la fecha y Carolina quiso acompañarla a una de sus pruebas rutinarias. Aquella mañana amaneció lloviendo y, según la previsión meteorológica, la tormenta continuaría durante todo el día, con fuertes vientos y descargas eléctricas. Antes de irnos a trabajar, advertí a Carolina y le hice prometer que tendría cuidado en la carretera... Pero lo que debería haber hecho es suplicarle que no hiciera aquel dichoso viaje.

Julián suspiró compungido y Bárbara buscó su mano, la cubrió con la suya y la acarició con los dedos. Él se lo agradeció devolviéndole las caricias.

—Aquella tarde tuve que trabajar algunas horas extras y, al salir, comprobé que tenía tiempo de ir a recoger a Óscar a la guardería. Normalmente era Cat quien se encargaba, así que decidí pasar por casa para avisarla y, también, para coger el paraguas del niño, porque la lluvia no había parado. Cuando entré en casa no me extrañó ver las persianas bajadas, pero me sorprendió que todas las luces estuvieran apagadas y, sobre todo, aquel silencio... Un silencio que parecía estallar en mis oídos.

63

Cat

—¿Desaparecer? —preguntó Óscar.

Cat asintió con la cabeza. Continuaba de pie, de espaldas a su hermano, y, a pesar de que él no podía mirarla a los ojos, ella cerró los suyos, buscando la misma invisibilidad que la estuvo ocultando en el cuarto de baño de su casa, diez años atrás.

—Sentía un fuerte dolor en el pecho, la respiración acelerada y el corazón pretendiendo escapar por la garganta. No lo soportaba más. El miedo, la angustia, la desesperación, la soledad... me vencieron. Ellos ganaron. Y yo dejé de luchar. Encendí las luces, abrí el armario del baño y busqué entre las cosas de papá. Las maquinillas de afeitar que usaba entonces se podían desmontar y conseguí separar la cuchilla. Estaba fría y, por el tacto del metal, intuí su filo cortante. Sin embargo, no le temí al dolor; aquel dolor no podía ser peor que el que estaba consumiéndome desde hacía meses. Iba a morir desangrada, lentamente, pero conseguiría alcanzar la paz y, con ella, desaparecería el dolor.

—Cat... —susurró Óscar, muy cerca de ella. Se había levantado de la cama y la rodeó con los brazos desde atrás para sujetarla con fuerza, como si pretendiera retenerla y que no se lanzase a aquel precipicio.

Ella percibió de nuevo las lágrimas sobre las mejillas y se dejó abrazar, acogiéndose al calor de su hermano con desesperación, ciñéndose a él; la bomba de oxígeno que necesitaba para continuar respirando. Inspiró de él y volvió al pasado, a aquella pequeña estancia y al tacto frío del metal afilado.

—Acerqué la cuchilla a la muñeca con la mano temblorosa. No pensé en ningún momento si sería capaz de hacerlo o no, ni tan siquiera sabía cuánto debía apretar para que la herida profundizara, solo quería desaparecer, que mis párpados cediesen y bajara el telón. Fin de la obra. —Agachó la cabeza y, con los dedos de la mano derecha, cubrió las pulseras de tela y cuero. Luego se sacó una de ellas, de terciopelo azul—. No quise ver la herida sobre mi piel y aparté la mirada. Mientras contemplaba el reflejo de mi rostro en el espejo empecé a presionar el filo de la cuchilla contra la muñeca. Un dolor punzante me hizo parar. Cerré los ojos y entonces apareciste tú... Tú, papá y mamá. —Inspiró largamente y se retiró una segunda pulsera, de cuero negro—. Pero no estabais sonrientes como era habitual, sino que llorabais, de pie, junto a mi cadáver, flotando sobre un charco de sangre.

»Creo que entonces fui consciente de lo que estaba a punto de hacer, de las consecuencias de una decisión que no sabía cómo había llegado a tomar. Iba a haceros daño, a destrozaros la vida, a permitir que ellos no solo me vencieran a mí, sino que también acabasen con vuestras ilusiones. —Con lentitud, siguió retirando las pulseras. En esa ocasión, una de tela anaranjada y otra de cuero marrón—. Abrí los ojos, asustada y arrepentida, pero al bajar la vista y ver el hilo de sangre que emanaba del pequeño corte que había provocado la cuchilla sentí un sudor frío en la frente y noté cómo mi cuerpo me abandonaba. —Otra pulsera más y su piel quedó expuesta, desnuda ante su hermano, mostrándole una fea cicatriz—. Mientras me desvanecía, la cuchilla, que aún rozaba la muñeca, continuó rasgando la carne hasta la mitad del antebrazo y dejó un corte profundo por el que comenzó a brotar la sangre.

64

Julián

—Atravesé el salón, confundido —continuó Julián— y expectante ante cualquier ruido que me ayudara a comprender por qué aquel silencio me resultaba tan espeluznante. Vi luz bajo la puerta del baño y me acerqué despacio. Golpeé la madera con los nudillos y llamé a Cat. No me respondió y repetí los golpes. Asustado, grité su nombre. Ella tenía que estar dentro y, al no oír su respuesta, temí que algo malo le hubiese sucedido. Empujé la puerta con fuerza, usando el hombro derecho, y en dos embestidas rompí el pestillo, que estaba cerrado por dentro. Cuando entré, me la encontré allí...

—¿A Cat?

—Estaba tirada en el suelo, sobre un charco de sangre.

—¡¿Cómo?! —exclamó Bárbara, a la vez que se llevaba las manos a las mejillas.

—Me agaché rápidamente para tocarle el cuello y comprobé que aún tenía pulso. La llamé varias veces y, como no respondía, me temí lo peor... Mi hija se estaba muriendo, se estaba muriendo... —Dejó de hablar porque un peso en la garganta le impidió continuar. Un sollozo le agitó el pecho y se llevó una mano hasta los ojos, los restregó y dejó los dedos apoyados en el puente de la nariz—. Vi la cuchilla a un lado y un corte feo en el interior de su antebrazo, por el que continuaba perdiendo sangre. Segundos después, cuando fui capaz de reaccionar, cogí una toalla e intenté cortar la hemorragia. Cuando la tuve controlada salí corriendo al salón, en busca del teléfono. Primero llamé a un número de Urgencias y cuando me preguntaron qué había sucedido fui consciente de mi nueva realidad. Pronuncié aquellas palabras que todavía hoy viajan en mi cabeza, que me torturan sin descanso y que me atormentan cada noche, antes de ir a dormir: «Mi hija ha intentado suicidarse».

»Mi pequeña, la misma a la que tomé en brazos después de oír su llanto por primera vez, la niña a la que sujeté de los deditos después de que diera sus primeros pasos y a la que enseñé a mantenerse a flote sobre el agua de una piscina. Mi hija, la misma a la que había visto sonreír millones de veces, a la que había intentado proteger y educar, y por la que estaba dispuesto a darlo todo. En pocos segundos, me hice mil preguntas: ¿por qué?, ¿qué la había llevado a tomar una decisión de ese calibre?, ¿qué o quién le había hecho tanto daño como para preferir la muerte a la vida?, ¿qué había hecho yo mal?, ¿cómo no había detectado nada extraño en su comportamiento? Me asusté, me asusté mucho, y necesitaba tener allí a Carolina. Así que la llamé a casa de mi cuñada, la llamé... ¡Joder!

Julián volvió a taparse los ojos con las manos, intentando retener las lágrimas, y recordó aquella conversación, sus últimas palabras, su voz.

—Carolina, la niña está... está...

—¡Julián! ¿Qué le pasa a Cat? Habla... Me estás preocupando.

—Está en el baño, inconsciente, se ha cortado el brazo, no se despierta... Carolina, creo que ha intentado quitarse la vida.

—No, no... no puede ser, Julián, ¿estás seguro? ¿No respira?

—Sí, aún tiene pulso. He llamado a Urgencias, no tardarán en llegar... Pero no lo entiendo... ¿Por qué? ¿Por qué lo ha hecho?

—Tranquilo, cariño, tranquilo... Salgo ahora mismo. Iré directa al hospital.

—Ven, ven, por favor, corre...

—Le supliqué que no tardara en llegar, que corriese, que no me dejara solo...

Con un temblor inusual en las manos, Julián estiró el brazo hasta alcanzar el paquete de cigarrillos. Sacó uno de la funda plastificada y consiguió encenderlo después de tres intentos fallidos. Inspiró el humo con una necesidad dolorosa y con tanta intensidad que no hubo un solo poro de su piel que no se impregnara de tabaco.

—El equipo médico llamó a la puerta pocos minutos después. La hemorragia estaba controlada, pero Cat había perdido mucha sangre y seguía inconsciente, así que la desplazaron a Urgencias. Tuvimos que esperar más de una hora, pero consiguieron hacerle una transfusión que la estabilizó. Mientras la intervenían para cerrar la herida del brazo, dos policías entraron en la sala de espera, preguntando por mí. El coche de Carolina se había precipitado por un barranco. Murió media hora después de llegar al hospital.

65

Álex

—El vehículo dio varias vueltas de campana mientras caía por un precipicio —continuó Rafa—. La madre de Cat sobrevivió al accidente, pero cuando los bomberos lograron extraer su cuerpo de entre los amasijos en los que se había convertido el coche, ya había perdido mucha sangre. Cuando llegaron al hospital no tenían de su mismo grupo sanguíneo y cuando la consiguieron ya era demasiado tarde.

—Cero negativo... —dijo Álex en un murmullo.

—Sí —confirmó Rafa.

—¿Eso qué quiere decir? —preguntó Vicky.

—El grupo sanguíneo de Cat es cero negativo —explicó Álex—, por tanto, al menos uno de sus padres también lo tiene. Es el único grupo sanguíneo compatible con todos los demás; pueden donar a cualquier persona, pero solo pueden recibir sangre de otro cero negativo. Cat y su madre necesitaron la misma, pero solo una de las dos la consiguió a tiempo.

—Bueno... No fue así exactamente —replicó Rafa—, porque no estuvieron en el mismo hospital.

—Lo sé. Desde donde se produjo el accidente no trasladaron a la madre de Cat hasta el hospital de Sabadell, donde ella debía estar ingresada. De todas formas, aunque hubiese sido así, aunque ambas hubiesen coincidido en el mismo centro, en días de lluvias intensas los accidentes de tráfico son muy numerosos, y si a eso añadimos los partos complicados, las intervenciones quirúrgicas, las heridas de arma blanca y multitud de razones más por las que se requieren transfusiones sanguíneas a diario, la probabilidad de que la madre de Cat necesitara la misma sangre que le fue transfundida a su hija era mínima. Pero todo eso no importa, porque para Cat la sangre que salió de su cuerpo y la que recibió a cambio en el hospital pudo haber salvado la vida de su madre. —Álex, que contemplaba el rostro adolescente de Cat sobre aquella cartulina, levantó el brazo hasta acariciar con la yema de los dedos el contorno de sus labios—. Y esa es la razón por la que donar sangre es tan importante para ella, porque mientras está tumbada en aquella camilla, con los ojos cubiertos por el antifaz y escuchando a los AC/DC, le está pidiendo perdón a su madre e intentando liberarse de la culpabilidad que no la deja vivir.

66

Julián

—Tres horas después de descubrir a mi hija sangrando en el cuarto de baño me encontré a varios kilómetros de distancia, en una fría sala de hospital, reconociendo el cadáver de mi mujer. Allí me explicaron que su coche había perdido el control por culpa de la lluvia y que los bomberos tuvieron que abrir la carrocería para llegar hasta ella. Aún estaba viva, inconsciente, respirando con dificultad debido a los hierros que le habían atravesado los pulmones, desangrándose, sola. Dos policías me acompañaron en todo momento para tramitar los papeles de su fallecimiento, porque yo era incapaz de pensar. No recuerdo bien cómo transcurrieron aquellas horas ni cómo llegué de nuevo a casa. Una vez allí, a solas, me dirigí al cuarto de baño, y al ver la sangre que todavía cubría las baldosas supe que, en mi estado, no podía ver a mi hija, que no iba a ser capaz de contener la rabia o el enfado. Porque en aquel instante el único razonamiento lúcido que pasaba por mi mente era que nuestra vida, nuestra familia, mi mundo se había desmoronado por culpa de la irresponsabilidad de una adolescente.

—Julián, ¿cómo pudiste pensar eso? —inquirió Bárbara—. Fue un accidente.

—Sí, lo fue... Pero me sentí muy dolido. No volvería a ver a mi mujer, a besarla, a abrazarla, a hablar con ella, a amarla como la amaba... Mi vida acabó en aquel barranco, Bárbara, perforada por piezas de metal y vacía de sangre. La misma sangre que mi hija había dejado abandonada en aquel cuarto de baño.

—Julián, era una niña...

—Era una niña asustada que sufría... ¿Crees que no lo sé? ¿Crees que no me he arrepentido infinidad de veces de haberla dejado allí sola?

—¿No volviste al hospital?

—No. Fui incapaz... No regresé aquel día, no pude. Busqué la agenda donde teníamos anotados algunos números de teléfono y localicé el de Rafa, un amigo de Cat.

67

Cat

—Me mantuvieron sedada toda la noche y cuando abrí los ojos la luz que accedía por la ventana de la habitación me recordó a Masquefa, al campo, a la paz y a la vida tranquila del pueblo. Volví a cerrar los ojos para imaginar que estaba allí y sentirme viva de nuevo. Pocos segundos después, al notar un leve dolor en el brazo, levanté los párpados para estrellarme con mi actual realidad, mi nueva vida: solitaria, oscura y más dolorosa que la anterior.

»Rafa estaba a mi lado, recostado en un sillón. Parecía cansado y somnoliento. Se incorporó rápidamente y me preguntó cómo me encontraba. Lo último que yo recordaba era el temblor de piernas al verme la sangre en la muñeca. Sentí mucha vergüenza y evité explicarle a Rafa mi intento fallido de suicidio, pero no tardé en entender que él ya lo sabía.

—¿Quién se lo dijo?

—Lo llamó papá, aunque de eso me enteré más tarde. Rafa solo quiso saber qué me había llevado hasta allí, por qué lo había hecho, y entre lágrimas se lo conté todo: los insultos de Nerea, las bromas de ella y sus amigos, el miedo que le tenía a Mario, lo que vi en el baño del instituto y aquella amenaza. Me escuchó en silencio, asimilando mis palabras, y aunque no me lo dijo sé que se sintió culpable. Entonces entendí que debía haberle pedido ayuda a Rafa, que nuestra amistad era sincera y que él nunca me habría abandonado. Y de hecho allí estaba, junto a mí, después de pasar toda la noche sentado en aquel incómodo sillón.

—¿Y papá y mamá? ¿Dónde estaban?

—Papá fue quien me encontró en el cuarto de baño. Mamá estaba aquella tarde en Masquefa con tía Carmen. Faltaba poco para que naciera Cris y mamá la quiso acompañar al ginecólogo. Llovía mucho y... —Un sollozo no la dejó continuar y se separó de Óscar, evitando sus ojos.

—Y no regresó... —acabó él.

—Tía Carmen llegó al hospital unas horas después de que yo despertara. Su rostro reflejaba un dolor tan intenso que me asusté. Sin poder controlar el llanto, nos dijo que papá había llamado a su casa para contarle a mamá que me había encontrado inconsciente en el baño, sangrando. Ella se subió al coche, sin dudarlo, y condujo casi a oscuras, por culpa del temporal. La policía dijo que la causa del accidente había sido la lluvia, que el vehículo había perdido la tracción y el control, pero en realidad no fue así. No fueron la lluvia ni el coche... Fui yo. La culpable fui yo.

—Cat, no... No digas eso. —Su hermano intentó consolarla rodeándola de nuevo con los brazos. Ella quiso deshacerse del abrazo, pero él insistió—. Cat, no fuiste tú, fueron ellos... Ellos te condujeron hasta la cuchilla...

—Óscar, yo no pedí ayuda, fui débil, no luché y dejé aquella sangre allí, en el suelo.

—¿Aquella sangre? —preguntó él confundido.

—La que mamá necesitaba para seguir viviendo, la que yo recibí por ser una inconsciente... Mamá murió en el hospital porque no había sangre de su grupo sanguíneo, el mismo que tenemos tú y yo; la sangre que derroché la habría salvado, ¿lo entiendes ahora? Yo podía haber evitado su muerte. ¡Yo! —gritó antes de llevarse las manos a la cara y ahogarse en un llanto desgarrador.

Óscar la miró con el rostro húmedo y en aquel instante lo comprendió todo: el porqué de su extraña obsesión por donar sangre y la razón de su silencio, de su miedo al rechazo. A su rechazo.

—Yo no creo que tú seas la culpable, Cat.

—Pero papá sí... Y me lo demostró dejándome sola, abandonándonos.

—No, no... Estoy seguro de que él te quiere. Está muy arrepentido y no te culpa. Tienes que perdonarlo, Cat, él te echa de menos...

—Óscar —lo interrumpió—, fui yo la que tuvo que decirte que mamá no volvería jamás y fui yo la que durmió a tu lado noche tras noche mientras me preguntabas llorando dónde estaban tus padres.

¡Tenías cuatro años! ¡Cuatro años! Y yo, con diecisiete, tuve que seguir adelante sin su apoyo, con el lastre de la culpabilidad dificultándome el camino, sin creerme con derecho a divertirme, a ilusionarme o a soñar. Sola. Completamente sola.

—No estabas sola, Cat, nunca has estado sola. Yo estaba contigo.

68

Julián

—Me subí al coche y conduje sin saber adónde ir, no importaba —prosiguió Julián—. Yo ya no tenía mujer, ni hijos, ni un hogar. No era nadie. Paré en un bar de carretera, a unos cien kilómetros de aquí, y empecé a beber sin control. Hasta entonces no había sido un gran bebedor, alguna cerveza o una copa de vino comiendo, pero en aquella barra quise emborracharme y narcotizar mi cuerpo para volverme insensible. Y supongo que lo conseguí, porque el siguiente recuerdo coherente que tengo es de dos días después, cuando desperté en una sucia habitación de hotel, cerca de aquel bar donde pasé largas horas ahogándome en alcohol.

Cogió el paquete de tabaco que continuaba sobre la mesita y lo miró con pesadumbre.

—Odiaba fumar, siempre me pareció un vicio absurdo, insano y que mostraba debilidad. Supongo que por esa razón el tabaco consiguió aprisionarme entre sus zarpas, porque yo me volví débil.

—No creo que seas débil, Julián. Viviste una experiencia traumática, por la que cualquier humano se habría sentido perdido y frágil, pero eso no te convierte en una persona débil.

—Los abandoné, Bárbara, y aún no he conseguido el perdón de mi hija... Sigo siendo débil.

—¿Hablaste con ella?

—Cuando días después llegué a casa, me encontré el cuarto de baño limpio y los armarios de los niños vacíos de ropa. Mi cuñada se había encargado de todo: del funeral de Carolina, del cuidado de Cat, de limpiar aquella sangre...

—¿Y Óscar?

—Antes de acompañar a Cat al hospital, y después de llamar a mi mujer, le pedí a mi hermano que recogiera a Óscar de la guardería y que cuidase de él aquella tarde. Estuvo con su tío hasta que Carmen se los llevó a Masquefa. —Suspiró y volvió a dejar el paquete de tabaco sobre la mesa, sin abrirlo—. En contra de lo que hubiese imaginado, no me sentí mal por aquello, todo lo contrario; yo era incapaz de cuidar de ellos en mi estado, así que lo acepté y me refugié en mi nueva vida solitaria. Si a aquello se le podía llamar vida, porque yo vivía estando muerto. Pasaron los días, las semanas... El alcohol, el tabaco y el trabajo conseguían mover las manecillas del reloj para que el tiempo pasara, pero no apaciguaban el dolor que me estaba ahogando. Un sábado por la mañana, después de una noche más en vela, reaccioné. Los echaba de menos, a ellos, a mis hijos, los añoraba y los necesitaba incluso más que a mi propia mujer. Carolina ya no estaba, pero ellos sí, y yo ya no podía vivir un día más sin tenerlos a mi lado. Así que me subí al coche y llegué a Masquefa dispuesto a recuperarlos, a pedirles perdón y a luchar por ellos.

—Pero Cat no quiso verte.

—Se negó rotundamente. Hablé con Carmen y ella me entendió, pero me dijo que no intentaría convencer a Cat, que ella debía decidir por sí misma. Lo acepté y, aunque me dolió, al menos conseguí recuperar a Óscar. No quise separarlo de su hermana y consentí que ella fuera su tutora y que me dejasen visitarlo siempre que me fuera posible. Pocos meses después, me mudé con mi hermano, porque la soledad en aquel piso era aplastante. Durante los nueve años que ellos vivieron en Masquefa intenté infinidad de veces hablar con Cat o verla, solo me conformaba con eso, con contemplar sus ojos o su sonrisa, pero no pudo ser hasta que volvieron a Sabadell. Desde entonces, ha permitido tenerme cerca, aunque continúa negándose a hablar conmigo sobre lo que sucedió.

—Ojalá te perdone y podáis volver a ser una familia.

—Eso es lo que más deseo. —Julián miró a Bárbara con intensidad y se acercó lentamente para acabar depositando un beso suave sobre sus labios—. Gracias —susurró—, gracias por escuchar.

69

Álex

—Estuve al lado de Cat mientras permaneció ingresada y, tres días después de su intento de suicidio, me despedí de ella en la puerta del hospital. —Rafa buscó los ojos de Álex y sonrió con amargura—. Cuando al día siguiente llegué al instituto, nadie me preguntó por ella, nadie se había percatado de su ausencia, nadie, ni tan siquiera los profesores. Mis padres, que estaban indignados por lo sucedido, me acompañaron para hablar con el director del instituto y ponerlos al corriente de lo que Cat había sufrido dentro de las aulas. Pero no quisieron que aquel «incidente», como ellos lo llamaron, trascendiera fuera del instituto. Así que solo tuvieron una charla «correctiva» con Nerea y, como compensación, aprobaron a Cat para que pudiera graduarse.

—¡Joder! —murmuró Álex, apretando los dientes.

—Cris, la prima de Cat, nació dos semanas después, y centrarse en el cuidado de la niña y de su hermano la animaron a seguir adelante. Al año, consiguió aprobar el acceso a la universidad y pudo estudiar física, como siempre había deseado. Durante los nueve años que vivió en Masquefa estuvimos enviándonos cartas o hablando por teléfono en ocasiones especiales como cumpleaños o Navidad. Sé que Carmen la convenció para que asistiera a terapia y los psicólogos que visitó la ayudaron a resurgir de aquel pozo oscuro al que la habían arrojado. Los granos de su rostro desaparecieron, dejó de cubrirse la cara con el cabello y cuando la vi de nuevo, casi diez años después, pude distinguir en ella a la niña que conocí en nuestro primer día de instituto. Cat, por fin, había conseguido recuperar parte de aquella paz... Hasta que apareciste.

—Yo... —Álex se llevó las manos a la cabeza y removió su cabello, nervioso—. Yo no la reconocí, joder.

—Pocos días después de que Cat y Óscar se mudaran a su antigua casa —continuó Rafa— nos encontramos en la bolera. Estaba radiante y muy emocionada con su nuevo trabajo. Mientras conversábamos animados de nuestras cosas, oyó vuestras voces, la de Ángel, la de Mario y la tuya. La noté nerviosa, pero giró levemente la cabeza, para comprobar si eras tú. Os estabais cambiando el calzado para ocupar una pista. Volvió la cabeza de nuevo para mirarme y vi seguridad en sus ojos, como si acabara de descubrir que por fin era inmune a ti o a Mario. Me alegré por ella. Pensé que lo había logrado, que os había vencido... Pero no... Tuviste que aparecer siete meses después, en el banco de sangre, y no se te ocurrió nada mejor que seguirla hasta su casa para pedirle perdón. Todo lo que ella había conseguido sanar en diez años lo jodiste en dos días.

—¡Mierda! ¡Mierda! —escupió Álex, lamentándose por lo estúpido que había sido, por no reconocerla y por provocar su sufrimiento.

—Rafa, no puedes culpar a Álex. —Vicky quiso excusarlo. Conociendo a su amigo, sabía que ya estaba empezando a cargar sobre él parte de la responsabilidad—. No la reconoció y, aunque lo hubiese hecho, él no sabía nada de lo que le sucedió a Cat.

—Vicky, déjalo, Rafa tiene razón. La he jodido... Ella me advirtió de que la dejara en paz y yo insistí. —Álex volvió a llevar las manos hasta la imagen de Cat y suspiró—. Todos tenemos que asumir nuestra parte de culpa: los que la acosaron y los que no hicimos nada para evitarlo. Entre todos matamos a su madre.

Sin poder apartar la vista del rostro de Cat, y mientras continuaba acariciando la cartulina, pensó en los momentos que había compartido con ella. No habían sido demasiados, pero aquella muchacha menuda, de cabello oscuro y rostro enfurruñado, lo había conquistado irremediablemente; deseaba tenerla a su lado, anhelaba hacerla sonreír, besarla y luchar por ella... Luchar. Eso era lo que debía hacer. Estaba cansado de ser el conformista, el permisivo, el que lo perdonaba todo, el amigable, el imbécil. Iba a dar un golpe en la mesa y a apartar de su lado todo aquello que un día le hizo sufrir para aferrarse con fuerza a lo que en un futuro lo podía hacer feliz: ella.

—¿Qué coño estás mirando? —La voz pastosa de Mario hizo que Álex cerrara los ojos y apretase la mandíbula. Se había acercado a ellos sigilosamente, se había situado tras su espalda y el olor de su aliento lo delató. Estaba borracho, otra vez—. ¡Ostras! Me acuerdo de esta niña, la de los granos, ¿cuál era su nombre? Sí, ya lo sé, Nerea la llamaba Carolina, la Pueblerina.

En aquel preciso instante, Álex oyó también la risa nauseabunda de aquella bruja a lo lejos; muy posiblemente no se reía del comentario inoportuno de Mario, pero sus dos voces se cruzaron y le provocaron idéntica repugnancia. Recordó la noche anterior, cuando Cat salió corriendo, aterrorizada, y sus voces... sus voces burlándose de ella.

Al igual que hicieron con aquella niña...

Cerró el puño derecho con brío, hasta que los nudillos emblanquecieron, y tensó los músculos del brazo. Cogió impulso y alzó la mano mientras daba un giro de ciento ochenta grados. Y lo que jamás pensó que podría suceder sucedió allí, rodeados de muchos falsos amigos y pocos que verdaderamente lo eran: estampó el puño contra él, contra Mario, contra quien había sido durante años su supuesto amigo. Lo golpeó, delante de todos, pero si hubiesen estado solos tampoco habría reprimido las ganas de romperle la barbilla, el pómulo o la nariz.

Fue tal la rabia que descargó sobre el rostro aturdido de su amigo que este cayó al suelo como una pluma. Perdió el equilibrio con sus casi dos metros de altura, sus anchos hombros y sus brazos musculados, pero lo que verdaderamente se perdió en aquel instante fue mucho más doloroso: su amistad.

—¡Joder! ¿Por qué cojones me pegas? —farfulló Mario mientras se masajeaba la barbilla.

—Porque estoy cansado de ti —gritó Álex—, de tus bromas y de que te rías de los demás. Y porque estoy harto de excusarte, de intentar ayudarte para nada; harto de mirar hacia otro lado para no tener que reconocer que eres un mierda y que le jodes la vida a todo el que esté a tu lado. Estoy cansado, ¿me oyes?, cansado de ti. —Volvió a apretar los puños y sintió dolor en uno de ellos. Sin dejar de escupir fuego por los ojos, miró con repulsión el rostro contraído de Mario, que permanecía tirado en el suelo, incapaz de reaccionar—. No quiero volver a verte...

Álex dio media vuelta y todos los compañeros que se habían acercado curiosos, formando un círculo a su alrededor, le abrieron paso. No miró el rostro de ninguno de ellos y menos aún el de ella, que intentó retenerlo para comprender qué estaba sucediendo. Se zafó de Nerea con desprecio y salió de aquel salón. Cruzó el túnel del terror que formaban aquellos pasillos y, tras él, cerró la puerta de hierro del exterior, dejando atrás aquella parte del pasado que hacía tiempo debería haber olvidado.

70

Cat

Cat dejó su diario en el cajón de la cómoda, allí donde había permanecido escondido tantos años. Se dirigió al salón y se encontró con Óscar, recostado en el sofá, sin los auriculares que lo aislaban de la frustración y el mal humor de su hermana, esperándola. Él dejó a un lado el libro de fantasía que no había podido continuar y la animó a compartir el sofá. Ella curvó los labios en una tenue sonrisa y se sentó cerca, muy cerca, experimentando una inusual tranquilidad.

—¿Qué sucedió anoche? ¿Por qué estabas tan asustada? ¿Te pasó algo con Álex?

—No, Álex se comportó maravillosamente bien. —Notó que se ruborizaba e intentó ocultarlo mientras sujetaba un cojín sobre su pecho y apoyaba la barbilla en él—. Pero, saliendo de la sala de conciertos, vimos a Mario y... a Nerea. Estaban borrachos y creo que no me reconocieron. Ella intentó besar a Álex y aunque él la apartó de su lado dudé de si aún existía algo entre ellos... Y Mario... —Un escalofrío hizo que se estremeciera—. Mario me miró de arriba abajo como si fuera un objeto por el que pujar en una subasta. Todos los demonios que había logrado ahuyentar durante diez años regresaron a mí en menos de un minuto. Salí corriendo de allí porque tuve miedo. Miedo de volver a sentir miedo.

—Tienes que hablar con Álex y contárselo todo.

—Óscar, nunca debí aceptar esa cita con él... Yo... —Inspiró profundamente—. Intenté que no se acercara, pero lo hizo...

Recordó la mañana que se encontraron frente a la iglesia, el instante en que Álex sonrió satisfecho tras salvarle la vida a un desconocido, cuando le confesó que estaba interesado en ella y cuando, poco después, se negó a dejarla sola en aquella parada de autobús. Aquel día se rindió ante su bondad. Había luchado contra las cenizas de aquellos sentimientos extinguidos, comprobando asustada cómo el fuego se avivaba poco a poco. Intentó sofocarlo, pero acabó quemándose.

—Te gusta Álex, ¿verdad?

Se encogió de hombros sin querer admitirlo, aunque sin poder negarlo.

—Tenerlo cerca es arriesgado. Algunas de las pesadillas que me acompañaron el último año en el instituto han regresado. Él las ha traído consigo. Y aunque Álex no es consciente de ello, lo que me hace sentir puede volver a lanzarme al abismo. Anoche lo comprendí. He sido una ilusa, he llegado a imaginarme con él, con el Álex de ahora. Ya no es el chico guapo del instituto ni yo la niña de los granos, somos Álex y Cat, Cat y Álex, el médico y la donante de sangre, dos amantes del rock, dos personas cuyos caminos se han entrelazado casualmente. Solo nosotros dos. Nadie más.

»Sin embargo, aunque ahora no sean visibles, los granos todavía pueblan mi rostro y Álex continúa siendo un sueño, la fantasía de una adolescente. Tengo que recular y elegir un camino distinto al de él. Si no lo hago, acabaré en aquel rincón oscuro, tomando decisiones que destrocen vidas. Y esta vez ya no podría sobrevivir a ellas, porque haceros daño de nuevo sería el fin.

—Tú no eres capaz de hacerle daño a nadie.

Cat volvió a sonreír y, emocionada, removió el cabello moreno y ondulado de su hermano.

—Cuidado, que puedo escupir fuego... —Abrió mucho la boca e intentó imitar el rugido de un dragón mientras con las manos buscaba el abdomen del muchacho para hacerle cosquillas.

Las risas duraron unos minutos y la complicidad, el cariño y el perdón los envolvieron en un manto fraternal. Óscar disfrazó con carcajadas algunas lágrimas de emoción y Cat, entre bromas, aprovechó para acogerlo entre los brazos, acercarlo a ella y abrirle la puerta de su interior. En aquel instante, dejaron de ser dos para pasar a ser uno.

—Estoy cansada, deberíamos ir a dormir —declaró Cat un rato después.

Óscar, de un salto, se puso de pie y estiró mucho los brazos, como si pretendiera tocar el techo con los dedos.

—Sí —afirmó al tiempo que bostezaba—. Hoy ha sido un día... ¿extraño?

Cat sonrió ante la pregunta y siguió a su hermano a través del salón, remolcando los pies debido al cansancio. Pero cuando ambos estaban a punto de entrar en sus respectivas habitaciones el timbre de la puerta exterior los dejó paralizados.

—¿Quién puede ser a estas horas? —preguntó Cat.

—Supongo que un vecino del bloque, porque no ha llamado antes al interfono del portal.

—¿Qué querrá? —Cat caminó hacia la puerta casi de puntillas y, antes de levantar los talones para llegar hasta la mirilla, se puso el dedo índice sobre los labios, pidiéndole silencio a su hermano.

Cuando acercó el ojo a la mirilla y pudo ver a través de ella, la figura deformada que distinguió al otro lado casi le hizo perder el equilibrio. Las rodillas se le volvieron de espuma. Giró sobre sí misma y apoyó la espalda contra la puerta, suavemente, para que él no adivinara que estaban separados por apenas unos centímetros. El timbre volvió a sonar y Cat apretó los labios.

—¿Quién es? —susurró Óscar.

—Álex... —respondió Cat, en un murmullo casi imperceptible.

—Cat... —Óscar movió la cabeza de un lado a otro—. Deberías hablar con él. No sabe qué te sucedió anoche y si no se lo cuentas todo jamás lo comprenderá.

—No, no puedo... Óscar, tengo que alejarme de él, de ellos... No sería capaz de pasar otra vez por lo mismo.

El muchacho inspiró y espiró con fuerza. No podía obligarla y, a pesar de que no estaba de acuerdo con ella, la comprendió. Así que cogió un juego de llaves que guardaban en un pequeño mueble de pared, tras la puerta, y se apoyó en la maneta.

—Está bien, déjame hablar con él.

—No se lo cuentes, por favor, es mejor que no me recuerde...

—Creo que te equivocas; pero, tranquila, no le diré nada.

71

Álex

Había esperado impaciente tras un árbol, cerca del edificio donde vivían Cat y Óscar. Permaneció allí escondido, decidido a acceder al bloque en cuanto un vecino abriera la puerta, sabedor de que ella se negaría a darle paso si llamaba al interfono. Durante los minutos que estuvo de pie, agazapado y en alerta, la cabeza no le dio tregua. Los recuerdos imprecisos, las palabras de Rafa, las de Vicky, Nerea, Mario... Apretó los puños y se maldijo en silencio por no haber hecho nada. Debía pedirle disculpas a Cat, pero aún no había hallado las palabras adecuadas. ¿Qué discurso, por muy preparado que estuviera, conseguiría borrar un pasado, una muerte, el dolor o la culpabilidad? Él no podía darle consuelo a Cat con una disculpa ni devolverle la vida a su madre...

No era capaz de borrar lo sucedido, pero él debía, quería y necesitaba pedir perdón.

Logró subir en cuanto ayudó a un vecino anciano a abrir la puerta de hierro y, una vez allí, en el rellano de la escalera, con el dedo apuntando hacia el timbre, dudó... ¿Y si ella no aceptaba sus disculpas? ¿Y si Cat había decidido cerrarle todas las puertas? Tomó aire con ahínco, lo expulsó con calma y apretó el timbre. Esperó unos segundos, minutos, horas..., no supo cuánto tiempo, pero fue muy largo, demasiado. Volvió a oprimir aquel diminuto botón de plástico y aguardó más segundos, minutos, horas... El dedo se disponía a recorrer de nuevo aquel camino cuando el ruido metálico de unas llaves al otro lado de la puerta le provocó taquicardia. Esperó, atento a cualquier leve sonido que atravesara aquellos centímetros de madera, hasta que el roce de una llave en el interior de la cerradura lo hizo retroceder un paso.

Medio cuerpo de Óscar apareció entre el marco y la puerta. Lo miró y reconoció el enfado en sus ojos.

—¿Qué quieres? —preguntó con aspereza.

—¿Está tu hermana?

—No quiere verte.

Álex cerró los ojos, se recordó a sí mismo que debía mostrarse calmado y volvió a abrirlos para demostrarle a su amigo que su mirada era tan sincera como sus palabras.

—Óscar, tenemos que hablar.

El muchacho miró tras la puerta y Álex supo que ella estaba allí. Controló las ganas de empujar la madera que los separaba, adentrarse en aquella casa y pedirle a gritos que lo escuchara, sabiendo que aquel arrebato solo podía deteriorar más su corta relación. Así que dio otro paso hacia atrás y aguardó a que Óscar saliera al rellano y cerrase la puerta tras él. Se sentó en el final de las escaleras, por las que se bajaba del piso superior, y esperó a que el muchacho hiciera lo mismo.

—Lo sé todo, Rafa me lo ha contado. —Una vez que lo tuvo a su lado, Álex agachó la cabeza y se frotó la palma de las manos con inquietud—. Sé qué esconde Cat con sus pulseras, por qué dona sangre, cómo murió vuestra madre...

—Yo también lo sé... —lo interrumpió Óscar. Álex buscó sus ojos, intentando comprender—. Cat me lo acaba de contar... todo.

—¿Todo? —preguntó, temeroso de su reacción.

—No hiciste nada para ayudarla, Álex, nada. Y eran tus amigos, ¡era tu novia!

—Por favor, no la llames así —suplicó, sintiendo las náuseas que le provocaban aquellas dos sílabas—. La muy cabrona nos engañó a todos.

—No... —El muchacho negó con la cabeza repetidas veces—. No, no te equivoques... A ti te engañó, a mi madre la mató.

¿Qué podía argumentar él ante aquella afirmación, tan rotunda como escalofriante?

—Lo siento... —Era lo único que su corazón ansiaba decir—. Siento mucho no haberme dado cuenta del sufrimiento de tu hermana y no haber evitado que mis amigos se sobrepasaran con ella. Y, sobre todo, siento mucho la muerte de vuestra madre. —Óscar bajó la vista al suelo y permaneció en silencio. Álex lo notó abatido y pensó que ante él se encontraba una de las víctimas de la crueldad de Nerea y sus cómplices: el niño feliz e inocente que perdió a su madre con tan solo cuatro años—. ¿Tú cómo estás?

—Mal... —El chico se encogió de hombros y alzó la cabeza para buscar los ojos de Álex. Los suyos brillaban—. Estoy enfadado con esa parte de la humanidad que se cree superior a la otra y que pretende mantener esa supuesta superioridad a base de golpes o insultos... —Aguardó unos segundos y luego continuó—: Pero, sobre todo, estoy triste por Cat. Ya no podemos cambiar el pasado, lo único que deseo ahora es que ella esté bien. Que mi padre y ella estén bien...

—Me gustaría hablar con Cat, disculparme, ayudarla y...

—Ella no quiere —lo interrumpió de nuevo—, prefiere alejarse de ti y, aunque yo no estoy de acuerdo, la entiendo. Tú eres parte de ese pasado que ya no se puede cambiar. Ahora estoy comprendiendo sus cambios de humor durante estos dos últimos meses; desde que apareciste en nuestra vida, está más arisca, más nerviosa, más... triste.

—¡Joder, Óscar! Si me diera una oportunidad, si ella estuviese dispuesta a...

—Álex, no solo eres tú... Es lo que tú le recuerdas. Y tus amigos, ellos siguen siendo amigos tuyos.

—No, eso no es cierto... —Negó Álex, agitó la cabeza y tensó los músculos de la mandíbula—. Aquellos cabrones ya no son mis amigos, hace tiempo que debí apartarlos de mi vida, pero he sido un completo imbécil. Durante años he centrado mi ira en mi padre, culpándolo a él y a su vida de abogado rico de todas mis preocupaciones, pero hoy lo he visto claro: el problema no es él, sino yo. Nunca me he peleado ni he alzado la voz para gritar, solo a él, y a nadie más he acusado de mentiroso en la cara... A mi padre sí. Y la energía desgastada en todos esos berrinches de niño caprichoso la tenía que haber empleado en ganarme el respeto de los que me rodeaban, de los que susurraron a mis espaldas y de los que me traicionaron de verdad.

—Supongo que todos hemos aprendido algo de nosotros mismos al conocer la verdad... —aseveró Óscar, con esa forma tan suya de exponer un hecho con total convicción y lógica. El muchacho se puso en pie y Álex lo siguió—. Deberías irte. Yo estoy cansado, Cat también, y no se irá a dormir hasta que entre.

—Óscar... —Álex sujetó el brazo del muchacho, dispuesto a usar la última bala que le quedaba en la recámara—. Por favor, dile que solo quiero hablar con ella cinco minutos, dos o uno... lo que ella acepte, pero necesito verla.

—No va a querer, no insistas. Es muy tozuda. Además, detrás de esa puerta se puede oír perfectamente lo que hablamos aquí fuera, así que Cat ya ha recibido tus disculpas, si es eso lo que pretendías.

—Óscar...

El muchacho ignoró el tono de súplica que Álex había usado para pronunciar su nombre e introdujo una de las llaves en la cerradura. Sin despedirse, abrió la puerta con cuidado y Álex pudo apreciar la sombra de Cat tras ella. Consiguió controlar de nuevo las ganas de entrar por la fuerza, pero no quiso desaprovechar la ocasión, así que, una vez que Óscar cerró desde el interior, se acercó a la puerta, apoyó en ella la frente y le susurró a la madera.

—Cat..., escúchame, por favor. —Esperó unos segundos, aguzó los oídos y notó el frío del barniz adosado a la piel de la mejilla—. ¿Estás ahí? —Estaba allí, la sentía—. Lo he recordado, está aún en mi cabeza; pensé que tu sonrisa había aparecido en mis sueños, pero no, no fue un sueño, era un recuerdo. —Intentó acercarse más, atravesar la madera, fundirla con el calor de su aliento—. Llevabas un jersey de color rojo con unas rayas anaranjadas y el pelo liso, tan moreno como ahora, con dos grandes mechones sobre cada mejilla. Entraste sonriente, eso no lo he olvidado, porque fue tu sonrisa la que me llamó la atención. La contemplé hasta que dejé de hacerlo, supongo que por timidez. ¡Qué estúpido fui! —Sonrió y levantó la mano para depositarla sobre la madera, a la altura de su cabeza, acariciando la superficie con delicadeza, como si rozara su piel; la piel sonrojada del rostro que se apoyaba al otro lado de la puerta—. Un adolescente estúpido que no supo reconocer en aquella niña a la mujer de la que acabaría enamorado.

72

Mario

Habían pasado dos semanas desde la fiesta de exalumnos del instituto y a Mario aún le dolía el golpe en la mandíbula. No era una molestia muscular ni el orgullo herido al recordar cómo perdió el equilibrio, derrotado por un puñetazo que bien podría haber esquivado, ni el hecho de que los amigos que lo rodeaban no dudaran en burlarse de él, del tío alto y fuerte que presumía de pasar horas formando su musculatura con el boxeo. No era el qué, el cómo o el dónde, sino el quién. Que fuese Álex quien le propinara aquel puñetazo le dolió, que le escupiera a gritos aquellas palabras delante de todos le dolió, que lo último que pronunciase antes de salir de aquel salón fuera «no quiero volver a verte» le dolió, pero que dos semanas después aún no hubiese conseguido hablar con él, que le estuviera colgando el teléfono cada vez que oía su voz o que no le abriera la puerta de su casa... lo estaba matando poco a poco, arrojándolo a la demencia más absoluta.

¿Qué? ¿Por qué? ¿Cómo? ¿Quién?

Había acribillado su cabeza a base de preguntas sin sentido, porque no importaba qué grado de imaginación utilizara para formularlas, ninguna de ellas le daba la respuesta. Álex era su amigo desde que tenía recuerdos. Jamás se había enfadado con él, a pesar de que su carácter se agriara después de la muerte de su hermano o de que apartase a Vicky de su vida y Álex no supiera entenderlo, o de lo que sucedió con Nerea... A pesar de todo, Álex no lo había abandonado nunca. Le recriminaba constantemente su actitud agresiva hacia los demás, intentando que recapacitara en todas y cada una de las malas decisiones que había tomado en su vida y, con su paciencia y sus buenas palabras, había conseguido lo que nadie más lograba: apaciguar su ira y hacerlo recapacitar.

Sin él, estaba perdido.

Sus palabras de odio, sus ojos, su golpe en la cara... iban a ser el detonante de que acabara estallando la bomba.

Y su cabeza era la bomba a punto de estallar.

Golpeó con el puño la superficie de la mesa. Estaba sentado en la cocina frente a un plato de pasta que no conseguía ingerir. Se había duchado después de llegar de la oficina y, aunque tan solo había pasado una hora desde entonces, aquellas cuatro paredes parecían tener poderes sobre el tiempo. Lo detenían. Y él se quedaba allí, atrapado, sin poder avanzar. Se levantó dándole una patada a la silla y caminó decidido hasta el teléfono. Descolgó el auricular y marcó su número. Espero a oír su voz, pero el pitido desquiciante del teléfono le agravó el dolor de cabeza. No hubo respuesta y dejó el auricular de nuevo sobre la base.

Miró el reloj de pulsera. Pasaban pocos minutos de las ocho de la tarde. Álex podía estar trabajando, pero ella no... Ya debía de estar en su casa, con su marido, con él... Aún no lograba comprender qué había visto Vicky en Rafa. En el instituto, era uno de esos empollones que no se relacionaban con nadie, ni tan siquiera con Vicky. Supo que el noviazgo comenzó en la universidad, cuando ambos coincidieron en la facultad de derecho.

Después de la muerte de su hermano, de la enfermedad de su madre y del abandono de su padre, saber que la mujer a la que amaba en silencio se había comprometido en matrimonio acabó hundiéndolo en la peor de las miserias. Y fue Álex, de nuevo, sin saber la razón de su dolor, quien le tendió una mano y lo empujó hacia arriba, sacándolo del agujero en el que quedó atrapado por culpa del alcohol y las drogas.

Y recordar ese dolor le impedía coger el abrigo, salir de casa y llamar a su puerta, aun sabiendo que ella tenía las respuestas. El odio de Álex hacia él no había surgido de la nada, había sido alimentado por ellos: por Rafa y por Vicky. Ellos eran los culpables del enfado de Álex, y él, un cobarde incapaz de presentarse en casa de Vicky y pedir explicaciones. Porque si alguien debía darlas antes, ese era él.

73

Álex

—Álex, deberías comer más. Te estás quedando en los huesos —se lamentó Rosa mientras analizaba con preocupación las ojeras que oscurecían el rostro de su hijo—. Y estás pálido... Trabajas demasiado.

El padre de Álex alzó la ceja derecha y, con los ojos entreabiertos, esperó la réplica del joven que estaba sentado frente a él. Un gesto que su hijo siempre había interpretado como un desafío. Su progenitor continuaba esperando que algún día le reconociera que se arrepentía de haber tomado la decisión de ser médico, pero aquella vez había ciertos matices en su mirada que lo hicieron dudar.

Desvió la vista al plato que rellenaba su madre y suspiró resignado.

—Mamá, no me pongas más paella, que voy a reventar.

—¿Haces muchos turnos?

La pregunta de su padre le sorprendió. ¿Cuándo fue la última vez que se había interesado por su profesión? ¿Nunca?

—Los que me corresponden —respondió con frialdad, antes de acabarse el agua de su vaso.

—Que seguramente son demasiados... —conjeturó su madre.

—Tal vez sí, pero debo hacerlos si quiero conseguir una plaza en el ambulatorio. —No recordaba las veces que había justificado su cansancio con esa misma frase.

Siguieron almorzando en silencio y Álex lo agradeció. Solía comer con ellos todos los domingos que no tenía guardia y, en numerosas ocasiones, era él quién comenzaba las conversaciones, intentando amenizar la tarde. Pero tanto ese domingo como el anterior el silencio se había convertido en su mejor aliado. Sin palabras, sin frases y sin charlas insulsas sería más fácil disimular su angustia y evitar preguntas.

Mientras recogía los restos que habían quedado sobre la mesa del salón, la imagen de Cat moviendo las caderas, aguijoneando la escoba con los dedos e imitando la voz del cantante de los AC/DC volvió a su mente. Sonrió al rememorar ese instante y se preguntó si también llegaría a olvidar ese recuerdo. Si dentro de diez años volvería a encontrarse con ella y no la reconocería, dudando otra vez de si había soñado o no su sonrisa.

Sacudió la cabeza. ¡Menuda estupidez! ¿Cómo iba a olvidarla?

—Deja esto, hijo, no hace falta que me ayudes a recoger. —Las palabras de su madre lo hicieron volver en sí. Estaba en la cocina, con dos platos vacíos en las manos. Se acercó a ella y la besó en la mejilla.

—No pasa nada, mamá, estoy acostumbrado a hacerlo.

—Lo sé, Álex, nunca has querido que te lo diéramos todo hecho, siempre tan independiente, tan fuerte... —Le devolvió el beso cariñosamente y le retiró los platos de las manos—. Ve con tu padre al salón, hijo, y habla con él.

—¿Pasa algo? —Aquella orden le extrañó.

—Está preocupado desde hace un par de semanas, pero desconozco la razón. Tal vez a ti te lo quiera explicar.

Lo dudaba, pero aun así se dirigió al salón. Una vez allí, se sorprendió al no encontrarlo recostado en el sofá.

—Creo que ha ido al despacho a buscar una de esas revistas que tanto le gustan —le dijo su madre desde la cocina.

Álex sonrió. Otra de las tantas coincidencias que le recordaban a ella.

—Iré a buscarlo.

La puerta del despacho estaba abierta y supo que aquello era una clara invitación a entrar. Debía de tener unos diez años, tal vez menos, cuando por fin descifró todas y cada una de las posiciones de aquella puerta. Si estaba totalmente cerrada, nadie podía entrar sin llamar antes y solo su madre tenía potestad para golpear la madera con los nudillos, suavemente, para no molestarlo. Si la puerta estaba apoyada sobre el marco, pero no cerrada, su madre podía acceder cuando quisiera, él no. Si estaba entreabierta, tenía su consentimiento para entrar, siempre y cuando avisara antes con un golpecito en la puerta o un carraspeo bajo el umbral. Y si estaba completamente abierta, más que una invitación era una orden.

Así que aceptó curioso la orden y accedió al despacho. Lo encontró de espaldas, junto a una estantería repleta de libros, revistas, trofeos y multitud de cachivaches que guardaba como el más preciado de los tesoros.

—Dentro de dos semanas habrá un eclipse solar. Será por la tarde y se verá perfectamente desde casi toda España. —Su padre dio media vuelta y se acercó a él con una revista en la mano—. Será un eclipse parcial. No se ha visto otro así en diez años.

—Entonces no me lo perderé por nada del mundo.

—¿Conocemos a la chica?

—¿Cómo? —Álex alzó las cejas hasta media frente, sin entender aquella pregunta.

—La chica que te tiene así, ¿la conocemos?

—Papá...

—Hijo, tal vez nuestra comunicación no sea muy fluida, sé que soy un hombre difícil y admito que te he presionado mucho para que trabajaras conmigo en el bufete. Pero te conozco y, aunque tú no lo veas así, somos muy parecidos, mucho más de lo que piensas.

Álex, incapaz de asimilar en pocos segundos aquellas palabras que jamás habían salido de la boca de su padre, suspiró, bajó la vista y se llevó la mano a la oreja.

—Te rascas la oreja cuando estás nervioso... Yo también lo hago. ¿Quién es ella?

—No la conoces.

—¿Y por qué te tiene así?

—Porque es algo complicado, papá, solo eso. Estaré bien —mintió—, con el tiempo todo se cura, ¿no es así?

—No bajes la guardia, muchacho, no te desvíes de tu camino... —Álex arrugó los ojos y lo miró, esperando a que se explicara mejor—. Estás a punto de conseguir esa plaza, has luchado duro, no permitas que nadie te nuble y dejes de alcanzar tu objetivo. Un eclipse de sol —continuó, señalando con el dedo una de las fotografías de la revista— no es más que una sombra que se cruza ante el rey de los astros, pero él sigue brillando, porque en realidad nada es capaz de eclipsar su luz. No toleres que nadie te haga sombra, hijo, nadie. Acaba esa residencia y alcanza tu meta.

—Lo haré, papá. —Tragó saliva y con ella la emoción que le dificultaba el habla—. No te preocupes, lo haré.

74

Cat

Aquella mañana las sábanas se les habían pegado a los dos. Cat corría de lado a lado en la cocina, preparando los bocadillos para el desayuno, y Óscar, en el baño, se peleaba con uno de los tantos mechones rizados que cada vez poblaban más su cabeza. Volvió a mojarlos con agua y a estirarlos con el peine. Su hermana asomó la cabeza y sonrió el verlo enfurruñado.

—¿Desde cuándo te has vuelto un presumido? Pensaba que eras de los que consideran la apariencia física como algo superficial, irrelevante y efímero —Cat pronunció aquellas últimas palabras imitando la voz de su hermano.

Óscar, que odiaba tener que madrugar y que solo tras un bocadillo a media mañana lograba recuperar la humanidad, la miró molesto, le sacó la lengua y volvió a introducir las púas del peine entre sus cabellos rebeldes.

Sonriente, Cat volvió al salón, se puso la chaqueta y decidió esperar a su hermano en la entrada, cerca de la puerta, muy cerca, tanto que aún creyó oír la voz de Álex al otro lado. Sus palabras se habían impregnado en su cerebro y este se encargaba de reproducirlas sin su consentimiento, estuviera en casa, en el autobús, trabajando en el observatorio o bajo el chorro de la ducha. Pero era por las noches, despierta sobre la cama, con los ojos abiertos en la oscuridad de su habitación, cuando aquellas palabras evocaban su rostro y lo imaginaba tras la puerta, respirando agitadamente, susurrando y rozando con los dedos la superficie barnizada. Incluso creyó percibir el latido de su corazón.

—¿Nos vamos ya o te quedas ahí plantada? Bueno, en realidad, creo que tu mente lleva ahí clavada desde hace un par de semanas. —Óscar torció la boca y ella le revolvió el cabello—. ¡Joder! No me toques el pelo, ya me has vuelto a despeinar.

Cat rio al verlo entrar de nuevo en el baño. «La adolescencia y los cambios hormonales», pensó, poniendo los ojos en blanco.

Bajaron las escaleras del portal de dos en dos. Óscar tenía unos cinco minutos andando hasta llegar al instituto y apenas quedaban cuatro para las ocho. Cat, aunque solía empezar a trabajar más tarde, quiso ir al observatorio con antelación para preparar algunas clases.

—Recuerda que hoy es el cumpleaños de papá y he quedado con él para almorzar —dijo Óscar, bajando los últimos escalones.

—No lo he olvidado.

—Y luego iré a la biblioteca; he quedado con Paula para hacer un trabajo.

—De acuerdo, venga, vete... o no llegarás a tiempo.

Se separaron, tomando caminos distintos y alzaron las manos en forma de saludo. Desde hacía dos semanas, más concretamente desde que Cat le reveló su secreto, los hermanos se despedían y se saludaban con un beso en cada mejilla, como si con aquel gesto pretendieran recuperar parte del afecto que habían perdido durante años. Sin embargo, aquella mañana las prisas consiguieron que una pequeña dosis de aquel cariño se disipara con la niebla matutina.

Antes de llegar a la parada del autobús, Cat se giró buscando la espalda de su hermano. Un escalofrío la hizo temblar, agitó los hombros y sus mejillas vibraron con el movimiento. No era una mañana fría, pero algo inquietante, oculto en su subconsciente, le hizo desear aquellos dos besos como si los necesitara para vivir.

75

Bárbara

—¿Una camisa? ¿Una simple camisa? —preguntó María, exaltada—. Lleváis más de dos semanas juntos, retozando todas las noches en la cama como salvajes sin control, y para su cumpleaños ¿le regalas una camisa blanca con rayas azules?

—¡María! —exclamó Bárbara alarmada. Miró de lado a lado para volver a comprobar que nadie las estaba escuchando y se puso el dedo índice en el labio, rogándole que bajara el tono de voz—. ¡Por favor! —susurró—. Puede entrar un cliente o, peor aún, Tomás o algunos de los panaderos podrían escuchar todo lo que estamos hablando.

—Pues mejor, así salís ya del escondite, porque yo no logro entender esa manía tuya de ocultar vuestra relación.

—Solo han pasado dos semanas, no creo que debamos considerar lo nuestro como una relación. De todas formas, quiero que sepas que a mí no me importa que los vecinos nos vean juntos, los que me importan son Cat y Óscar.

—Eso lo entiendo aún menos; esos chicos te conocen y te adoran. Estarán encantados.

—Tengo mis dudas sobre Cat. Sé que es buena chica y, con el tiempo, llegará a aceptarlo, pero me aterra su primera reacción. No parece querer ceder con su padre y si sabe que estoy con él, nuestra amistad estará en juego.

—¿No será eso una excusa?

—¿Una excusa?

—¿Tú estás segura de querer estar con Julián?

—Estoy segura, pero...

—¡Me lo temía! Contigo siempre hay un «pero».

—¡Apenas lo conozco! —dijo Bárbara—. Durante estas semanas se ha abierto y me está mostrando a un Julián que me gusta mucho, pero ¿es él en realidad? Además, no sé si yo siento lo mismo que él.

—¿Eso qué quiere decir?

—Me ha confesado que le gusto desde que me vio en la panadería por primera vez, y de eso hace más de nueve meses. Yo no me di cuenta de su existencia hasta hace dos o tres, y siempre lo vi tan serio, tan enigmático... Me despertaba la curiosidad, pero solo eso.

—Sin embargo, ahora te despierta otras cosas, ¿no? —María alzó las cejas repetidas veces y aquel gesto suscitó una risa tonta en los labios de Bárbara.

—Es cierto, ahora no solo es curiosidad lo que me provoca. Me encanta estar con él, cada día descubro algo distinto de Julián que me hace querer más, mucho más... Pero, aun así, sé que lo que él siente por mí es mucho más fuerte. Cuando estamos solos, me mira, me besa y me acaricia como si me venerase.

—Bárbara, date algo más de tiempo y plantea la situación de la siguiente forma: Julián quería a su mujer, enviudó de una forma trágica, se separó de sus hijos y desde entonces ha estado solo. Ha sufrido mucho y conocerte ha sido para él como encontrar un oasis en medio de su nada más absoluta. Tú, sin embargo, hace un año que te separaste después de vivir con un hombre que te trataba mal y que te fue infiel más de una vez. Julián no sabe qué es un desengaño amoroso, tú sí. Él está convencido de que ha encontrado en ti a la mujer perfecta y se ha enamorado sin dudarlo. Tú, Bárbara, tienes todo el derecho del mundo a sentir miedo y querer ser prudente, incluso a desconfiar, porque por desgracia es lo que te ha enseñado la vida. Si ese hombre te quiere, déjalo, permítele que te adore, porque tú lo necesitas y porque solo así conseguirás confiar.

—Tienes razón —aceptó Bárbara, emocionada, intentando controlar la humedad que estaba encharcándole los ojos.

—Y también tengo razón al afirmar que le has comprado una mierda de regalo.

—Pero, María, ¿qué puedo comprarle? No sé qué necesita y, además, mi economía no está en su mejor momento. ¿Qué le regalarías tú?

—Calzoncillos de esos que no tapan el culo, como las braguitas que llevan las jóvenes esas, tan modernas... Un tanga.

—¡María!

76

Julián

Cuando Julián llegó al bar de Manolo, Óscar ya lo esperaba ocupando una de las mesas cuadradas, cerca de la entrada. Al verlo, el muchacho alzó los brazos para saludarlo y Julián no pudo evitar sonreír. A pesar de que el chico había heredado el carácter de su madre, muchos de sus gestos le recordaban a Cat con su misma edad, aquella chica risueña y cariñosa que no cesaba de hablar, que siempre tenía planes, que no se asustaba de nada y que se preocupaba por todos. Su niña aventurera.

—Felicidades, papá. —Óscar se levantó de la silla y se acercó a él para abrazarlo con fuerza.

—Gracias, hijo —respondió, aprovechando el acercamiento para posar la mano sobre la cabeza del muchacho y revolverle el cabello. A Óscar pareció molestarle aquel gesto de cariño y durante unos segundos se concentró en aquel revuelto de mechones rebeldes, intentando, sin éxito, devolverlos a su estado estático y poco natural.

Pidieron algunos platos para compartir y no tardaron en lanzarse a por ellos en cuanto Manolo los depositó sobre la mesa. Pasaban varios minutos de las tres de la tarde y los dos estaban hambrientos.

—¿Cómo está tu hermana? —preguntó Julián mientras masticaba con ansiedad.

—Mejor, mucho mejor. Desde que hablamos parece más tranquila, aunque continúa triste.

—Siento mucho que hayas tardado tanto en conocer la verdad, debí contártela antes... Pero supongo que tanto Cat como yo necesitábamos tiempo para asimilarlo. Además, siempre pensé que era mejor que fuese ella quien te diera su versión.

—¿Cuándo supiste qué la llevó a intentar suicidarse?

—Me lo contó tu tía Carmen un mes después, cuando fui a Masquefa para intentar recuperaros. —Julián se llevó un trozo de carne a la boca y después de masticarla, sin dejar de observar a su hijo, continuó—: ¿Crees que Cat está más triste desde que llegasteis a Sabadell? Estar aquí, cerca del instituto, en la misma casa..., todo le debe de estar recordando a aquellos meses, a aquel día, a vuestra madre...

—No. —Óscar negó con la cabeza con seguridad—. Al principio ella parecía preocupada, pero nos adaptamos enseguida y el trabajo en el observatorio la ayudó. Le apasiona enseñar astronomía a niños y disfruta mucho con lo que hace allí. Durante unos meses todo iba bien, hasta que... alguien de ese pasado se cruzó en su camino. —Julián miró a su hijo, instándolo a continuar—. ¿Recuerdas a mi amigo Álex? ¿El médico que Cat conoció en el banco de sangre? —El padre asintió con la cabeza—. Él es el chico del que ella se enamoró cuando era adolescente. La novia de él y sus amigos fueron los que la acosaron en el instituto.

Julián dejó los cubiertos sobre la mesa, se recostó en el respaldo de la silla y tragó, no sin esfuerzo, la bola de comida que se le había atascado en la garganta. Le hervía la sangre al pensar en ello, en la desesperación que padeció su niña. La frustración de no haber podido evitarlo, la rabia, el dolor, la culpabilidad... Estaba cansado de cargar con aquel lastre tan pesado. Apretó los puños con fuerza y tensó los músculos de la mandíbula.

—Álex no supo por lo que Cat estaba pasando —continuó Óscar— ni lo que sus amigos le hicieron... De hecho, ni tan siquiera la reconoció en el banco de sangre. Se ha enterado de todo porque Rafa se lo explicó hace dos semanas, y desde entonces intenta hablar con Cat, pero ella se niega.

—Mejor así —aseguró Julián con decisión—. Si él le recuerda al pasado, es preferible que no lo vea más.

—Ya, papá, pero...

—Pero nada —lo interrumpió Julián, tajante y extremadamente serio—. Lo que tu hermana necesita es olvidar y seguir adelante. Ni ese chico ni sus amigos deben acercarse a ella.

77

Óscar

Óscar agachó la cabeza en silencio. No estaba de acuerdo con su padre ni con Cat, pero no pensaba intervenir o, al menos, no por el momento. Él estaba convencido de que el motivo de la tristeza de su hermana era la contienda que se estaba librando en su interior, donde los sentimientos se habían visto forzados al exilio y la razón había ganado la batalla. Pero no la guerra. Porque las palabras que Álex le había susurrado a su hermana a través de aquella puerta, después de que ellos dos hablaran, estaban haciendo mella en el enemigo. No sabía qué le había dicho y, muy probablemente, no lo sabría jamás, pero él no iba a olvidar el rostro encendido de Cat, sus ojos inundados en llanto, sus pupilas dilatadas y sus labios ligeramente curvados, luchando consigo misma, aferrada a la maneta de la puerta, con el corazón dividido; deseando abrirla, pero con un miedo atroz a dejarse llevar.

Y dos semanas después continuaba con aquel enfrentamiento interno.

Aunque también comprendía a su padre, especialmente después de conocer la verdad sobre su hermana. Se había estado informando en la biblioteca; muchas personas que han atentado contra su vida no dejan de tener pensamientos suicidas y el riesgo de una recaída permanece. Toda aquella información preocupó a Óscar y días después decidió hablar con su tía Carmen. Ella le aseguró que los psicólogos que habían tratado a Cat estaban satisfechos con su progreso, pero su hermano prefirió mantenerse alerta. Al igual que lo estaba haciendo su padre.

Y si de todos los acontecimientos negativos que irrumpen en la vida de una persona siempre se puede obtener algo positivo, él acababa de descubrir su corona de laurel: toda aquella investigación le hizo darse cuenta de lo apasionante que era indagar dentro del pensamiento humano, desgranar cada comportamiento, cada emoción, cada impulso que lleva a los individuos a actuar de una forma u otra...

—Papá, he decidido que quiero estudiar psicología —le confesó a su padre mientras los dos salían de la librería del barrio, después de que Óscar se comprara una revista de ciencias.

—¿Psicología? Siempre pensé que acabarías siendo físico o químico.

—Yo también lo creía, pero últimamente he leído mucho sobre la conducta humana y me parece muy interesante.

Julián sonrió orgulloso y, cuando su mano estaba a pocos centímetros de la cabeza de su hijo, este la esquivó y lo miró molesto.

—Papá, no me revuelvas el pelo, que ya no soy un niño...

El padre arrancó a reír y el hijo lo miró con una expresión a camino entre el enfado y la diversión.

—¿Dónde has quedado con Paula? ¿En la biblioteca? —preguntó Julián.

—No, le dije que pasaría por su casa. Ella me estará esperando en la puerta.

—¿Vive cerca?

—A dos calles de la nuestra.

—Perfecto, te acompaño y así pararé a comprar el pan. —Óscar sonrió socarrón—. ¿De qué te ríes?

—Parece que no perdonas tu barra de pan diaria, papá...

Julián, algo sonrojado, continuó caminando en silencio, evitando replicar a su comentario. Poco después, padre e hijo se detuvieron frente a la panadería. Óscar asomó rápidamente la cabeza entre la cortina de tiras blancas para saludar a Bárbara y, tras unos golpes mutuos en los hombros, se dijeron adiós.

Faltaban aún unos minutos para su cita con Paula, así que Óscar aprovechó para subir a casa, cambiarse de camiseta y coger algunos libros. Antes de dirigirse a la puerta, se paró frente al espejo del cuarto de baño. Contempló su reflejo y pensó en Cat, en aquel instante en que ella buscó su rostro proyectado en él, con la cuchilla fría entre los dedos y sin fuerzas para seguir viviendo.

«¿Cómo puede una persona llegar a desear su propia muerte?», se preguntó.

Cerró los ojos y con los dedos se rodeó la muñeca de la mano izquierda.

—¡Malditos cabrones! —susurró.

Abrió los ojos de nuevo, contempló sus pupilas y creyó ver a otra persona. Ya no era el niño que agachaba la cabeza para evitar la mirada de aquellos que se burlaban de él, ya no. Ni su hermana. Ellos valían mucho más que todos aquellos imbéciles; los dos eran fuertes y acabarían demostrándole al mundo que nada ni nadie los iba a hacer flaquear. Sonrió y se colocó bien algunos rizos rebeldes.

Bajó las escaleras empujado por las ganas de volver a ver a Paula fuera de la escuela. Era una chica tímida e introvertida, pero inteligente y guapa, mucho, sobre todo cuando sonreía. Recordarla le hizo sonrojarse y al salir del portal no sabía si el sofoco en las mejillas se debía a que había bajado los escalones a toda prisa o al recuerdo de su sonrisa. Giró la cabeza hacia la derecha buscando la figura de la muchacha frente a su portal, al final de la calle. Desde allí podría verla, aunque no la distinguiera bien entre el ir y venir de la gente que caminaba sobre la estrecha acera. Vio a un grupo de chicos donde debía encontrarla a ella y pensó que Paula estaría detrás, esperándolo, así que aligeró el paso.

A pocos metros, reconoció a Pablo y a sus amigos. Se quedó paralizado al comprobar que habían hecho un corrillo alrededor de Paula y que los libros de ella estaban esparcidos en el suelo.

—¡Mirad con quién había quedado la empollona! —exclamó uno de los imbéciles que siempre acompañaba a Pablo.

—¡Claro! ¡Con quién si no! Con el otro empollón —aseguró Pablo.

Todos se volvieron a la vez y arrancaron a reír. En aquel instante, Óscar pudo ver el rostro de Paula, que hasta entonces había estado oculta tras las anchas espaldas. El terror en sus ojos lo estremeció y apretó los puños con rabia al recordar a su hermana.

—De... dejadla en paz —susurró.

—¿Qué has dicho? —Pablo se acercó tanto a él que Óscar llegó a percibir el olor de su aliento.

—He dicho que la dejéis en paz. —Buscó los ojos de Paula y sus lágrimas le infundieron el valor que necesitaba para encararse a Pablo. Dio un paso hacia delante y clavó las pupilas en las de él—. Eres un cobarde. —Pablo tragó saliva—. ¿Te crees más valiente por tratar así a la gente? ¿Más hombre? Hacer esto no te hace más hombre, te hace más gilipollas.

—No me hables así, empollón de mierda. —El pecho de Pablo chocó con el suyo y Óscar tuvo que dar un paso hacia atrás para no perder el equilibrio.

—No me das miedo... —murmuró.

Pablo abrió mucho los ojos, sorprendido por la actitud de Óscar, aunque los gritos de sus amigos hicieron que el desprecio reapareciera en su rostro. Apresó el labio inferior con los dientes y alzó las palmas de las manos para estamparlas contra el pecho agitado de Óscar. Este dio un traspié, pero volvió a incorporarse y a situarse frente a su contrincante. Se confrontaron de nuevo con la mirada. Pablo, sumido en la ira, empujó otra vez el pecho de Óscar con toda la aversión acumulada y con tal fuerza que el cuerpo de este no pudo resistir el ataque y cayó hacia atrás como la última pieza de un efecto dominó.

—Óscar... —La voz suave de Paula se fue alejando en la penumbra.

—¡Hijo, hijo!

«¿Papá?»

78

Mario

Mario no recordaba el tiempo que llevaba frente a aquel edificio, debatiéndose entre olvidar los motivos que lo habían empujado hasta allí o traspasar aquella puerta. Por un lado, ansiaba conocer las razones que habían empujado aquel puño contra su mejilla y, por otro, estaba ella. Ella y el pasado que los unía. Ella y los sentimientos que amenazaban con despertar. Ella y la verdad sobre él mismo. Porque ella le recordaba a él. A como era él antes de que aquel chico que adoraba a la niña de las coletas desapareciera. Le aterraba la idea de encontrarse a sí mismo y sentir repugnancia hacia lo que descubría.

Sabía que estaba a escasos pasos de estrellarse contra un muro infranqueable, construido con esmero, piedra a piedra, con sus propias manos. Una barrera ficticia que solo Álex podía traspasar y por la que no cruzaba nadie desde hacía dos semanas. No lograba soportar aquel vacío, aquel abandono lo estaba desquiciando; si no, jamás habría llegado hasta allí, hasta situarse frente a aquel edificio, contemplando el goteo continuo de abogados bien trajeados; unos, sonrientes, y otros, sumidos en sus preocupaciones, pero todos ajenos al tío alto y corpulento, deshecho por dentro, que buscaba entre aquellos rostros a la mujer en la que se había convertido la niña de las coletas.

Esperó unos minutos más hasta que tomó la determinación de caminar hacia la recepción de aquel lujoso edificio de seis plantas. Preguntó por Victoria González y le indicaron el camino hasta llegar a los ascensores. Una vez en la quinta planta, después de atravesar un largo pasillo, se detuvo frente a una puerta con el nombre de ella grabado en una placa. Estaba entreabierta y, desde allí, pudo oír las risas de Vicky. Inspiró y espiró varias veces, profundamente, como cuando se disponía a descargar su frustración contra el saco de boxeo. Alzó el brazo y, mientras preparaba los nudillos para golpear la puerta, esta se abrió y Rafa apareció tras ella.

Y por primera vez en su vida se sintió un ser diminuto ante su mayor rival. No se encontraba en un *ring*, con sus guantes enfundados y dispuesto a liberar su ira a través de los puños, doblando las piernas, apretando el abdomen y agitando la cabeza de lado a lado para esquivar a su contrincante. No se hallaba en ese ambiente de fuerza, sudor y testosterona, sino en uno muy distinto, en el terreno de su enemigo: el trajeado, el inteligente, el servicial. El ambiente del buen chico que consiguió arrebatarle su única ilusión.

—¿Qué haces aquí? —preguntó Rafa, con todo el odio que sus ojos fueron capaces de sostener.

—Tengo que hablar con Vicky.

—Ella no quiere hablar contigo.

Le fastidió su actitud, pero comprendió su cometido: estaba protegiendo a su mujer, algo que él también habría hecho con mucha menos educación. Iba a insistir, aun sabiendo que se toparía de nuevo con la misma barrera, pero antes de que Mario abriera la boca ella apareció tras su marido.

—Mario... —susurró Vicky. Sus ojos mostraron sorpresa durante unos segundos, pero no tardaron en recuperar la seguridad, como si conocieran la razón de su visita. Miró a su esposo y asintió con la cabeza—. Tranquilo, cariño, luego nos vemos.

Rafa se acercó al rostro de Vicky para besarla en la mejilla y salió de aquel despacho, resignado y molesto, no sin antes buscar los ojos de Mario para advertirle, sin palabras, de lo que podía ser capaz si aquella conversación perjudicaba a su mujer. Una vez a solas, Vicky caminó en silencio hasta una mesa redonda situada en una de las esquinas de la habitación. Mario la siguió y ambos ocuparon dos sillas que los situaban uno frente al otro.

—Supongo que estás aquí por Álex —aseveró ella.

—Supones bien —confirmó él.

—¿Así que Álex está cumpliendo con su amenaza y no os habéis vuelto a ver? —Mario no respondió. Alzó los hombros y miró hacia otro lado—. ¿Y por qué crees que yo te voy a dar las respuestas que buscas?

—¡Joder, Vicky! Esto no está siendo nada fácil para mí.

—Para ti... —repitió con sarcasmo—. ¿Sabes si está siendo fácil para Álex?

—Pues no lo sé, no responde a mis llamadas ni me abre la puerta de su casa. ¿Cómo coño quieres que lo sepa?

—¿Sabías que a Álex le gustaba una chica?

—Lo vi con una tía la noche antes de la fiesta, pero nunca me había hablado de ella, pensé que se trataba de un rollo...

—Ya... ¿Cuándo fue la última vez que Álex te contó algo sobre él? ¿Algún problema que lo inquiete? ¿Alguna confidencia?

—Vicky, joder. ¿Me estás haciendo un puto interrogatorio?

—¿Recuerdas la última vez que Álex te confesó un secreto? —insistió ella, ignorando su última pregunta.

—Pues, no sé, hace tiempo... Ahora no lo recuerdo.

—Ya... ¿Cuándo fue la última vez que lo viste triste?

Mario no quiso responder con otra evasiva y se rascó la nuca para relajarse y pensar con tranquilidad.

—Sí, me acuerdo. Cuando murió su abuelo. Tuve que arrastrarlo a la bolera para que se distrajese.

—Ya... A la bolera. ¿Sabías que a Álex no le gusta jugar a los bolos?

—Eso no es verdad, llevamos años yendo a la bolera.

—¿Y cuántas veces lo has acompañado tú a Igualada, a participar en esas carreras de coches de *slot* que tanto le gustan?

—Fui una vez... —Se pasó la mano abierta por el cabello, impaciente—. Vicky, por favor, deja de dar rodeos y dime adónde coño quieres llegar.

—Te llenas la boca de orgullo cuando dices que Álex es tu mejor amigo, como si su amistad fuera un trofeo, pero en realidad no sabes nada de él, nada. —Los ojos de Vicky parecían ametrallar los suyos—. No lo conoces. No te cuenta sus problemas porque él mismo cree que no te van a interesar y acabarías ignorándolo. No te ha confesado que le atraía una chica porque temía tu reacción. Te ha ocultado que no le gusta jugar a los bolos porque a ti te encanta, y si va a la bolera es por ti; sin embargo, tú no intentas compartir con él sus aficiones. Y sí, la última vez que Álex estuvo triste fue cuando su abuelo murió, pero no recuerdo que tú, su mejor amigo, estuvieras en el funeral ni en el entierro...

—No fui capaz —declaró—, odio ir a esos lugares que me recuerdan a...

—Lo sé —lo interrumpió ella—, pero él te necesitó a su lado, Mario, y tú no estuviste allí.

—¡Joder, Vicky! Está bien, soy un puto egoísta, ya me ha quedado claro. ¿Y esa es la razón por la que no quiere hablarme?

—No. Ojalá fuera ese el motivo.

—¿Entonces? ¿De qué estuvisteis discutiendo en la fiesta? Rafa le habló mal de mí, ¿verdad? ¿Es eso?

—¿Lo ves? De ti, de ti... ¿Te crees el centro del mundo? Hay más personas a tu alrededor, ¿sabes? Personas que sufren, que tienen problemas y que, a pesar de todo, luchan por seguir adelante sin herir a los demás, sin apartarlos a un lado... No se comportan como un capullo insensible que rechaza el cariño de sus amigos y se aísla en su mundo de machote engreído, volviéndose frío como el hielo, distante y agresivo.

Los ojos marrones de Vicky se cubrieron de una leve capa de dolor húmedo, la tez se le enrojeció y pronunció las últimas palabras con dificultad debido al temblor en los labios. Mario, que no había dejado de admirar su rostro, permaneció unos segundos en silencio, tragando saliva y notando el sudor frío que había empañado su frente.

—Vicky... —un murmullo surgió de su garganta.

Ella bajó la vista hacia sus propias manos, apoyadas sobre la mesa. Comenzó a entrelazar los dedos para calmar su visible nerviosismo y Mario, tras luchar contra el niño de su infancia, se dejó vencer y estiró un brazo hasta cubrir con sus largos dedos las dos manos de Vicky.

—Supongo que decir lo siento no es suficiente. —Ella negó con la cabeza—. He sido un capullo, lo sé, especialmente contigo. —Vicky alzó los párpados para buscar su mirada y la lágrima que le rodó por la mejilla revolvió el estómago de Mario—. Mi infancia y mi vida se desvanecieron en aquella carretera, Vicky, junto con mi hermano. Deseé con todas mis fuerzas haberme ido con él, el dolor era insoportable y el llanto de mi madre me perforaba el cerebro una y otra vez... Sé que tanto tú como Álex no me abandonasteis en ningún momento, estuvisteis a mi lado a pesar de que yo ya no era el mismo, de que habíais perdido a un amigo. Debí aceptar vuestro apoyo y aferrarme al cariño que me regalabais día a día... Sin embargo, la culpabilidad me lo impidió. Yo había matado a mi hermano, había provocado el sufrimiento de mi familia, la enfermedad de mi madre y el abandono de mi padre. Hacerte daño a ti también hubiese sido la peor de las torturas.

—Y decidiste que debías apartarme de tu lado.

—Creo que sí... No lo planeé, surgió sin más. Estando lejos de la gente que quería me sentía más seguro y si me rodeaba de personas que me resultaban indiferentes, dañarlos no me haría sufrir. Con los años acabas acostumbrándote a esa frialdad y me convertí en el capullo egoísta que tienes delante.

—Sin embargo, no te separaste de Álex.

Mario sonrió durante unos segundos, mientras con el dedo pulgar acariciaba el dorso de una de las manos de Vicky.

—Álex es el cabrón más tozudo que conozco. —Volvió a sonreír—. No consintió que lo apartara de mi lado; soportó mi mal humor y mis rechazos hasta que me venció. Cuando quise darme cuenta ya no podía alejarlo de mi vida. —Los dos se miraron en silencio, con los dedos entrelazados sobre la mesa—. Sin él no soy nadie, Vicky.

—Lo entiendo. Álex es demasiado especial. —Ella también sonrió—. Pero incluso las personas como Álex tienen un límite y creo que él ha llegado al suyo. Y aunque sé que está sufriendo, hay una parte de mí que se alegra por él. —Mario arrugó el entrecejo, sorprendido—. No puede continuar siendo el chico dócil y bondadoso que todo lo perdona, él también tiene derecho a ser egoísta, a pelear por lo que más desea...

—¿Hablas de su vocación de médico?

—No, Mario, hablo de ella, de la chica que viste aquella noche.

—Pero, si tanto le gusta, ¿qué le impide estar con ella?

—Tú.

79

Álex

Álex agitaba con brío la cucharilla de plástico dentro del vaso repleto de café. Ya era el tercero que se iba a tomar aquella mañana y, aun sabiendo que con tanta cafeína jamás lograría calmar los nervios, ese brebaje era lo único que podía mantenerlo despierto. Las noches de insomnio, lejos de desaparecer, se estaban convirtiendo en una rutina, y necesitaba todo el excitante que su cuerpo pudiera asimilar. Lo engulló de un trago, cerró los ojos, en un intento fallido de ignorar el sabor amargo, y tiró el vaso vacío en un cubo situado junto a la máquina de café.

Debía continuar con su turno en Urgencias, pero se permitió el lujo de permanecer allí un par de minutos, tres a lo sumo; no necesitaba más. Estaba exhausto, aunque su agotamiento no se debía al trabajo, sino a la falta de sueño, a las noches en vela, a la culpabilidad, a la impotencia... No había conseguido hablar con Cat y, aunque decidió no insistir, proporcionándole unos días de tregua, la espera estaba resultando agónica. Una semana, tal vez dos; no creía poder aguantar más para plantarse en el observatorio o aporrear la puerta de su casa. Aunque, por otro lado, el miedo a ser rechazado de nuevo alimentaba más las horas de desvelo. ¿Y si ella olvidaba aquel primer beso bajo los focos del escenario? Él no había podido alejar de su mente aquel recuerdo: sus labios, sus ojos, su piel, su olor... Rememoraba aquel instante todas las noches, durante horas, devorado por la soledad de su habitación.

Inspiró, colmando los pulmones del aire que precisaba para reemprender el camino y regresar a su día a día, a las consultas, a los pacientes, a los diagnósticos, a la profesión por la que había luchado durante años. Espiró el aire sobrante con lentitud y se separó de la máquina de café para dar media vuelta y recorrer el pasillo que lo separaba de las salas de consulta.

A pocos metros de la habitación donde debía recibir a sus pacientes, el cuerpo de Álex se paralizó al contemplar las luces de una ambulancia accediendo a la zona reservada para las emergencias y a dos enfermeros acercándose apresuradamente. No era una escena excepcional en aquel hospital; las urgencias médicas por accidentes de tráfico, peleas callejeras o enfermedades cardíacas eran diarias y no debían sorprenderlo; sin embargo, en aquella ocasión permaneció a la espera, atento, aguardando a que las puertas del vehículo se abrieran ante él. Los enfermeros empezaron a sacar la camilla con cuidado. El cuerpo que yacía sobre ella no era el de un adulto, tampoco se trataba de un niño. Álex continuó de pie, con la mano apoyada sobre la maneta de la puerta que le daba paso a la sala de consultas, contemplando el trabajo de sus compañeros, hasta que sus ojos se dirigieron hacia la persona que acompañaba al paciente. Alzó las cejas con sorpresa y soltó la maneta para correr en aquella dirección.

—No, joder, no... —murmuró con los dientes apretados.

Al llegar a la altura de la ambulancia, los enfermeros ya habían dejado la camilla sobre el suelo y se preparaban para adentrarse en el hospital. Álex buscó los ojos del hombre desalentado y aterrorizado que miraba a su hijo con preocupación. Una estocada le atravesó el estómago y tragó saliva para aliviar el dolor que crecía en su interior.

—¿Qué ha pasado?

Julián parecía ausente, no dejaba de observar el rostro pálido de Óscar, tendido sobre aquella camilla. Álex le tocó el brazo para llamar su atención y el hombre reaccionó.

—Unos chicos se estaban peleando y Óscar cayó... —La barbilla del hombre vibró y Álex se estremeció al percibir la humedad en aquellos ojos negros—. Cuando llegué estaba inconsciente y había mucha sangre... mucha sangre.

Álex se acercó a la camilla, el rostro de Óscar no presentaba contusiones y sus ropas no se veían sucias o desgarradas. Posiblemente no estaba dañado en más partes del cuerpo y solo se trataba de un golpe en la cabeza. Sus compañeros habían cubierto de gasas la parte trasera, pero se podían apreciar restos de sangre en el cabello del muchacho.

Los enfermeros que debían trasladarlo comenzaron a empujar la camilla y el doctor que iba a atender al adolescente se acercó a Julián.

—¿Es usted familiar?

—Soy su padre —logró responder en un susurro.

—Diríjase a la sala de espera. Tenemos que hacerle un escáner a su hijo. Le mantendremos informado.

El doctor atravesó las dos puertas batientes por las que había desaparecido la camilla pocos segundos antes y Álex se situó frente a Julián.

—¿Me recuerda? Soy Álex... —El hombre asintió—. No se preocupe, Óscar está en buenas manos. Venga conmigo, lo acompaño hasta la sala de espera.

Caminaron en silencio por los pasillos del hospital hasta que Álex abrió la puerta de una pequeña sala e instó a Julián a que entrara y se sentase en uno de los bancos de plástico.

—Voy a hablar con el doctor que está atendiendo a Óscar y vuelvo enseguida. —Julián le dirigió una mirada de aprobación. Álex comprendió su angustia y no quiso parecer insistente, pero cuando ya se había girado para salir de aquella habitación se volvió de nuevo hacia él—. Perdone, ¿ha avisado a Cat?

—Sí —afirmó en un murmullo casi inaudible.

—No se preocupe, todo saldrá bien.

Y aquellas mismas palabras fueron las que se repitió mentalmente mientras corría por los pasillos del hospital, con el pecho contraído y la respiración agitada.

«Todo saldrá bien, todo saldrá bien...»

80

Julián

El repiqueteo de los tacones sobre el suelo de aquella fría sala era el único ruido que lograba romper el silencio. Julián se frotó la palma de las manos y luego se las pasó por el cabello. Las imágenes que poco antes había presenciado regresaban a su mente como si alguien proyectara sobre ella un cortometraje. Después de saludar a Bárbara y mantener una breve conversación, salió de la panadería con una sonrisa en los labios. Comenzaba a caminar en dirección al piso de su hermano cuando la sonrisa que alumbraba su rostro se diluyó como el dibujo en un papel que ondea sobre el agua. A pocos metros del portal, distinguió a un grupo de chicos que parecían discutir y, entre ellos, descubrió a su hijo. Óscar se encaraba con el más alto y fuerte de los muchachos que lo rodeaban. Recibió varios golpes en el pecho hasta que uno de ellos le hizo perder el equilibrio y caer de espaldas. Aquella fue la secuencia más larga que pudo contemplar mientras corría hacia ellos. El tiempo se detuvo cuando sus pies frenaron junto al cuerpo desfallecido de su hijo, sobre los adoquines que un manto de sangre comenzaba a cubrir.

La sangre otra vez.

—¡Óscar...! —Dirigió los ojos perdidos a la muchacha que acariciaba el rostro de su hijo—. Óscar, despierta... —gritó ella.

—¡Hijo, hijo! —Su voz quebrada resurgió aniquilando el silencio que se había apoderado de aquel cortometraje, de aquellas escenas mudas que no lograría borrar de la mente el resto de su vida.

Óscar no respondió. Había perdido la consciencia al golpearse la cabeza contra uno de los adoquines de la acera que sobresalía del resto. La sangre empezó a extenderse. Julián llevó dos dedos al cuello de su hijo, tal y como hizo cuando descubrió el cuerpo de su hija sobre el mismo manto de sangre diez años atrás. Tenía pulso. Respiraba. Seguía con vida.

Una mano sobre el hombro y un jadeo femenino le hicieron volver la cabeza para encontrarse con el rostro de Bárbara. «¿Qué ha pasado?», la oyó preguntar. La joven que se había situado de rodillas junto al cuerpo de su hijo respondió: «Ellos se estaban metiendo conmigo y Óscar ha intentado defenderme. Pablo lo ha empujado y se ha golpeado la cabeza». Los chicos a los que se refería la joven habían huido al ver la sangre brotar de su cabeza y él, su padre, no había podido impedirlo.

—Julián, Julián... —La voz de Bárbara lo ayudó a regresar—. Tomás ha llamado a una ambulancia. Le han dicho que no lo movamos por si tiene algún hueso roto. Tranquilo, enseguida estarán aquí.

Y afortunadamente así fue. El equipo médico no tardó en llegar. Se identificó como su padre y la muchacha fue quien explicó lo sucedido. Él fue incapaz. A su mente no cesaban de acudir imágenes de su hija inconsciente, sangrando.

—Julián, tenemos que avisar a Cat.

Aquella frase hizo saltar todas sus alarmas. «No, otra vez no», se dijo.

—No, no la llames, por favor, no... —«No se lo digas por teléfono o se subirá al coche y morirá desangrada en la carretera.»

—No te preocupes —Bárbara interrumpió sus recuerdos—, le he pedido a Tomás que me acompañe en coche hasta el observatorio. Nosotros la llevaremos al hospital.

Julián cerró los ojos y asintió. Permaneció junto al cuerpo de su hijo mientras el equipo médico frenaba la hemorragia y lo depositaban con sumo cuidado sobre la camilla. La última imagen que contempló antes de que se cerraran las puertas traseras de la ambulancia fue aquel charco de sangre.

81

Mario

—¡Maldita zorra manipuladora! —exclamó Mario, golpeando la mesa con el puño y arrastrando la silla hacia atrás al levantarse con furia.

Había permanecido sentado durante muchos minutos, escuchando a Vicky en silencio, incapaz de pronunciar una sola palabra y absorto ante su relato. Un relato que parecía haber sido extraído de una película de terror de la que supuestamente él era uno de los protagonistas. Sin embargo, todo aquello le parecía tan surrealista, tan cruel, tan lejano...

—Cat te temía y creyó las amenazas de Nerea. Sus palabras fueron el disparo de salida que ella necesitó para decidir darle fin a su agonía. Lo que jamás pudo imaginar es cuál iba a ser el desenlace.

—¡Joder, Vicky! Yo jamás le habría hecho daño a esa chica, ni tan siquiera la hubiese tocado. No soy el cabrón que Nerea le hizo creer.

—Lo sé, pero tu comportamiento intimidaba a la gente; algunos te respetaban y muchos te temían. Y con respecto a Cat, todos fuisteis partícipes, todos... Esa familia acabó rota por vuestra culpa. ¿Cómo te crees que se ha sentido ella desde entonces?

«Culpable, como yo», pensó. No le cabía duda, entendía el desconsuelo que provocaban la culpabilidad y la pena incrustadas en el pecho para siempre.

—Recuerdo que nos metíamos con ella y nos reíamos a su costa, pero yo... —Se llevó las manos a la nuca—. Mierda, Vicky, jamás pensé que algo así pudiera hacer tanto daño. Solo eran juegos de adolescentes...

—¿Juegos? —Vicky abrió mucho los ojos enfurecida—. Mario, joder, ¿cómo puedes definir el maltrato con la palabra juegos? La maltratasteis, la ninguneasteis, ¡le destrozasteis la vida!

Mario tragó saliva con dificultad e inspiró con fuerza para evitar que el cosquilleo que empezaba a despertársele en las córneas acabara descubriendo sus emociones.

—¿Y qué puedo hacer ahora? —Se sentó de nuevo, abatido, y buscó los ojos de Vicky—. Cat nunca me lo perdonará y lo entiendo. Pero si a Álex le gusta esa chica, ¿qué puedo hacer yo para no estorbar en esa relación? —Se llevó las manos a la cara para ocultar su desesperación—. No pienso renunciar a su amistad, no puedo...

—Sinceramente, Mario, no sé qué puedes hacer. Tal vez no deberías hacer nada, dejar que pasen los días y encontrar la oportunidad para hablar con Álex. Pero de lo que sí estoy segura es de lo que él necesita...

—A esa chica...

—No, a ti... Pero no al Mario egoísta que se oculta tras mil capas de frialdad para protegerse, Álex a ese no quiere ni verlo... —Mario sonrió—. Necesita al amigo que tuvo con diez años y al que intenta recuperar desde entonces.

—Aquel chico murió, Vicky.

—¡Pues haz un milagro y resucítalo!

—Joder, Vicky, que no soy un dios —exclamó él tras sonreír por su orden.

—No te rías... —le recriminó ella—. Tampoco Álex es un dios y lleva intentando devolverte a la vida desde que nos abandonaste. ¿Y si pones un poco de tu parte y lo ayudas?

Con una suave sonrisa en los labios, Mario admiró el rostro sonrojado de Vicky durante unos segundos, o minutos, no pudo medir el tiempo, porque las agujas del reloj se detuvieron en ese preciso instante. Bajó la vista a sus manos y volvió a cubrirlas con las suyas. Las acarició con delicadeza.

—Gracias... —susurró.

Ella contempló el ovillo de dedos en que se habían convertido sus manos y, después de tantos años, sintió que volvía a estar enredada en él.

—Te he echado tanto de menos... —Los ojos de Vicky se clavaron en los de Mario y una lágrima se deslizó por su mejilla.

Mario separó una mano para acercarla al rostro de Vicky y secar aquella humedad con la yema de los dedos.

—Y yo a ti, no sabes hasta qué punto —reconoció él.

Ella le regaló una sonrisa y Mario abrió la palma para cubrir con ella su sonrojada mejilla.

—¿Sabes? Siempre pensé que tal vez... tú y yo... —murmuró ella.

Y como si aquellas simples palabras fueran la combinación que abría una caja fuerte, Mario llevó la mano hasta la nuca de Vicky y la empujó hacia él mientras se inclinaba sobre la mesa para acercar sus labios y besarla como había deseado hacer durante una eternidad. Los acarició con los suyos, muy lentamente, respetando la decisión de Vicky de continuar con aquel contacto o no. Ella no lo rechazó, pero permaneció inmóvil durante unas décimas de segundo, sin responder al roce de sus labios, hasta que retrocedió.

—Amo a Rafa... —musitó ella, a pocos centímetros del rostro de él.

—Lo sé. Y así debe seguir siendo —dijo Mario en un susurro. Sonrió, volvió a recostarse en el respaldo de la silla y enredó de nuevo los dedos con los de ella—. Él te hace feliz.

—Sí... —Las mejillas de Vicky se sonrojaron y ese gesto tan inocente hizo sonreír a Mario.

—Yo jamás habría conseguido hacerte feliz. Ese cabrón es un tío con suerte.

—No lo llames cabrón. —Ella rio de esa forma que Mario había echado tanto de menos—. Pretendo que sea el padre de mis hijos, así que deja de insultarlo.

Él no pudo reprimir una carcajada.

—Espero ser yo el padrino de uno de esos niños, así Rafa tendrá que joderse viéndome el careto en los cumpleaños de sus hijos.

Ambos arrancaron a reír sin perder el contacto de los dedos, hasta que el sonido de la puerta al abrirse hizo que los dos se volvieran. Rafa apareció bajo el umbral y sus ojos se posaron sobre las cuatro manos que aún permanecían entrecruzadas. Las contempló durante unos segundos, con el ceño fruncido, y subió la vista para clavar las pupilas en las de Vicky. Ella separó las manos que la unían a Mario y un inesperado rubor le tiñó las mejillas. Rafa bajó la mirada a sus labios sonrojados y un destello de dolor le perforó los ojos.

—Rafa... —Vicky pronunció su nombre escondiendo un suspiro—. ¿Sucede algo? —preguntó al descubrir cierta preocupación en el semblante de su marido. Lo conocía perfectamente; jamás habría entrado en su despacho sin llamar antes sabiendo que estaba con alguien si no fuera por un asunto importante.

Él necesitó unos segundos para responder. La nuez le recorrió la laringe en un movimiento ascendente y descendente y, después de un suave carraspeo, la voz logró salir de la garganta.

—Me acaba de llamar mi madre. Al parecer, han pegado al hermano de Cat en la calle y al caer se ha dado un golpe en la cabeza y ha quedado inconsciente. Se lo han llevado a Urgencias en una ambulancia.

—No... —Vicky se levantó de la silla y se llevó las manos al rostro—. Pero ¿quién le ha hecho eso?

Rafa recorrió con la mirada la distancia que separaba los ojos de su mujer de los de Mario y, al encontrarlos, su expresión se tornó hosca, dura.

—El hermano de tu amiguito Juan Carlos —escupió con toda la repugnancia contenida desde hacía años. Mario no respondió. Después de conocer la historia de Cat y de lo que Rafa había cargado a sus espaldas decidió callar—. Voy al hospital. ¿Me acompañas? —preguntó este, mirando a su mujer.

—Sí, claro.

82

Cat

Cat recorrió la distancia de aquel largo pasillo sin apenas rozar el suelo, como si volase, como si su cuerpo se transportara levitando hacia el único lugar donde deseaba encontrarse en aquel instante: junto a su hermano. Los últimos minutos habían transcurrido a una velocidad de vértigo y solo recordaba el rostro contraído de Bárbara en la recepción del observatorio, pálida y preocupada. «Tu hermano...». Después de oír aquellas dos palabras, todo a su alrededor comenzó a dar vueltas. Subieron a un coche y alguien condujo hasta la puerta del hospital. Salió del vehículo y corrió hasta toparse con un mostrador. Preguntó por Óscar y le indicaron el camino hasta la sala de espera.

Los escasos metros que la separaban de conocer su próximo destino se hicieron interminables. A su mente afluyeron multitud de imágenes, pensamientos, sensaciones: la sonrisa de su madre, los brazos de su padre, la carita sonrojada y redondeada de su hermano, la felicidad de una familia unida, la muerte, el abandono, la soledad... ¿La soledad? Detuvo aquel alud de recuerdos para aceptar que Óscar tenía razón; ella nunca había estado sola, siempre lo tuvo a él. El niño inocente que perdió a su madre, que lloró en sus brazos, al que ofreció su consuelo y que acabó siendo la única medicina capaz de sanar su dolor. Dejó de ser el pequeño de la casa para pasar a ser el pilar que sostuvo los despojos de una familia en ruinas; la base sobre la cual podría reconstruirse un nuevo futuro. Él siempre fue su ilusión, su apoyo, su familia.

Su familia...

Cruzó el umbral de la sala de espera y sus ojos se toparon con los de su padre. Negros como los suyos. Atormentados por el dolor, como los suyos. Él se levantó de la silla y permaneció erguido delante de ella, con la respiración agitada y dos lágrimas descendiendo por la barbilla. Separó los brazos de los costados, apenas unos centímetros, abrió la palma de las manos y Cat deseó perderse en su pecho, percibir su olor a hogar, sentirse de nuevo a salvo.

Su padre...

Su familia...

—Papá... —susurró con labios temblorosos.

Julián abrió más los brazos y en dos pasos llegó hasta su hija para rodearla con ellos. La empujó con fuerza sobre su pecho y descansó una de sus mejillas sobre la cabeza de Cat.

—Estará bien, cariño, estará bien... —El hombre cerró los ojos y la acercó más a él—. Mi niña, mi niña...

—Papá...

Continuaron unidos en aquel abrazo desesperado, ajenos a las dos personas que los contemplaban a pocos metros; Bárbara con las mejillas inundadas en lágrimas y Álex, unos pasos atrás, con el pecho encogido.

Julián fue el primero en deshacer el abrazo para tomar entre las manos el rostro de su hija y mirarla a los ojos.

—Óscar se pondrá bien.

—Papá, si le sucede algo...

—No le va a suceder nada, cariño; nada. —Llevó de nuevo el rostro de su hija hasta su pecho y le acarició el cabello con una mano—. Perdóname. Jamás debí abandonaros, sois mis hijos, mi familia, y os he fallado.

—Todo fue culpa mía, si yo no hubiese intentado...

—Shhh... —Julián volvió a buscar sus ojos, haciéndola callar—. Si aquel día yo no hubiese llamado a tu madre, si aquellos desalmados no se hubieran sobrepasado contigo, si no nos hubiésemos mudado a Sabadell... Podríamos seguir enumerando mil hipótesis, pero ya nada puede cambiar lo que sucedió. Lo único que ahora importa sois Óscar y tú.

Cat asintió agitando levemente la cabeza mientras su padre le besaba la frente. Este abrió los ojos después de separar los labios de la piel de su hija y arrugó el entrecejo al descubrir a Álex junto a la puerta.

—¿Sabes algo de Óscar? —le preguntó con una marcada seriedad.

—Sigue inconsciente y en la sala de radiología. Tenemos que esperar.

Aquella voz despertó un estremecimiento en el cuerpo abatido de Cat. Volvió el rostro, sin deshacer el abrazo de su padre, y buscó aquella mirada castaña que tanto había recordado desde la última vez que se perdió en ella.

83

Álex

Álex mantuvo la vista fija en Cat, en sus ojos, en esas dos lunas negras que velaban sus largas noches desde hacía semanas. Cerró los puños y deseó con todas sus fuerzas acortar los metros que los separaban y estrecharla entre los brazos, besarle las mejillas y decirle que todo iba a salir bien, que su hermano se iba a recuperar. Pero no podía, aquel instante era de su padre. Del hombre que, con la mirada, le estaba exigiendo que desapareciera de allí. Y eso hizo; se dio media vuelta cuando comprobó que Cat se sentaba junto a él y Bárbara, y regresó a su puesto de trabajo. Faltaban apenas cuarenta minutos para que finalizara su jornada laboral, así que estaría atento a cualquier cambio en el estado de Óscar y luego regresaría a aquella sala de espera para aguardar noticias.

Después de colgar la bata blanca en su taquilla, buscó al médico que estaba atendiendo a Óscar. El chico seguía inconsciente en una de las camas de la Unidad de Cuidados Intensivos.

—¿Has podido comprobar ya los resultados del TAC? —Quiso saber Álex con una voz de evidente preocupación

—Aún debemos esperar. —El doctor le puso una mano sobre el hombro para tranquilizarlo—. El golpe ha sido fuerte, hemos tenido que cerrar la herida con varios puntos, pero ha perdido mucha sangre y eso, lejos de parecer una mala noticia, es todo lo contrario. Así es mucho más probable que no exista hemorragia interna. Un hematoma intracraneal podría ser mortal. De todas formas, no podemos aventurarnos a dar un diagnóstico hasta obtener las conclusiones del TAC. Aun así, ya sabes que el cerebro es un gran misterio para la ciencia y hasta que el muchacho no despierte no sabremos las secuelas que el golpe le haya podido dejar. Y, por desgracia, tampoco podemos confirmar que vaya a despertar pronto; podría entrar en un coma.

—Gracias, ¿habéis hablado con la familia?

—He informado al padre hace unos minutos.

—Perfecto... —Iba a salir de la consulta y dirigirse a la sala de espera, pero sintió la necesidad de ver a Óscar—. ¿Puedo entrar en la habitación?

—Sí, claro, pero por ahora solo puedes entrar tú.

—De acuerdo.

El rostro de Óscar continuaba pálido. Unas vendas blancas le rodeaban la cabeza hasta cubrirle el cabello por completo. Parecía más joven y vulnerable. Álex acercó una mano a los dedos del muchacho y los rodeó para estrecharlos con los suyos.

—Sé fuerte —susurró—. Tienes que recuperarte y acompañarme a la próxima competición de coches. —Sonrió y apartó la mano de su contacto—. Ahora solo me quedas tú, mi único colega, así que despierta y no me dejes solo, por favor.

Salió de la habitación con el corazón oprimiéndole el pecho y un escozor irritante en los ojos. Caminó hacia la sala de espera sintiendo una terrible impotencia. Era médico, se había preparado para sanar a las personas y, en ese instante, lo único que podía hacer era aguardar un diagnóstico que aún no iba a ser determinante.

Alzó la vista al cruzar el umbral de la puerta que daba acceso a la sala de espera y volvió a encontrarse con los ojos negros de Cat. Ella los abrió con expectación, buscando en él las palabras de consuelo que tanto anhelaba escuchar. Álex movió la cabeza en una negación y ella bajó la mirada. Solo entonces el joven fue consciente de que dos personas más esperaban sentadas y en silencio. Se acercó a Vicky y la abrazó con fuerza, con toda la intensidad que él necesitaba recibir. Ella le correspondió y permanecieron unidos durante unos segundos. Cuando se separaron, Rafa se había levantado y se acercó a Álex con la mano estirada. Este la estrechó con la suya y acompañó el saludo con un par de toques en el hombro.

—¿No sabes nada nuevo?

—Hay que esperar —respondió después de negar con la cabeza.

Y eso hicieron, en silencio. Julián rodeaba con un brazo los hombros de su hija, Bárbara sujetaba una de las manos de Cat y Rafa, Vicky y Álex, sentados frente a ellos, se sumaron a aquel respetuoso mutismo. Una hora después, todos alzaron la vista a la vez en cuanto percibieron que alguien más accedía a la sala, deseosos de recibir noticias sobre el estado del muchacho. Pero ninguna de las dos personas que aparecieron ante ellos formaban parte del personal del hospital. Álex fue el primero en levantarse de su asiento, con los músculos en tensión y la ira y el asombro oscureciéndole los ojos.

—¿Qué coño estáis haciendo aquí?

84

Mario

El rostro enardecido de Álex hizo dudar a Mario de si estaba haciendo lo correcto o no. Presentarse allí, en aquella sala, con Pablo, tal vez no había sido una de sus mejores decisiones, aunque ya no podía dar marcha atrás.

Después de que Vicky y Rafa salieran del bufete de abogados, Mario se dirigió al bar donde trabajaba Juan Carlos. Aún no lograba comprender por qué había obrado de aquella forma o qué le había empujado hasta allí, pero lo hizo sin meditar. En cuanto cruzó la puerta del bar, se sorprendió con una escena más que deplorable: Pablo, con los brazos y la cabeza apoyados sobre la barra, lloraba desconsoladamente y Juan Carlos le gritaba enfurecido a la vez que le propinaba golpes secos en la cabeza, haciendo que esta rebotara contra la superficie pegajosa.

—¡Serás estúpido! ¿Sabes el lío en el que nos vas a meter si el chico la palma?

—Ha sido sin querer... —se lamentaba Pablo entre sollozos.

Mario no pudo evitar intervenir al presenciar por cuarta vez cómo el brazo de Juan Carlos se elevaba para sacudir la cabeza de su hermano menor. Lo agarró por la muñeca con fuerza y frenó el movimiento para evitar el golpe. Juan Carlos se sorprendió al descubrirlo allí.

—¿Tú qué coño haces aquí? —Mario ignoró su pregunta y decidió centrarse en el foco del problema.

—¿Qué ha pasado? —le inquirió a Pablo.

Este elevó la cabeza para buscar los ojos de quien esperaba su respuesta con el rostro enrojecido.

—Estábamos bromeando con una de las empollonas de la clase y Óscar se acercó... —Dejó de hablar durante un instante porque los sollozos ahogaban sus palabras—. Nos pidió que dejáramos en paz a la chica y todos empezaron a gritar... Solo quise asustarlo, solo eso...

—Y le pegaste —lo acusó Mario.

—No —negó con indecisión—, lo empujé, pero solo era un juego...

¿Un juego? ¿Un juego que acababa con un chico inconsciente en un hospital? ¿Un juego que terminaba con un intento de suicidio y una muerte? Mario cerró los ojos y tragó la bilis que le había estado quemando la laringe desde que escuchó el relato de Vicky. Un juego. Las mismas dos palabras que él había usado para justificarse ante ella. Abrió los ojos y contempló el reguero de lágrimas que humedecía las mejillas de Pablo, su rostro contrito y su mirada arrepentida. Si él hubiese entendido el daño que estaba provocándole a Cat y a otros compañeros de los que se había burlado, tal vez...

—Vamos. —Cogió a Pablo del brazo y lo bajó del taburete del que le colgaban las piernas.

—¿Adónde coño te lo llevas? —preguntó Juan Carlos asustado.

—Al hospital. —Mario buscó los ojos de Pablo—. Todavía estás a tiempo de corregir tus propios errores, muchacho, y de no acabar siendo un gilipollas desgraciado, sin amigos y sin ambiciones. —El adolescente asintió con cierto temor, pero también con agradecimiento.

Mario creyó que pedir disculpas sería una buena forma de comenzar a reparar el estropicio, aunque al encontrarse frente a Álex, con aquella expresión que entremezclaba dolor, rabia y odio, las dudas lo asaltaron.

—Pablo ha venido para discul...

Sus palabras quedaron en el aire cuando identificó al hombre alto, de ojos oscuros que se levantaba de uno de los bancos de la sala y se dirigía hacia ellos. Los segundos que siguieron transcurrieron con la misma calma que le transmitió aquella mirada, la mirada del hombre apesadumbrado que bebía en la barra de un bar, augurio de quien sería él en un futuro próximo. Sin embargo, aquella serenidad que colmaba sus ojos había sido arrollada por el odio. Julián se acercó a ellos y estiró la mano en busca del pecho de Pablo, que lo miraba atemorizado. Mario, con la celeridad y la destreza que le había inculcado el boxeo, bloqueó el camino que recorría su mano abierta y la frenó con la suya.

—Maldito cabrón... —gritó. La expresión de aquel hombre reflejaba su desconsuelo y Mario pensó en su padre; él jamás habría alzado la voz por su hijo, por su único hijo vivo.

Dio un paso al frente y se situó entre Pablo y Julián. Los músculos del brazo que retenía comenzaron a distenderse y los ojos negros de aquel hombre se cruzaron con los suyos. Mario lo miró con calma, con la mirada de aquel niño de diez años, el niño que continuaba oculto entre las sombras de un hombre perdido.

Julián arrugó los párpados como si recordara algo.

—No merece la pena... —musitó Mario, recitando las palabras que su contrincante pronunció meses atrás para calmarlo a él—. La violencia nunca es la solución.

El hombre bajó el brazo e inspiró el aire que les había negado a los pulmones desde que reconociera al muchacho que lanzó a Óscar contra los adoquines.

—No, pero es mi hijo el que está sobre una camilla, debatiéndose entre la vida y la muerte —aseveró, sin dejar de mirar los ojos de Mario.

—Yo... lo siento, fue sin querer —murmuró Pablo, asomándose tras la espalda de su protector.

Mario deshizo el cruce de miradas que mantenía con Julián cuando apreció unas manos femeninas rodeando el brazo de este. Era ella, Carolina, la chica de los granos en la cara. Se concentró en su rostro durante unos segundos. Aquella chica no tenía nada que ver con la muchacha atemorizada que ocultaba los granos ni con la misma que besaba a Álex frente a aquella sala de conciertos, cuya figura quedó difuminada en su recuerdo debido al alcohol. Estaba pálida, tenía los párpados hinchados y la nariz sonrojada por el llanto. La negrura de sus ojos tenía la misma profundidad que los del hombre al que intentaba calmar, el mismo efecto tranquilizador de quien, supuso, era su padre.

—Mario, joder... —Sintió los brazos de Álex tirando de los suyos y perdió el contacto con esos ojos.

Su amigo los sacó a los dos de la sala.

—Pero ¿tú de qué coño vas? ¿A qué vienes aquí, joder, a provocar?

—Pablo está arrepentido y pensé... —intentó justificarse.

—¿Pensaste qué, eh? ¿Que con pedir perdón ibas a compensar todo el daño que le habéis causado a esa familia?

—Álex...

—No, Mario, no. No tienes la menor idea de lo que habéis hecho...

—Sí. —Vicky se acercó a ellos, interrumpiendo a Álex—. Lo sabe, se lo expliqué.

Álex la miró disgustado, hasta que volvió a dirigirse a Mario.

—Pues ahí lo tienes, ya lo sabes todo. —Abrió mucho los ojos cuando Mario intentó hablar y este calló al interpretar su mirada—. Vete, por favor.

85

Álex

Álex contemplaba la ancha espalda de Mario con los músculos aún tensos. No era capaz de entender qué se le había pasado por la cabeza a aquel capullo para presentarse allí en un momento tan delicado. Creyó desfallecer cuando vio la expresión atemorizada de Cat ante la reacción de su padre. Cerró los ojos para calmarse y respiró hondo.

—Lo siento... —Vicky seguía a su lado y giró la cabeza para mirarla—. Se presentó en el bufete esta tarde. Estaba desesperado porque no quieres hablar con él y necesitaba respuestas.

—¿Y fue a buscarte? ¿A ti? —preguntó sorprendido.

—Ya, yo todavía no lo he asimilado. Llevábamos años sin hablarnos.

—¿Se lo contaste todo? —Álex volvió a dirigir la mirada hacia el final del pasillo, donde ya no había ni rastro de ellos.

—Sí, todo. —Vicky esperó un poco antes de continuar—. Mario sigue perdido y solo. Pensé que con los años se habría recuperado, pero veo que no, que aún no ha superado la muerte de su hermano. —Álex agachó la cabeza y ella le puso una mano sobre el hombro—. Pero, Álex, debe ser él quien despierte y reaccione, tú no puedes seguir siendo su niñera y perdonarle todo. Deja que sufra un poco.

Él alzó la comisura de sus labios en una sonrisa torcida y se giró para situarse frente a su amiga.

—Eres mala, casi peor que Mario. —Vicky lo miró con una sonrisa socarrona—. ¿Por qué no me contaste antes lo de Cat?

—Jamás imaginé que fuera ella la chica que te gusta.

—De todas formas, sabías lo que aquella niña del instituto había sufrido por culpa de Nerea, de Mario... y, en cierto modo, de mí también. ¿Por qué me lo ocultaste?

—Rafa me lo contó todo hace unos meses, poco después de que Cat regresara a la ciudad. No creí necesario decírtelo, ¿para qué? ¿Para que te sintieras culpable por algo a lo que fuiste completamente ajeno? Tú también sufriste mucho después de aquel día, cuando Mario destapó a Nerea. Pensé que sería mejor que ignorases otras cosas que ella hizo a tus espaldas.

—¿Y continuar ciego? —Suspiró abatido—. Estoy cansado, Vicky, harto de ser el gilipollas que mira hacia otro lado.

—¿Doctor Rotes? —Los dos buscaron la voz de la enfermera que se acercó a ellos—. El doctor Sánchez quiere hablar con usted. —Un pensamiento oscuro se coló en el cerebro de Álex y su corazón frenó en seco—. Sígame, por favor.

—¿Sucede algo? —El rostro deshecho de Cat, que se había acercado a ellos al ver a la enfermera, lo empujó a forzar una sonrisa.

—Tranquila, no será nada.

Siguió los pasos de la enfermera hasta llegar a la habitación donde se encontraba Óscar y respiró hondo antes de entrar. Reconoció la figura del doctor, junto a la camilla, ocultando la cabeza de su amigo y anotando algo en una libreta. Se acercó con el pulso acelerado. Cuando el doctor Sánchez percibió su presencia, se giró y Álex pudo ver los ojos abiertos de Óscar. Los suyos se humedecieron en el acto y sintió alivio cuando el aire volvió a llenarle los pulmones.

—Álex —exclamó Óscar en un murmullo.

Él rodeó la cama para situarse al otro lado.

—Joder, Óscar, ¡qué susto nos has dado! ¿Cómo te encuentras?

—Me duele la cabeza...

Álex inquirió con la mirada al doctor Sánchez y este se dispuso a explicarle.

—El TAC no muestra hematomas intracraneales, todo parece correcto. Óscar ha despertado hace pocos minutos y, como me has dicho que lo conocías, he pensado que podrías ayudarme a evaluar sus reacciones. Voy a hacerle algunas preguntas mientras compruebo sus habilidades motoras y sensoriales.

Mientras el doctor hablaba con Óscar y se interesaba por sus estudios o sus familiares, lo obligó a hacer algunos movimientos con la cabeza, los brazos, los ojos, el abdomen o las piernas. El chico realizó todos los ejercicios como cabía esperar de cualquier persona sana y respondió a las preguntas con lógica, vocalizando cada palabra a la perfección. Cuando todo terminó, Álex se acercó a Óscar para hablar con él mientras el doctor acababa de anotar algo en sus papeles.

—¿Recuerdas lo que ha sucedido?

—Sí, perfectamente. Pablo y sus amigos se estaban burlando de Paula. Esa escena me encendió, Álex. Pensé en mi hermana y me acerqué a él para plantarle cara.

—¿Sabes? Ha estado aquí hace un momento...

—¿Pablo? —Óscar abrió los ojos con sorpresa.

—El mismo... Ha venido a pedir perdón y parecía arrepentido.

El muchacho sonrió ante el asombro de Álex.

—Lo sabía, creo que siempre lo supe.

—¿El qué?

—Que en el fondo no es mal tío... Creo que tiene problemas en casa, con sus padres y sus hermanos; lo presionan mucho, lo tratan mal y se desfoga con los demás. El problema de Pablo es que sabe que él es más débil que todos aquellos a los que pretende asustar.

Álex sonrió, orgulloso, ante la disección psicológica que acababa de hacer un chico de catorce años después de estar inconsciente casi tres horas. Aun así, los ojos se le ensombrecieron al pensar en Mario, en el sufrimiento que lo había acompañado durante años y en esa muralla de recelo y culpabilidad que lo hacía infranqueable. Aquella era su fortaleza y su debilidad. El Mario robusto que se mostraba al exterior y el Mario vulnerable que solo él conocía.

Óscar emitió un gruñido y se llevó las manos a las vendas que le rodeaban la cabeza.

—Álex. —Este volvió de sus pensamientos y miró al adolescente con una sonrisa—. Recuérdame que la próxima vez que quiera salir de casa en modo superhéroe me ponga los calzoncillos por fuera del pantalón y un casco en la cabeza.

La carcajada de Álex ante la ocurrencia de Óscar no se hizo esperar. Rio hasta que consiguió deshacerse de algunas lágrimas rebeldes y, con la cara aún húmeda, se acercó al doctor Sánchez, que continuaba absorto en los papeles.

—Doctor, puede usted estar tranquilo, su paciente disfruta del mismo grado de enajenación mental que tenía antes del golpe.

86

Cat

Cat no había podido apartar la mirada de aquellas puertas batientes por las que Álex había desaparecido unos minutos atrás; a ella le estaban pareciendo horas. A pesar de las palabras esperanzadoras del doctor, aquella incertidumbre la estaba torturando. Óscar había perdido mucha sangre y precisamente eso podía salvarle la vida. ¡Increíble paradoja! La sangre del mismo grupo sanguíneo que necesitó la madre de ambos para seguir viviendo volvía a formar un charco inútil en el suelo. Pero con la diferencia de que, aquella vez, la sangre desechada podía haber evitado una muerte.

Los ojos se le volvieron a humedecer y apretó los labios al notar un cosquilleo en ellos. Necesitaba ver a su hermano para mitigar ese nuevo dolor que se iba hacinando en sus entrañas.

Apoyó un hombro sobre la pared del pasillo. Estaba exhausta. Las noches en vela, aquella presión constante en el pecho, los recuerdos que no cesaban de viajar en el tiempo y él, él... Él en su interior. Sus párpados cedieron a la gravedad. Los brazos le pesaban como si dos mazas colgaran de ellos y las piernas parecían de papel. Necesitaba descansar. La reaparición de Álex, su acercamiento, sus besos, sus palabras tras la puerta... y ver a Nerea y a Mario, todo aquel cúmulo de sensaciones estaba dinamitando sus energías. Y para más inri, la entrada de Mario en aquella sala, con la reacción de su padre como colofón de un día para olvidar. Se sentía agotada.

Una mano le rodeó el brazo y la obligó a abrir los ojos para toparse con esa mirada castaña capaz de sanar su dolor, a pesar de ser la fuente él.

—Cat, ¿estás bien? —preguntó Álex, con la preocupación reflejada en los ojos.

—Sí, solo estoy cansada.

Notó los brazos de su padre rodearle la espalda, sosteniéndola y evitando que acabara desmadejada en el suelo. Fue él quien formuló la pregunta que Cat era incapaz de hacer.

—¿Sabes algo de Óscar?

—Ha despertado. —Los ojos de Cat se abrieron con expectación ante las palabras de Álex—. Está bien. —Él sonrió ampliamente y ella sintió que las mazas que le colgaban de los brazos se desvanecían—. El TAC no muestra daños internos y no parece tener secuelas por el golpe. De todas formas, pasará aquí la noche para tenerlo en observación.

Cat miró a su padre y este la abrazó con fuerza, sin palabras, sin gestos, solo con el calor de sus respectivos cuerpos y la esperanza de formar de nuevo una familia. Los tres. Antes de separarse de su hija, Julián giró la cabeza para preguntar a Álex.

—¿Podemos entrar a verlo?

—Por supuesto. Cuando queráis, os acompaño a la habitación —se ofreció Álex.

—Papá, tenemos que avisar a tía Carmen —advirtió Cat.

—Tienes razón. He visto un teléfono público al final del pasillo. Llamaré también a tu tío Javier. Ahora vuelvo.

Julián se separó de ellos para caminar decidido hacia el teléfono.

—Me alegro de que todo haya quedado en un susto —declaró Álex, a la vez que depositaba la palma de una mano sobre el brazo de Cat, muy cerca de las pulseras que habían dejado de ocultar su secreto. Ella agradeció sus palabras con una mirada fugaz—. Cat, yo... yo siento mucho todo lo que ha sucedido.

Percibió de nuevo el mismo velo de humedad que no cesaba de reaparecer en sus ojos y el peso de la fatiga debilitándola. Cat alzó la vista para buscar los ojos de Álex y el corazón arremetió contra su pecho. Su cuerpo carecía de fuerzas para sostenerla, pero su corazón parecía no haber perdido el ímpetu que la empujaba hacia él.

—Álex, ahora no, por favor, estoy agotada... Necesito descansar, todo es demasiado... —Buscó las palabras mientras se llevaba las manos a los ojos y arrastraba con los dedos las lágrimas que habían vuelto a brotar—. Los recuerdos, el pasado... Todo es demasiado intenso, demasiado doloroso...

—Tranquila, tranquila. —Álex llevó las manos a sus hombros e intentó calmarla—. No te preocupes, yo...

—Vamos, Cat. —La voz ruda de Julián hizo que las manos de Álex la abandonaran, dejando una estela de calor sobre la camisa.

El rostro desvaído de Óscar y la gasa que le cubría la cabeza hicieron que el agotamiento de Cat se evaporara como una nube de humo. Corrió hasta su lado y se sentó en el borde del colchón para abrazarlo con las pocas fuerzas que le quedaban. De su garganta no pudieron fluir las palabras por culpa de los sollozos. Permanecieron con los cuerpos enredados hasta que se separó unos centímetros, miró a su hermano con firmeza y dejó salir al dragón que, según él, habitaba en su interior.

—¡No vuelvas a hacerme esto! ¿Me oyes? —ordenó, golpeándole el hombro con un manotazo.

Él sonrió ante la expresión de berrinche que le estaba mostrando su hermana, trece años mayor que él. ¡Si pensaba que iba a tomarla en serio...!

—¿Me vas a castigar sin cenar? —se burló él.

—¿Cómo puedes bromear ahora? ¡Nos has dado un susto de muerte! —Pero Óscar, lejos de preocuparse por sus palabras, continuó riendo. Y el rostro risueño de él acabó desbaratando el papel de hermana mayor, responsable e inflexible, que Cat pretendía adoptar—. ¡Eres tonto!

Julián, sonriente al contemplar a sus hijos bromeando, se acercó a ellos y depositó una mano sobre el hombro izquierdo de Óscar. Con el otro brazo, rodeó la espalda de Cat y ella respondió apoyando la mejilla sobre su hombro.

—¿Cómo estás, hijo?

Óscar buscó los ojos de los dos, alternativamente; primero los de Cat, luego los de su padre, intentando encontrar en ellos una explicación a aquel gesto de cariño, al que su hermana había respondido con tanto afecto. Contempló en silencio los dos rostros que más amaba y, al descubrir en ellos un brillo especial, abrió los brazos y los atrajo hasta que la cabeza de cada uno de ellos acabó empotrada en su pecho.

Ellos rieron y él fue incapaz de controlar un sollozo.

87

Rafa y Vicky

A pesar de los ocho años de noviazgo y casi dos meses de matrimonio, jamás antes el silencio los había acallado de aquella forma tan arrolladora; Rafa, atormentado por el recuerdo de sus labios sonrojados, y Vicky, apenada al ver el rostro de su marido. Un beso inocente para ella, letal para él. Y no solo porque unos labios ajenos a los suyos hubieran rozado los de su mujer, sino porque aquellos labios tenían dueño.

Y había tenido que ser él.

Sentados en la sala de espera, relajados después de conocer el estado de Óscar, Vicky aprovechó que se encontraban solos para volverse hacia su marido e ir al encuentro de sus ojos. Él los esquivó e inspiró profundamente. Conocía cada uno de los gestos de su mujer y la razón o la finalidad de todos ellos. Desistió y la miró, conocedor del dolor que iban a provocar sus palabras.

—Me besó y yo no rechacé el beso. —Rafa cerró los ojos y ocultó su rostro con las dos manos—. Pero no ha significado nada, Rafa, nada. Un beso superficial, un roce, nada más.

—Un beso es un beso, Vicky. No importa lo que signifique, es un puto beso, joder.

—Un beso inocente de dos niños que se conocen desde que iban juntos a la guardería. Ha sido... ha sido como algo que teníamos pendiente, el beso que nunca nos dimos en la infancia y que ha cerrado una historia que jamás ocurrió.

—Lo sabía, siempre lo supe... —Rafa apretó los dientes con fuerza—. Me han preguntado muchas veces si estaba celoso de tu amistad con Álex, pero nunca fue así. Siempre fue Mario; a pesar de cómo te ignoraba, nunca dejaste de sentir algo por él.

—No, eso no es cierto. Teníamos diez años, once, doce a lo sumo..., éramos niños. Es verdad, yo creía estar enamorada de él, pero con el tiempo ese sentimiento se esfumó. Él me separó de su lado y yo acabé sintiéndome muy decepcionada; no entendía su actitud hacia mí, su rechazo, su desprecio... Y luego... apareciste tú.

—Y te conformaste conmigo.

—¡Rafa, por Dios! —Vicky se levantó de la silla, dio dos pasos al frente y se giró bruscamente para regresar a su lado—. No vuelvas a decir algo así nunca más. —Llevó el dedo índice de la mano derecha hasta el hombro de Rafa y lo clavó en él con ahínco—. Cuando nos reencontramos en la universidad, Mario ya no significaba nada para mí. Nada. Es a ti a quien quiero; a ti y a nadie más.

Rafa se recostó en el respaldo de la silla, cerró los ojos y echó la cabeza hacia atrás. Vicky interpretó aquel gesto como un rechazo a sus palabras y ya no pudo retener las lágrimas por más tiempo.

—Por favor, no olvides lo que hay entre nosotros por un beso inocente —añadió ella en un susurro, intentando retener un gemido.

Él bajó la cabeza súbitamente y llevó dos dedos a la barbilla de Vicky para alzarla y comprobar si su temor era cierto.

—Joder, no, Vicky, no llores. No soporto verte triste.

—No, no estoy llorando —mintió ella tras hacer un esfuerzo para controlar las convulsiones del llanto.

Rafa la sujetó por la cintura y la sentó sobre su regazo. Después de abrazar a su mujer unos segundos, la apartó unos centímetros para mirarla a los ojos. El sufrimiento que descubrió en ellos se le hundió en el pecho, como si una mano lo atravesara en busca de su corazón.

—No voy a dejar de quererte porque hayas aceptado un beso de ese gilipollas —aseveró en un murmullo—, pero me ha dolido, Vicky, entiéndelo.

—Lo sé y lo siento.

Rafa levantó una mano hasta que rozó con los dedos la suave piel de sus mejillas. Acarició los pómulos, la nariz, la frente y descendió hasta la barbilla. Una vez allí, fijó la mirada en los labios de su mujer. Ella los humedeció ligeramente con la lengua y él deseó saciar su sed con ellos, pero no podía; su boca continuaba marcada por la huella del hombre que la enamoró primero. Cerró los ojos y emitió un suspiro ahogado.

Vicky acercó los dedos de Rafa a sus labios y los desplazó para recoger la humedad que había dejado en ellos.

—Son los mismos labios que te besaron esta mañana para despertarte y la misma boca que te dijo «te quiero» cuando abriste los ojos.

Él la miró, emitió un suspiro de claudicación y se abalanzó sobre sus labios para apretarlos, succionarlos, morderlos y absorber con los suyos cada uno de los gemidos que ella le regaló. La besó con la fuerza justa para marcarla como suya, una actitud nada propia en él, aunque por una vez se concedió aquel privilegio. La amaba, la deseaba y era suya. Suya para siempre.

Continuaron sumidos en una espiral de caricias y besos, completamente ajenos a la persona que en aquel instante se sentaba, cabizbaja, en el banco contiguo.

—¿Vosotros vais a dejar de dar envidia alguna vez? —preguntó Álex.

Rafa y Vicky se separaron y sonrieron.

—Todo llegará, Álex, todo llegará... —le aseguró Vicky, antes de levantarse del regazo de su marido y situarse frente a ellos—. Voy a buscar un café, ¿queréis uno?

—Yo sí, gracias.

—Yo no, hoy he sobrepasado mi límite de cafeína —se quejó Álex. Vicky salió de la sala de espera y, tras unos segundos en silencio, este continuó—: El otro día, en la fiesta del instituto, no tuve la oportunidad de darte las gracias por contármelo todo y abrirme los ojos.

—No tienes por qué darme las gracias.

—Me siento en deuda contigo.

Rafa se volvió para mirarlo a los ojos.

—¿Por qué?

—Por haber cuidado de Cat y por Vicky... Jamás la había visto tan feliz. —Él sonrió. Álex no había sido consciente de hasta qué punto Rafa agradeció aquellas palabras—. Si necesitas algo, lo que sea, cuenta conmigo —se ofreció.

—Sí, necesito que te olvides de Cat, que la dejes en paz y que no te acerques más a ella.

Rafa contuvo la risa al contemplar el rostro encendido de Álex.

—No, ni hablar, pídeme lo que quieras, pero eso no... No. No voy a olvidarme de ella, jamás...

—Está bien, pues no lo hagas... —Rafa sonrió satisfecho—. ¿Quieres hacerme un favor? —Álex asintió con la cabeza—. Consigue sacarle una sonrisa a Cat todos los días y seré yo quien esté en deuda contigo.

88

Óscar

Óscar había fantaseado tantas veces con aquel momento que, cuando por fin su mayor deseo se había convertido en realidad, era incapaz de reaccionar. Cat le sonreía a su padre, este la rodeaba con el brazo y le besaba la frente con adoración, y él, como un pasmarote, los observaba, con una sonrisa bobalicona en los labios y un anhelo bárbaro por salir de allí y continuar su vida con su nueva familia de tres. Porque ellos eran tres, sí, tres. El mejor número para sentirse completo.

—Hola... —Julián y Cat se giraron al oír una voz femenina e infantil tras la puerta. Esta se entreabrió y apareció ella—. Soy Paula, compañera de Óscar.

Él se irguió rápidamente y estiró las sábanas para cerciorarse de que estas lo cubrían hasta el abdomen. Notó un pinchazo agudo en la parte trasera de la cabeza, pero tensó los músculos de la cara para no delatar el dolor que parecía exprimirle el cerebro.

—Adelante, Paula. —Cat se levantó de la cama y se acercó a la muchacha—. Yo soy la hermana de Óscar. —Se volvió para mirar a su padre y, tras hacerle un gesto con las manos, continuó—: Os dejamos solos para que podáis hablar.

En sus catorce años de vida, Óscar no recordaba haber vivido un momento tan tenso e incómodo como aquel: vestido con una bata abierta por la espalda, fina y desgastada por el uso, con apenas unos calzoncillos debajo y una sensación de desnudez totalmente desconocida para él. Miró a Paula y forzó una sonrisa.

—Hola... —susurró.

Ella caminó hasta situarse a pocos centímetros. Él tragó saliva.

—¿Cómo te encuentras?

—Bien... —Óscar se llevó una mano a la frente hasta cubrirla con ella—. Bueno, más o menos, me duele bastante la cabeza.

—Me asusté mucho cuando te vi en el suelo, inconsciente y sangrando.

Hasta entonces, Óscar no había escenificado mentalmente su desfallecimiento y pensó que él no se hubiese sentido menos asustado.

—Lo siento, debiste de pasarlo mal.

—No fue culpa tuya. —Permanecieron en silencio hasta que Paula dio un paso hacia atrás—. Mi hermano ha venido conmigo, quiere darte las gracias.

—¿Tu hermano? ¿Las gracias? ¿Por qué? —Su incomodidad fue en aumento y su desconcierto más. ¿Qué pintaba allí el hermano de Paula?

—Bueno, es que Mat es muy protector conmigo.

—¿Mat?

—Sí, se llama Mateo, pero todos lo llamamos Mat. Solo es dos años mayor que yo, pero me trata como si fuera una niña. —Paula redujo de nuevo la distancia que la separaba de Óscar y se inclinó levemente—. A Mat no le gusta hablar de ello, pero —añadió en un susurro— mi madre nos abandonó cuando él tenía once años y yo nueve. Desde entonces vivimos con mi tío; ellos dos no se llevan bien y Mat teme que nos separen. Creo que por eso está obsesionado con protegerme.

—¡Ah! —Óscar no supo qué decir—. Lo siento...

—No pasa nada. Él ha venido porque quiere darte las gracias por defenderme ante Pablo y sus amigos.

—Ya, entiendo.

—Voy a avisarlo, está en el pasillo.

Óscar asintió, aún incrédulo por aquella situación tan chocante. Hacía apenas unos meses que conocía a Paula, las conversaciones que habían mantenido hasta ese día estaban relacionadas con el instituto, las notas o los trabajos de clase y, de pronto, de un día para otro iba a conocer a su hermano, medio desnudo en una habitación de hospital, después de saber que la madre de ambos los había abandonado. ¿Sería todo una ilusión ocasionada por el golpe?

Se estaba rascando la nuca, nervioso, cuando Mat y Paula cruzaron el umbral de la puerta, justo en el instante en que su destino lo empujó hacia los ojos castaños más grandes que jamás había visto.

A partir de ese microsegundo, de ese destello de luz que lo cambió todo, el mundo que rodeaba a Óscar se difuminó como si una espesa niebla envolviera la habitación. Y en el foco de aquel resplandor solo estaba él. Era algo más alto que Óscar, con una melena oscura sobre los hombros y dos hoyuelos cerca de la comisura de los labios. Los labios que formaban la sonrisa más jodidamente perfecta que iba a presenciar en toda su vida. Deslizó la mirada hasta ellos y el estómago se resquebrajó en diminutas porciones. Se sintió aturdido, acalorado e, insólitamente, torpe... Muy torpe. El ser más estúpido del cosmos.

—¡Ey! Hola, me llamo Mat. —El hermano de Paula lo saludó estirando la mano en busca de la suya—. ¿Cómo estás, tío?

—Yo... —Óscar le estrechó la mano con suavidad y la fuerza de aquellos dedos apretando los suyos lo devolvió a la realidad—. Bien, bien, estoy bien.

—Paula me ha explicado lo que os hicieron esos cabrones. ¡Joder! Cuando me encuentre con Pablo voy a tener una conversación muy interesante con él...

—Mat, por favor... —suplicó su hermana.

—Pero mira lo que le han hecho esos gilipollas. No se van a librar de recibir un escarmiento. Tienes que ayudarme, tío —pidió Mat, dirigiéndose a Óscar—, daremos con ellos y haremos que se arrepientan de esto.

Óscar, todavía afectado por la presencia de ese chico, carraspeó y estiró más de la sábana, hasta casi cubrirse el pecho.

—Pablo ha estado hoy aquí —dijo, haciendo un gran esfuerzo por disimular el temblor en la voz—. Yo seguía inconsciente, pero me han dicho que parecía arrepentido.

—¡Ja! ¿Y tú te lo crees? —Mat se pasó la mano por la cabeza, enredando entre los dedos algunos mechones oscuros—. Ese cabrón lo que quiere es que no lo denuncies.

Óscar no había pensado aún en esa posibilidad; Mat podía estar en lo cierto y el arrepentimiento de Pablo tratarse tan solo de un farol.

—Tal vez... —dijo pensativo.

—Iremos a darles su merecido —sentenció Mat, a la vez que golpeaba la palma de una mano con el puño apretado.

—Pero ¿y si no es así? ¿Y si quería disculparse de verdad? —se cuestionó Óscar.

—Mat, Óscar tiene razón. ¿Y si fuera cierto? —intervino Paula—. Además, los problemas no se solucionan a puñetazos.

—¡Tú qué sabrás! —Mat miró a su hermana con aires de superioridad y Óscar apreció la impotencia en los ojos de Paula, tratada como una niña pequeña sin derecho a opinar.

—Paula tiene razón —la apoyó él. Mat se volvió para mirarlo a los ojos y él, por primera vez desde que aquel chico entrara en la habitación, y en su vida, se sintió menos torpe.

—¿Y qué propones entonces?

Las cejas de Óscar se alzaron hasta que los párpados no pudieron soportar más la tensión. ¿Aquel chico de dieciséis años, tan seguro de sí mismo, le estaba pidiendo opinión a él? ¿A él? Tuvo que sujetarse el labio inferior con los dientes para que la barbilla no aterrizara contra sus piernas. Inspiró hondo para reponerse mientras simulaba que estaba razonando la respuesta.

—Si es cierto que está arrepentido, me buscará de nuevo.

—¿Y si no?

—No lo sé, pero yo no creo que la violencia sea la solución. —Aquellas palabras las había oído de su padre infinidad de veces.

—Está bien —claudicó Mat—. Esperaremos unos días, aunque esto no puede quedar así.

—Vale —aceptó Óscar sonriente y, por fin, más relajado.

—Gracias por defender a mi hermana. —Mat le devolvió la sonrisa y Óscar se concentró en sus enormes ojos castaños para no volver a perderse en aquellos hoyuelos—. Pásate un día por casa y cenas con nosotros —le propuso mientras estiraba la mano para volver a estrechar la de Óscar.

—Está bien... —aceptó él, devolviéndole el saludo.

Paula se acercó y depositó dos besos sobre sus mejillas sonrojadas.

—Nos vemos en clase —susurró.

Los dos hermanos salieron de la habitación y Óscar dejó caer la cabeza sobre la almohada. Después de gruñir al notar otro pinchazo de dolor, cerró los ojos y curvó los labios levemente. ¿Qué había sido aquello? ¿Seguía inconsciente por el golpe? Abrió los ojos asustado y se pellizcó el brazo.

Suspiró aliviado.

—No soñabas, Óscar; ha sido real.

89

Álex

Álex esperaba apoyado en la pared del pasillo, cerca de la puerta que daba acceso a la habitación de Óscar. Todos habían entrado para despedirse del chico y él decidió aguardar fuera. Su padre iba a pasar la noche con el muchacho, pero, antes, acompañaría a Cat hasta su casa para que recogiera algunas cosas de su hermano. Así que, una vez que se fueran todos, esperaba poder escabullirse en la habitación y hacerle compañía un rato. Aunque no creía que pudiera sostenerse en pie durante mucho más tiempo. Estaba abatido, y no solo por las largas jornadas de trabajo ni por la impresión de ver a su amigo inconsciente en aquella camilla, sino por todo lo que arrastraba su atormentada cabeza desde hacía más de dos semanas. Y ver el rostro exhausto de Cat había acabado aplastando los residuos del escaso ánimo que quedaba en él. Ella no estaba bien; lo había leído en sus ojos, y el dolor que descifró en ellos lo estaba asfixiando. La impotencia de no poder ayudarla hizo que Álex dudara de si estaba mereciendo la pena todo eso por lo que había luchado durante años.

Oyó voces saliendo de la habitación de Óscar y se enderezó.

—Gracias por estar aquí —le dijo Cat a Vicky.

Su amiga sonrió y extendió los brazos para recibir a Cat.

—Siempre que nos necesites estaremos a tu lado.

El único consuelo que le quedaba a Álex era saber que Rafa, y a partir de entonces Vicky, acudirían a Cat en cuanto ella los necesitara. Y, afortunadamente, su padre también iba a estar allí, protegiéndola.

—He traído el coche, os llevo a todos a casa —se ofreció Rafa.

Álex continuó apoyado en la pared del pasillo mientras contemplaba cómo se alejaban aquellas cinco figuras. Apenas había conseguido cruzar una mirada con Cat y solo Rafa y Vicky se habían acercado a él para despedirse. Agachó la cabeza, resignado y alicaído, cuando notó la sombra de un cuerpo frente a él. Alzó la vista y se encontró con aquellos ojos, muy parecidos a los ojos negros que tanto adoraba.

—Álex. —La voz de Julián sonó firme pero cordial—. Quiero agradecerte todo lo que haces por Óscar, sé que él te admira y que intentas ayudar, pero... —Álex quiso escurrirse por el pasillo y desaparecer para no escuchar lo que aquel padre le iba a decir— ... pero te agradecería que te alejaras de Cat. Sé que tú no tienes nada que ver con lo que hicieron tus amigos, pero formas parte de aquel pasado que ella intenta olvidar. Y ella necesita hacerlo para seguir adelante. Espero que lo entiendas. —Él asintió. Lo entendía, claro que lo entendía, aunque no podía ignorar lo que sentía por ella—. Si la aprecias, hazte a un lado y deja que Cat siga su camino.

Julián no esperó una respuesta. Dio media vuelta y caminó por el pasillo hasta que su figura desapareció. Solo entonces logró recuperar el ritmo habitual de su respiración. Agachó de nuevo la cabeza y tiró de su cuerpo hasta entrar en la habitación de Óscar y dejarse caer sobre el sillón que había justo al lado de la camilla.

Óscar oyó sus pasos, pero continuó absorto mirando los dos fluorescentes apagados que colgaban del techo.

—¿Qué sentiste la primera vez que viste a mi hermana? Quiero decir, la segunda vez que viste a Cat por primera vez.

Álex sonrió ante sus palabras. Apoyó la cabeza en el respaldo del sillón y suspiró.

—Estaba tumbada sobre una camilla mientras donaba sangre, el antifaz le cubría los ojos y parte del rostro, y entonaba una canción de AC/DC... Por cierto, tu hermana canta fatal. —Los dos rieron a la vez—. Verla allí, tan menuda, tan frágil y a la vez fuerte y resistente como aquella canción, hizo que despertara en mí mucha curiosidad.

—¿Y cuándo sabes que te has enamorado?

—Cuando esa curiosidad inicial se convierte en necesidad.

—¡Buf! Eso tiene que ser jodido...

—Lo es, sobre todo si ella no quiere verte y su padre te acaba de pedir con buenas palabras que no te acerques a su hija.

—¿Eso te ha dicho mi padre? —Óscar giró la cabeza con cuidado y Álex alzó los hombros con resignación—. Mi padre está haciendo lo que cree mejor para su hija. No se lo tengas en cuenta.

—Y lo peor de todo es que estoy de acuerdo con él. Cat no está bien, está pálida y tiene los ojos tristes. Óscar, estoy preocupado por ella y necesito que me ayudes.

—¿Yo? ¿Cómo?

—Asegúrate de que duerma y de que coma bien. —Óscar sonrió—. Te estoy hablando en serio; si crees que empeora, llámame, por favor.

—Tranquilo, lo haré.

Álex se levantó del sillón y estiró el cuello de lado a lado

—Me voy, estoy agotado y tú necesitas descansar. Supongo que mañana a mediodía te darán el alta médica. Me pasaré a las nueve para ver cómo estás.

Sin añadir nada más, Álex se dio media vuelta y caminó despacio hacia la salida. Justo antes de cruzar el umbral de la puerta, Óscar, que había vuelto a dirigir la mirada hacia los dos fluorescentes apagados que colgaban del techo, lo llamó.

—Álex. —Él giró apenas la cabeza—. Hace unos meses, cuando pensaba en mi futuro, lo veía impreciso, como si no supiera qué deseaba hacer o con quién iba a compartirlo. Sin embargo, desde hace unos días, cuando pienso en mi futuro, veo a mi padre, a mi hermana... y te veo a ti con ella, incluso he llegado a imaginar cómo serán vuestros hijos. —A Álex se le escapó una risa—. Ahora que conozco mi futuro, no le tengo miedo al presente, porque sé que, pase lo que pase, vosotros estaréis ahí.

90

Mario

Un golpe más contra el saco. Con el puño derecho. El izquierdo. El derecho. «Otro más», se dijo Mario. «Otro, joder.» Ya no sentía los músculos de los brazos, ni los nudillos, ni las piernas. «Otro más, otro más...» Necesitaba dolor para aniquilarlo con su propio veneno, para saciarlo con más dosis de dolor. Otro golpe con el puño derecho, otro con el izquierdo, sin guantes que lo protegieran del sufrimiento. Las piernas ya no soportaban más la tensión. «Uno más», se repitió, exhausto, antes de caer de rodillas en el suelo. El daño fue tan intenso que gritó. Gritó sintiéndose un miserable. Él era el veneno que estaba acabando con todo a su alrededor. Con todas aquellas personas a las que había infectado con el cianuro que esparcía su aliento, su sudor, su cercanía. Debió ser su cadáver el que acabara en aquella carretera y no el de su hermano. Él no estaría ahora golpeando un saco hasta caer de rodillas en el suelo, solo y repudiado por todos. No, su hermano no era así. Él era mejor, él merecía vivir.

El escozor en los nudillos era desquiciante. Apoyó los puños en el suelo para levantarse y gruñó por el dolor. Caminó sin fuerzas hasta el baño y se miró al espejo. Sus ojos enrojecidos continuaban luchando contra sí mismos; estaba prohibido llorar. Aquella era su tortura, su castigo: vivir solo, morir poco a poco y no derramar ni una sola lágrima.

Se metió en la ducha sin desprenderse de la camiseta y los calzoncillos, y abrió el grifo del agua caliente. El vapor comenzó a cubrirlo todo. Cerró los ojos y el agua hirviendo alimentó más el dolor en los nudillos y las rodillas. Movió la llave para cambiar la temperatura y una lluvia de hielo y frialdad le agarrotó los músculos. Gritó de nuevo, por el dolor, por la frustración.

Quince minutos después estaba tumbado sobre la cama, deshecha desde el día anterior, empapado y frío como una estalactita, yerto, inservible. El timbre del teléfono le sobresaltó. Eran las once de la noche. Solo podía ser Álex. Saltó de la cama y tiró del edredón para taparse con él y recuperar así la temperatura corporal. Caminó apresuradamente hacia el salón y levantó el auricular.

—¿Álex?

—¿El señor Mario Fuentes?

—Sí, soy yo.

—Le llamo del centro psiquiátrico. Su madre ha sufrido una embolia. —Se hizo un silencio aterrador y la mujer, al otro lado de la línea, carraspeó para continuar—: Los médicos no creen que sobreviva a esta noche.

Condujo hasta la residencia a toda velocidad, sin apenas apreciar la tensión de la piel en los nudillos cuando sujetaba el volante con fuerza. Aquel dolor lo había devorado otro mucho mayor, mucho más intenso. Cruzó el umbral de la puerta principal de aquel edificio acristalado que tantas veces había visitado junto a Álex y una enfermera lo acompañó hasta la habitación donde yacía el cuerpo casi sin vida de su madre. La observó a unos metros de distancia: la tez nacarada, la sombra de la angustia bajo los ojos, los párpados cubriendo el iris azul, los huesos marcándole el rostro..., los restos de una madre que lo fue todo para él. Se acercó a ella y la mujer que lo había acompañado dejó una silla a su lado. Se sentó pasados unos minutos, cuando su cuerpo cedió y sus ojos ya no aguantaron más la presión.

Aquel día Mario lloró. Lloró por primera vez desde que lo hiciera junto al cadáver de su hermano. Lloró porque ya no soportaba más la angustia. Y lloró porque era lo único que podía hacer por ella.

—Lo siento, mamá, lo siento tanto...

Le agarró la mano con fuerza, tratando de impregnarse del exiguo calor que aún emanaba de su cuerpo y cerró los ojos para rememorar la última vez que la vio sonreír. ¡Había pasado tanto tiempo! Aun así, recordaba cada detalle. ¡Cómo iba a olvidar el último día de la mejor etapa de su vida! Repudiar aquel recuerdo era como ignorar el final de un buen libro. La última tarde que pasaron juntos, en familia, contemplando las luces que adornaban Barcelona, pocos días antes de Navidad; los destellos azules y blancos de los miles de bombillas que cubrían las fachadas o que se sostenían sobre las carreteras, asidas a los árboles sin hojas.

Aquella fue la última tarde en la que su madre sonrió y la última vez que el brillo de sus ojos centelleó, superando en esplendor el espectáculo que admiraban. Aquella fue la última tarde de la vida de ambos. Micky, como llamaba él a su hermano pequeño, estaba en los brazos de su madre, con los mismos ojos color turquesa que ella resplandecientes bajo el influjo de las luces navideñas.

> —Mamá, ¿cómo han bajado todas las estrellas del cielo y las han puesto ahí? —preguntó su hermano.
>
> Todos rieron ante la inocencia del pequeño y Mario alzó la vista para deleitarse con la carcajada de su madre. Así permaneció durante unos segundos, contemplando su preciosa sonrisa y el rostro fascinado de Micky, que continuó admirando aquellas estrellas que le habían sido arrebatadas al cielo. Oyó un clic al otro lado y se giró para descubrir a su padre con la cámara de fotos, inmortalizando aquellos dos rostros que él también observaba con adoración.

Mario buscó su cartera en uno de los bolsillos traseros del pantalón. Las lágrimas le enturbiaban la visión, así que tuvo que limpiarlas antes de abrir la cartera y sacar aquella foto. La reveló del carrete de la cámara varios años después de aquella última tarde. No recordaba qué hizo con el resto de las fotos, pero aquella la quiso para él. Para llevarla siempre consigo.

—Por fin vas a encontrarte con Micky. —Acarició aquella imagen y tragó saliva para poder continuar—: Dile que lo echo de menos y que me hubiese gustado jugar con él al fútbol o enseñarle a boxear. —Cerró los ojos con fuerza para controlar el llanto y apoyó la frente sobre el brazo de su madre—. Por favor, dile que me perdone.

Permaneció en aquella postura, llorando, durante mucho tiempo, infinidad de minutos, hasta que el tacto de su madre se tornó frío. Alzó la cabeza y contempló su rostro emblanquecido, inerte. Una enfermera se acercó y llevó dos dedos al cuello para comprobar el pulso.

—Lo siento —susurró la mujer.

91

Óscar

Óscar permaneció ingresado en el hospital hasta primera hora de la tarde. Julián, que estuvo a su lado hasta que le dieron el alta, había hablado con su encargado para pedir unos días de vacaciones y así cuidar de su hijo.

—Esta tarde vendrán a casa tu tía Carmen, Paul y Cris. Tienen ganas de verte.

—¿Le has dicho a tía Carmen que Cat y tú...? —Su padre asintió con una sonrisa—. ¿Y has podido hablar con Cat? —preguntó mientras esperaba a que Julián arrancara el motor del coche.

—Anoche, antes de volver al hospital. Pudimos explicarnos para comprender la postura de cada uno y, aunque es mucho tiempo el que debemos recuperar, estoy contento, muy contento... En realidad, la palabra «contento» se queda corta...

A Óscar le hizo gracia su comentario y pensó que, efectivamente, pocas palabras podían acaparar tantas sensaciones positivas.

—De todas formas, estoy preocupado por ella. —«Ya somos tres», pensó Óscar—. Me advertiste de que estaba triste, pero, además, la veo muy decaída.

—Papá, yo creo que Cat no tiene que huir del pasado, sino que debe reconciliarse con él. Y Álex es su oportunidad para hacerlo.

—Hijo, entiendo lo que pretendes, pero no estoy de acuerdo contigo. Tú mismo me lo dijiste, la reaparición de ese chico es la causa de su tristeza.

Y, de nuevo, Óscar decidió no insistir. Si alguien superaba a Cat en obstinación, ese era su padre, el mismo de quien ella había heredado dicha cualidad. Así que optó por dejar el tema aparcado, momentáneamente, por supuesto, convencido de que el tiempo acabaría dándole la razón.

Julián aparcó a pocos metros del portal donde vivían los dos hermanos y a Óscar le pareció que habían pasado meses desde que salió de allí para reencontrarse con Paula. Tan solo habían transcurrido veinticuatro horas, pero ahora todo era distinto: su familia, sus amigos, él y aquel chico que parecía haberle robado el cerebro.

Se notaba mareado y abrió la puerta del vehículo pausadamente. Los médicos le habían dicho que esa sensación tardaría semanas en desaparecer y que debía evitar los movimientos bruscos, por lo que permitió que su padre lo ayudara a salir del coche.

—¿Estás bien? —preguntó Julián, consciente de su lentitud.

—Sí, papá, solo mareado, pero tranquilo... —Una vez fuera del vehículo, Óscar iba a continuar hablando, pero los labios, al igual que las piernas, se le quedaron paralizados al verlo sentado en un banco de madera, a pocos metros de su portal; la última persona que habría esperado encontrar allí.

Pablo, con el rostro demacrado y unas ojeras que le multiplicaban la edad, se puso en pie en cuanto los reconoció.

—¿Y este que hace aquí? —exclamó Julián indignado.

—Papá, no pasa nada —lo intentó calmar su hijo mientras avanzaban con pasos lentos—, déjame hablar con él.

—Óscar, no pienso dejarte aquí solo con ese sinvergüenza.

—Está bien, espérame en el portal.

Julián lo acompañó hasta el banco que había estado ocupando Pablo y, resignado, tras dirigirle una mirada amenazadora al adolescente, se hizo a un lado hasta refugiarse bajo los balcones de la fachada. Óscar se sentó en una esquina del banco y Pablo hizo lo mismo en la opuesta.

—¿Cómo te encuentras?

—Mejor, aunque todavía mareado.

—Ayer fui al hospital...

—Lo sé —lo cortó Óscar—. ¿Por qué fuiste?

—Quería pedirte perdón. Nunca fue mi intención hacerte daño.

—Ya... —Óscar recordó las palabras de Mat y decidió salir de dudas—. ¿Y vienes a pedirme perdón porque te arrepientes o porque temes que pueda denunciarte?

Pablo abrió los ojos con sorpresa y Óscar supo la respuesta.

—No, yo... Yo solo quería pedirte disculpas, nunca pensé...

—Está bien, déjalo. —Pablo calló y ambos permanecieron unos segundos en silencio—. No pensabas tirarme al suelo y hacerme daño físico, pero ¿nunca pensaste en el otro daño? ¿El psicológico? Y no te hablo de mí, sino de Paula. —Pablo expulsó el aire que parecía oprimirle el pecho y alzó los hombros sin saber qué responder—. Vale, entiendo...

Sí, Óscar lo entendió. Pablo actuaba empujado por la frustración, sin conocer la razón de aquel comportamiento tan primitivo. Rodeado de su grupo, luchaba contra ellos y contra sí mismo para mantener su posición de líder, pero a solas no era el mismo chico prepotente y desagradable, a solas era un adolescente más, con sus miedos, sus inseguridades y una imperiosa necesidad de ser comprendido.

Con movimientos pausados, Óscar se levantó del banco y Julián acudió en su ayuda. Pablo se mantuvo un rato en silencio, contemplándolos, incapaz de elegir las palabras que le revoloteaban desordenadas por la mente, hasta que se alzó en pie y se acercó a ellos.

—¿Nos veremos mañana en clase? —preguntó atropelladamente.

—No iré al instituto hasta la próxima semana.

—Si necesitas que te pase los apuntes de las clases...

—Se los pensaba pedir a Paula.

—Sí, claro, ella tiene mejor letra que yo. —Pablo agachó la cabeza y se rascó la nuca.

—Pero —Óscar dejó de caminar y volvió la cabeza para mirarlo a los ojos— si quieres ayudarme con los deberes, te lo agradecería.

—Vale, buena idea. Mañana me paso, ¿a las cinco te va bien? —Óscar asintió con la mirada—. Pues entonces hasta mañana.

Se despidieron con un movimiento de cabeza y padre e hijo continuaron sus pasos aplomados hacia el portal. Una vez allí, Julián abrió la puerta y mientras la sujetaba para que Óscar accediera al edificio sonrió y preguntó:

—¿Desde cuándo necesitas ayuda con los deberes?

Su hijo le guiñó un ojo y siguió caminando.

92

Mario

Sentado junto al ataúd abierto de su madre, Mario reseguía con la mirada los pliegues que la edad y el dolor le habían moldeado en el rostro. En más de una ocasión se había estremecido al creer que agitaba levemente los párpados o que alargaba la comisura de los labios para esbozar una sonrisa. Agotado, alzó las manos para cubrirse con ellas los ojos hinchados y se inclinó hacia delante para acabar apoyando los codos sobre las rodillas. No había dormido más de tres horas, a pesar de que su padre había insistido en que se fuera a casa a descansar. Una de las enfermeras del centro lo llamó y poco después se presentó allí, aparentando una tristeza que Mario dudaba que sintiese. Tuvo que aceptar su compañía porque no le quedaban fuerzas para exigirle que se marchara.

—Mario, es hora de comer, ¿quieres que almorcemos juntos? —Notó una mano sobre el hombro derecho y respondió con una negación silenciosa—. Está bien, me voy a casa y vuelvo en una hora.

«¡A casa! ¿A casa de quién?», pensó él, alzando los labios en un gesto repulsivo.

Continuó incrustado en aquella incómoda silla de plástico de la funeraria durante horas. Solo al final de la tarde lo interrumpieron un par de primos de su madre y Paquita, la vecina que vivía en el piso de enfrente y que los conocía desde siempre. Supuso que su padre se había puesto en contacto con ellos, porque él no había sabido a quién avisar ni si alguien se iba a molestar en acercarse para despedir a su madre, convencido de que todos ya la daban por muerta, porque efectivamente así había sido, pues llevaba diecisiete años muriendo en vida.

La ceremonia fue escueta y sencilla, presenciada por el único hijo vivo de la difunta, su aún marido y las pocas personas que habían acudido al tanatorio el día anterior. Media hora después se hallaban en el cementerio, donde el cuerpo iba a recibir sepultura en el mismo lugar donde yacían los restos de Micky. Una vez allí, frente a la lápida que llevaba grabado el nombre de su hermano, Mario apretó con fuerza los labios para controlar los sollozos.

Mientras contemplaba cómo introducían el ataúd de su madre, una mano de dedos suaves se entrelazó con la suya. Se volvió sorprendido y el rostro compungido de Vicky lo conmovió. No supo qué decir, solo la miró, con miles de lágrimas amenazando con empañarle los ojos.

—Estamos aquí —murmuró ella.

«¿Estamos?» Y la respuesta a aquella pregunta la encontró a su derecha, cuando el calor de una mano se posó sobre su hombro y él se volvió para descubrir los ojos castaños de su amigo. Álex estaba allí. Soltó la mano de Vicky y rodeó con los brazos la espalda de su amigo para descargar sobre sus hombros todas las lágrimas amontonadas, las disculpas que nunca dio, el cariño que se negó a compartir y el dolor que lo estaba asfixiando desde hacía diecisiete largos años. Minutos después, cuando las convulsiones del llanto remitieron, Álex deshizo el abrazo para encontrase con los ojos hinchados de su amigo.

—¿Por qué no me has llamado? —Mario alzó los hombros sin saber qué responder—. Eres mi mejor amigo, Mario, ¿de verdad crees que no iba a venir?

—Álex, soy un cabrón, no merezco que estéis aquí. Yo... lo siento...

—Shhh... —Álex lo hizo callar—. No pienses ahora en eso. Estamos aquí por ella...

Mario asintió con la cabeza para inmediatamente después dirigir la mirada hacia el ataúd de su madre. Lo observaron en silencio hasta que la lápida lo ocultó.

—¿Cómo lo habéis sabido? —pudo decir Mario un rato después.

—Tu padre llamó al mío —respondió Álex.

Mario desvió la vista para encontrarse con los ojos de su padre, a varios metros de allí, apartado a un lado, aunque sin distanciarse del todo; lejos pero cerca, de la misma forma que había permanecido en su vida durante los últimos años.

—¿Os importa esperarme fuera? —propuso Mario.

Álex y Vicky aceptaron y se marcharon en silencio. Él caminó decidido hacia su padre y ambos se sentaron en un banco de piedra cercano.

—Los llamé porque no soportaba verte solo. Debiste avisar a tus amigos, Mario, no puedes seguir viviendo amargado en la sombra.

—¿Crees que puedo olvidarme de todo así, sin más? Yo no soy como tú.

—Hijo, no hay día que no recuerde a tu hermano, a tu madre o a ti. Fuisteis lo más importante para mí...

—Fuimos... —escupió Mario con amargura.

—Aunque no lo creas, tú sigues siendo muy importante para mí, pero, por desgracia, tu madre y tu hermano hace mucho tiempo que no están.

—A mamá la acabamos de enterrar, que yo sepa seguía viva hasta ayer.

Su padre suspiró largamente.

—Después del accidente hice todo lo que pude para que tu madre recuperase la ilusión y el deseo de seguir viviendo. Pero ella decidió no luchar. Estuvimos años padeciendo una muerte lenta, agonizante, hasta que no lo soporté más. Hijo, yo solo quería seguir adelante.

—Con tu amante.

—Nunca he engañado a tu madre, Mario, nunca. Ella me dejó ir y aceptó la separación, ya no nos amábamos y solo quedaba un vínculo entre nosotros: tú. Por esa razón no quise divorciarme ni alejarme demasiado de vosotros. Pero tú estabas como ella, recordando un pasado que no podíamos cambiar y culpándote por algo que no hiciste.

—Yo le solté la mano...

—Y yo os dejé solos... —Mario buscó los ojos de su padre, sin comprender sus palabras—. Me fui de vuestro lado y te pedí que cuidaras de tu hermano pequeño. Mario, tenías diez años, no debí hacerte responsable de un niño de cinco. La culpa fue nuestra, de tu madre y mía, pero nunca tuya, nunca. Olvida aquello, hijo, y vive, vive la vida que tu hermano no pudo vivir.

—No puedo... —susurró Mario con voz temblorosa.

—Sí puedes y debes hacerlo. —Su padre llevó una mano hacia los bolsillos traseros del pantalón y extrajo una foto de uno de ellos—. ¿Recuerdas este momento?

Mario contempló aquella imagen conmovido. Era él, aquella última tarde, con las luces navideñas de fondo. Se la hizo su padre después de inmortalizar los rostros resplandecientes de su madre y su hermano.

—Te pedí que miraras a la cámara y tú me sacaste la lengua y me mostraste dos dedos de la mano en forma de uve. Este eras tú, Mario: alegre, vivo, curioso, bromista... feliz. —El hombre acarició el retrato nostálgico—. Encontré un paquete de fotos junto con los papeles que te pedí hace unas semanas. Eran del carrete de la cámara que llevaba aquel día. Recuerdo que hice dos, pero la otra no estaba.

—La tengo yo. —Su padre lo miró con sorpresa—. Mandé el carrete a revelar unos años después y desde entonces la llevo conmigo.

—¿Me la enseñas? —A Mario le estremeció su tono de súplica.

Sacó la cartera, dejó la foto sobre la palma de su mano y los dos la contemplaron en silencio. Un silencio que fue truncado por los sollozos desconsolados de su padre. Solo recordaba haberlo visto llorar una vez, dos días después de aquella última tarde, en el mismo lugar donde se encontraban, tras enterrar el cuerpo sin vida de su hijo de cinco años. No lo había visto desprenderse de una lágrima más desde entonces y en aquel momento pensó que él también había estado cargando con un enorme lastre.

—Quédatela —dijo Mario en un murmullo empañado por la emoción.

Su padre cogió la foto y la apretó contra su pecho. Continuó llorando durante unos minutos hasta que, más calmado, se limpió las lágrimas con la manga de la camisa. Expulsó con fuerza el aire que contenían sus pulmones y estiró la mano para entregarle a Mario la imagen divertida de aquel chico de diez años.

—Toma, llévala siempre contigo y no olvides al niño alegre que hay en ti.

93

Julián

Habían pasado tres días desde el incidente de Óscar y, aunque su hijo se encontraba mucho mejor, otra preocupación continuaba angustiando a Julián: su hija. A pesar de que la relación entre ambos había mejorado considerablemente, la tristeza que estaba consumiendo a Cat lograba desvelarlo durante horas. Y por esa misma razón se encontraba en ese instante con los ojos abiertos, en la oscuridad de la habitación de Bárbara.

Notó que su cuerpo se agitaba entre sus brazos y le dio un beso suave en la frente. Durante aquellas minivacaciones, Julián estaba aprovechando para disfrutar de sus hijos, pero llegada la noche, después de cenar, cruzaba la calle apresuradamente, subía los escalones de dos en dos y se abalanzaba sobre los labios de Bárbara en cuanto aparecía ante él.

—¿Estás despierto? —preguntó ella con voz somnolienta. Él asintió mientras volvía a besarla en la frente—. ¿Cat otra vez?

—Sigo preocupado por ella. Está ausente, despistada, afligida... y no sé cómo hacerle ver que debe dejar atrás el pasado.

—No puede dejarlo atrás mientras él esté en su cabeza.

—Espero que ese chico siga mi consejo y se aleje de Cat.

Bárbara se deshizo súbitamente de su abrazo, se sentó sobre la cama y, al encender la lámpara de su mesita, Julián se encontró, por primera vez, con los ojos furiosos de la mujer que amaba.

—¿Le has dicho a Álex que no se acerque a Cat?

—Exactamente no fue así, le hice entender que era lo mejor para ella. Y sabes que eso es verdad.

—Pero tú no puedes entrometerte. Solo ellos saben si es bueno o no para los dos comenzar una relación. ¡Julián, que tu hija tiene veintisiete años! ¡No es una niña!

Julián, que no había dejado de contemplar con adoración el rostro enojado de Bárbara, asintió con la cabeza, a la vez que extendía el brazo sobre la sábana para acariciarle el muslo.

—Ven —pidió en un susurro.

—Julián... —Bárbara, arrastrada por aquellos ojos negros capaces de calmar al animal más fiero, se inclinó hacia él hasta quedar de nuevo envuelta en sus brazos.

—Estoy preocupado por mi hija e hice lo que creí más oportuno para ella —explicó Julián mientras rozaba con la yema de los dedos el brazo de Bárbara.

—Eso está bien, pero antes de entrometerte en una relación deberías estar completamente convencido de que ese chico no es bueno para tu hija... Y no lo conoces, ni tan siquiera sabes qué siente ella por él. ¿Me equivoco?

—No, no te equivocas. Tienes razón. —Y tras esas palabras, Julián buscó los labios de Bárbara para besarlos, sin profundizar en su boca, solo por el placer de sentir su suavidad—. Intentaré no inmiscuirme de nuevo. —Volvió a arremeter contra la boca en un beso más intenso. Ella lo aceptó y continuaron enredados en un universo de caricias hasta que Julián se separó un instante para mirarla a los ojos—. Ven a comer el sábado con nosotros.

—¿Con Cat y Óscar?

—¿Por qué no? Ellos ya te conocen y, aunque no les haya contado nada de lo nuestro, lo intuyen.

—¿Tú crees?

Julián sonrió divertido.

—Óscar me guiña un ojo o se ríe cada vez que le digo que voy a comprar el pan. Ya no sé qué cara poner cuando me mira así.

—¿Y Cat?

—Ayer los descubrí riéndose a mis espaldas, porque me equivoqué y llamé a Cat por tu nombre. —La carcajada de Bárbara hizo reír a Julián y buscó la piel de su cuello para acariciarla con los labios—. Entonces, ¿comerás con nosotros el sábado?

—Está bien, iré.

94

Álex

Absorto, mirando el techo del salón y estirado sobre el sofá, Álex sentía que el aburrimiento le estaba consumiendo el cerebro. Aquella semana tenía un par de días libres antes del sábado y, aunque en un principio pensó que le vendrían bien para descansar, en ese instante dudaba mucho de que fuera así. Estar allí, postrado en la cama o en el sofá, y no ser capaz de apartar de la mente cualquiera de los gestos de Cat estaba siendo más agotador que trabajar once horas diarias. Suspiró y estiró el brazo hasta alcanzar el mando a distancia del televisor. Apagó el aparato y se levantó del sofá para recoger los restos de comida que había dejado sobre la mesa. Justo cuando salía de la cocina, dispuesto a continuar disfrutando de su soporífera posición horizontal, el timbre del interfono sonó repetidas veces. Sonrió de medio lado. Solo podía ser Mario, nadie más aporreaba el botón de aquella forma tan insistente. Tampoco le sorprendió la visita; había pasado con él y con Vicky el resto del día anterior, tras el entierro, y sabía que Mario no estaba trabajando, así que era cuestión de tiempo que se presentara en su casa. Le abrió sin preguntar y tardó apenas unos segundos en entrar por la puerta.

—¿Cómo va el día de descanso? —preguntó Mario tras un breve saludo.

—Aburrido —respondió él, sin esconder el desánimo.

—Podríamos ir a Igualada, me gustaría que me enseñaras a hacer correr esos coches.

—¿En serio? —Aquello sí que era toda una novedad—. Pensé que no te gustaba.

—Bueno, solo me llevaste en una ocasión. Tal vez, si lo pruebo más veces, yo también acabe aficionándome.

Álex sonrió complacido.

—Te tomo la palabra, aunque mejor vamos otro día, hoy no me apetece. —Caminó hasta el sofá y se dejó caer en él—. Sé que necesitas distraerte, pero me temo que hoy no soy una buena compañía, lo siento.

Mario se sentó a su lado y lo miró frunciendo los labios.

—Álex, no estoy aquí para entretenerme contigo. He venido porque ayer te noté muy ausente y es evidente que no estás pasando por un buen momento. —Álex lo miró extrañado—. Imagino que estás así por Cat.

—Mario, no me apetece discutir contigo.

—¿Discutir? ¿Por qué íbamos a discutir?

—Porque ahora me vas a decir eso de que tengo que pasar de las tías y de que estamos mejor solteros...

—No pensaba decirte nada de eso —lo interrumpió Mario—. Solo quiero que me digas lo que te pasa. Vamos, cuéntame, ¿esa chica te gusta de verdad? —Álex asintió con la cabeza, ¿para qué seguir ocultándolo?—. ¿Y por qué estás así y no vas a por ella?

—¡Joder, Mario! ¿Porque mi novia del instituto y mis entonces amigos la trataron tan mal que llegó a intentar suicidarse sin que yo hiciera nada para impedirlo? ¿Que su madre murió por nuestra culpa?

—Tú no tuviste la culpa de nada y no puedes sentirte responsable por no darte cuenta.

—Su padre tiene razón, ella debe seguir adelante y dejar de revivir el pasado.

—¿Su padre?

—Sí, me invitó, con mucha educación, a que no me acercara a ella.

—Así que es eso... —Mario alzó una ceja y entrecerró los ojos—. No estás haciendo nada por respeto a su padre. —Álex no se lo negó—. ¿Y desde cuando un padre te ha impedido a ti hacer lo que quieres? Porque conozco a cierto padre abogado que casi sufre un infarto cuando le dijiste que ibas a estudiar medicina.

—Eso es distinto.

—No, no lo es... Álex, tú pudiste elegir la opción más cómoda: estudiar derecho y trabajar en el bufete de tu padre. Sin embargo, esa no era tu vocación y, a pesar de saber que él no te lo iba a poner fácil, has continuado adelante con tu decisión hasta conseguirlo. Esto es lo mismo: ella te gusta, hacerte a un lado sería la elección más segura para que nadie sufriera, pero... —Mario suspiró, echó la cabeza hacia atrás, hasta dejarla reposar sobre el sofá, y continuó—: Pero si escoges ese camino, muy probablemente nunca sabrás lo que es estar enamorado, ella se casará con otro y tú tendrás que conformarte con su amistad.

—¡Joder, Mario! —Álex lo miró con la boca abierta—. ¿Vicky? —Su amigo no respondió, pero alzó las dos cejas en un gesto de resignación—. Lo que yo digo, un ciego estúpido, eso es lo que soy, ¿por qué nunca veo lo que tengo delante de las narices?

—No era tan evidente, siempre supe ocultarlo...

Álex guardó silencio mientras asimilaba esa información. ¿Mario enamorado de Vicky? Jamás lo habría imaginado, aunque si analizaba bien cada detalle de su comportamiento todo encajaba. La apartó de su lado cuando su carácter se tornó más frío, al igual que intentó alejarse de él, y luego la aparición de Rafa... Fue entonces cuando Mario empezó a salir con Nerea, a consumir más alcohol y a probar las drogas.

—Lo siento, Mario...

—No te preocupes, aquello ya pasó y, créeme, ahora lo único que deseo de Vicky es recuperar su amistad. —Las mejillas de Mario se sonrojaron levemente y Álex supo que, si se lo proponía, iba a ser capaz, incluso, de ganarse la de Rafa—. Pero no nos desviemos de la conversación, estábamos hablando de Cat. Tío, por una vez en tu vida aprende algo de mí; no seas un cobarde gilipollas y haz algo antes de que sea demasiado tarde.

Álex, cada vez más contrariado por las palabras de ese hombre que se había apoderado del cuerpo de su amigo, iba a responder cuando el timbre del teléfono le hizo girar la cabeza hacia el aparato. Miró de nuevo a Mario, haciendo un gesto de desconcierto. Se levantó del sofá y respondió la llamada con curiosidad.

—¿Quién es?

—¡Menos mal que estás en casa!

—¿Óscar? —Oír la voz del muchacho lo inquietó—. ¿Sucede algo?

—Cat... Me pediste que te avisara si empeoraba. He intentado retenerla, pero ya sabes lo cabezota que es.

—¿Qué le ha pasado?

—Nada, pero ha ido al hospital a donar sangre... Le he pedido que no lo hiciera, que no estaba bien, que podía sufrir otro desmayo... ¿Cómo puede ser tan tozuda?

—Está bien, tranquilízate. Voy al hospital ahora mismo.

—Mi padre también acaba de ir hacia allí a intentar impedírselo, pero como me pediste que te llamara...

—Has hecho bien, Óscar, gracias.

95

Cat

«Si hay algo que puede calmar la culpa es un baño de perdón», justo lo que Cat necesitaba: su dosis de absolución. Aquellos minutos sobre la camilla, aislada en la oscuridad que le otorgaba el antifaz, escuchando su música favorita y recordándola. Recordando las veces que, sentadas en la cama de su habitación, su madre le alisaba el pelo con dulzura; añorando la delicada atención que ella le concedía cuando se hacía una herida y le colocaba una tirita con sumo cuidado, como si aquel remedio fuera a protegerla el resto de la vida; sus consejos, sus abrazos, sus risas. Recordarla era la única forma de devolverle la vida que ella misma le había arrebatado. Y donar la sangre que pudo salvarla la exculpaba durante unos minutos.

No había vuelto a pisar el banco de sangre desde el día en que se reencontró con Álex. Habían transcurrido más de tres meses, pero para ella parecieron diez años, el mismo tiempo que había vivido sin ver a Álex, pretendiendo olvidar, ser una nueva persona y obviar a la niña que gritaba en su interior, suplicando que la liberaran. La niña que fue antes de desaparecer. La misma que surgió cerca de aquel escenario, cuando él le susurró «sé tú misma» con la calidez de su aliento, a una distancia ínfima de su piel. Aquella niña resurgió, se arriesgó, vivió una breve aventura y regresó a la oscuridad, más vacía que nunca... Porque si antes no sabía qué era vivir una aventura real, ahora que por fin había probado los labios de Álex nada iba a ser comparable con la aventura de sus besos.

Y ahora volvía a encontrarse allí, dispuesta a saciar su sed de perdón y a desprenderse de su sangre, sin importarle que tan solo hubiesen pasado casi cuatro meses y que su estado anímico se encontrara bajo tierra. Miró de soslayo a Belén, la enfermera, mientras esta se concentraba en las agujas del manómetro.

—Cat, tienes la tensión arterial algo baja y hace solo tres meses que donaste —sentenció Belén tras retirar la banda del tensiómetro.

—Cuatro meses, la próxima semana hará cuatro meses —rectificó ella.

—Pero no es suficiente, debes esperar más tiempo. Y no puedo permitir que dones con este nivel de presión sanguínea. Podrías sufrir otro desmayo...

—Aquel desmayo no fue por la tensión, fue distinto... —Cerró los ojos y recordó aquel instante, tan lejano y aún latente en su memoria—. Me mareé al ver la sangre.

—No importa, Cat, no puedo aceptarlo.

—Pregúntale al doctor, por favor —imploró ella—, el nivel está cerca del límite.

—El doctor no está. De todas formas, él no va a asumir ese riesgo y tampoco lo aprobará.

—Por favor...

Aquellas fueron las últimas palabras que susurró, antes de que la enfermera, tras agitar la cabeza en una negativa, la dejara allí, de pie, con los auriculares rodeándole el cuello, los brazos adheridos a los costados, el *walkman* en una mano, el antifaz en la otra y un deseo imperioso de llorar, de descargar la frustración de no poder cambiar el pasado ni de mejorar su presente. Apretó el labio inferior con los dientes hasta que el dolor le impidió continuar.

—Cat.

Aquella voz, suave y serena, fue el detonante que hizo estallar el primer sollozo. Dio media vuelta y avanzó hasta él para dejarse acunar de nuevo por sus brazos.

—Papá... —Julián la abrazó con fuerza y le besó la coronilla mientras siseaba sobre su piel para calmarla—. No me dejan donar, dicen que tengo la presión arterial baja, pero yo me encuentro bien, de verdad.

—No, Cat, no estás bien. No deberías estar aquí, hace pocos meses que donaste y tienes que recuperarte bien antes de volver.

—Papá... —Cat se deshizo del abrazo y miró a su padre compungida—. Sé que parece una locura, pero necesito hacerlo, necesito donar la sangre que pudo salvar a mamá.

—Está bien, hija, lo entiendo, aunque no puedes hacerlo si no estás bien recuperada. Hay que dejar pasar más tiempo. Tengo una idea, ¿qué te parece si...?

Pero en aquel instante, al desviar la mirada y reconocer a la persona que había tras ellos, Cat fue incapaz de prestar atención a su padre.

«¿Álex?»

96

Álex

Una vez frente al hospital, Álex salió del vehículo de Mario sin despedirse de él, como si su vida dependiera de esas décimas de segundo. Algunas caras conocidas lo saludaron al cruzar la puerta principal del edificio, pero las ignoró deliberadamente; en aquel instante su objetivo se hallaba tras la puerta acristalada del banco de sangre, que atravesó pocos segundos antes de encontrarse con los ojos negros de Cat, abatidos y tremendamente tristes. «Necesito hacerlo, necesito donar la sangre que pudo salvar a mamá», la oyó decir. Y aquellas palabras, junto con la sombra que había nublado su rostro, fueron la chispa que prendió la llamarada. Debía hacer algo por ella y lo iba a hacer.

Con decisión, y bajo la atenta mirada de Cat y de su padre, que escrutaba sus movimientos con recelo, Álex caminó hacia el mostrador donde Belén recibía sentada a los donantes.

—Belén, ¿me dejas ver el expediente de Cat? —preguntó con seriedad.

Ella levantó la cabeza, sorprendida al oír su voz.

—¡Álex! Pensaba que hoy tenías el día libre.

—Y así es... ¿Le has dicho a Cat que no puede donar?

—Tiene la presión sanguínea por debajo del límite y hace apenas cuatro meses que donó.

—Déjame ver el expediente, por favor —insistió él. Ella obedeció a regañadientes. Tras revisar algunos datos, Álex continuó—: La tensión arterial está por debajo, pero muy poco. Yo aprobaré la donación.

—¿Estás loco? —Belén, con los ojos muy abiertos y las mejillas ardientes, se levantó de la silla, cogió a Álex de un brazo y tiró de él hasta apartarlo a una esquina de la sala—. ¿En serio? Si a Cat le sucede algo, tú vas a ser el responsable. ¿Te lo vas a jugar todo por esto?

—Belén, ella necesita donar sangre...

—Pues que lo haga, pero dentro de dos o tres meses, cuando esté mejor. Álex, por favor, que estás acabando la residencia, que te ha costado mucho llegar hasta aquí, ¿lo vas a echar todo a perder?

Álex se llevó las manos a la cara y las arrastró hasta el pelo para acabar tirando de él. Sabía que ella tenía razón, que aquello era una locura, pero se sentía frustrado, desalentado y sin energías para razonar con claridad.

—Álex —continuó Belén en un susurro—, estás cerca de conseguir tu sueño de ser médico de familia, no te arriesgues ahora.

Él la miró con los ojos cedidos a la desesperación.

—¿De qué me sirve ser médico si no puedo ayudarla? —Se lamentó Álex, apretándose las sienes con la palma de las manos—. Años de estudios, de sacrificios, de trabajo duro... ¿para qué? ¿Para ahora cruzarme de brazos y mirar hacia otro lado? ¡Otra vez no! —exclamó, hastiado de su impasividad—. Déjame aprobar esta donación, joder, y si con eso consigo que ella sea feliz durante unos minutos, no me importará perderlo todo.

—No vas a perder nada... —dijo una voz tras ellos.

Álex se dio media vuelta para situarse frente al padre de Cat. Sorprendido, arrugó el entrecejo.

—Cat ya está más tranquila y ha decidido que volverá dentro de unos meses. Hoy seré yo quien done sangre.

—Muy bien —aceptó Belén aliviada—. Venga conmigo, que comprobaré su presión arterial. ¿Sabe usted a qué grupo sanguíneo pertenece?

«Cero negativo o positivo», pensó Álex.

—Cero negativo —ratificó Julián.

—Yo también soy cero negativo.

Álex abrió los ojos asombrado y se volvió hacia la derecha para encontrarse con el dueño de aquella voz. Mario lo miraba con esa calma tan desconocida en él y tan bienvenida para un Álex sumamente descolocado.

—La empresa donde trabajo organiza una jornada de recogida de sangre cada año. Colaboramos todos los empleados, por eso conozco mi grupo sanguíneo. —Mario buscó a Belén con la mirada y se acercó a ella—. Doné hace cinco meses, ¿hay algún inconveniente si yo también dono ahora?

—No, por supuesto.

Ante el desconcierto de Álex, Belén acompañó a Julián y a Mario hasta sus respectivas camillas. Primero se ocupó de Julián y, mientras la enfermera le rodeaba el brazo con la banda de tela del tensiómetro, Mario llamó la atención de Álex agitando la mano derecha. Este arrugó la nariz sin comprender lo que su amigo pretendía decir, hasta que le señaló la puerta por la que había visto salir a Cat. Se volvió de nuevo hacia Mario, que movió los labios de forma exagerada. «Ve a por ella. ¡Ya!», entendió. Sonrió y, tras comprobar que Julián estaba distraído hablando con Belén, caminó apresuradamente hacia la puerta acristalada.

Cat estaba de pie, apoyada contra una de las paredes de la sala de espera contigua al banco de sangre, guardando el antifaz y el *walkman* en el bolso. Álex se acercó a ella hasta situarse enfrente. La joven alzó la vista y sus ojos se tropezaron, torpes y comedidos.

—Yo... —dijeron a la vez.

Sonrieron, ruborizados, y Álex le hizo un gesto para que continuara.

—Pensarás que soy una lunática obsesionada con donar sangre.

—Sé por qué razón lo haces y te entiendo. —Cat esquivó su mirada, intentando mostrarse fría y distante, pero Álex no estaba dispuesto a desaprovechar aquellos minutos. No tardó más de tres segundos en reaccionar y coger la mano derecha de Cat—. Vamos, acompáñame, quiero que conozcas a alguien.

—¿Yo? —preguntó ella sorprendida—. No puedo, le he dicho a mi padre que lo esperaba aquí.

—Tu padre tardará todavía unos minutos. —Y si fuera necesario más tiempo, no tenía dudas de que Mario sabría cómo retener a aquel hombre—. No te preocupes, será rápido.

97

Cat

Álex la estaba guiando por los pasillos del hospital y, aunque Cat sabía que debía frenar aquel arranque repentino y volver atrás, la curiosidad y, sobre todo, el tacto de aquellos dedos rodeándole la mano le hicieron ignorar todas y cada una de las razones por las que no debía sucumbir a él. Y existían demasiadas, que se podrían resumir en una sola: el pasado. Un pasado doloroso del que no lograba desprenderse y que él le recordaba constantemente.

La llevó hasta los ascensores, entraron en uno de ellos y Álex apretó el botón de la quinta planta. Después de salir de la cabina caminaron hasta una de las habitaciones del pasillo. Él golpeó la puerta con los nudillos y, sin esperar una respuesta, la abrió con delicadeza.

—¿Maite? —preguntó Álex—. ¿Podemos pasar?

Una voz femenina los animó a cruzar el umbral y, segundos después, Cat se encontró con una muchacha de unos dieciséis o diecisiete años, tumbada sobre la cama y acompañada de sus padres. Aunque estaba estirada y cubierta con la típica sábana blanca de hospital, Cat pudo apreciar que era una chica delgada. Tenía el cabello corto, moreno, muy rizado, y sus ojos rasgados le proporcionaban un aire exótico que le hizo dudar sobre sus orígenes; o los del padre, porque aquellos rasgos se manifestaban en él de una forma exagerada.

—¡Álex! —exclamó la muchacha—. Pensé que ya no nos veríamos más. ¿No tenías unos días de descanso?

—Sí, pero pasaba por aquí y no he querido irme sin despedirme otra vez de ti y, de paso, presentarte a mi amiga Cat. ¿Recuerdas que hablamos de ella?

Cat abrió mucho los ojos y los miró a los dos, alternativamente, sin comprender cómo ella se había convertido en un tema de conversación.

—Ya lo recuerdo... —La chica la miró sonriente—. Álex me ha contado que estudiaste física y que trabajas en el observatorio impartiendo clases de astronomía. —Cat asintió más relajada—. ¡Me encanta todo lo que tiene que ver con el universo! Trabajar en un observatorio tiene que ser alucinante.

—Mucho —confirmó Cat, con una creciente sonrisa en los labios—. A mí siempre me ha atraído la astronomía y trabajar en el observatorio es mejor que un sueño. Además, he descubierto que me gusta enseñar, y mostrarles a los niños los secretos que esconde el universo es muy gratificante.

—¿Y también hacéis trabajos de investigación con el telescopio?

—Sí, sobre todo algunos de mis compañeros. De todas formas, cada día intento sentarme delante de él, aunque sean pocos minutos... Adentrarte en esa mirilla tan diminuta y contemplar la inmensidad es... es...

—Fascinante —concluyó Álex, con los ojos incrustados en los de ella, desbordados de una intensidad que hizo estremecer a Cat.

—Quiero estudiar física —continuó Maite, rompiendo aquel cruce de miradas.

—¡Perfecto! —exclamó Cat—. Si quieres, pásate un día por el observatorio y te mostraré el telescopio.

—¿Puedo? ¿De verdad? —Cat asintió, contagiada por el entusiasmo de la chica—. Muchas gracias.

—Nosotros tenemos que irnos, Maite —intervino Álex—. Espero no verte más por aquí —añadió, guiñándole un ojo.

—Sí, doctor —respondió ella sonriente.

Se despidieron y Álex cogió la mano de Cat para guiarla de nuevo por los pasillos.

—¿Adónde vamos ahora?

Él miró su reloj de pulsera y paró frente a las puertas de los ascensores.

—Todavía tenemos unos minutos.

Entraron de nuevo en uno de ellos, junto con seis personas más, y Álex apretó el botón de la tercera planta.

—¿Por qué está Maite hospitalizada? —preguntó Cat en un susurro, temiendo una respuesta que la entristeciera.

—Apendicitis. Ya está bien, esta tarde le darán el alta.

En la tercera planta caminaron apenas unos metros hasta situarse frente a la puerta de otra habitación. Álex obró de la misma forma que lo había hecho minutos atrás: golpeó con los nudillos y entreabrió la puerta pidiendo permiso.

—¡Álex! Adelante, pasad, pasad...

Rodrigo, como lo llamó Álex al acceder a la habitación, era un señor de unos cincuenta años, cabello canoso, barba abundante y unos ojos grises que sonreían constantemente. A Cat le resultó entrañable.

—¿Hoy no vienes con la bata blanca? —preguntó curioso.

—Tengo unos días de descanso, pero he pasado por el hospital y quería presentarte a una amiga. Ella es Cat.

—¡Pillín! Así que esta es tu chica...

—No —contestaron los dos a la vez.

—Es solo una amiga... —explicó Álex y, dirigiéndose a Cat, continuó hablando—: Rodrigo tiene una tienda de discos en el centro de la ciudad, y... ¿adivinas qué tipo de música odia? —Ella arrancó a reír—. Cuéntale a Rodrigo cómo te hiciste fan de los AC/DC.

Y durante unos minutos, los tres se sumieron en una conversación divertida y cargada de anécdotas, sobre todo por parte de Rodrigo, que resultó ser un espíritu luchador y ávido de aventuras. Ese hombre le recordó a Cat al que podría haber sido su padre si aquella cuchilla no hubiese truncado la vida de ambos.

—¿Nos vamos? —Álex interrumpió sus pensamientos con una sonrisa—. Tu padre debe de haber acabado y antes me gustaría pasar por la unidad de neonatos.

Se despidieron de Rodrigo y salieron de la habitación. De nuevo en el ascensor, Cat no pudo evitar hacerle una pregunta.

—¿Esto tiene algo que ver con *Cuento de Navidad*? —Álex la miró sorprendido durante unas décimas de segundo, hasta que arrancó a reír—. Porque parece que me estés mostrando los fantasmas del presente, del pasado y del futuro...

—Pues no lo había pensado así. Es verdad, tiene cierta similitud... —afirmó, sin dejar de reír.

Salieron del ascensor y Cat comprobó que se encontraban de nuevo en la planta baja; sin embargo, caminaron en dirección contraria a la sala donde se hallaba su padre. Cruzaron unas puertas batientes y llegaron a una pared acristalada, a través de la cual Cat pudo admirar el espectáculo más enternecedor que jamás hubiera visto. Contó unas diez cunas hospitalarias que contenían bebés de pocos días. A algunos los estaban atendiendo las enfermeras, otros dormían tranquilos y unos pocos agitaban los bracitos con vehemencia, empujados por el recién despertado anhelo por vivir.

—Esto también es fascinante, ¿verdad? —preguntó Álex.

—Lo es... —Permanecieron unos segundos en silencio, concentrados en aquel maravilloso panorama, hasta que Cat quiso saber—. ¿Por qué estamos aquí?

—¿Ves aquel bebé con el pelo oscuro? ¿El de la tercera cuna? —Ella afirmó con un sonido de aprobación—. Es una niña, se llama Yasmina, su madre es marroquí. Nació hace tres días, después de un embarazo y un parto muy complicados. Yo estaba aquí cuando la trajeron a la unidad de neonatos. La segunda chica que conozco con unos ojos tan negros y bonitos. —Cat se volvió hacia él y lo sorprendió observándola, con aquella mirada intensa que la hacía abandonarse a sí misma.

—Álex... —susurró ella, tras ladear la cabeza.

—Pero no estamos aquí por el color de ojos de Yasmina... Tampoco quería que conocieras a Maite porque desee ser astrónoma como tú, ni que le explicaras a Rodrigo cómo te aficionaste a la música que él odia. Esos no son los únicos motivos. De hecho, tan solo se trata de bonitas casualidades que me recordaron a ti. —Cat frunció el entrecejo, sin comprender, y él decidió dejar de dar rodeos—. Maite fue intervenida de urgencia hace cuatro días; el apéndice estaba infectado y la operación se complicó. Rodrigo se encontraba en su tienda cuando dos encapuchados entraron para robarle, uno de ellos lo apuñaló en el abdomen; estuvo a punto de perder la vida. Y la madre de Yasmina tuvo un parto muy complicado. —Álex dejó de mirar la cuna donde dormía el bebé de ojos negros y se volvió hacia Cat—. Maite, Rodrigo y la madre de Yasmina necesitaron una transfusión de sangre para continuar viviendo. Maite y yo pertenecemos al mismo grupo sanguíneo, somos A positivo. Ella pudo recibir sangre del mismo grupo. Rodrigo es cero positivo, pero, debido a la urgencia, le transfundieron cero negativo, porque el hospital no disponía de sangre de su mismo grupo. La madre de Yasmina es cero negativo. —Se detuvo un instante y continuó—. No eres una lunática obsesionada con donar sangre, sino una heroína anónima que salva vidas.

Cat, que no había apartado la vista de la cuna del bebé, a duras penas logró contener los sollozos. Alzó una mano y con ella secó las lágrimas que le habían humedecido las mejillas.

—Lo siento, no pretendía hacerte llorar —se lamentó él.

—No pasa nada. —Ladeó la cabeza y se cruzó con su mirada castaña—. Gracias.

No fue capaz de decir nada más. Haber conocido la historia de aquellas tres personas, tan reales y llenas de vida, la reconfortó a la par que la entristeció. O la emocionó o, tal vez, la enojó... Arrugó los labios, molesta consigo misma. Donaba sangre para expiar sus pecados, para avivar el dolor de sus cicatrices, para fustigarse... Sin embargo, muy lejos de conseguir aquel propósito tan egoísta, con su supuesto castigo estaba salvando futuros.

Abandonaron la unidad de neonatos y caminaron por los pasillos de la planta baja con pasos sosegados y en silencio, escondiendo las palabras que arremetían contra la garganta de ambos y que ninguno de los dos sabía cómo sacar de dentro. A pocos metros del banco de sangre, cuando distinguieron la figura de Julián, sentado en la sala de espera contigua, Álex sujetó de nuevo la mano de Cat y la hizo parar.

—Cat... —Ella tuvo que cerrar los ojos al ver los de Álex; imploraban y ella ya no tenía fuerzas para continuar obviando lo que sentía por él—. Olvida que pertenezco al pasado y déjame ser tu presente.

El corazón le golpeó el pecho con brío y las lágrimas, que apenas conseguía contener, amenazaron con inundarlo todo. Debía salir de allí, huir de su influjo, volver a esconderse bajo las sábanas, cerrar los ojos y olvidar.

Olvidar.

—No puedo olvidar el pasado... —susurró mientras le soltaba la mano.

98

Cat

Sentada sobre su cama, Cat acarició la tapa suave y rosada del diario que tantos años había permanecido recluido en el cajón. Sus párpados se derrumbaron y las palabras de Álex, pronunciadas el día anterior, acudieron a su mente una vez más: «Olvida que pertenezco al pasado y déjame ser tu presente». Suspiró y se estiró sobre la cama, apoyó el peso de la cabeza en la almohada y rodeó el cuaderno con los brazos.

La cabeza le iba a estallar.

El corazón ya lo había hecho.

Volvió a suspirar, resignada, hastiada, con mil dudas atormentándola y solo una con una respuesta indiscutible: se había vuelto a enamorar de él. Otra vez. O, muy probablemente, nunca había dejado de estarlo, a pesar de los años transcurridos, a pesar del dolor que su recuerdo le provocaba... A pesar de que era el mismo Álex inalcanzable, de sonrisa perfecta y mirada sincera.

Notó el peso de un cuerpo ocupar el otro lado de la cama y giró la cabeza para encontrarse a pocos centímetros de los ojos de Óscar. Él sonrió y Cat recordó un gesto muy parecido en el rostro de su madre, con el mismo efecto curativo que tenía el de ella.

—Si pudieras volver al pasado y cambiar lo que va a suceder, ¿a qué instante de tu diario regresarías?

—¿Quieres decir a un instante que se encuentre narrado en este diario? —Él movió la cabeza para asentir—. Pues no sé...

—Está bien, no me andaré con rodeos y te lo pondré fácil, ¿ese instante sería antes o después de conocer a Álex?

Cat sonrió y desvió la mirada hacia el techo.

—¿Me estás queriendo preguntar si me arrepiento de haberlo conocido?

—Exacto.

Cat suspiró y apretó con fuerza el diario.

—Lo único que no cambiaría de aquella época es mi amistad con Rafa y conocer a Álex.

—Si pudieras volver al momento en que entraste en clase y lo viste por primera vez, ¿qué harías ahora?

Cat rio al recordarlo. Era una adolescente y la timidez propia de la edad regía sus actos. Sin embargo, la muchacha que se enamoró de aquel chico era fuerte, curiosa, atrevida... y, a pesar de que ocultaba el rostro tras una espesa cortina de pelo negro, aquella niña aventurera se hubiese arriesgado.

—Hablar con él.

—Pues vuelve al pasado.

—¿Cómo? —Cat giró la cabeza de nuevo para buscar su mirada—. ¿Me ayudarás tú a construir una máquina del tiempo, Julio Verne? —Su hermano sonrió divertido—. Óscar, de todas formas no puedo olvidar todo lo que sucedió después, no es tan fácil.

—No es cuestión de olvidar, sino de aprovechar la ocasión que tienes ahora de cambiar una parte del pasado. Siéntate a su lado, como te hubiese gustado hacer aquel día; pregúntale cómo se llama, habla con él, conócelo, id juntos a la biblioteca... ¡Eres un dragón mágico volador capaz de cruzar la barrera del tiempo! ¡Puedes hacer lo que desees! —exclamó Óscar.

Cat no pudo controlar una carcajada. Solo él conseguía proporcionarle su dosis de risas; su hermano pequeño, su polo opuesto, la segunda sílaba de su palabra vida.

—Tengo miedo —confesó ella.

—¿A qué? ¿A que te rechace? —preguntó, incrédulo—. ¡Él está deseando que des el siguiente paso! ¡Está esperándote!

—No le tengo miedo a él, Óscar, el problema soy yo.

—¡Tonterías!

—Venga. —Era el momento de poner fin a la conversación—. Vamos a preparar la mesa antes de que llegue la parejita del año.

Aquel día iban a almorzar con Bárbara, los cuatro juntos, por primera vez. ¡Cuatro! Mientras sacaba los platos del armario, Cat notó sus mejillas enrojecer. Hacía apenas unos días se sentía tremendamente sola, a pesar de que Óscar siempre había estado a su lado.

Sin embargo, aquel día iba a colocar cuatro servicios sobre la misma mesa. Cuatro seres compartiendo experiencias, risas y confidencias. Por fin, un atisbo de felicidad sobrevolaba aquella casa. Alzó la vista y descubrió a su hermano con la misma sonrisa que adornaba sus propios labios. El niño de cuatro años que perdió una familia había vuelto a recuperarla. Parpadeó para evitar que las lágrimas brotaran de nuevo. Estaba cansada de tanto llorar.

El timbre sonó dos veces. Su padre continuaba usándolo para avisar de su llegada, aunque esta vez abrió él mismo pocos segundos después. Julián y Bárbara entraron sonrientes y cogidos de la mano, pero la panadera se deshizo de aquel contacto en cuanto descubrió a los dos jóvenes en medio del salón. Cat y Óscar se buscaron con la mirada en un gesto pícaro.

—Pasad, no os quedéis ahí... —los animó Cat. Bárbara se sorprendió ante aquel derroche de amabilidad y se acercó a ella con cierta reticencia. La joven entendió su temor y pensó que las explicaciones sobraban. Abrió los brazos y la rodeó con ellos—. Bienvenida a nuestra nueva familia de cuatro.

Bárbara la acercó más a su pecho y permanecieron así unos segundos, en silencio. Se separaron y permitieron que las palabras, las risas y las miradas se apoderaran del salón. Almorzaron como una familia más, entre conversaciones triviales o no tan triviales, opiniones, discusiones y, sobre todo, mucha complicidad.

Tres horas después, mientras Cat fregaba en la cocina los vasos usados para el café, Bárbara se situó a su lado. Analizó el rostro de su amiga con disimulo y vislumbró una felicidad que jamás antes había descubierto en ella.

—Dime, por favor, que el hombre que hay ahora mismo en el salón es Julián, tu padre. —Cat se carcajeó—. No te rías, te estoy hablando en serio...

Bárbara dejó unos cubiertos sobre la encimera de la cocina y se giró para apoyarse en ella.

—¿Por qué me haces esa pregunta?

—Es que se le ve tan relajado, tan feliz... —Suspiró—. Y cada vez que me descubre un gramo de su personalidad, yo me enamoro de él una tonelada.

Cat dio media vuelta, sonriente, apoyándose también sobre la encimera.

—Sí, ese hombre que hay en el salón es mi padre. El «original» —confirmó Cat, dibujando con las manos unas comillas imaginarias—. Supongo que todos hemos dejado de ser nosotros mismos durante diez años... Pero él ha vuelto y ha sido gracias a ti.

—No, gracias a mí no. Gracias a Óscar y a ti. Os ha echado mucho de menos y, con vosotros aquí, Julián ha recuperado la esperanza.

—Y se ha enamorado... —murmuró Cat con una mirada socarrona—. He reconocido en él la misma mirada intensa que le dedicaba a mi madre. Te adora con los ojos, igual que la adoraba a ella.

—Espero que eso no te moleste...

—No, por supuesto que no. Todo lo contrario. Sé lo mal que lo has pasado y lo mucho que mereces a alguien como mi padre a tu lado. Y no tengo ninguna duda de que él es el hombre perfecto para ti.

—Y tú, ¿has encontrado ya a tu hombre perfecto? —preguntó Bárbara, alzando la ceja derecha y curvando los labios en una sonrisa cargada de astucia.

«Lo encontré hace muchos años», pensó ella.

El timbre del teléfono sonó en el salón y Cat no respondió a Bárbara. Las dos salieron de la cocina y, de regreso a la sala de estar, la joven esperó con curiosidad a que su hermano alzara el auricular.

—¡Álex! —A Cat se le aceleró el corazón—. Hola... Estoy mucho mejor... Gracias... Sí, ya no ando como un zombi, pero aún me duele la cabeza... —Óscar soltó una carcajada—. ¡Es verdad! Sí... Ya lo dijo el médico, que tardaría semanas... Sí... Claro. —De pronto, su hermano se giró buscando los ojos de Cat y ella los abrió con sorpresa—. Está mejor, sí... Se está recuperando. Tranquilo, sabes que te volvería a llamar... Muy bien... Gracias por preocuparte. Vale... Hasta mañana.

99

Julián

Que estaba feliz era evidente, que no deseaba encontrarse en otro lugar, indiscutible, y que amaba a aquellas tres personas con todo su ser, innegable. Y así podría continuar, horas y horas, asegurando, sin espacio a la más ínfima duda, que la dicha que reinaba en aquel salón se hallaba de nuevo completa. Completa e irrompible. Y, de hecho, así creyó que estaba... hasta que Óscar descolgó aquel auricular, habló con Álex y la tristeza disipó el rostro ufano de su hija. Todas las sonrisas diseñadas por sus ojos, sus labios o sus manos se decoloraron hasta quedar desteñidas. Y aquellas horas de felicidad completa se resquebrajaron, pasando a formar un conjunto de fragmentos desencajados.

¿Y si todavía faltaban piezas para reforzar aquella felicidad?

Julián buscó con la mirada la luz que ahora ilustraba sus ideas: los ojos de Bárbara. Ella lo miró y lo reprendió en silencio. Bajó la vista y recordó su consejo: antes de entrometerse en aquella incipiente relación debería haber sabido si aquel chico era realmente malo para su hija y si Cat sentía algo por él. Y solo necesitó oír las palabras de Álex en el banco de sangre para convencerse de que ese muchacho habría sido capaz de renunciar a todo por ella, sin vacilar. Ahora bien, ¿sentía Cat algo por él? Su rostro alicaído lo evidenciaba. Su hija se había vuelto a enamorar de Álex, pero estaba aterrada, al igual que lo estuvo él aquella tarde de sábado, cuando rechazó a Bárbara frente a la panadería.

—¿El eclipse es esta tarde?

Óscar había vuelto a sentarse a la mesa y formuló aquella pregunta mientras tomaba entre las manos uno de sus cubos de Rubik y giraba las piezas de colores con maestría.

—Comienza dentro de una hora —afirmó Cat.

—¿No tienes pensado ir a verlo desde el observatorio? —quiso saber Julián.

—Hoy el centro permanecerá cerrado. De todas formas, claro que me gustaría ir, tengo las llaves para entrar, pero... no me apetece hacerlo sola y prefiero estar aquí con vosotros —aseguró Cat, con esa aflicción que le había cambiado el semblante.

—No hace falta que vayas sola... —propuso Julián. Ella lo miró sin entender sus palabras—. Si Álex acaba de telefonear es porque está en casa. Llámalo e invítalo.

Óscar abandonó el cubo sobre la mesa y alzó la mirada para contemplar a su padre con asombro. Bárbara sonrió feliz.

—Papá... Yo... —Cat se levantó de la silla y comenzó a caminar de un lado al otro del salón—. No creo que sea buena idea. Es mejor dejarlo así...

Julián abandonó su asiento y la agarró de los brazos para situarse frente a ella.

—Cat, hace apenas veinticuatro horas pensaba como tú, que debías dejar atrás el pasado y olvidar a ese muchacho. Pero, hija, ayer Álex estuvo dispuesto a sacrificar su profesión por regalarte unos minutos de felicidad. ¡Ni siquiera tu padre ha arriesgado tanto por ti! Ese chico no se va a rendir, no está dispuesto a renunciar a ti... ¿Sabes lo que eso significa?

—Pero, papá, lo que pasó...

—Lo que sucedió hace diez años forma parte de ti, no puedes ignorarlo... —Julián abandonó los ojos de su hija y fue en busca de los de Óscar, que los contemplaba con una sonrisa—. Tu hermano, que es mil veces más inteligente que su padre, me dijo hace unos días: «Cat no tiene que huir del pasado, sino que debe reconciliarse con él. Y Álex es su oportunidad para hacerlo». Y, como siempre, no podemos hacer otra cosa que darle la razón.

—¿Cómo? No es tan fácil... —se lamentó Cat.

Julián, que aún sujetaba los brazos de su hija, deslizó la mano derecha por el amasijo de pulseras que cubrían la cicatriz de Cat y acercó la otra hasta rodearle la muñeca con los dedos.

—Despréndete de todas las capas de protección que impiden resurgir a la niña aventurera que hay en ti. —Con cuidado, tiró de la primera pulsera; era de cuero, pero la sacó sin esfuerzo—. De la culpabilidad... —Volvió a rodearle con los dedos la muñeca y sujetó dos pulseras de tela hasta tirar de ellas—. Del dolor... —Otra pulsera de cuero negro—. Del miedo... —Una de tela—. De los complejos... —Tres pulseras más—. Descúbrete ante el mundo...

Y, por fin, Julián deslizó por su brazo las dos últimas y las dejó todas sobre la mesa. Llevó dos dedos hasta la piel desnuda de su antebrazo y acarició la cicatriz.

—Cat, simplemente sé tú misma... No escondas tu cicatriz y no ocultes a nadie la preciosa sonrisa que heredaste de tu madre. Pero, sobre todo... —Cogió una de las pulseras de tela y, con ella enredada en los dedos, levantó los mechones negros que acariciaban las mejillas de Cat y recogió su cabello en una cola alta—, nunca olvides nuestra frase favorita: si hay riesgo...

—... hay aventura —dijeron los dos a la vez.

Julián la contempló durante un instante; su tez limpia, juvenil y sonrojada; sus ojos negros como el cielo invadido por la noche; la sonrisa de la primera mujer a la que amó y que jamás olvidaría, y esa luz noble que la hacía tan genuina, tan humana.

Su niña aventurera.

—Ha llegado el momento de que vivas tu propia aventura, Cat.

—¡Así se habla, papá! —exclamó Óscar entre aplausos—. ¡Ese es mi padre!

Cat y Julián giraron levemente el rostro emocionados, para encontrarse con las mejillas de Bárbara, inundadas en lágrimas, y a Óscar, eufórico, aplaudiendo y aullando como un lobo. Padre e hija sonrieron y se volvieron a mirar.

—¡Vamos! Llámalo.

—¡Venga, dragón, escupe tu fuego y acaba con el príncipe!

100

Álex

Después de colgar el auricular, Álex permaneció cerca del aparato, mirándolo y preguntándose si en vez de llamar no habría sido mejor presentarse allí, preocuparse por Óscar y volver a intentar hablar con Cat. Porque no pensaba dejar de hacerlo, de eso estaba convencido. Resignado, volvió al sofá para recuperar la lectura que llevaba días pretendiendo continuar. Se trataba de un libro sobre anatomía humana; muy interesante, pero no lo suficiente como para relegar a Cat de ser su pensamiento más recurrente. Abrió la página marcada y se dispuso a releer por decimocuarta vez el inicio de aquel capítulo dedicado al sistema inmunitario.

Sin embargo, el sonido estridente del teléfono hizo que abandonara el intento. Miró su reloj de pulsera y pensó en Mario. Nadie más iba a llamarlo un sábado por la tarde. Se levantó sin ganas y cogió de nuevo el auricular.

—¿Sí? —preguntó, preparado para oír la voz áspera de su amigo.

—Hola. —Álex abrió los ojos con sorpresa y deseó que el cerebro no estuviera gastándole una broma pesada—. Soy Cat... —No, no se trataba de una broma, era ella.

—Hola... —susurró cauteloso.

—En unos veinte minutos va a comenzar un eclipse de sol y me gustaría ir al observatorio para verlo a través del telescopio. ¿Te apetece acompañarme o ya tienes planes? —No respondió, necesitaba tiempo para ordenar todas aquellas palabras—. ¿Álex?

—Sí, estoy aquí. Claro, me encantaría. ¿Y quieres ir ya?

—Cuando puedas. El eclipse durará una hora, aún tenemos tiempo.

—Está bien, en treinta minutos paso a recogerte.

¡Treinta minutos, tenía apenas treinta minutos! Alzó un brazo y buscó su olor bajo el hombro de la camiseta. «¡Joder!», gruñó entre dientes. Corrió hacia la ducha y con el agua templada se deshizo de todos aquellos días de aburrimiento, de espera, de frustración, de pensar en ella... Y por fin sonrió. Salió del cuarto de baño ya vestido y revisó su habitación; la cama deshecha, ropa sucia sobre la silla, zapatos desparejados por el suelo... En menos de dos minutos consiguió recogerlo todo y en dos más cambió las sábanas. Estaba preparado. Contempló su reflejo en un espejo situado en la entrada de su pequeño piso, tragó saliva y sonrió de nuevo.

Permanecer en el coche, frente al portal de Cat, multiplicó sus nervios por un sinfín. Volvió a colocar las manos en el volante y a tamborilear los dedos sobre él. Había llegado dos minutos antes y ya llevaba cuatro esperando; toda una perpetuidad si ansías estar con alguien. Giró de nuevo la cabeza para concentrar todas sus neuronas en aquel portal y la puerta se abrió. Alzó los párpados hasta que desaparecieron por encima de las córneas y creyó que el corazón le iba a estallar. Decir que estaba preciosa era quedarse corto. Muy corto. Con ropa sencilla, sin maquillaje, la cara limpia, el cabello recogido, descubierta, natural... La chica de la que se había enamorado.

Ella subió al vehículo y se saludaron con una tímida sonrisa. Definitivamente, el adjetivo «preciosa» no la describía. La contempló con intensidad, hasta que bajó la mirada y descubrió su antebrazo izquierdo desnudo. La miró a los ojos, curioso, y Cat giró el brazo para mostrarle su cicatriz. Álex estiró una mano y acarició la marca con suma delicadeza, desde el inicio, junto a la muñeca, hasta donde acababa, a medio antebrazo.

—Daría lo que fuera por borrarte esta cicatriz...

—Lo sé... —Se miraron y él respiró aliviado por primera vez desde hacía demasiado tiempo—. Pero borrar una cicatriz no borra el recuerdo de cómo se hizo.

—De verdad que lo siento.

—Tranquilo, no es más que una hendidura en la piel... —Volvieron a sostener la mirada durante unos segundos, hasta que Cat se volvió para buscar el cinturón de seguridad—. ¿Nos vamos?

Llegaron al observatorio pocos minutos después y, una vez frente al portón, Álex se sorprendió al ver las puertas cerradas y a Cat sacando unas llaves del bolso. No quiso preguntar si iban a estar solos para no delatarse, porque estar con ella era lo que más anhelaba.

Subieron tres pisos por unas escaleras de mármol mientras Cat le explicaba qué salas ocupaban cada planta y para qué estaban destinadas; salones de proyecciones, despachos y aulas de formación completaban buena parte del observatorio. Pero lo que realmente llamó la atención de Álex fue la pequeña puerta de hierro que iba a darles paso a la cúpula del edificio.

—¿Preparado? —preguntó ella, antes de introducir la llave en la cerradura.

—¡Vamos, abre! —suplicó él, curioso y sonriente.

Tal y como se apreciaba desde el exterior, la cúpula era una sala redondeada, con el techo de aluminio abatible y bajo él, majestuoso, el gran telescopio. Álex accedió a la sala con la boca abierta y los ojos recorriendo aquel artilugio inmenso, mucho más grande de lo que hubiera imaginado. Mientras estaba absorto en los detalles que lo rodeaban no fue consciente de la mirada de Cat, que disfrutaba analizando cada una de sus reacciones. Sin que él se percatara, ella buscó el interruptor que abría la cúpula y, al apretarlo, Álex alzó la cabeza súbitamente, recibiendo sobre su rostro una lluvia de rayos de luz. Cerró los ojos un instante y, después de abrirlos, ladeó la cabeza buscando a Cat.

—¡Fascinante! —exclamó él, recordando la misma palabra que ambos habían pronunciado el día anterior.

Ella no replicó y, por el brillo en sus ojos negros, Álex intuyó que las sorpresas no habían acabado. Y efectivamente así fue. Cat se sentó en una de las sillas acopladas al telescopio y acercó los dedos a un panel de mandos situado a su derecha. Apretó un botón y el suelo bajo los pies de Álex empezó a moverse, haciendo que la cúpula girara. Cat sonrió al leer un «¡guau!» en sus labios. Cuando el telescopio estuvo en la posición correcta, la cúpula dejó de girar y Cat bajó la cabeza y acercó el ojo derecho a un cilindro encajado al tubo principal del telescopio. Observó por él durante unos minutos, hasta que alzó de nuevo la cabeza y buscó los ojos de Álex.

—El eclipse ya está avanzado y se ve perfectamente. —Él sonrió al descubrir en sus pupilas un nuevo brillo, mucho más resplandeciente que el que cubrió sus ojos en el concierto—. ¿Quieres verlo?

Álex afirmó, agitando la cabeza repetidas veces, y Cat bajó del asiento para que lo ocupara él. Una vez situado, agachó la cabeza hasta colocar el ojo derecho sobre el pequeño tubo. Acto seguido, abrió los labios hasta formar una «o» de sorpresa.

—Increíble... —susurró.

Permaneció durante unos minutos observando la evolución del eclipse a través de la mirilla del telescopio, hasta que irguió la cabeza y aquel maravilloso espectáculo quedó relegado a un segundo lugar. El que acababa de descubrir lo superaba en belleza: Cat estaba en medio de la sala, de pie, con los ojos cerrados y la cabeza inclinada hacia arriba. Las luces tenues del atardecer le cubrían el rostro y su pelo oscuro parecía lanzar llamaradas negras. Álex fue incapaz de no contemplar, embelesado, aquella visión, aquella representación de naturalidad y sencillez que la hacía única ante sus ojos. Inspiró y espiró, procurando apaciguar los latidos de su corazón y las ansias dementes de rodearla con su cuerpo y besarla indefinidamente, sin nada ni nadie que los frenara.

—Al nacer, me detectaron un pequeño soplo cardíaco —comenzó Cat, aún con los ojos cerrados—. No fue nada importante y con los años desapareció, pero durante un tiempo acudimos a un cardiólogo de Barcelona con cierta frecuencia. Yo tenía diez años cuando visitamos al médico por última vez. Aquel día, el coche de mi padre estaba averiado y mi madre y yo tuvimos que desplazarnos en tren hasta la ciudad. A la vuelta, mientras esperábamos su llegada, recuerdo que me sentí aterrada en aquella oscura estación, fría y repleta de gente desconocida. El ruido estridente de las ruedas con el roce de las vías, las pisadas de aquellas personas, las voces por el megáfono... Por alguna extraña razón, la inseguridad y el miedo se apoderaron de mí. Cuando el tren que debíamos tomar llegó, multitud de personas se aglomeraron en el andén y al abrirse las puertas de los vagones tuvimos que esquivar a toda aquella gente. Aquel día, yo calzaba unas bailarinas de charol azul preciosas que me habían regalado mis padres unos días antes, para mi cumpleaños. Me encantaban. —Sonrió—. En el empeine llevaban una mariposa de seda que me tenía maravillada. Así que cuando alguien me pisó y una de las mariposas se partió en dos, yo no pude evitar soltar la mano de mi madre para recogerla del suelo, a pocos pasos de las puertas abiertas del vagón. Mi madre entró en él, pero yo no llegué a hacerlo. Al oír el golpe seco de las gomas chocar entre ellas, llamé a mi madre repetidas veces. Y ya no estaba. Me quedé sola en aquella tenebrosa estación. Permanecí durante mucho tiempo inmóvil, con la media mariposa en una mano y con la otra sujetando mi vestido, como si aquel agarre me protegiera del miedo. Poco después, un tren pasó a toda velocidad y la media mariposa que retenía entre mis dedos salió volando. Estaba a pocos centímetros de la vía y casi me caí sobre los raíles. Sin embargo, permanecí allí, petrificada, contemplando aquellas piezas de hierro que casi me engullen. El latido acelerado de mi corazón fue el único sonido que invadía mis oídos, y las vías, la única visión que contemplaron mis ojos. Durante veinte minutos, el tiempo que tardó mi madre en regresar, continué allí, a escasos centímetros del abismo, a un paso de las vías... Tuve pesadillas durante meses. Aún las tengo cuando algo me preocupa. —Cat le rodeó con los dedos el antebrazo izquierdo y cubrió con ellos la cicatriz—. Y durante los meses anteriores a mi intento de suicidio las pesadillas fueron diarias. Las vías me llamaban, me ofrecían aquel abismo para lanzarme a él y encontrar la paz que necesitaba. Y eso hice, busqué la muerte para encontrar la paz. Y ahora tengo mucho miedo, Álex..., miedo a volver a hacerlo, a que un contratiempo o una inseguridad me arrastren de nuevo a la vía... ¿Y si sucede otra vez? ¿Y si vuelvo a intentar suicidarme?

—No... —Álex, conmovido por su relato, saltó de la silla y corrió hacia ella para rodearla con los brazos—. No, Cat, no. Eso no va a volver a pasar... Tenías diez años cuando viviste aquella experiencia. Fue completamente normal que tuvieras miedo. —Álex la acunó contra su pecho y le acarició la espalda hasta que la respiración de Cat se calmó. Pocos minutos después, inclinó la cabeza, buscó sus ojos y sujetó el rostro con las dos manos—. Escúchame, Cat. No vamos a permitir que vuelva a suceder... Has estado cargando con la culpabilidad y la soledad demasiado tiempo, pero ya no estás sola, ya no... Y nunca más lo estarás. Ahora puedes contar con tu hermano, con tu padre, con Rafa... y conmigo. —Le acarició las mejillas con los pulgares—. Olvida que una vez me conociste y déjame estar a tu lado. Ahora. Empecemos de nuevo... —Ella negó con la cabeza y bajó la mirada—. Por favor...

—No puedo... —Cat alzó la vista y se encontró con los ojos compungidos de Álex—. Podría hacerlo, pero no quiero.

—Cat... —susurró él.

—No quiero olvidar la primera vez que te vi en clase ni las noches que me dormí recordando tu sonrisa o las ocasiones en que estuve cerca de ti y me sentí perdida al no poder tocarte. No quiero olvidar a la niña ilusionada que se enamoró y que deseó con todas sus fuerzas que llegara este instante... —Acercó una mano al rostro de Álex y, con timidez, rozó su labio inferior con la yema de un dedo—. He soñado tantas veces con acariciar tus labios mientras sonríes... —Emocionado, él los curvó para hacer realidad su sueño—. No puedo olvidar los deseos de aquella niña porque quiero concedérselos todos.

—¿Y aquella niña quiso que te besara? Porque no puedes llegar a imaginar las ganas que tengo de acatar todos sus deseos.

Cat, tras reír por sus palabras, se mordió el labio inferior y Álex, que ya no creía soportar más el deseo de abordarlos, abandonó su débil autocontrol. Se acercó despacio, volvió a acariciarle las mejillas con los pulgares y, cuando notó el contacto de sus labios, cerró los ojos para aguzar los sentidos e impregnarse de Cat: la tersura de su piel, su aroma, su calor. Se besaron muy despacio, con roces suaves, sin prisas, sin impedimentos, abrazados.

Los besos se sucedieron hasta que la oscuridad se coló por el techo descubierto de la cúpula y Cat se separó de la boca que la hacía volar entre las estrellas.

—¿Tienes hambre? —preguntó él.

101

Cat y Álex

Ocho meses después

El frío se filtraba por las costuras de los finos leotardos de la niña, pero la rigidez en los músculos impidió que su cuerpo se estremeciera. Continuaba inmóvil, con la única visión de los dos férreos raíles al final de aquel precipicio, de la inmensidad que la invitaba; la tentación de la muerte que la había acompañado durante veinte eternos minutos. De pronto, un destello de luz llamó su atención. Diminutas partículas blanquecinas parecían brotar de la oscuridad y diluirse entre aquellos rayos de luminiscencia. La negrura que cubría la estación había sido vencida. Una de las bailarinas de charol azul, la que había perdido la mariposa que le adornaba el empeine, dio un paso hacia atrás. Otro más y las vías desaparecieron.

—¡Carolina! —La niña movió la cabeza buscando aquella voz.

Su madre bajaba las escaleras de la estación acompañada de un hombre alto y corpulento que la sostenía por los hombros. El despavorido rostro de la mujer reflejaba los largos minutos de angustia. Descendieron el último escalón y ella posó un pie sobre el suelo con sumo cuidado.

—Ya no me duele tanto el tobillo, creo que no tengo nada roto. Solo ha sido una torcedura —le aseguró a aquel hombre.

Él asintió con la cabeza y, tras sonreírle a la niña, desapareció por las escaleras.

—¡Mamá! —susurró ella.

—Estoy aquí, Carolina, tranquila, estoy aquí... —le dijo mientras caminaba hacia ella con dificultad.

Cuando la niña sintió los brazos de su madre alrededor del cuerpo, el sosiego disipó la imagen de aquella estación, de las vías que habían quedado lejos, del rechinar de las ruedas de acero, de los desconocidos que la rodeaban, de la oscuridad.

—Cat, Cat... Shhh... Cat, tranquila...

Los párpados de la joven se agitaron levemente. Había despertado de aquel sueño, pero la pereza le impidió abrir los ojos. Sin embargo, el calor de Álex rodeándola entre los brazos avivó una sonrisa en sus labios.

—¿Una pesadilla? —Cat asintió con la cabeza, aún adormilada—. ¿Estás bien?

—Sí, tranquilo... —susurró ella, acurrucándose en su pecho desnudo—. Hacía mucho que no tenía el sueño de la estación.

Y así había sido desde aquella primera noche de sábado que pasaron juntos, tras contemplar el eclipse solar.

Álex buscó sus labios, los besó con calma, deslizó la palma abierta bajo la camiseta de Cat y comenzó a acariciarle la espalda de arriba abajo, esparciendo su calor por la piel femenina. La garganta de ella dejó escapar un leve gemido y Álex sonrió ladino, oculto por la oscuridad de la habitación.

—¿Estás preocupada por la comida en casa de mis padres?

—Ya sabes que sí.

—No deberías. Todo saldrá bien, te lo he dicho muchas veces. Confía en mí... —Aquellas últimas palabras, susurradas cerca de su oído, provocaron otro gemido. Él sonrió de nuevo.

—En esta ocasión el sueño ha sido distinto. Es la primera vez que aparece mi madre en él acercándose a mí con los brazos abiertos. No ha sido una pesadilla, sino un recuerdo reconfortante.

El aliento de Álex, cerca del suyo, y el roce de su nariz acariciando la de ella le hicieron saber que la estaba mirando, a pesar de la negrura que los envolvía. Cat abrió los ojos y pudo distinguir la sombra de su sonrisa.

—Me alegro —murmuró él antes de depositar otro beso húmedo sobre sus labios.

Álex había conseguido disipar no solo las pesadillas de Cat, también sus miedos y sus inseguridades; con sus caricias, sus palabras de aliento, sus besos, sus brazos rodeándola por las noches y sus sonrisas, aquellas que Cat no se cansaba de acariciar... El chico inalcanzable había regresado de su doloroso pasado para entregarle un presente sin pesadillas.

—¿Qué hora es? —Quiso saber ella después de emitir otro gemido provocado por la mano abierta que viajaba más allá de la espalda.

—Temprano, no tenemos que levantarnos todavía.

—Le dijiste a mi padre que lo ayudarías con la mudanza.

—Mmm... —confirmó Álex, mientras repartía una docena de besos sobre el cuello de Cat—. Dentro de dos horas... —Acarició con los labios sus mejillas y, después de besarla, se separó de ella unos centímetros—. Por cierto, ahora que tu padre se muda a vuestra casa y que yo he acabado la residencia podrías venir a vivir aquí, conmigo.

Álex notó una repentina rigidez en los músculos que acariciaba y cesó los movimientos para alejarse un poco de Cat. Su silencio le preocupó, estiró el brazo y encendió la lámpara de su mesita. Cuando se volvió hacia ella para contemplar su rostro no supo interpretar su expresión.

—¿No quieres? El apartamento es pequeño, pero podemos vivir aquí un tiempo hasta ahorrar el dinero suficiente y cambiarnos a uno mayor.

—¿Y Óscar?

—Óscar estará con tu padre y sabes perfectamente que Bárbara no tardará mucho en irse con ellos. De todas formas, he pensado que podríamos comprar un sofá cama para el salón, que podrá usar siempre que quiera. No vamos a dejarlo solo, Cat. Nunca.

—¿Y tus padres? ¿Y si no les gusto?

Álex arrugó el entrecejo.

—No quieres vivir conmigo...

Cat espiró el aire que se le había quedado atascado en los pulmones y se deslizó sobre el colchón para recorrer la distancia que se había creado entre ambos. Se dejó abrazar de nuevo y suspiró resignada.

—Sabes que estar contigo es lo que más deseo. Es que todo me resulta aún demasiado inverosímil. A veces creo que es un sueño y que pronto despertaré.

—Cat, esto es real... —Él la acercó más a su pecho—. Te quiero y quiero despertar a tu lado todas las mañanas.

—Está bien, pero dame dos meses parar vivirlos con mi padre en casa.

—Me parece bien, siempre y cuando sigas pasando los fines de semana conmigo.

—Eso está hecho. Y ahora sigue acariciándome la espalda.

Álex volvió a deslizar la mano bajo la camiseta del pijama, pero esa vez tiró de la prenda hasta sacarla por la cabeza de Cat. Una vez que la tuvo como deseaba, la envolvió de nuevo en un abrazo.

—¿Así está bien? —Continuó rozándole la piel de la espalda con movimientos pausados.

—Así está perfecto. —Ella gimió y él sonrió mientras volvía a perderse en su cuello—. Yo también te quiero... —susurró Cat.

102

Óscar

Cuatro cajas de cartón necesitó Julián para recoger todas las cosas que se llevó al piso de su hermano, once años atrás, y las que había ido almacenando en su armario durante el tiempo que vivió con él. Ropa, libros, discos, un equipo de música, herramientas y algunas fotografías. Las mismas que contemplaba Óscar sentado en el suelo de la habitación que dejaban vacía. En todos aquellos instantes captados por la cámara aparecían su madre y su hermana, y solo en alguno de ellos él, con apenas dos o tres años.

No recordar lo entristecía.

—¿Qué estás mirando? —Álex, que acababa de llegar, se sentó a su lado—. ¿Esta es tu madre? —preguntó, señalando una de las fotos. —Óscar asintió con la cabeza—. Cat es idéntica... —susurró, tomando aquel retrato entre las manos—. Guapísima... Claro, que te voy a decir yo... —Sonrió de esa forma que a Óscar lo hacía reír.

—¡Enamorados! —exclamó él, agitando la cabeza de lado a lado—. Chorreáis caramelo líquido por donde pasáis... —Álex soltó una carcajada y llevó una mano a la cabeza de Óscar, sabiendo cuál iba a ser el siguiente movimiento del adolescente que hacía dos meses había cumplido los quince—. ¡Joder, Álex! Para... —El chico se levantó súbitamente—. Sabes que odio que me revolváis el pelo. ¡Ya no soy un crío! —gritó enfadado.

—¡Adolescentes! —Álex alzó las manos hacia el cielo—. Van chorreando hormonas por donde pasan...

Óscar no pudo contener la risa. Aquel chico, que un día lo defendió en la calle para luego invitarlo a un chocolate caliente, se había convertido en mucho más que un amigo. Era el novio de su hermana, pero, para él, su hermano mayor.

—¿Has decidido ya cuándo le vas a pedir a mi hermana que se case contigo?

—Aún no, estoy esperando a encontrar un momento especial.

—Chicos, ¿nos vamos ya? —Julián irrumpió en la habitación, con un precinto de plástico en las manos y la ilusión de volver a su hogar enmarcada en el rostro.

Pocos minutos después, los tres salían del portal. Óscar, el primero, cargaba entre los brazos una de las cajas más voluminosas; Julián, detrás de él, acarreaba la más pesada, y Álex, el último, se había ofrecido a llevar las dos restantes. Caminaron apenas unos metros cuando una voz juvenil los sorprendió por detrás.

—¡Ey, Álex! ¿Te ayudo?

El corazón de Óscar dio un brinco, al igual que lo hacía cada vez que aquella voz le llenaba los oídos y le erizaba la piel. Se dio media vuelta y, estirando la cabeza para asomarse por encima de la caja, pudo comprobar lo que ya sabía. Era él.

«Mat», susurró el gemido que brotó de su garganta.

Julián y Álex saludaron al muchacho, mientras él cogía una de las cajas que cargaba este. Una vez que la tuvo entre los brazos, agilizó los pasos para situarse al lado de Óscar.

—¿Tenéis que llevar más cajas?

—No, solo estas.

—¡Ah! ¿Necesitáis que os ayude?

—Ya lo estás haciendo. —Se buscaron, por encima de las cajas, y se sonrieron con la mirada.

Tres semanas después de conocerlo en el hospital, Óscar aceptó su invitación y cenó con Mat y Paula en casa de su tío. Allí pudo comprobar que, efectivamente, la relación entre tío y sobrino era ardua. Pero, aunque se sintió algo incómodo al inicio, solo necesitó colarse en los ojos castaños de Mat para que la paz se hiciera en aquel salón. Nada importaba a su alrededor, nadie más los acompañaba, solo él. Desde aquella noche, la amistad entre ellos fue creciendo a una velocidad apabullante. Ya no necesitaban hablar para comprenderse ni mirarse para saber qué hacía el otro; se intuían, se percibían, se complementaban.

—He quedado con unos amigos para jugar un partido la próxima semana. ¿Te apuntas?

—¿Fútbol? —Óscar alzó la cabeza de nuevo para mostrarle su cara de desconcierto—. Ya sabes que no me gusta.

—Porque no lo has probado nunca. —El silencio de su amigo le dio la razón—. Podríamos bajar al campo después de comer y te enseño a hacer pases. Y no me digas que has quedado con tu novia para estudiar, porque sé que mi hermana se va a casa de una amiga.

—Paula no es mi novia... —protestó Óscar. No soportaba que lo emparejaran con ella, por muy buena amistad que tuvieran, y menos aún si era su hermano quien lo hacía.

—¿No habrás quedado con tu amiguito Pablo? —preguntó Mat molesto, como cada vez que hablaban del que había sido el acosador de Óscar y Paula.

—Nooo...

Óscar puso los ojos en blanco. Habían transcurrido ocho meses desde aquella discusión en la calle que acabó con él en el hospital, ocho meses durante los cuales Pablo se había esforzado en ganarse su amistad y la de Paula. Lo había conseguido, pero aún no había convencido a Mat. Desconfiaba de él, aunque... ¿de quién no desconfiaba Mat? Todavía no lograba comprender cómo se había forjado una amistad exprés entre ellos, con un chico tan escéptico como lo era Mat. Aunque aquel escepticismo tenía una explicación. ¿Cómo no se iba a convertir en un desconfiado si la única persona que cuidaba de él y de su hermana desapareció de un día para otro dejándolos solos con su tío, un hombre que lo culpaba de todos sus problemas?

—¿Entonces qué? —insistió Mat.

Óscar ocultó su sonrisa tras la caja de cartón. No pensaba negarse a pasar un rato con él, aunque fuera pateando un absurdo balón. Y, sí, iba a esforzarse al máximo para aprender aquel dichoso deporte, a pesar de que lo odiaba, porque si para Mat era importante que acudiera a aquel partido, él iba a estar allí, haciendo el ridículo, pero a su lado.

—Está bien, esta tarde me enseñas a dar pases y la semana que viene jugaré mejor que el Palé ese...

—¡Tonto! —se burló Mat—. No es Palé, se llama Pelé...

—Pues eso... —Óscar volvió a sonreír oculto tras la caja. Sabía perfectamente cómo se llamaba aquel futbolista, pero adoraba que Mat lo llamara tonto con aquel tono de superioridad.

103

Cat y Álex

La nueva habitación de Julián había quedado preciosa. Cat y Bárbara la contemplaban, satisfechas por el trabajo conjunto. Las dos amigas se habían encargado de elegir los muebles, el juego de sábanas, el edredón, las cortinas y los cuadros. Y Óscar, Álex y Julián habían pasado el fin de semana anterior dando una mano de pintura a todo el piso.

—¿No tienes ganas de estrenar la habitación? —preguntó Cat. Se volvió hacia Bárbara y sus mejillas ruborizadas la hicieron reír—. Me refiero a que si tienes ganas de venir a vivir aquí, con mi padre.

—Aún no lo sé, Cat. Me estaba empezando a gustar mi independencia, aunque casi estamos viviendo juntos, porque hace meses que tu padre pasa más noches conmigo que en casa de tu tío...

—A partir de hoy, viviendo aquí, os veréis menos.

—Lo sé, pero no me importa. Julián necesita estar con vosotros para volver a sentirse el padre de familia que fue. —Suspiró y continuó con un tono de resignación—: Aunque tengo que reconocer que la tentación de vivir con él es demasiado fuerte.

Cat la miró sonriente y feliz por ellos; por su padre, que había conseguido volver a ser él mismo, y por Bárbara, porque después de muchos años de engaños, desprecio y soledad, se había convertido en una mujer segura de sí misma, rodeada de familia y sin miedo a descubrir el verdadero amor.

—Por fin vas a conocer a los padres de Álex, ¿estás nerviosa? —preguntó Bárbara.

—Mucho. Y preocupada, sobre todo por la impresión que le pueda causar a su padre. No ha querido que Álex me llevara a su casa hasta que no ha acabado la residencia... Creo que piensa que soy una mala influencia para su hijo.

—¡Eso son chorradas, Cat! Si, como dices, es un hombre muy estricto, simplemente querría asegurarse de que Álex se mantenía concentrado en su propósito hasta el final. Cuando te conozca, caerá rendido a tus pies. —Cat la miró agradecida y Bárbara le guiñó un ojo.

—¿Nos vamos ya? —Álex apareció tras ellas y rodeó a Cat con los brazos—. ¿Preparada?

«No, no estoy preparada», pensó veinte minutos después, tras despedirse de su familia, morderse las uñas en el trayecto en coche y situarse frente a aquel inmenso portón de hierro forjado. Álex abrió con su llave y la solemnidad del vestíbulo provocó en Cat un escalofrío que la recorrió desde la cabeza hasta los pies. No estaba preparada, estaba aterrada y solo pensaba en cómo ingeniarse una excusa para no subir los escalones. Pero tuvo que hacerlo, de su mano. Miró la espalda de Álex y pensó en él, corriendo por aquel portal cuando era un niño o bajando las escaleras con su mochila roja, cargada de libros, antes de dirigirse al instituto. Aquel entorno formaba parte de él, de su pasado, de su familia, al igual que él ya formaba parte de la suya. Respiró hondo y se infundió valor.

Cuando Rosa abrió la puerta de su casa, Cat esbozó una sonrisa sincera al reconocer en aquella mujer los mismos ojos castaños del hombre al que amaba con locura. La madre de Álex, además de poseer un rostro perfecto, irradiaba una elegancia insuperable.

—¡Cat! —La mujer abrió los brazos y se abalanzó sobre ella hasta espachurrarla contra su pecho—. ¡Teníamos tantas ganas de conocerte!

«¿Teníamos?», pensó Cat.

Álex miró a su madre alzando una ceja; en diplomacia no existía miembro de casa real capaz de superarla. Pero él conocía, mejor que nadie, la opinión que tenía su padre sobre Cat. O, mejor dicho, la que aún no tenía, porque se la guardaba para sí mismo. Había intentado hablar con él sobre su relación infinidad de veces, pero se había negado a escucharlo desde el principio. Todo por aquel irrebatible consejo de no dejarse distraer por nada ni por nadie hasta que finalizara la residencia y alcanzara su meta. Y no fue hasta dos semanas antes, cuando por fin Álex logró su ansiada plaza de médico de familia, cuando su padre accedió a conocer a Cat. Pero lo que no sabía su obstinado progenitor era la sorpresa que su hijo le estaba guardando.

—¡Vamos, pasad! —los alentó Rosa—. Hoy he preparado tu plato favorito, Álex.

—¿Macarrones con salsa boloñesa? —preguntó él, juguetón, guiñándole un ojo a Cat. Ella sonrió con timidez.

—¡No seas niño! He cocinado pato a la naranja con puré de patatas.

Álex hizo una mueca de asco con los labios y Cat apretó los suyos para retener una carcajada.

—¡A mí me encanta el pato a la naranja! —afirmó Cat.

Él puso los ojos en blanco al pensar en lo fácil que había resultado. Con esa simple afirmación, Cat ya se había ganado a su madre. Y si después de comer la invitaba a un té con bergamota y ella lo aceptaba, no iba a tardar ni cinco minutos en preguntar por la boda.

Cuando llegaron al salón, el sillón que solía ocupar su padre se encontraba vacío y Álex apretó los dientes; solo esperaba que no se hubiera encerrado en su despacho. Inclinó la cabeza hacia un lado y pudo ver la puerta entreabierta. Respiró aliviado y cruzó los dedos mentalmente para que no tardara en aparecer. Afortunadamente, no lo hizo. Pocos segundos después, entró en el salón y Rosa se encargó de las presentaciones.

—Así que tú eres Carolina García...

Álex lo reprendió con la mirada. Referirse a Cat por su nombre completo y su apellido era una clara invitación a marcar las distancias, como si aquella visita fuera una reunión de trabajo. Su padre ignoró la velada reprobación de su hijo y los invitó a ocupar la mesa. Una vez sentados, y mientras Rosa servía los platos, los tres permanecieron en silencio.

—Álex me ha contado que estudiasteis en el mismo instituto, pero que no os habíais vuelto a ver en diez años... —dijo su madre, una vez que se sentó a la mesa.

—Me fui de la ciudad después de acabar el instituto —mintió Cat, evitando dar demasiadas explicaciones—. Y volví hace año y medio, cuando acepté un trabajo en el observatorio.

El padre de Álex alzó la vista del plato y miró a Cat a los ojos. Su hijo, que no quería perderse un solo detalle de sus reacciones, sonrió travieso.

—¿El observatorio? —preguntó Rosa—. ¿Trabajaste allí?

—Y sigo trabajando; imparto clases de astronomía para colegios o grupos de adultos y también estoy ayudando en algún proyecto de investigación.

Álex contempló triunfante la expresión de su padre. Sus ojos, que casi salen despedidos, y la boca abierta, mostrando parte del pato que continuaba masticando, eran una muestra más que evidente de su sorpresa.

—Papá, el pato... se te va a caer de la boca —le advirtió Álex socarrón.

Aquella broma recibió una reprimenda por parte de su madre en forma de patada en la espinilla.

—¿Has estudiado astronomía? —preguntó el padre después de tragar el trozo de pato que había vislumbrado su hijo.

—Me licencié en física y estudié un posgrado para especializarme en astronomía.

«¡Toma ya! —pensó Álex orgulloso de la chica que tenía a su lado—. A ver ahora cómo reaccionas ante eso, señor Rotes.»

—Y... ¿te puedo preguntar la razón? —Quiso saber el abogado.

Cat suspiró y buscó la mirada tranquilizadora de Álex. Este le guiñó un ojo, animándola a continuar.

—A mi madre le encantaba observar el cielo, sobre todo por las noches. Recuerdo que me decía: «Admirar la infinidad del espacio nos hace más humanos».

—Gran verdad... —susurró el padre de Álex.

—Desde pequeña había leído mucho sobre los astros, las constelaciones y las historias de la mitología griega. Ella me contagió su entusiasmo por el universo. —Sonrió con un deje de nostalgia—. Cuando meses después de su muerte tuve que elegir una carrera universitaria no lo dudé. No me importó que fuera una profesión con escasa oferta de trabajo, aquella era nuestra pasión y, si me esforzaba y llegaba a ser la mejor, lograría vivir de ello.

—Y lo conseguiste —ratificó Álex.

—Lo conseguimos, doctor. —Cat le sonrió y Álex olvidó dónde se encontraban para perderse en aquellos labios rosados.

Rosa suspiró y el padre de Álex carraspeó.

Continuaron almorzando sumidos en una conversación mucho más fluida. Cuando los platos quedaron vacíos, Cat intentó levantarse para ayudar a Rosa, pero Álex se lo impidió.

—Iré yo... Tú hoy eres la invitada.

En la cocina, Rosa retuvo a su hijo, cogiéndolo por el brazo, para evitar que regresara al salón.

—¿Por qué no nos habías dicho que estudió astronomía?

—¿Y perderme la reacción de papá? —Álex rio ufano—. Sabía que le iba a encantar y ahora debe de estar arrepintiéndose de no haberla conocido antes, por obstinado.

—¿Cómo eres tan perverso con tu padre?

Álex besó una de las mejillas de su madre y le guiñó un ojo, divertido.

—Vamos, volvamos al salón antes de que papá me la secuestre. —Pero llegaron tarde. La mesa estaba vacía y Álex asomó la cabeza para comprobar lo que ya se temía: la puerta del despacho se encontraba cerrada—. ¿Qué te he dicho?

Veinte minutos después, con el postre frío sobre la mesa, Cat y el padre de Álex entraron en el salón, sonrientes y con un brillo especial en los ojos. Rosa y su hijo se miraron con orgullo y continuaron con el almuerzo como si todo siguiera igual. Pero todo cambió a partir de entonces: la sonrisa de su padre, las mejillas sonrojadas de Cat y las insinuaciones de su madre...

—Cat, ¿quieres un café o prefieres un té?

—Un té, por favor.

—Yo lo tomo con bergamota y flores de hibisco. ¿Quieres uno igual?

—Mmm... Sí, debe de estar buenísimo.

Álex volvió a poner los ojos en blanco, temiéndose un futuro complot suegra y nuera con el que iba a ser difícil lidiar. Suspiró y esperó la reacción de su madre.

—Bueno, chicos, ¿y la boda para cuándo?

Dos horas después de aquella pregunta, tras pasar al sofá, repetir café y té, probar unos dulces y charlar sobre mil temas distintos, Álex se puso en pie.

—Nosotros deberíamos irnos, hemos quedado con unos amigos.

—¿Ya? —preguntó Rosa apesadumbrada.

—Álex, antes de iros, acompáñame, tengo algo para ti —intervino su padre. Él lo miró sorprendido, pero siguió sus pasos hasta el despacho. Cuando cerró la puerta tras él, no supo si debía preocuparse—. ¿Sucede algo?

—Tu madre y yo queríamos hacerte un regalo por haber conseguido la plaza como médico de familia. Ella me sugirió comprarte un reloj caro o una pluma estilográfica, pero... —Se acercó a la amplia mesa que utilizaba para trabajar y abrió uno de los cajones. Sacó un sobre blanco y se acercó de nuevo a su hijo—. Preferiría que tu madre no se enterara de esto...

Álex frunció el ceño, molesto. Nunca había aceptado el dinero de su padre y menos aún después de conseguir su independencia.

—Papá, no necesito tu dinero...

—Hijo, ábrelo...

Álex cogió aquel sobre y levantó la solapa con dedos temblorosos. El primer papel que extrajo de él era un billete de avión para Heathrow, Londres, a su nombre. Alzó la vista, intentando comprender las intenciones de su padre, pero él lo animó a continuar. Sacó el siguiente papel; se trataba de otro billete, con el mismo destino y las mismas fechas, pero con el nombre de Cat. Álex sonrió y buscó el siguiente documento. Como cabía esperar, se trataba de la reserva de un hotel, para tres noches, situado en una de las mejores zonas de Londres.

—Gracias, papá.

—Hay más, sigue...

Álex arrugó las cejas en un gesto de desconcierto. Introdujo dos dedos de nuevo hasta hallar dos papeles más, de un tamaño menor. Los cogió y, cuando entendió de lo que se trataba, la boca se le abrió con asombro. No supo qué decir ni cómo reaccionar, tan solo permitió que sus ojos se revistieran de una capa inesperada de humedad. Notó la mano de su progenitor sobre el hombro y lo miró emocionado.

—No le digas nada de esto a tu madre o me matará. Ella cree que solo se trata de un fin de semana en Londres. —Le guiñó un ojo y Álex solo pudo asentir en silencio—. Vamos, Cat está esperándote. Y, por cierto, esa chica me gusta...

Después de una larga despedida y la promesa de volver a comer juntos dos semanas después, Cat y Álex salieron al rellano en silencio, hasta que llegaron a la planta baja y ella no pudo retener más las palabras.

—Pero ¿por qué no me habías dicho que a tu padre le apasiona la astronomía? Tiene un tesoro en aquel despacho: un telescopio Dollond del siglo XIX, varios catalejos de bronce antiguos, cartas astrales de la época medieval y de la cultura maya, libros sobre mitología griega que deben de valer una fortuna... ¡Álex, tu padre es un fanático de los astros! ¡Más que mi madre y yo juntas! —El arrancó a reír—. ¿Por qué me lo ocultaste?

—Quería que fuera una sorpresa... —admitió él mientras entraban en el coche.

—Pues lo ha sido. —Cat sonrió feliz—. Me imaginaba a tu padre más frío, más estricto... y no dudo de que sea inflexible en su trabajo, pero también es apasionado. No me lo esperaba así... Me gusta.

—Tú a él también le gustas.

—¿Te lo ha dicho? —preguntó ella, mirándolo con la emoción sonriendo en sus ojos. Él asintió, acercó el dorso de la mano a una de las mejillas de Cat y la acarició. —¿Y por qué estás tan serio? ¿De qué habéis hablado en el despacho?

—Me ha dado esto... —Álex sacó el sobre del bolsillo del pantalón y se lo entregó a Cat. Ella no se atrevió a abrirlo y lo miró esperando una explicación—. Son dos billetes de avión a Londres, para nosotros, y tres noches de hotel.

—¿En serio? —Cat se llevó el sobre al pecho y sonrió emocionada—. ¡Nunca he estado en Londres! ¿Y cuándo vamos? ¡Madre mía! Tengo que comprarme ropa y una maleta... ¿Necesitamos el pasaporte? —Él rio animado por la excitación de Cat.

—Hay algo más. Abre el sobre. Después de los billetes y la reserva del hotel verás dos papeles más.

Ella siguió las indicaciones de Álex, extrajo aquellas dos hojas impresas y las contempló con nerviosismo. Cuando entendió lo que eran, apretó el labio inferior con los dientes y sus ojos negros se nublaron por las lágrimas.

—Álex... —susurró.

—Sí, Cat, sí... Mi padre nos ha regalado dos entradas para un concierto en directo de los AC/DC. ¡Joder! ¡AC/DC!

—AC/DC... —repitió ella, aún incrédula.

Álex sonrió ante su desconcierto, sintiéndose igual de aturdido. Estiró el brazo para rodear la espalda de Cat, la acercó a él para apoderarse de su boca y la besó con pasión. Ella respondió con el mismo frenesí. Se separaron varios besos más tarde y se quedaron prendados en los ojos del otro, muy cerca.

—Dentro de dos semanas los vamos a ver, en directo... —murmuró él—. Tú y yo...

Y en aquel instante Álex decidió que le iba a pedir matrimonio allí, cerca del escenario, recordando la primera vez que se besaron.

—Tú, yo y los AC/DC... —continuó ella con una sonrisa que a él le hizo desear no estar dentro de un coche y en medio de la calle.

—Será mejor que nos vayamos a la bolera antes de que me arrepienta y te encierre en mi casa hasta el lunes.

Ella quiso rogarle que lo hiciese, que volvieran a su casa y se enredaran bajo las sábanas durante horas, pero aquel día era el cumpleaños de Mario y su mejor amigo le había prometido que lo celebrarían todos juntos. Así que emprendieron el camino hacia la bolera con una estúpida sonrisa en los labios y la mente deambulando por aquel concierto.

Sin embargo, cuando Álex logró estacionar cerca del local, la alegría que los había acompañado durante el trayecto se había disipado y Cat parecía ausente, con la vista perdida en un punto al final de la calle. Él la contempló en silencio, esperando a que se animara a contarle qué ocupaba sus pensamientos. Posó una mano sobre la de ella y la acarició.

—Esta mañana, al rememorar el instante en que mi madre caminó hacia mí para abrazarme en la estación de tren, he recordado algo que me contó aquella misma noche, después de confesarle lo arrepentida que me sentía de haberle soltado la mano para coger la mariposa de mi zapato. —Se dejó caer sobre el reposacabezas del asiento y buscó la mirada atenta de Álex—. Según ella, cada decisión que tomamos en nuestra vida tiene la misma suerte que una gota de agua que cae del cielo. En ocasiones, esa diminuta porción de líquido desaparece al disolverse en el aire, pero la mayoría de las veces esa gota acaba en el mar, en un riachuelo, alimentando la tierra o, incluso, destrozando ciudades o plantaciones. No importa para qué estuviera destinada, todas forman parte de un ciclo. Un ciclo vital. Según me explicó, cada movimiento que efectuamos, sea por decisión propia o no, tiene un efecto en nuestro alrededor y, a su vez, sobre nosotros mismos. Aquella tarde en la estación, cuando solté la mano de mi madre para perderla durante veinte angustiosos minutos, una gota de agua colisionó en algún lugar. Recuerdo que le pregunté a mi madre si ella sabía dónde había ido a parar aquella gota. Sonrió y me dijo:

> Es muy difícil conocer el efecto causado por cada una de nuestras acciones, pero todas ellas forman parte de ese ciclo vital gracias al cual nacemos, crecemos y morimos. Tal vez no sepas nunca qué le sucedió a aquella gota de agua, pero estoy segura de que generó una onda sobre el mar que, a su vez, colisionó contra otras, y que seguirá haciéndolo hasta regresar a ti.

Le pregunté cómo iba a reconocer aquella onda cuando se aproximara. Ella me respondió que quizá no lo supiera nunca o que, sencillamente, cuando llegara el instante intuiría que ya había colisionado contra mí.

—¿Y crees que ya lo hizo?

—Después de la muerte de mi madre pensé que sí, que había impactado contra mí de la peor forma posible. Supongo que por esa razón odio los días de lluvia.

Álex, cuya mano continuaba apoyada sobre el dorso de la de Cat, volvió a acariciarla con roces suaves, con todo el amor que sentía hacia ella.

—Sin embargo, ahora ya no estoy tan segura. Es decir, no sé si mi madre tenía razón con su extraña teoría sobre el destino, aunque ahora ya no importa, porque todos los pasos que he dado me han llevado hasta ti.

104

Mario

Mario aguardaba solo en la bolera, nervioso e impaciente. Álex le había garantizado que aquella tarde celebrarían su cumpleaños todos juntos, Cat incluida, y aunque él no dudaba de la palabra de su amigo, sí que tenía sus dudas sobre ella y el rencor que todavía le guardaba. Y no esperaba menos. Desde que Álex y Cat estaban juntos habían coincidido unas cinco veces, siempre de forma fortuita y sin cruzar apenas dos frases. Sabía que tenía una conversación pendiente con ella, una charla corta y un millón de largas disculpas, pero había preferido dejar pasar el tiempo y esperar el momento oportuno.

«Quizá esta noche», se dijo.

—Mario, el desaparecido.

Cerró los ojos al identificar a la dueña de aquella voz y el olor que hasta hacía unos meses había despertado sus instintos más salvajes; el olor a sexo que emanaba de un cuerpo que ya no lo excitaba.

—Parece que alguien ha dejado abierta la jaula de las víboras —gruñó Mario mientras daba media vuelta y buscaba los ojos de Nerea. Ella sonrió con malicia y él recordó una palabra pronunciada por Álex un año atrás: repugnancia.

—Desde que tu querido Álex se ha echado novia y te juntas con los empollones, ya no quieres saber nada de tus antiguos amigos.

—Tú y yo nunca hemos sido amigos, y te lo advierto... aléjate de Álex y de Cat si no quieres... —Apretó los dientes y cerró los puños con rabia.

—Si no quiero ¿qué? —Ella se acercó con osadía.

—No me hagas escupir veneno como hacéis las víboras...

Nerea soltó una carcajada que removió el estómago de Mario. Qué ciego había estado durante años, ¿cómo había podido sentir atracción hacia ella?

—¿Crees que a mí me importa que Álex esté con la pueblerina esa? ¡Bah! Lo que hagan o dejen de hacer me trae sin cuidado.... —Nerea levantó una mano y la acercó al rostro encendido de Mario—. Sin embargo, tú... Lo pasábamos bien, ¿ya lo has olvidado?

Él sujetó el brazo extendido de ella y apretó con fuerza los dedos que lo rodeaban.

—Lo he olvidado.

La soltó con desprecio y dio media vuelta para sentarse en una mesa libre. Nerea lo siguió y se acercó a él para susurrarle al oído.

—Volverás a llamarme, lo sé...

Y sin añadir nada más, se fue.

Mario contempló la espalda descubierta de Nerea mientras se dirigía hacia la salida. Lucía un vestido negro ceñido con un gran escote que mostraba su piel morena y tersa. No llevaba sujetador, pero aquel detalle ya no lo excitó como lo habría hecho tiempo atrás. Se cubrió el rostro con las manos y apretó la cuenca de los ojos con los dedos con la intención de borrar de sus retinas la imagen de aquella arpía. No merecía la pena pensar en ella, ni recordarla, ni odiarla. Así que se apartó las manos de la cara y dirigió la vista hacia la puerta del local, a la espera de recibir a sus amigos.

Ángel fue el primero en llegar. Días después de la muerte de su madre, Ángel lo llamó para preocuparse por él, salieron a tomar unas copas y desde entonces una inesperada amistad había surgido entre ellos. Jamás lo habría imaginado. ¡Ángel! Tan aislado en sus estudios, tan formal, tan aburrido... Toda una sarta de absurdos prejuicios que su nuevo amigo se encargó de desmontar con su carácter abierto, su sentido del humor y sus ganas de pasarlo bien, de una forma controlada, sana y respetuosa, sin desfases, sin insultos, sin críticas, sin desprecio... Una amistad constructiva, no destructiva como lo había sido la de Juan Carlos o Nerea.

¿La única pega que tenía Ángel? Que, desgraciadamente para él, un pesar muy egoísta por su parte, su amigo hacía apenas unas semanas había conocido a una chica con la que empezaba a tener una relación más allá de la amistad.

—¿Vienes solo? Pensaba que Saray estaría contigo —dijo Mario, esperando conocerla esa misma noche.

—Llegará algo más tarde. ¿Y los demás?

—Álex y Cat comían hoy en casa de los padres de él. Si todavía no han llegado es porque la presentación de Cat ha ido bien. Ya sabes cómo se las gasta el padre de Álex. De todas formas, no creo que tarden mucho más. Vicky y Rafa deben de estar al caer.

Y así fue. Al acabar la frase, la puerta exterior del local se abrió y tras ella aparecieron «los inseparables», como los llamaba Mario. Porque aquellos dos no solo vivían y retozaban juntos, no; trabajaban juntos, hacían la compra juntos y salían de marcha juntos. Solo en contadas ocasiones Vicky se escapaba con sus amigas y, solo en una, Rafa salió a tomar algo con ellos. Una decisión que dejó a Mario con la dentadura abierta durante horas, hasta que el marido de su amiga se acercó a él, con un cubata en la mano, y le dijo: «No estoy aquí porque me caigas bien, he venido para verte en acción y conocer las tácticas del enemigo». Todavía se reía cada vez que lo recordaba. Después de aquella declaración de enemistad, dos cubatas, largas conversaciones y muchas risas, Rafa dejó de considerarlo un enemigo, aunque aún no se lo hubiese confesado estando sobrio.

—Felicidades —lo saludó Vicky con dos besos en las mejillas.

—Gracias, preciosa. Te esperaba sola, pero ya veo que hoy tampoco has conseguido despegarte de tu adhesivo..., perdón, quise decir marido.

—Gilipollas... —murmuró Rafa.

Mario soltó una de sus risas macabras y Rafa, después de apretarle la mano en forma de saludo, se acercó a Ángel para hacer ver que ignoraba al cumpleañero. ¡Joder, aquel empollón empezaba a caerle bien!

Dirigió de nuevo la mirada hacia la puerta, deseoso de encontrar a la pareja que faltaba para sentir que su celebración estaba completa, pero, lejos de toparse con ellos, lo que atrapó sus cinco sentidos fue una chica menuda, de cabello cobrizo, corto y despuntado, ojos color aceituna y la piel blanca como el queso. Parecía buscar a alguien hasta que sus ojos se cruzaron y ella sonrió, provocándole un pinchazo en la entrepierna. «Joder, parece un puto duende», se dijo, excitado como nunca se había sentido por la simple visión de una sonrisa. Ella siguió caminando hacia ellos y Mario desvió la mirada.

—Ángel, cariño, estás aquí...

El duende se acercó a su amigo y le plantó un beso en los labios.

«¡Mierda! Es la novia de Ángel», se lamentó. Aunque, pensándolo bien, aquello era lo mejor para su recién llegada paz mental. Desde hacía meses, más concretamente después de la muerte de su madre y de haber abierto los ojos ante su actitud, su carácter se había apaciguado; las noches de borracheras, el despertar en camas ajenas y el odio que la felicidad de los demás despertaba en él habían quedado en el olvido. Estaba disfrutando de su nuevo yo, con Ángel, con Vicky, con Rafa y, cómo no, con Álex. Así que, ¿para qué complicarse la vida con una chica que iba a sacarlo de quicio con sus caprichos y reproches?

«Sí, mejor así, sin ataduras.»

—Hola, preciosa... —Ángel le devolvió el saludo a su chica y luego los miró a todos—. Estos son mis amigos: Vicky, Rafa y Mario, el cumpleañero.

La pelirroja se acercó a él con aquella odiosa y perfecta sonrisa y un movimiento de caderas que le hizo tragar litros de saliva. Cuando llegó a su altura, la chica se agachó levemente para acabar arremetiendo contra su boca, dejando sobre sus labios la huella de un beso nada pretencioso, pero tan cálido y sabroso que aquellas dos sensaciones hicieron que Mario rebotara sobre la silla.

—Felicidades, ¿cuántos caen?

—Veintiocho... —respondió él con una tartamudez que lo hizo parecer ridículo.

«Puto duende.»

La chica en cuestión continuó saludando a sus amigos con la misma efusividad, incluso besó a Vicky en los labios, dejándole a Mario una visión con la que fantasear durante muchas noches. Se movió inquieto sobre la silla y siguió con la mirada a aquel maléfico ser. Ella se sentó junto a Ángel y lo rodeó con un brazo.

—Estaré poco tiempo, hoy hay una manifestación en el centro y no quiero perdérmela.

—¿De qué va la manifestación? —preguntó Vicky.

—Es una protesta para pedir que la Seguridad Social subvencione los productos de higiene íntima y se vendan en farmacias a precios mucho más asequibles.

Mario enrojeció de golpe.

—¡Venga, vamos, menuda estupidez! —escupió, dolido por aquella propuesta—. ¿Y por qué no se incluyen las maquinillas de afeitar? ¿Eh? ¡No te jode!

—Las maquinillas de afeitar no se consideran productos de higiene íntima —respondió ella altiva y mirando a Mario como si acabara de descubrir al mismísimo Satanás.

—Pues a las tías os gusta que estemos bien afeitaditos cuando hurgamos en vuestras zonas más íntimas.

—¡Mario! —exclamó Vicky. Rafa, a su lado, no reprimió una carcajada.

La tez blanquecina del pequeño duende se tornó incandescente y sus bonitos ojos, que minutos antes le habían parecido del color de la oliva, se convirtieron en caños de petróleo líquido. Mario bajó la vista hasta su nariz, cuyas aletas se agitaban atropelladamente, y, a pesar de haber luchado contra sí mismo para no hacerlo, acabó descendiendo unos centímetros más para contemplar sus labios; rosados, carnosos, jodidamente apetecibles.

«Putos labios de duende.»

—¿Este gilipollas es amigo tuyo? —preguntó ella, girándose hacia Ángel, que continuaba riendo, al igual que Rafa.

—No se lo tengas en cuenta —respondió él—. Trabaja en una empresa que comercializa productos de higiene íntima femenina y lo que acabas de proponer rebajaría sus bonificaciones por ventas.

Ella se volvió hacia Mario y sonrió ufana.

—Daños colaterales necesarios.

—Vamos —los interrumpió Ángel—, cambiemos de tema, que no estamos aquí para enfadarnos. ¿Has podido ir esta tarde a ver pisos? —le preguntó a la chica.

—He visitado cinco, pero nada, cuchitriles de mala muerte... ¿Vosotros no conoceréis a alguien que alquile un piso pequeño, por el centro?

—Nosotros sí... —dijo Álex.

Mario, que había decidido dejar de mirar en aquella dirección para no imaginar cosas extrañas con la novia de Ángel, se volvió de nuevo hacia ellos para encontrarse con Álex y Cat, de pie, junto a la mesa que ocupaban. Todos se levantaron para saludarlos y él esperó a que acabaran.

—¡Feliz cumpleaños, viejo! —lo felicitó Álex, a la vez que lo rodeaba con un abrazo.

Una vez frente a Cat, Mario sonrió complacido.

—Gracias por venir.

—Felicidades —dijo ella con un tono de voz más bajo de lo habitual.

—Entonces, ¿vosotros conocéis algún piso de alquiler que esté bien? —Quiso saber Ángel.

Álex se sentó junto a Mario y Cat lo hizo entre Álex y Vicky.

—Mi vecino se muda a otro piso más amplio y pone el suyo en alquiler —explicó Álex—. Está justo delante del mío y en muy buenas condiciones. Llámame si queréis ir a verlo y hablo con el dueño.

Ángel miró a su chica entusiasmado.

—El piso de Álex está ubicado en una buena zona y es pequeño, pero para ti sola está muy bien —le aclaró—. Si quieres, podemos ir mañana a visitarlo, Saray y yo te acompañaremos.

«¿Cómo? ¿El puto duende no es su novia?», se preguntó Mario.

—¡Perfecto! Gracias, primo, no sé qué haría sin ti. Pues os dejo, que no quiero llegar tarde a la mani.

Aquella última palabra la pronunció estirando las letras y mirando de reojo a Mario.

—Está bien, hasta mañana, Lucía.

«Lucía», repitió él.

La pelirroja se despidió de todos con la misma preciosa sonrisa que había usado para martirizar al amigo de su primo y, durante unos minutos, la frase de Mario con respecto a las maquinillas de afeitar se convirtió en el único tema de conversación.

—¿Dejamos ya el asuntito? —les recriminó él mucho rato después, hastiado de ser el centro de las burlas—. ¿Vamos a echar una partida a los bolos o no?

Todos asintieron para complacer al cumpleañero y se dispusieron a ocupar la pista que Mario había reservado para los siete. Pidieron el calzado especial y Álex y Rafa se ofrecieron para ir a buscar las bebidas. Cuando Cat se sentó para descalzarse, Mario aprovechó la ocasión para ocupar el asiento contiguo.

—¿Te gusta jugar a los bolos? —preguntó él.

—No lo sé... —Cat se sonrojó y agachó la cabeza para comprobar si se había atado bien los cordones del calzado.

—¿No has jugado nunca? —Ella negó con la cabeza y él pensó en los años que Cat dedicó al cuidado de su hermano, la carga de la culpabilidad, el sacrificio, los estudios y su juventud perdida—. Lo siento.

—Bueno, siempre hay una primera vez...

—No me refería a eso. —Ella alzó la cabeza y se encontró con sus ojos durante unos segundos, pero volvió a esquivarlo—. Cat, por favor, mírame, necesito decirte algo —suplicó Mario con voz suave—. Sé que me tenías miedo, que mi actitud y mi forma de tratar a las personas te intimidaban. ¡Joder! He sido un estúpido engreído al creerme superior a los demás... He sido muchas cosas de las que no me enorgullezco, pero quiero que sepas que yo jamás te habría hecho todas las barbaridades que te decía Nerea. No soy el energúmeno que ella te hizo creer. De todas formas, tampoco soy un santo; me reí de ti y le seguí las bromas a Nerea sin ser consciente del daño que pretendía causarte, aunque eso no me exculpe. No hice nada para impedirlo y fui uno más... Lo siento. —Suspiró y se llevó una mano a la nuca—. Creo que pedir disculpas no es suficiente, aunque ahora mismo es lo único que puedo hacer... Eso y ofrecerte mi amistad.

Cat, que había escuchado sus palabras sin esquivar la mirada de él, no supo qué responder. Le había parecido realmente sincero y, con su rostro y su confesión, Mario había desmontado en segundos la imagen de aquel enorme ogro, malhumorado y agresivo, que tantas noches le había robado el sueño. De todas formas, perdonarlo suponía un acto de fe demasiado precipitado, así que optó por no responder a sus disculpas y volver a agachar la cabeza.

—Álex me ha dicho que eres el mejor jugando a los bolos. —Mario retrocedió tan solo unos centímetros y la miró extrañado. Ella alzó la vista para buscar su reacción—. ¿Podrías enseñarme?

—¡Por supuesto! —contestó él, con un entusiasmo infantil que hizo sonreír a Cat—. Vas a aprender del mejor, ya verás, acabarás siendo una experta. —Se puso en pie dando un salto y la miró desde su gran altura—. ¡Vamos, pequeño saltamontes! —exclamó a la vez que le ofrecía la mano.

Se dirigieron a la pista y eligieron una bola de peso bajo. Mario le explicó a Cat cómo debía cogerla y ella se sonrojó al sentirse torpe. El brazo derecho tembló al notar el lastre de la bola, aunque concentró todas sus fuerzas en él, dispuesta a aprender y a hacer el menor ridículo posible.

—Tranquila, las primeras veces es muy difícil acertar, pero con práctica y un buen maestro como yo acabarás haciendo *strikes* como churros... —Cat volvió a sonreír concentrada en la pista—. Echas hacia atrás el brazo derecho, sin apartar la vista de los bolos, y luego la lanzas despacio...

Cat se mordió el labio inferior, arrugó el entrecejo, inspiró profundamente y estiró hacia atrás el brazo que aguantaba la pesada bola. Iba a balancearla hacia adelante, tal y como Mario le había indicado con un gesto, pero sus hombros fueron incapaces de soportar el peso y sus piernas perdieron el control. Cayó al suelo de espaldas. Primero se oyó el estruendo de la bola contra el parqué y luego el menudo cuerpo de Cat, que acabó tumbada en el suelo en una extraña postura.

Mario corrió hacia ella, estirando los brazos como si pretendiera cogerla al vuelo, pero llegó demasiado tarde. Se agachó, preocupado, y pasó un brazo bajo el cuello de Cat, sujetándola por los hombros.

—¿Estás bien? —preguntó.

—Sí, tranquilo... —Cat hizo un gesto de dolor al intentar reincorporarse—. Solo tengo molestia en la espalda.

Álex no tardó en aparecer y comenzar con un chequeo médico a base de mil preguntas que hicieron despertar las carcajadas de Rafa y Ángel. Mario, sin embargo, tras levantarse y quedarse inmóvil contemplando a la pareja, sin comprender el motivo, permitió que el recuerdo lo abstrajera de aquel instante, de aquel lugar, de aquella realidad, para trasportarlo a la tarde de aquel día.

El día en que murió su infancia.

El vapor que salía de la boca de Mario parecía hecho de nubes blancas. Le encantaba formar una «o» con los labios e imitar a su padre cuando echaba el humo del tabaco. Expulsó el aire de nuevo y sonrió. Aquel gesto se había convertido en un improvisado juego para su hermano, que lo admiraba devoto, como siempre que deseaba alimentar sus ansias de emular a su ídolo.

—Otra vez, otra vez... —imploró Micky.

Mario repitió el gesto ante la atenta mirada del pequeño. Una vez y otra... Hasta que Micky soltó la mano que sujetaba la de su madre para moverla en el aire, pretendiendo disipar con los dedos aquellas nubes de humo.

—Miguel, no te sueltes, que hay mucha gente —lo reprendió su madre, agarrándolo con fuerza.

Paseaban por una de las avenidas más transitadas de Barcelona y esquivar a las personas que caminaban en dirección contraria se había convertido en un desafío para sus padres. Aquella tarde de viernes se desplazaron hasta la gran ciudad para visitar unos almacenes nuevos donde, según su madre, se vendía de todo. Pero lo que realmente le interesaba a Mario y, por ende, a su hermano, era entregar la carta a un paje de los Reyes Magos y contemplar las luces navideñas que adornaban las calles. Y después de una hora para que el súbdito de sus majestades aceptara las dos listas interminables de juguetes solo debían recorrer una calle más para llegar a su próximo destino.

Cuando llegaron, Mario no se sintió decepcionado. A pesar del bullicio, del tránsito en las carreteras, del agobio de las bocinas de los vehículos, de la multitud de viandantes que se agrupaban en las aceras; a pesar de que el mundo continuaba con su ajetreo constante, para él y para su hermano el tiempo se detuvo, las calles se silenciaron y las diminutas bombillas lo iluminaron todo. Abrieron la boca a la vez y continuaron así durante minutos, con la inocencia bañándoles el rostro y el brillo de las luces encandilándoles los ojos.

La madre de ambos tomó en brazos a Micky para que contemplara mejor el espectáculo y el padre situó a Mario frente a él, apoyando las dos manos sobre el pecho de su hijo mayor.

—Mamá, ¿cómo han bajado todas las estrellas del cielo y las han puesto ahí? —preguntó Micky.

Mario sonrió, aún fascinado por aquella visión, y notó el movimiento de los músculos en el abdomen de su padre. Tanto él como su madre dejaron escapar una carcajada larga. Mario inclinó la cabeza hacia arriba para contemplar a su hermano y a su madre. No pudo dejar de mirarlos durante unos segundos; la luz que les envolvía el rostro, la preciosa sonrisa de su madre y aquellos cuatro ojos color turquesa sobre los que reverberaba el brillo de las bombillas.

El clic de la cámara fotográfica de su padre le hizo volver la cabeza hacia él. Se miraron, con el orgullo y la adoración reflejados en los ojos, y sonrieron a la vez.

—Mira a la cámara —lo animó su padre.

Mario, mostrando sus dotes de payaso, sacó la lengua y posó frente a la cámara con una mueca divertida. Su padre rio ante su carisma y ese niño de diez años que se desvivía por hacer reír a los demás.

—Papá, una foto todos juntos... —pidió Mario.

—Sí, cariño, pídele a alguien que nos retrate con las luces de Navidad —insistió su madre.

Su padre miró de lado a lado, buscando a alguien que le inspirara la suficiente confianza entre todas aquellas personas que lo rodeaban, hasta que una mujer que caminaba hacia ellos, con cabello oscuro y un vestido color crema, le pareció la idónea. Estiró la mano para tocarle el hombro y llamar así su atención, pero ella se sorprendió ante aquel contacto, se le torció un tacón y cayó al suelo de espaldas.

El padre de Mario se agachó apresuradamente, logrando que la mujer no llegara a golpearse en la cabeza.

—Perdone, señora, ¿se ha hecho daño? —preguntó él, apurado.

—No... —La mujer intentó levantarse, pero su rostro reflejó un dolor que la hizo recostarse sobre el hombro de su padre—. ¡Ay! ¡Mi tobillo!

—¿Le duele? —dijo la madre de Mario después de dejar a Micky en el suelo y agacharse para atender a la mujer.

—Un poco... —respondió ella—. Pero no se preocupen, estoy bien. —Con un gesto de dolor, logró levantarse y apoyar el pie dañado sobre el suelo con sumo cuidado—. Tengo que irme, mi hija...

—Pero no puede usted andar así... —la interrumpió su madre.

—¿Adónde va? —preguntó su padre, sintiéndose responsable de aquel infortunio.

—A la estación, está cerca... Mi hija está allí, sola...

Los ojos de la mujer se cubrieron de lágrimas y Mario buscó la mano de su madre para apretarla con fuerza.

—Mamá, ¿qué le pasa? —preguntó compungido.

—Nada, hijo, tranquilo... —Su madre intentó tranquilizarlo, pero el llanto de aquella mujer conmocionó a Mario—. Cariño, tenemos que acompañarla hasta la estación, está ahí —le sugirió a su marido, señalando hacia las escaleras que descendían hasta el apeadero.

El padre de Mario inclinó la cabeza hacia abajo, buscando los ojos de su hijo mayor. Se agachó hasta situarse a su altura y lo miró con seriedad.

—No os mováis de aquí. Cuida de tu hermano y no te separes de él.

Mario asintió, orgulloso de asumir la responsabilidad que su padre le acababa de confiar. Con las manos apoyadas sobre los hombros de sus padres, aquella mujer consiguió erguirse y empezaron a caminar con pasos lentos. Mario y Micky se quedaron quietos durante un instante, contemplando las tres espaldas que se mezclaban entre la multitud de personas que caminaban sobre aquella acera. La madre de ambos se detuvo frente a la estación y dejó que su marido acompañara solo a la mujer.

—Mario, mira, ¡globos! —exclamó su hermano.

—Micky, no me sueltes la mano... ¡Micky! ¡Micky!

—Mario, Mario... —La voz de Cat le obligó a regresar a aquel lugar, a su presente—. ¿Te encuentras bien? Estás pálido...

—¿Yo? No... estoy, estoy bien —balbuceó—. ¿Y tú?

—Perfectamente, no me he hecho daño, solo es una molestia.

—Mejor...

—¿De verdad que estás bien? Parecías ausente...

—¿Te ha sucedido alguna vez que crees haber soñado o vivido un instante que acaba de pasar?

—¿Un *déjà vu*? —Mario la miró sin comprender—. He leído algo sobre ese fenómeno; tienes la sensación de que un suceso que acontece en la actualidad ya lo has experimentado en el pasado, pero en realidad no siempre es así.

—Pues me ha parecido muy real... No sé... Ha sido extraño, verte caer al suelo, de esa forma...

—Quizá te he recordado a alguien o a un momento muy similar.

—Es probable... —Mario, aturdido aún por haber rememorado aquel angustioso momento con tanta nitidez, sacudió la cabeza de lado a lado y pensó que más tarde le buscaría una explicación—. ¿Quieres volver a intentarlo?

—¿El qué? —preguntó ella confusa.

—Lanzar la bola.

—Claro, pero, esta vez, ¿puedo cogerla con las dos manos? —preguntó Cat, alzando las cejas y agrandando los ojos.

Mario sonrió, bobalicón, reconociendo que aquella chica iba a conseguir de él lo que quisiera, con su mirada, con sus palabras o con una simple insinuación... Porque era la novia de su mejor amigo y porque quería compensarla por cada uno de los malos ratos que había vivido.

O porque cuando dos gotas de agua descienden de forma sinuosa y atropellada por el cristal de una ventana, solo unidas consiguen enderezar el camino.

Nota de la autora

Siempre he pensado que un autor que cree historias y que pretenda transmitir las emociones de los personajes a través de sus palabras debe tener mucha empatía. Muchísima. Porque si su objetivo es alcanzar el corazón del lector, solo a través del suyo podrá crear una historia. Y la única forma de crearla es vivir y sufrir con el personaje, con todos y cada uno de ellos. Y esta historia a mí me ha hecho sufrir. He llorado, he reído, me he bloqueado infinidad de veces, he borrado párrafos, capítulos enteros, y he estado cerca de abandonarla, así que he escrito la palabra «fin» con lágrimas en los ojos. No he sido víctima de acoso escolar ni de maltrato psicológico, no he intentado suicidarme, no he cargado sobre la espalda el lastre de la culpabilidad ni he soltado la mano de un hermano para verlo morir en la carretera. Pero con Cat, Álex, Óscar, Mario, Julián y Bárbara he sentido el dolor de cada una de sus cicatrices. A pesar de ello, y antes de pasar a los agradecimientos, quisiera pedir disculpas a todas aquellas personas que hayan sufrido algunas de estas penurias y consideren que no he sabido reflejar el dolor que ellos padecieron o están padeciendo. Mis más sinceras disculpas.

Agradecimientos

Y, ahora sí, quisiera dar las gracias a las personas que han estado a mi lado durante este tiempo, a aquellos que conocieron la historia desde el inicio y a los que la conocieron al final. Y en concreto a:

Mi marido y mis hijos, mis cómplices.

Mi familia, que incluye padres, hermanas, cuñados, suegros y sobrinos, por el apoyo que me brindan. Y, especialmente, a Carmela, por sus correcciones y sus consejos.

Elisa Mayo, Susana Rubio y Roser, mis lectoras menos cero, ¿o podría decir cero negativo? Je, je, je. Por su amistad y los retoques que me han «obligado» a hacer. Gracias, chicas.

Nuria Carmona, por compartir conmigo su gran potencial.

Niusha y Llanos, por sus aportaciones y esa energía que transmiten y que me ha proporcionado tanta seguridad.

Marisa, Sonia, Bea, Silvia, por sus audios, sus llamadas, sus wasaps y esas lágrimas que han derrochado por mi culpa. Ups, *sorry*.

Carmen García, por su aportación como doctora, sus correcciones y esa libreta llena de anotaciones que la acompañó entre guardia y guardia.

Beth, mucho más que una compañera de trabajo, una amiga y una hermana de sangre (¡ceros positivos al poder!), porque gracias a ella nació esta historia.

Clara Rasero, de Ediciones B, la persona que ha hecho realidad un sueño que jamás creí que viviría. Gracias por descubrir a Cat, por tus retoques, por tu inmensa paciencia y por conseguir que muchos más lectores conozcan esta historia.

Y a ti, lector o lectora, por esperarme, por seguirme en redes, por animarme a continuar, por leerme, por enamorarte de mis personajes incluso antes de conocerlos, por llorar con esta historia, por reírte con ellos, por sentirlos parte de ti. Mil gracias.